스토리를 만드는 공학

스토리를 만드는 공학

소설 쓰기와 시나리오 쓰기의 6가지 핵심요소들

래리 브룩스 지음 | 한유주 옮김

차례

part 3 두 번째 핵심요소-**인물**

part 4 세 번째 핵심요소-**주제**

part 5 네 번째 핵심요소-**이야기 구조**

part 6 다섯 번째 핵심요소-**장면 쓰기**

part 7 여섯 번째 핵심요소-**글쓰는 목소리**

part 8 이야기 **발전과정**

들어가며

출판업계에서 오랫동안 일해 온 탓에 다소 냉소적인 태도를 지니게 된 나는 이 세상에 또 하나의 글쓰기 책이 과연 진정으로 필요할까 고민하지 않을 수 없었다. 솔직히 별로 유명한 작가도 아닌 내가 꼭 작법에 관한 책을 써야만 할까? 구글에 '어떻게 책을 쓸 것인가'를 검색해 보니 128,000,000건의 검색 결과가 나왔다(내 이름과 관련된 검색 결과도 1,380,000건이 나왔지만, 난 소설을 다섯 권이나 발표했으니 더 적다면 이상할 것이다).

아마 128,000,001번째 방법도 크게 다른 것은 없을지도 모른다.

이전과 다름없는 글쓰기 방법에 대해 구태의연하게 말하는 글쓰기 선생들에게 신물난 작가들에게 도움이 될 만한, 독창적이면서도 분명한 방법을 말해 주지 않는다면 말이다. 스토리텔링의 낡은 문법에 신선한 활력을 불어넣을 수 있는 무언가를, 당신이 쓰는 것이 소설이든 희곡이든 회고록이든 기사든 에세이든, 장르를 불문하고 도움이 될 수 있는 무언가를 말해 주지 않는다면 말이다.

물론 딘 쿤츠Dean Koontz[1]나 데이비드 모렐David Morrell[2], 스티븐 킹Stephen King[3] 같은 작가들도 글쓰기 책을 썼다. (다소 냉소적인) 나의 추측에 의하면, 그들이 이런 책을 썼던 까닭은 아마도 유명작가를 팔아 한몫 챙기기를 바랐던 출판사의 아이디어 때문이었을 것이다. 나도 이런 책들을 여러 권 읽어 봤다. 하지만 효과적인 스토리텔링을 위해 이야기를 발전시키는 모델을 분명하게 제시하면서 핵심적인 내용을 쉽게 전달하는 글쓰기 책이나 워크숍은 한 번도 본 적이 없다(어쩌면 그런 책은 없는지도 모르고, 글을 쓴다는 것은 인기 없는 취미생활로만 남을지도 모른다).

아니다. 보다 분명하게 말해 보자. 이야기를 쓰려는 사람들에게는 무엇을 써야 할지, 어떻게 써야 할지, 그리고 전혀 도식적이지 않으면서도 독자들을 사로잡을 수 있는 이야기는 어떤 것인지 알려주는 작법 책이 필요하다.

물론 찾기 힘들 수도 있다. 하지만 우리에게 필요한 책은 바로 이런 책이다.

---

1 매년 1,700만 부 판매를 기록하고 있는 미국의 초대형 베스트셀러 작가이다. 현실적인 공포를 초자연적인 현상 속에 녹여내는 독특한 스타일의 서스펜스 스릴러 작가로 정평이 나 있다. 첫 소설 『Star Quest』 외에 『사이코』, 『와쳐스』, 『이방인 1, 2』, 『살인의 기술』, 『심장 강탈자』, 『살인 예언자』, 『고독한 죽음의 게임』, 『인공두뇌』, 『불특정 집단 살인』, 『운명의 추적』 등의 작품이 있다-역자 주(이하 동일).

2 영화 「람보」의 원작인 『퍼스트 블러드』로 데뷔하였다. 대표작으로는 『반딧불이』, 『절망적인 방법』, 『장미의 형제들』, 『다섯 번째 선서』, 『위장신분』 등이 있다. 현재 국제 스릴러 작가협회의 회장으로 활동하고 있다.

3 전 세계 사람들에게 너무나 잘 알려진 세계적인 베스트셀러 작가이다. 대표작으로는 『캐리』, 『샤이닝』, 『미저리』, 『쇼생크 탈출』, 『돌로레스 클레이본』, 『스탠 바이 미』, 『그린 마일』, 『미스트』 등이 있다.

대부분의 글쓰기 책들은 미학만을 추구한다

문제는 이야기를 쓸 때 예술성만이 아니라 공학적인 면을 우선적으로 고려해야 한다는 점이다. 하지만 대부분의 글쓰기 책들은 이런 면을 별로 중요하게 생각하지 않는 것 같다.

당신이 만났던 글쓰기 선생들은 글을 쓸 때 이런저런 것들이 필요하다고만 가르쳤을 것이다. "당신의 이야기에는 마음이 필요합니다…… 우리는 주인공의 여정을 경험해야 합니다…… 이야기의 완급을 조절해야죠…… 또 산뜻한 문장들도 필요하고요." 하지만 구체적으로 어떻게 해야 하는지, 또 어떤 순서로 해야 하는지를 알려주는 사람은 많지 않다. 그들은 대개 이론이나 미적 감성에 대해서만 가르친다. 모두 맞는 말이기는 하다. 하지만 정확한 충고라고는 할 수 없다. 내가 존경하는 작가인 스티븐 킹마저도 〈유혹하는 글쓰기On Writing[4]〉에서 어떤 아이디어가 불현듯 떠올랐다면 바로 앉아서 글을 쓰기 시작하라고 말한다. 그렇게 쓴 초고를 최종적인 원고로 생각하면 된다는 것이다.

그래. 그런 초고가 어떻게 되는지를 한번 봐라. 무작정 쓴 원고도 스토리텔링의 엄격한 기준을 비켜갈 수는 없다. 역시 냉정한 평가의 대상이 되는 것이다. 또한 어떻게 잘 쓸 것인가를 고민하지 않고 무작정 글을 쓴다고 해서 당신의 예술성이 마음껏 표현되는 것도 아니다.

그리고 당신은 다시 텅 빈 종이로 돌아온다.

---

4 스티븐 킹은 〈유혹하는 글쓰기〉에서 떠오르는 대로 자연스럽게 써내려가는 글쓰기를 가리켜 "organically writing"이라고 말한다. 저자는 이런 방식의 글쓰기를 "무작정 앉아서 써내려가는 글쓰기"라고 말하고 있으며, 이후 "organically writing"은 "떠오르는 대로 쓰기"로 번역하였다 – 역자 주.

당신은 이런 방식을 따르지 않아도 된다. 스티븐 킹과는 달리 성공적인 스토리텔링을 가능케 하는 형식과 기법의 대가가 아닌 평범한 사람들에게 위의 방식은 대단히 비효율적이다. 이야기를 쓸 때는 어렵지 않을지도 모른다. 하지만 당신의 이야기를 팔아야 할 때는 무척 어려워질 것이다…….

'떠오르는 대로 쓰기'라 알려진 스티븐 킹의 방식이 당신에게 알맞을 경우는 다음의 세 가지다. 첫째, 당신이 이야기를 사전에 계획할 필요가 없을 정도로 자신이 하고자 하는 일에 대해 잘 알고 있거나, 둘째, 적합한 구조를 우연히 찾아내어 이야기에 필수적인 다양한 요소들을 하나도 빠뜨리지 않고 직관적으로 활용할 수 있거나, 셋째, 계획 없이 쓴 이야기를 기꺼이 여러 번 퇴고하여 작품을 완성할 의지가 있거나. 처음 글을 쓰는 사람들 대부분이 이런 방식을 따른다. 여러 번 글을 써 본 사람들이라도 이런 방식을 따르는 경우는 깜짝 놀랄 정도로 많다. 어떤 사람들은 이야기가 떠오르기만을 기다리며 텅 빈 종이를 바라보는 것이야말로 세상에서 가장 고귀한 작업이라며 허세를 부리기도 한다.

PGA투어를 준비하는 골프선수가 골프채를 마냥 휘두르기만 하면서 언젠가 페어웨이 한가운데로 공을 300야드쯤 날려보낼 수 있기를 바란다고 생각해 보자. 골프채를 다루는 정석은 거들떠보지도 않고 홀인원만 꿈꾼다고 생각해 보자.

무작정 글을 쓰는 것과 무엇이 다르겠는가?

프로 골프선수가 되겠다는 목표는 책을 출판하겠다는 목표와 다르지 않다. 책을 출판해야만 전문 작가라고 할 수 있기 때문이다.

당신이 이런 식으로 글을 써 왔다면, 게다가 책을 출판하기는커녕 한 번이라도 글을 완성한 적이 없다면, 내가 말하는 슬픈 진실을 알 것이다. 많은 작가들이 떠오르는 대로 쓰기만 고집하면서 다른 식으로는 그냥 쓸 수 없다고만 한다.

하지만 우리는 더 나은 방식을 선택할 수 있다. 그리고 우리가 택한 방식에 따라 우리의 운명도 결정된다.

무작정 쓰기는 미친 짓이다

스티븐 킹처럼 책을 여러 권 출판한 작가들에게는 풍부한 감각이 있다. 그들은 이러한 감각에 따라 아이디어를 떠올리자마자 곧장 이야기를 쓰기 시작한다. 이미 대가의 반열에 오른 작가들에게는 이야기 구조에 대한 지식이 있다. 그들은 구조를 활용한다. 그들이 글을 쓰는 과정은 직관적인 동시에 본능적이다. 노련한 의사라면 복부를 절개하기 전에 〈그레이 아나토미〉(텔레비전 드라마가 아니라 해부학 서적이다)를 다시 들여다보지 않아도 된다. 이야기는 머릿속에서 순서대로 펼쳐지고, 이야기의 구체적인 지점들은 초고 단계에서부터 드러난다. 그들은 이러한 지점이 무엇이며 어디에 위치해야 하는지를 알 뿐만 아니라, 그 이유도 잘 알고 있다. 그들은 이러한 원칙에 따라 글을 쓰고, 초고를 여러 벌 작성하는 과정을 통해 먼저 쓴 초고를 단순히 수정한다기보다는 이야기 자체를 향상시킨다.

이러한 원칙을 알지 못하는 풋내기 작가들이 같은 방식을 따라 해도 될까? 그렇지 않다. 이야기는 머릿속에서 빙빙 돌다가 마침내 주저앉고 말 것이다. 그것도 엉망진창으로.

더 나쁜 상황에 처할 수도 있다. 이런 작가들은 이야기의 원칙을 직관적으로 찾아내지도 못하고, 자신의 이야기가 엉망진창이 되었다는 사실조차도 모르기 때문이다. 그들이 소중하게 우편봉투에 넣어 편집자에게 보낸 원고는 결국 산더미처럼 쌓인 허접한 원고들 사이에 파묻히고 말 것이다.

분명히 해두자. 당신이 이야기를 쓰기 전에 반드시 상당한 시간을 들여 정교한 계획을 세워야 한다고 말할 생각은 없다. 물론 그러면 좋겠지만. 내 말의 요점은 이야기 구조의 원칙을 더 잘 이해할수록, 글쓰기도 더욱 수월해진다는 것이다. 이러한 원칙을 제대로만 안다면, 초고만 여러 벌 작성하다가 지치는 일 없이 가장 강력한 도구를 사용하여 이야기를 완성할 수 있을 것이다.

어떻게 쓸 것인가는 당신이 결정하기 나름이다

그러나 스토리텔링의 6가지 핵심요소를 준수하며 출판할 수 있는 이야기를 쓰는 것은 당신이 결정하고 말고 할 문제가 아니다. 골프채를 휘두르는 새로운 방법을 발명할 수 없는 것과 마찬가지다. 이야기를 팔고 싶다면, 당신은 반드시 스토리텔링의 원칙을 지켜야 한다. 이 점을 빨리 깨달아야, 당신의 글도 더 나아진다.

기본 중의 기본 – 그러나 이러한 기본을 제대로 말하는 사람은 많지 않다 – 을 완벽하게 당신 것으로 만들지 못한다면, 결코 실현될 수 없는 꿈만 꾸다 아무런 성과 없이 끝날 것이다. 전체적인 이야기 계획에는 별로 관심을 두지 않고 무작정 초고를 쓰기 시작하는 작가들은 스스로 깊은 구멍을 파는 셈이다. 그들은 자신이 어떤 구덩이에 빠졌는지도 모를 때가 많다. 그러니 거절의 편지를 받고 나서도 그 이유조차 모를 수밖에 없다.

읽어 보지 않아도 그들의 원고가 거절당한 이유를 단박에 알 수 있다. 하나 혹은 그 이상의 6가지 핵심요소가 일정 수준에 도달하지 못했으며, 따라서 원고가 편집자나 에이전트의 눈길을 사로잡지 못했기 때문이다. 원고가 실패하거나 진부해지는 까닭은 분명 하나 이상의 핵심요소가 제대로 작동하지 못했기 때문이다. 스토리텔링의 핵심요소들은 당신에게 안락한 비행을 약속한다. 이들 중 하나라도 빠진다면, 비행기는 추락하고 만다.

하지만 좋은 소식이 있다. 성공적인 스토리텔링으로 당신을 이끌어줄 6가지 핵심요소를 이해하고 적용하는 법을 이제부터 내가 알려줄 생각이니까. 사실, 당신에게도 완전히 낯선 이야기는 아닐 것이다.

시나리오 작가들은 알지만 대부분의 소설가들은 모르는 것

흥미롭게도 시나리오 관련 서적들은 대부분의 소설 작법서들이 말하지 않는 내용을 풍부하게 다루는 경우가 많다. 시나리오 작법 책들은 무엇을 써야 하고, 언제 써야 하고, 그 다음에는 무엇을 써야 하고, 어디에 무엇을 놓아야 하는지와 그 이유를 알려주고, 우리가 직접 효율적인 선택을 내릴 때 활용할 수 있는 기준을 알려준다. 다시 말해서, 당신이 어떻게 해낼 수 있는지를 구체적으로 보여준다는 말이다. 하지만 종종 떠오르는 대로 쓰는 작가들은 글을 쓰기 전에 계획부터 세우면 오히려 이야기에 대한 전체 계획이 망쳐진다고 생각한다.

틀린 생각이다. 출판할 수 있을 정도로 원고를 다듬는 동안 수없이 많은 초고를 작성해야 했던 당신은, 이야기를 화면용으로 각색하기 위해 고용된 시나리오 작가들의 작업은 소설가들의 작업과 꽤나 다르리라고 예상할 것이다. 떠오르는 대로 쓰는 작가들은 초고를 쓰는 과정 자체가 이야기를 탐색하고 계획하는 과정이라는 사실을 받아들이지 않으며, 견고한 구조를 만들어 낼 때까지 엄청난 시간을 투자하여 초고를 작성한다. 그러나 무작정 초고를 쓰며 이야기를 찾아내는 과정은 붙임쪽지 여러 장을 사용하는 과정과 다를 바가 없다……. 즉, 이 역시 이야기 계획의 다른 형식에 불과하다.

따라서 나는 이 책에서 소설을 쓰려는 사람들에게 시나리오를 쓸 때와 동일한 스토리텔링의 원칙 – 소설에 적합하도록 신중하게 검토하고 소설작법에 알맞는 용어들로 바꾼 – 을 알려주고자 한다.

우리 소설가들은 이정표 하나 없이 무수한 선택지로 가득한 황량한 벌판을 헤매는 반면, 시나리오 작가들은 훌륭한 원칙에 의지해 자유롭고 효율적으로 이야기를 창작한다. 형식과 기능, 그리고 기준을 찾지 못한 당신은 좋은 소설을 쓰고 출판하기가 너무나 어려웠을 것이다.

아직까지는.

어째서 이 책인가?

아무리 근사한 아이디어가 있더라도, 셰익스피어처럼 뛰어난 글재주를 가졌더라도, 스토리텔링의 원칙인 6가지 핵심요소를 지키지 않은 원고는 출판되지 못할 것이기에 당신에게는 이 책이 필요하다.

이 책은 워크숍이란 워크숍은 전부 다녀 봤고, 작법 책이라면 전부 읽어 본 작가들을 위한 책이다(아니면 이제 막 첫걸음을 내딛은 사람을 위한 책이기도 하다). 한편으로는 자신의 글쓰기에서 무엇이 문제인지, 어째서 에이전트의 호감을 얻지 못하는지, 왜 출판사에서 원고를 거절하는지를 이해하지 못하는 사람들을 위한 책이기도 하다.

오해하지 마라. 위대한 이야기는 당연히 쉽게 쓰여지지 않는다. 당신이 내가 제시하는 모델을 따라 글을 쓴다고 해도 말이다. 이 모델은 당신 대신 소설을 써 주지 않는다. 앞서 골프를 예로 들었다. 당신이 훌륭한 코치 밑에서 프로 선수처럼 훈련한다고 해도, 당신은 스스로 기회를 찾아내야 한다. 투어카드를 얻는 것만이 아니라 클럽 챔피언십 대회에서 우승하는 것이 목표가 되어야 한다는 말이다.

어떤 게임을 하더라도, 당신은 가장 위대한 목표를 위해 싸워야 한다.

이 책에는 내가 20년 넘게 글쓰기 워크숍에서 학생들을 가르치며 소설과 시나리오를 써 온 결과물이 축적되어 있다. 물론 다른 사람들의 의견도 참고하기는 했지만, 여기서 제안하는 모델 – 성공적인 스토리텔링을 위한 6가지 핵심요소 – 은 전적으로 내가 고안해 냈다.

당신이 시간을 투자해 스토리텔링을 연구한 적이 있다면, 전에도 내가 제시하는 이야기 모델을 접해 본 적이 있을 것이다. 사실대로 말하자면 내가 이 모델을 발명하지는 않았다. 하지만 장담하건대 나처럼 분명하고 쉽게 이 모델을 설명해 주는 사람을 만난 적은 없을 것이다.

그래서 나는 이 책을 썼다. 나의 글쓰기 워크숍에는 수천 명이 다녀갔다. 물론 몇 명은 끝까지 고집을 꺾지 않았지만, 대부분의 사람들은 처음에는 미심쩍어 했음에도 불구하고 결국 이야기에는 계획이 필요하다는 것, 계획의 중요성은 거의 변하지 않는다는 것을 깨닫고 놀라움을 표시했다. 어떤 식으로든 이야기를 미리 계획하기 시작하는 순간, 당신은 효과적이고 효율적인 이야기에 한 걸음 다가서게 될 것이다. 사람들은 내게 글쓰기에 관한 한 그 어디에서도 들을 수 없었던 명확하고 쓸모 있는 조언을 들었다고 몇 번이고 말했다(이런 말은 워크숍이 끝난 뒤 들을 수 있는 최고의 찬사일 것이다). 그들 중에는 30년 동안 워크숍에 참여한 사람도 있었다. 그리고 이렇게 말하는 사람도 있었다. "왜 다른 사람들은 이렇게 설명하지 않았던 걸까요? 말씀하신 내용을 책으로 직접 써 보시면 어떨까요?"

이런 말을 반복적으로 듣기도 했고, 게다가 글을 쓸 때 스스로 6가지 핵심요소를 적용해 보면서, 나는 검증된 원칙을 사용하여 이야기를 계획하거나 적어도 이러한 이해를 바탕으로 떠오르는 대로 글을 쓰는 작가들에게 도움이 될 수 있는 책을 쓸 수 있겠다고 생각했다. 그들이 글쓰기의 뮤즈를 파악하고, 분석하고, 계산하고, 계획할 수 있도록 말이다. 그러면서도 이야기를 쓰는 기쁨과 즐거움을 조금도 놓치지 않을 수 있는 방법을 알려줄 수 있겠다는 생각이 들었다.

나도 당신만큼이나 정형화된 글쓰기를 싫어한다

나는 당신에게 공식처럼 정형화된 글쓰기 방식을 가르쳐 줄 생각이 없다. 미스터리나 스릴러, 로맨스, 어드벤처 소설에는 다소 공식처럼 적용되는 패턴이 있다. 하지만 이를 뻔하고 정형화된 공식이라고 생각하면 안 된다. 건물을 설계하고 건축하는 것이 정형적인가? 비행기 설계가, 심장수술이 정형적인가? 만약 정형적이라면, 바로 이러한 정형성이 건물을 짓고, 비행기를 날게 하고, 수술을 성공적으로 끝낼 수 있도록 한다. 이런 것이야말로 과정과 범주로 이끌어낸 기법, 즉 핵심요소다. 출판할 수 있을 정도의 이야기를 쓰려면 핵심요소가 반드시 필요하다.

비유를 하나 더 들어 보자. 사람의 얼굴이 얼굴로 보이려면 몇 가지 요소 – 눈 두 개, 눈썹 두 개, 코 하나, 입 하나, 광대뼈 두 개, 귀 두 개 – 면 충분하다. 타원에 가까운 둥근 얼굴에 이런 요소들이 붙으면 얼굴로 보인다. 얼굴을 구성하는 요소들은 매우 제한적이고, 따라서 사람의 얼굴은 생각보다 그다지 다양하지 않다. 본질적으로는 모두 동일하기 때문이다. 성공적인 이야기를 위해서도 이처럼 본질적인 요소들이 필요하다.

생각해 보라. 눈, 코, 귀 등 똑같은 구성요소를 가지고 있다 해도 두 사람의 얼굴이 똑같이 생긴 경우는 없다. 만 명의 사람들이 있더라도, 쌍둥이가 아닌 한, 사람들 각각의 얼굴은 저마다 다르다.

우리는 이야기 공학을 사용하여 이처럼 본질적인 요소들을 활용할 것이고, 그 결과물이 얼마나 독창적이고 예술적일지는 우리에게 달려 있다.

이야기 공학을 통해서라면 당신의 글쓰기는 예술에 이를 수 있다.

우리가 쓰는 이야기의 창조주는 우리 자신이다

신과 마찬가지로 우리에게는 유한한 숫자의 작업도구가 있다. 그리고 우리는 도구를 사용하는 방법을 알고 있다. 자연은 인간의 얼굴을 수억 개, 수십억 개 만들어 내지만, 이들 중 똑같은 얼굴은 거의 찾아볼 수 없다. 이야기를 쓰는 우리들 역시 정형화된 공식이라며 부정적인 딱지부터 붙일 것이 아니라 우리에게 주어진 요소를 올바르게 활용할 줄 알아야 한다.

정형적으로 쓴 이야기만이 정형적이다. 그러니 견고한 스토리텔링을 위한 원칙과 이를 구성하는 요소들, 부분들, 이정표들을 정형적이라는 이유로 거부해서는 안 된다.

당신은 이런 원칙을 정확히 알고 있는가? 수십 년 동안 글을 써 온 작가들조차도 원칙을 제대로 모를 때가 많다. 그러나 몇 시간만 공들여 이 책을 읽고 나면, 당신은 그들보다 먼저 알게 될 것이다.

작가를 꿈꾸는 사람들의 출간되지 못한, 거절당한 원고를 오랫동안 읽고 평가해 온 결과, 나는 어떤 패턴을 발견하게 되었다. 이러한 패턴을 지닌, 혹은 패턴이 보이지 않는 원고를 우리는 6가지 핵심요소를 기준으로 삼아 판단해 볼 수 있다. 소설이든 시나리오든 희곡이든, 단편이든 회고록이든 기사든 에세이든, 6가지 핵심요소 모델을 통해 접근할 수 있다.

여행을 시작하자

마음을 열고 의심을 버려라. 냉소적인 태도도 버려라. 이제부터 떠오르는 대로 쓰기를 버리고, 효율적이고 효과적인 구조적 접근 방식을 보여주는 스토리텔링 여행을 시작해 보자.

당신이 직감대로 무작정 쓰는 방식을 선호한다고 해도, 이 여행을 통해 어떤 요소들을 점검하고 따라야 하는지를 이해하게 된다면 분명 더 좋은 글을 쓸 수 있을 것이다.

떠오르는 대로 쓰여졌지만 성공할 수 있었던 이야기들 역시 계획 아래 쓰여진 이야기들과 마찬가지로 똑같은 발판을 갖고 있고, 똑같은 기준을 따랐으며, 역시 똑같은 열정적인 반응을 이끌어낸다. 6가지 핵심요소를 놓치지 않았기 때문이다.

그리고 6가지 핵심요소를 놓친 이야기들은 – 계획하고 썼든 떠오르는 대로 썼든 – 서랍 어디엔가 처박히게 된다.

6가지 핵심요소를 활용하는 방식은 (이야기의 공학과 설계인) 스토리텔링의 기준과 구조를 먼저 생각하고 시작하며, 이를 서사의 기준으로 사용한다. 떠오르는 대로 쓰기는 서사와 아이디어를 먼저 생각하고 쓰기 시작하며 – 꼭 이런 순서인 것은 아니다 – 그러면서 규칙과 구조를 발견하고 파악(혹은 우연히 찾아냄)한다.

어떤 방식을 택하더라도 당신은 원고를 완성할 수 있다……. 물론 6가지 핵심요소를 정확히 이해하고 사용한다면 말이다.

6가지 핵심요소를 다른 이름으로 불러도 상관은 없다.

시작하기 전에 하나만 더 알아두자

나의 첫 출간작인 〈다크니스 바운드Darkness Bound〉는 투고한 첫날 뉴욕 메이저 출판사에 팔렸다. 고칠 필요도, 다시 쓸 부분도 없었다. 이 책은 〈USA 투데이〉 베스트셀러에 진입했다. 어떻게? 내가 차세대 스티븐 킹이어서가 아니라, (이는 시간이 증명했다) 6가지 핵심요소의 원칙에 따라 계획해서 썼기 때문이었다. 또한 6가지 핵심요소는 내가 효율적으로 글을 쓸 수 있게 해주었다. 이 책을 완성하기까지는 8주밖에 걸리지 않았다.

정도는 달랐지만 다른 네 권의 출간작들도 마찬가지였다. 편집자들에게 보낸 최종원고를 그들의 요청에 따라 약간 손보는 데 걸렸던 시간은 한 시간도 채 되지 않았다. 그 원고들 중 하나였던 〈유인Bait and Switch〉은 〈퍼블리셔스 위클리〉가 뽑은 2004년 최고의 책 목록에서 상위에 랭크되었다. 찬사가 이어졌고 '편집자들이 뽑은 책'에도 선정되었음은 물론이다.

정형적이었냐고? 나는 그렇게 생각하지 않는다. 쉽게 썼냐고? 어림도 없는 소리. 다만 6가지 핵심요소를 알고 있었기에 훌륭한 원고를 쓸 수 있었다.

PART 1

6가지 핵심요소란 무엇인가?

1

스토리텔링 모델이란?

당신은 살아가면서 이야기의 본질을 정의해 보라는 사람을 단 한 번도 만나지 않을 수 있다. 대부분의 작가들은 이야기의 본질을 명확하게 파악하지 못한 사람들이고, 따라서 이들에게는 이런 질문을 던지는 사람을 만나지 않는 편이 오히려 다행이다. 그러나 작가인 당신은 이야기는 무엇이며 이야기가 아닌 것은 무엇인지를 반드시 알아야 한다. 이야기와 이야기가 아닌 것 사이에 위치한 모든 것들도 알아야 함은 물론이다.

이야기를 정의하는 방식은 무수히 많다. 이야기는 인물이다. 이야기는 갈등이다. 이야기는 극적 긴장감이다. 이야기는 주제적 울림을 주어야 한다. 이야기는 플롯이다. 기타 등등.

모두 부분적으로는 옳지만, 독립적인 정의로서는 완전하게 옳지 않다는 점이 문제다.

이러한 정의를 몇 개 섞는다고 해도 이야기의 본질을 표현하기에는 턱없이 부족하다. 개별적인 정의에서 그치는 것이 아니라, 이야기의 본질을 포함한 전체적인 정의를 생각해야 하는 것이다. 개별적인 정의가 요리에 필요한 재료라고 한다면, 당신에게는 이러한 재료들을 활용하여 맛있는 요리를 만들 수 있는 레시피가 필요하다. 그리고 이야기의 본질을 찾아낸 당신의 이야기는 훌륭한 요리로 거듭난다.

아무리 훌륭한 재료가 있다고 하더라도 저절로 음식이 되어 나오지는 않는다. 맛있는 음식이 아니라 하다못해 먹을 수 있을 정도의 음식만 하려고 해도 젓고, 거품내고, 굽고, 삶고, 튀기고, 가끔은 양념에 재우는 과정이 필요하다. 이야기를 구축하는 요소도 마찬가지다.

그냥 자리에 앉아 레시피 없이 글을 써내려가는 작가도 많다. 그러면서 이야기가 나타날 수도, 나타나지 않을 수도 있다. 운이 좋다면 다양한 구조적 요소와 스토리텔링에 필요한 레시피를 찾아낼 수도 있겠지만, 그렇지 않은 경우가 부지기수다.

부지런하게도 미리 이야기를 계획하는 작가도 있다. 그들은 식사용 냅킨으로, 노란 붙임쪽지로, 혹은 완벽하게 짜여진 개요를 통해 이야기를 계획한다. 어떤 사람들은 머릿속으로 하기도 한다.

어느 쪽이든 처음 떠올린 아이디어로부터 이야기를 탐색하기 시작한다는 과정 자체는 동일하다. 이야기를 탐색하는 과정에서 나타나는 이야기가 성공할지 아닐지는 드라마적 원칙과 이야기 요소들, 이러한 요소들을 부드럽고 매끈하게 활용하는 방식, 그리고 효과적인 글쓰기 과정에 달려 있다. 이 모든 것들이 서로 녹아들어 이야기의 핵심을 만들어내는 것이다.

적어도 지금까지는 훌륭한 이야기를 쓰기 위해 필요한 요소와 기본 원칙을 두루 포함하는 과정이란 과연 무엇인지를 제대로 알려주는 사람이 없었던 것처럼 보인다. 우리의 글쓰기에 직접 적용할 수 있을 정도로 쓸모 있는 "과정"이란 무엇인지 이제부터 알아보기로 하자.

엔지니어는 구조적으로 올바른 도면을 사용하여 하중을 견디는 건물을 짓는다. 그는 구조역학과 검증된 물리학에 근거하여 계획을 세운다. 작가들 역시 문학적으로 동등한 원칙에 입각하여 스토리텔링의 기법에 접근할 수 있고, 좋은 글을 쓸 수 있다. 엔지니어와 건축가는 공사 현장에서 우연히 만나 아무렇게나 땅을 파고 콘크리트를 들이붓지 않는다. 도면도 없이 예술적인 측면부터 고려하지도 않는다. 만약 이런 방식으로 건물을 짓는다면, 제대로 된 건물이 세워질 리가 없다. 실제 세계에서는 정교한 도면을 그리기에 앞서, 핵심적인 물리학과 원칙을 분명히 이해하고 설계하는 과정이 필요하다.

하지만 구조적으로 적합하게 세워진 건물이라고 해도 모든 사람들의 마음에 들지 않을 수도 있다. 우리는 건물의 예술적인 측면도 고려해야 한다. 태풍이 몰아쳐도 무너지지 않는 건물이라고 해서 전부 〈건축 다이제스트〉 표지를 장식하지는 못하기 때문이다.

글쓰기도 다르지 않다. 우리는 구조적으로 올바른 원칙에 따라 이야기를 쓴다. 하지만 우리도 출판사와 독자의 관심을 얻기 위해 배우기도 힘들고 정의하기도 어려운 예술적인 측면을 고려한다. 우리가 써낸 작품들은, 원칙은 무시한 채 낑낑거리며 글을 쓰는 작가들의 작품들보다 미적으로 떨어지지도 허접하지도 않다.

우리는 힘들게 작업할 수도, 똑똑하게 작업할 수도 있다. 똑똑하게 작업하더라도 전혀 힘을 들이지 않을 수는 없을지도 모른다. 하지만 훌륭한 이야기 모델은 글쓰기를 공연히 힘들게 만들지 않는다. 대신 당신이 똑똑하게 글을 쓸 수 있도록 도와준다.

스토리텔링의 물리학

작법과 관련해서는 엄청나게 많은 책들이 있으며, 이들은 저마다 수많은 이론과 원칙을 다루고 있다. 작가가 이해하고 적용할 필요가 있는 이론과 원칙의 목록은 길고 복잡하다. 하지만 이 목록은 6개의 독립적이면서도 상호의존적인 범주로 묶일 수 있다. 자, 이제부터 스토리텔링을 둘러싼 안개가 걷히기 시작한다.

나는 이러한 범주들을 6가지 핵심요소라 부른다. 이러한 요소들을 이야기를 발전시키는 과정에 적용하는 것이 바로 이야기 공학에 근거한 접근법이다.

경기장이나 고층건물을 짓는 사람에게는 공학이 필요하다. 당연히 작가에게도 마찬가지다. 이는 시간이 검증해 온 사실이다. 건축가에게는 물리학이, 작가에게는 6가지 핵심요소가 필요하다. 6가지 핵심요소를 무시하고 쓴 원고는 가치가 없다. 6가지 핵심요소는 불필요한 요소를 삭제한 모델을 제시한다. 이 모델을 적용한다면 수없이 많은 초고를 쓰는 수고를 하지 않아도 된다.

6가지 핵심요소를 완벽하게 활용한다면, 당신도 책을 출판할 수 있다. 이 모델을 사용한다고 해서 갑자기 천재적인 기교가 생긴다는 말은 아니지만, 기성 작가들에 맞서기 위한 경쟁력을 기를 수는 있다. 6가지 핵심요소를 제대로 다룰 수만 있다면 당신도 출판업계에서 살아남을 수 있을 것이다. 메이저리그의 입단 테스트를 생각해 보자. 기본기를 갖춘 선수들이 잔뜩 모여 있다. 그들 사이에서 눈에 띄려면 뭔가 마법적인 요소가 필요하다.

6가지 핵심요소 중 하나라도 빠뜨린다면, 혹은 제대로 활용하지 못한다면 당신은 경기장에 들어가 보지도 못할 것이다.

하지만 6가지 핵심요소라는 이야기 모델을 알고 있는 당신은 적어도 어떻게 이야기에 접근해야 할지는 안다. 당신의 원고를 출판해 줄 사람들이 기대하는 것도 바로 이런 것이다.

이야기 발전 모델

6가지 핵심요소는 성공적인 스토리텔링을 위해 반드시 필요한 모든 요소와 기법을 포함한 모델을 구성하는 한편, 우리에게 이야기의 핵심과 본질을 알려준다. 또한 이 모델은 어떤 이야기에도 적용할 수 있는 원칙과 기준을 제공한다.

예외적인 경우가 있기는 하지만, 모든 소설이나 시나리오는 이 모델이 제시하는 6가지 핵심요소를 전부, 혹은 적어도 어느 정도 이상 활용하고 있다. 작가가 알지 못했더라도, 혹은 여러 번 초고를 작성하다 깨달았을지라도 말이다. 그리고 진짜로 성공한 작품들은 이러한 요소들을 대단히 훌륭한 솜씨로 통합하고 있다. 여기서 우리는 또 다른 진실을 알게 된다. 바로 핵심요소 중 하나라도 빠뜨리거나 제대로 활용하지 못한다면 이야기는 팔리지 않는다는 것이다.

이야기 탐색

최초의 이야기가 양피지에 적힌 이래 작가들은 위에서 언급한 6가지 핵심요소를 찾아내고 탐색하기 위해 이야기를 여러 버전으로 써 보면서 무언가를 더하기도 하고 빼기도 하며 고치는 과정, 즉 초안을 작성하는 과정을 거쳐 왔다. 작가들은 이러한 기초적인 요소를 제대로 찾아내기 전까지는 탐색 과정이 끝나지 않는다는 것을 직관적으로 안다. 비록 자신이 기초적인 요소들을 제대로 찾아냈는지 완벽하게 알 수는 없더라도 말이다. 이런 작가들은 스스로 괜찮다고 생각할 때까지 계속해서 초고를 작성하는데, 이는 글을 쓰는 과정 전체를 위험에 처하게 할 수 있다. 왜냐하면 괜찮다는 것이 어떤 것인지를 모를 때가 너무나 많아서다. 직관적으로, 혹은 어쩌다 괜찮은 초고가 나오지 않는다면, 혹은 핵심요소들이 제자리에 놓이기 전에 이야기를 내동댕이친다면, 그들은 적어도 그럭저럭 괜찮은 이야기를 찾아내기도 힘들 것이고, 어쩌면 결코 이야기를 찾아낼 수 없을 것이다.

초고를 작성하기에 앞서 필수적인 요소와 기법을 이해한다면 효율적으로 이야기를 쓸 수밖에 없다. 이야기를 쓰려면 반드시 계획을 세워야 한다는 말이 아니다. 그 전에 당신의 이야기를 단단하게 떠받쳐 줄 원칙을 이해하고 무장한 채 키보드 앞에 앉으라는 말이다.

스티븐 킹이나 아서 C. 클라크Arthur Charles Clarke[5], 노라 로버츠Nora Roberts[6]처럼 많은 작품을 발표하는 작가들이 원고 전체를 뜯어고치는 대신 글을 가볍게 정돈하고 미묘한 차이를 불어넣는 퇴고 과정만으로도 6가

---

5 아이작 아시모프, 로버트 하인라인과 함께 영미 SF 문학계의 3대 거장으로 손꼽히는 SF 작가이자 미래학자이다. 사실상 생존하는 가장 유명한 SF 작가이다. 대표작으로 『유년기의 끝』, 『라마와의 랑데부』, 『2001년 우주의 오디세이』 등이 있다.

6 뉴욕 타임스 베스트셀러 작가이다. 로맨스 소설의 여왕으로 불리며 매혹적인 인물을 창조해내고 있다. 백여 권이 넘는 작품 중 다수는 영화로 제작되었으며, 전 세계 25개국에서 번역 출간되었다.

지 핵심요소를 전부 포함한 이야기들을 써내는 것처럼 보이는 이유를 아는가? 그들은 6가지 핵심요소를 완벽하게 이해하고 있기 때문이다. 아마도 그들에게는 6가지 핵심요소를 놓치지 않는 재능이 숨겨져 있는지도 모른다. 제대로 된 작품을 써내는 작가들은 이야기에 6가지 핵심요소를 안착시키는 방법을 자유자재로 사용할 줄 안다.

슬프게도 대부분의 작가들에게는 이러한 재능이 없다. 어떤 사람들은 도달해야 할 기준이 있다는 것조차 모른다. 그들은 6가지 핵심요소를 한 번 써보지도 못하고 수준 미달의 원고에 정착해 버린다.

하지만 당신은 이제 변해야 한다.

사실 재능이란 작가가 6가지 핵심요소를 이해하고 이를 이야기에 적용하는 정도 이상은 아닐지도 모른다. 셰익스피어처럼 뛰어난 문장을 구사한다고 하더라도 이를 출판하는 것은 또 다른 문제다. 당신은 항상 분명하고, 뚜렷하며, 영리하고, 자신있는 전문가처럼 보여야 한다. 당신에게는 이야기에 대한 감각이 필요하다. 그리고 이러한 감각은 6가지 핵심요소의 원칙과 기준을 얼마나 이해하느냐에 달려 있다.

맹목적으로 이야기를 쓰려고 하지 마라. 내가 제시하는 모델은 강화된 스토리텔링을 만들어 낸다. 떠오르는 대로 글을 쓰는 사람이든 미리 계획하고 쓰는 사람이든 6가지 핵심요소만 제대로 활용한다면, 더 나은 이야기를 찾아내는 것은 물론이고 초고 역시 빠르게 쓸 수 있을 것이다.

이제 이 모델을 사용해야 할 이유는 충분해졌다.

2

1만 피트 상공에서 본 6가지 핵심요소

이제 글쓰기를 시작하는 당신이 새 도구상자를 열어 볼 시간이 되었다. 이 상자 안에는 6가지 핵심요소가 들어있다. 각각의 요소에는 가동부, 체크리스트, 그리고 기준이 존재한다. 내가 너무 뜸을 들인다고 생각한 당신은 대체 핵심요소가 무엇인지 궁금해 하며 이 책의 뒷부분을 벌써 넘겨 봤을지도 모르겠다. 그래도 좋다. 하지만 도구를 접하기 전에, 이러한 도구가 지닌 상대적인 맥락을 이해하는 것도 중요하다. 비행기의 조종석을 견학하는 아이나, 수술방 밖에서 외과수술을 지켜보는 인턴처럼, 당신은 각각의 도구들이 지닌 의미와 내재적 가치를 미리 살펴보아야 하고, 이러한 도구로 미연에 방지할 수 있는 문제와 도구가 지닌 창의적인 힘과 대체 불가능한 본질, 그리고 이것을 부적절하게 다루었을 때의 위험을 알아야 하고, 도구가 지닌 거대하고 필수적인 힘을 제대로 다룰 때 발휘되는 잠재력을 이해해야 한다.

그러니 곧장 6가지 핵심요소를 알아보기 전에, 이러한 요소들이 지닌 맥락을 보다 깊이 들여다 보자.

살아 숨쉬는 이야기

이야기는 감정을 갖는다. 이야기는 기분이 좋을 때도 있고, 나쁠 때도 있다. 이야기는 보살핌을 받아야 하고, 나쁜 길로 새지 않도록 관심을 받아야 한다. 이야기는 개성과 성격을 갖고 있으며, 이에 따라 우리는 이야기를 감각한다. 이야기는 사람과 마찬가지다. 잘 쓰여진 이야기를 건강한 사람과 비교해 보자. 이를 통해 우리는 신체 – 이야기 – 가 움직이고, 자라나고, 성장하도록 하는 섬세한 균형을 이루는 화학과 생체역학, 그리고 상호의존적인 각각의 부분들을 이해할 수 있다.

심장이나 폐, 혹은 뇌가 없는 몸을 생각해 보자. 이처럼 필수적인 장기가 없다면 인간의 신체는 생존할 수 없다. 간, 심혈관 체계, 그리고 복잡하게 얽힌 소화기관 역시 생명에 필수적이다. 이러한 주요 장기 중 하나라도 잘못된다면 – 이 경우 장기이식을 '다시 쓰기'라고 할 수 있겠다 – 생명은 그대로 끝나 버린다. 팔이나 다리를 잃는 경우, 이는 의족이나 의수 등으로 대체할 수 있으며, 굳이 대체하지 않더라도 생명에는 지장이 없는 것과는 다르다.

우리의 이야기에도 필수적인 장기가 있다. 이야기가 작동하려면 본질적인 요소들이 필요하다. 이러한 요소는 다른 것으로 대체될 수 없으며, 제대로 기능하지 못한다면 이야기는 불구가 되어 버리고 만다. 물론 팔이나 다리처럼 이야기에 공헌하는 요소들도 있다. 이 요소들이 없다 하더라도 이야기의 생명은 이어질 수 있다. 이러한 요소들은 이야기가 대체품 없이도 생생하게 살아 숨쉬게 하는 역할을 한다.

이야기는 우리 인간과 같다. 어떤 이야기는 최대 속력으로 질주하는 반면, 어떤 이야기는 그저 주저앉아 산소만 흡입한다. 이제 인간의 몸과 관련된 비유를 벗어나 책을 출판하는 것이 프로 운동선수가 되거나 PGA 투어카드를 획득하는 것이라고 생각해 보자. 그 정도의 단계에 올라서려면 당신은 살아있어야 하며, 몸의 모든 부분들을 사용해야 하고, 잘 해야 하고, 강해야 한다. 기본적인 생존을 위한 숨쉬기와 먹기만을 해서는 전문적인 단계에 진입할 수 없다.

우리의 이야기도 다르지 않다. 진부한 이야기를 써서는 안 된다. 책을 출판하고 싶은가? 그러려면 당신의 이야기는 근육을 만들어야 하고, 빠른 발놀림을 갖추어야 하고, 경기에서 고도의 기술력을 발휘해야 한다. 당신의 이야기는 다른 이야기들 사이에서 경쟁력을 발휘하여 입단 테스트를 통과해야 한다. 물론 진부한 이야기들이 여전히 출판되고 있다. 하지만 이런 책들의 표지에는 항상 유명한 이름이 적혀 있다. 유명작가들에게는 다른 차원의 기대와 마케팅 전략이 주어진다. 공정하다고는 말할 수 없지만, 실제로 일어나는 일이다.

어떤 사람들은 이야기를 쓰려면 몇 가지 기본적인 요소들이 본질적으로 필요하다는 사실을 모른다. 심장과 폐와 혈관이 모두 함께 움직여야 몸이 살아서 움직일 수 있는 것처럼, 이러한 요소들은 모두 필수적으로 기능해야 하는데도 말이다. 이런 사람들처럼 예술, 혹은 무지라는 명목 하에 이야기를 쓴다면, 당신은 거절통지서만 줄곧 받다가 끝나게 될 것이다. 존 업다이크John Updike[7]처럼 고상한 스타일리스트가 되고 싶은가? 하지만 그 역시 견고한 스토리텔링에 필수적인 요소들을 소홀히 취

---

7 처녀시집 『손으로 만든 암탉』에 이어 현대 미국 문화의 환멸을 그린 장편 『양로원의 축제일』로 미국 예술원상을 받았다. 이듬해 『달려라 토끼』에서는 고등학교 재학시절에 스타 선수였던 주인공이 사회에 나와서 적응하려고 고민하는 과정을 묘사한 작품을 출판하여 작가적 지위를 확립하였다.

급하지 않았다. 그러지 않았다면 아무리 존 업다이크라 해도 한 권의 책도 출판하지 못했을 것이다.

이처럼 필수적인 요소들이 종종 무시되는 까닭은?

드라마나 갈등을 찾아볼 수 없는 이야기. 응원할 만한 인물이 없는 이야기. 분위기나 장소에 대한 감각이 없는 이야기. 호흡이 늘어지는 이야기. 어떤 의미도 목적도 없는, 울림이 없는 이야기. 어디서 뭘 했다 정도의 구태의연한 이야기. 이런 이야기를 쓰는 작가들은 이야기의 생명을 떠받치는 데 꼭 필요한 본질적인 기관들이 있어야 한다는 것을 모른다. 외과적 지식도 없고 수련생활도 거치지 않고 직접 수술해 본 적도 없는 의사가 어떤 환자를 수술해야 한다면, 환자가 생존할 가능성은 거의 없다.

작가라면 6가지 핵심요소의 기본적인 내용을 알고 있어야 한다. 그래야 이야기도 살아 숨쉴 수 있다. 작가들이 6가지 핵심요소를 완벽하게 이해하고, 각각의 요소들이 서로 어떻게 관계를 맺고 있는지를 충분히 파악한다면, 이처럼 강력한 지식을 글쓰기 도구로 사용하여 출판할 만한 이야기를 쓸 수 있을 것이다. 그것도 강력하게 살아남을 수 있는 이야기를.

6가지 핵심요소는 따로 떨어져서는 생존하지 못한다

프랑켄슈타인을 만들 때처럼, 신체의 각 부분을 연결하여 조립한다고 생각해 보자. 이론적으로는 가능한 일이다. 하지만 이렇게 만들어진 신체가 살아 숨쉬기 위해서는 어떤 마법이 필요하다. 마법이라는 표현이 마음에 들지 않는다면 전기화학 에너지와 과학에 위배되는 어떤 행운이 따라야 한다고 하자. 이야기에는 생명력의 불꽃이 필요하다. 그리고 우리는 이야기를 생생히 살아 숨쉬게 하는 공식을 찾아내야 한다.

진공상태에서 이야기에 문학적 불꽃을, 의미와 영혼을 주입할 수 없다. 이는 오직 6가지 핵심요소를 제대로 이해하고 사용했을 때만이 가능하다.

이러한 요소가 없다면 이야기는 작동하지 않을 것이다. 6가지 핵심요소는 절대적으로 대체 불가능하다.

두 작가 이야기

6가지 핵심요소 모델을 이해하고 활용하는 작가가 있고, 그렇지 않은 작가가 있다.

이야기를 쓸 때 반드시 근사한 아이디어나 인물을 떠올려야 하는 것은 아니다. 그러나 작가가 6가지 핵심요소를 모른다면, 예를 들어 반대자가 주인공을 공격하기 전에 미리 위험요소를 설정해야 한다는 것도 모를 수밖에 없다. 이런 설정이 필요하다는 것을 작가가 모르면 독자들이 주인공에게 관심을 갖지 못할 수도 있다. 인물에게 어떤 과거나 내면이 없으며 따라서 인물이 잠재적으로 변화할 가능성도 없다는 것을, 호흡조절도 불규칙하거나 늘어진다는 것을, 서브플롯도 서브텍스트도 없어서 독자들에게 주제적인 울림을 전달할 수 없다는 것을 작가가 깨달았을 때는 이미 원고를 200매쯤 쓴 뒤일지도 모른다.

좋아하는 작가들의 소설을 읽기만 할 때는 쉽다고 생각했을 것이다. 그들보다 당신이 언어적 재능을 더 많이 뽐낼 수 있다고 생각했을지도 모른다. 직관적으로, 마음가는 대로 쓰는 작가들은 200페이지쯤 쓰고 난 뒤에야 이야기가 망가졌으며 처음부터 다시 쓰거나 완전히 뜯어 고쳐야 한다는 것을 깨닫게 된다. 아니면 이런 사실조차 깨닫지 못한 채 계속해서 망친 이야기만 붙들고 있을지도 모르고.

반면 6가지 핵심요소를 활용하여 문제를 피해가는 작가도 있다. 6가지 핵심요소를 활용한다고 해서 글쓰기 자체가 쉬워지지는 않겠지만, 적어도 어떤 길을 가야할지, 어떤 기준이 필요할지는 명백해진다. 완벽하게 계획을 세우든, 혹은 필요한 정도로만 세우든, 이런 작가는 기본적인 원칙을 이미 갖고 있으며, 쓰레기통에 던져지지 않을 수 있는, 읽을 만한 가치가 있는 원고를 쓸 준비가 되어 있다.

어떤 핵심요소를 가장 먼저 고려해야 할까?

6가지 핵심요소를 2개의 범주로 나누어 생각해 보자.

- 이야기에는 4개의 기본적인 요소가 있다.
- 그리고 이러한 요소를 사용하려면 2개의 서술적 기법이 필요하다.

처음에는 납득되지 않을 정도로 간단하게만 보인다. 하지만 6가지 핵심요소는 스토리텔링이라는 퍼즐을 구성하는 각각의 조각들을 6개의 범주로 나눈 것이나 마찬가지라는 점을 기억하라. 각각의 범주 안에는 당신이 반드시 고려해야 할 많은 요소들이 포함되어 있다. 이러한 요소들 역시 저마다 나름대로의 기준과 확인사항을 지닌다. 그리고 이러한 6개의 범주에 속하지 않는 스토리텔링 요소는 존재하지 않는다.

야구경기에 빗대어 생각해 보자. 먼저 타격. 선수가 타격을 잘하려면 많은 원칙과 기술을 습득해야 한다. 그리고 투구. 타격과는 다른 많은 원칙과 기술이 필요하다. 그 다음으로는 수비가 있다. 역시 포지션에 따라 많은 원칙과 기술이 필요하다. 이처럼 특정한 상황에 따라 수많은 전략적 선택들을 고려할 수 있다. 고차원적 야구경기를 하려면 타격, 투구, 수비, 러닝, 스로잉이라는 다섯 가지 요소를 습득해야 한다. 하나라도 빠뜨린다면, 하나라도 제대로 해내지 못한다면, 프로 선수가 될 수 없다. 당신이 공은 잘 때리지만 수비는 할머니보다도 못 본다고 치자. 그래서는 프로가 되지 못한다.

이야기를 쓸 때도 마찬가지다. 다만 스토리텔링에는 6개의 요소가 필요할 뿐이다.

핵심요소를 정의해 보자

글쓰기에 관한 한, 하늘 아래 새로운 것은 없다. 하지만 글쓰기를 정의하고 접근하는 방식은 다양하고, 따라서 글쓰기를 배우는 방식도 다양하다. 그리고 당신이 제대로 글을 쓰고 싶다면, 제대로 된 방식을 알아야 한다.

성공적인 스토리텔링을 위한 6가지 핵심요소는 제대로 된 글을 쓸 수 있게 해주는 모델이다. 이 모델을 통해 스토리텔링과 관련된 많은 요소들을 쉽게 이해할 수 있으며, 이러한 이해를 바탕으로 효과적인 이야기를 써낼 수 있다.

고급요리를 준비하는 셰프에 빗대어 글쓰기를 생각해 보자. 셰프는 레시피가 필요로 하는 음식 재료들을 구한다. 기본적인 재료가 부족하다면 요리를 할 수 없다(예를 들면 에그 베네딕트는 달걀, 햄, 잉글리시 머핀, 그리고 홀랜데이즈 소스가 없다면 만들 수 없는 요리다). 그러나 셰프는 기본적인 레시피를 따르면서도 독창적으로 요리를 만들 수 있다. 그러면서도 기본을 벗어나지 않는다. 예를 들면 에그 베네딕트를 만들 때 달걀은 푹 익혀서 내지 않는다. 셰프는 각각의 재료들을 어떻게 조합해야 하는지를, 그리고 모든 재료들을 언제 섞어야 하는지를 알고 있다. 계란을 익히는 동안 햄을 튀기고, 소스를 섞을 때 머핀을 데우는 식이다.

따로따로 조리된 재료들은 한데 모이기를 기다린다. 그리고 때가 되면 이 재료들을 특정한 방식에 따라 조합하여 접시에 담는다. 셰프가 이상한 사람이 아니라면 에그 베네딕트를 만들 때는 늘 달걀부터 시작한다. 소스가 끓는 동안 필요하지도 않은 스파게티를 삶는 실수를 저지르지 않는다. 여기서 셰프가 변화를 줄 수 있는 것은 에그 베네딕트에 들어갈 양념을 조절하는 것이다.

글쓰기도 동일하다.

이야기를 쓰는 과정에서 6가지 핵심요소 중 하나에 속하지 않는 요소는 존재하지 않는다. 장르는 콘셉트에 속하며, 설정은 장면 쓰기에 속한다. 배경이 되는 이야기(전사)는 인물에 속한다. 구조에 속하는 서브플롯은 콘셉트에 따라 컨텍스트 내에서 펼쳐진다. 이런 식이다.

에그 베네딕트 레시피와 마찬가지로, 각각의 이야기 재료들 – 콘셉트, 인물, 주제, 구조 – 은 서로 독립적으로 전개되면서도 각각의 범주를 벗어나 한데 뒤섞이게 된다. 이야기가 제대로 작동하려면 이 재료들은 반드시 서로 관계를 맺어야 하는 동시에, 각각의 컨텍스트 내에서 드러나야 한다. 주제와 플롯은 인물의 변화와 관계가 있다. 구조도 마찬가지다. 주제와 관계가 있는 콘셉트는 주제가 드러나는 무대를 설정한다. 역시 이런 식이다.

핵심요소를 범주로 구분해 보면 각각의 요소가 지닌 정의와 기준을 분명히 이해할 수 있다는 장점이 있다. 핵심요소들은 서로 관계를 맺고 있는 동시에 제각기 고유하며, 따라서 각기 다른 방식으로 이해되어야 한다. 핵심요소들은 혼돈이나 사랑 따위의 추상명사처럼 모호한 정의를 갖지 않는다.

우리가 뼛속까지 시인이 아니라 다행이다.

이러한 핵심요소들이 서로 뚜렷하게 구분된다는 사실에 많은 작가들이 혼란스러워하는 이유 중 하나는, 다른 작가들의 이야기를 읽을 때는 이러한 요소들이 눈에 띄지 않기 때문이다. 이야기다운 이야기일수록 우리는 작품 안에서 어떤 요소들이 나타나고 있는지를 한 눈에 파악하지 못하는 경우가 많다. 이야기를 쓰려면 6가지 핵심요소를 먼저 고려해야 한다. 다음과 같은 질문을 던져 보라. 4개의 기본적인 요소들이 전부 제대로 작동하고 있는가? 4가지 요소들 모두 강력하고 강렬한가? 그렇지 않은 이야기는 전문적인 단계에서는 경쟁력이 없다. 또한 당신이 4개의 기본요소를 2개의 서술적인 기법으로 쓰지 않을 때도 같은 결과물이 나오게 된다.

성공적인 이야기라면 이러한 기준을 어느 정도 이상 충족시킨다. 작가가 6가지 핵심요소를 모르더라도, 이러한 요소들이 페이지에 나타날 수만 있다면 좋은 이야기가 나온다. 듣기만 해서 피아노 치는 법을 배우거나 느낌만으로 비행기 조작법을 배울 수도 있다. 하지만 제대로 해내려면 이런 방식만으로는 힘들 것이다. 당신이 이야기를 쓰고 싶다면, 잘 쓰고 싶다면, 6가지 핵심요소를 반드시 잘 알아야 한다. 나는 당신을 얼마든지 도와줄 것이다.

작가들이 이 모델을 환영하는 이유

스토리텔링을 어려워하거나 거절통지서를 받는 까닭을 이해하지 못하는 작가들은 특히 6가지 핵심요소 모델을 접하자마자 남들보다 빠르게 받아들이는 경향이 있다. 이 모델로 글을 써 보기도 전에 말이다. 이유가 뭘까?

6가지 핵심요소가 그들에게 희망을 주는 동시에 나아가야 할 길을, 채택해야 할 전략을 가르쳐 주기 때문이다. 이 모델은 극적인 성공을 가져다 줄 방법을 제시하며, 가장 기본적인 질문 – '뭘 써야 할지 어떻게 알 수 있을까? 이야기의 어디에서 무엇을 쓸지 어떻게 알 수 있을까?' – 에 답변을 제공한다. 6가지 핵심요소 모델은 정형적인 글쓰기를 피하게 해주면서도 독창성을 발휘할 수 있는 공간을 제공한다.

수십 년 동안 떠오르는 대로 쓰기를 고집해 온 작가들도 종종 내가 제시하는 모델을 채택하기도 한다. 스스로 만들 수 있다고 믿었던 구조보다는 이 모델이 제시하는 구조를 따를 때 무한한 창작력을 자유롭게 발휘할 수 있다는 사실을 깨달았기 때문이다.

6가지 핵심요소 모델은 공식을 정의하지도, 제공하지도 않는다. 이 모델이 제시하는 것은 각각의 요소들이 구성하는 기준에 의한 구조이다.

다른 방식으로 이야기를 쓰려는 시도는 스토리텔링의 운전대를 다시 발명하겠다는 것이나 다름없다. 그런 일은 일어나지 않는다. 혹여 일어나더라도, 그렇게 쓴 이야기는 출판되지 않을 것이다.

핵심요소 하나를 설명하려면 책 한 권이 필요할지도 모른다

"내가 어떻게 썼는지 한 번 보세요"라고 말하는 듯한 스티븐 킹의 〈유혹하는 글쓰기〉와는 달리, 사실상 대부분의 작법서들도 내가 말하는 핵심요소를 다룬다. 하지만 총체적으로 설명하는 책은 없다시피하다. 당신은 각각의 핵심요소를 하나하나 자세히 알아야만 한다. 그래야 고된 글쓰기가 안겨주는 절망에서 벗어날 수 있다. 당신이 아무리 떠오르는 대로 쓰는 자유로운 글쓰기 방식을 고집하는 사람이라고 해도 이 모델을 통해 뭔가 배울 수 있을 것이다.

이제 성공적인 스토리텔링을 위한 6가지 핵심요소를 정의해 보자.

1. 콘셉트(Concept) : 이야기를 위한 플랫폼으로 진화된 아이디어. "이러면 어떨까?"라는 질문으로 아이디어를 발전시켜 콘셉트로 만들어 보라. 이러한 질문을 연속적으로 던져 보고, 답변을 만들어 보자. 질문에 대한 답변이 당신의 이야기를 구축한다.

2. 인물(Character) : 모든 이야기는 주인공을 필요로 한다. 우리가 그를 반드시 좋아할 필요는 없다(고등학교 작문 선생님이 가르치는 것과는 반대다). 하지만 우리는 그를 응원해야 한다.

3. 주제(Theme) : 병에 연기를 집어넣는 것 같겠지만, 당신은 주제를 정할 수 있다. 주제를 콘셉트와 혼동하지 마라. 주제는 당신의 이야기가 인생에 대해 조명하는 것을 말한다.

4. 구조(Structure) : 처음에 무엇이 오고, 다음에 무엇이 오고, 그 다음에는 무엇이 오는지……가 구조이다. 당신은 구조를 스스로 만들어 낼 수 없다. 당신은 기존의 기준대로 구조를 사용해야 한다. 바로 이 점을 깨달아야 출판에 한 걸음 다가설 수 있다.

5. 장면 쓰기(Scene Execution) : 경기에 나갈 수는 있다. 하지만 기량을 발휘하지 못한다면 이길 수는 없을 것이다. 연결되는 지점들을 갖춘 장면들이 연속적으로 이어지는 것이 이야기다. 이러한 장면들이 제대로 작동하려면 원칙과 규칙이 필요하다.

6. 글쓰는 목소리(Writing Voice) : 페인트를 칠한다거나 의상을 장식한다고 생각해 보라. 이렇게 해서 독자들에게 이야기가 더 잘 전달되도록 하는 것이다. 하지만 글쓰는 목소리를 지나치게 높인다면 오히려 역효과가 난다. 빼는 것이 낫다. 장식이 과하면 없는 것만 못하다.

이게 전부다. 글쓰기에 관한 한, 하늘 아래 다른 것은 존재하지 않는다. 당신이 무엇을 생각하더라도 위에서 제시한 6개의 범주 중 하나에 속할 것이기 때문이다. 처음 4개가 '요소', 마지막 2개가 '쓰기'와 관련된 기법이라는 점을 기억할 것. 책으로 낼 만한 이야기를 쓰려면 위의 6가지 핵심요소를 반드시 당신 것으로 만들어야 한다. 하나라도 제 구실을 다하지 못한다면 이야기는 잠재력을 발휘하지 못할 것이고, 당신은 아마도 거절통지서를 받게 될 것이다. 하나가 아예 빠져 있다면 생각해 볼 것도 없다. 출판의 문턱은 높다. 하지만 당신에게는 이미 사다리가 생겼다.

4

스토리텔링을 시작해 보자

핵심요소 중 가장 먼저 무엇을 생각해야 할까?

순서는 중요하지 않다. 사람이 살아 숨쉬기 위해서는 모든 장기들이 있어야 한다. 이야기도 마찬가지다. 이야기가 생명력을 얻으려면 6가지 핵심요소가 있어야 하고, 맡은 바 기능을 다해야 한다. 따라서 핵심요소 중 어떤 것이라도 먼저 고려될 수 있다. 어떤 이야기를 쓰려고 생각할 때 항상 4개의 핵심요소 – 콘셉트, 인물, 주제, 그리고 다른 요소들에 비해 빈도는 적지만 구조 – 중 하나가 먼저 떠오르게 마련이다. 이들 중 무엇이 먼저 오더라도 상관없다. 이야기가 작동하려면 다른 3개의 요소들도, 처음 떠올린 아이디어와 마찬가지로 발전된 상태로 반드시 따라 나올 것이기 때문이다.

이야기는 대부분 콘셉트에 대한 아이디어나 인물에 대한 아이디어로 시작된다. 당신은 어떤 영웅이나 악당에 대해 쓰고 싶다고 생각하면서 이야기를 찾기 시작한다. 어떤 아이디어를 처음 떠올렸을 때 당신의 인물에게는 아직 해야 할 일이 주어지지 않는다. 당신의 인물은 머릿속에 떠오른 이미지 하나, 짧은 인상에 지나지 않는다. 셜록 홈즈를 생각해 보자. 아서 코난 도일Arthur Conan Doyle은 인물을 먼저 생각하고 그 다음에 인물이 해결할 사건들을 생각해 냈을 것이다.

어떤 이야기는 콘셉트에 대한 아이디어가 불현듯 떠오르면서 시작된다. 또 어떤 이야기는 "이러면 어떨까?"라는 질문을 던져 보는 것으로 시작되기도 한다. 클라이브 커슬러Clive Cussler[8]는 더크 피트Dirk Pitt를 생각해 내기도 전에 대양 밑바닥에서 타이태닉호를 인양한다면 어떨까 하고 생각했을지도 모른다. 반대일 수도 있다. 그리고 바로 이 점이 중요하다. 클라이브 커슬러의 〈타이태닉호를 인양하라!〉는 더크 피트가 세 번째로 등장하는 소설이었고, 이는 인물이 먼저였다는 의미다. 그러나 〈타이태닉〉처럼 훌륭한 콘셉트를 지닌 책에 대해서는 콘셉트가 먼저였으리라고 생각하기 쉽다.

다른 작가들의 작품이 어떻게 시작되었는지를 추측해 봤자 별로 소용이 없다. 모든 작품들은 어떤 요소로 시작되기 마련이니까. 하지만 모든 요소들이 제자리를 찾기 전까지, 당신은 이야기를 시작할 수 없다. 시작할 수조차 없는 것이다. 어쨌거나 어떤 요소가 가장 먼저 와야 하는지는 중요하지 않다. 뭘로 시작하더라도 상관없기 때문이다.

어떤 주제를 보여주겠다는 의도로 이야기를 시작하는 작가들도 있다. 이야기나 주인공에 대해서는 별로 관심이 없고, 대신 특정한 사안이나 이야기의 무대(arena: 이야기가 펼쳐지는 사회, 장소, 혹은 환경. 〈러블리 본

8 소설가이자 아마추어 해저탐험가이다. 지금까지 36편의 책을 펴냈고, 대다수를 베스트셀러 명단에 올려놓았다. 이 중 총 22편에 나오는 주인공 '더크 피트(Dirk Pitt)'는 수많은 독자들로부터 '제임스 본드'만큼이나 사랑을 받는 인물이다.

즈The Lovely Bones〉, 〈더 펌The Firm〉, 그리고 영화 〈탑 건〉을 생각해 보라)를 조명하는 이야기를 쓰고 싶어하는 작가들도 있다. 이러한 주제에 콘셉트와 인물을 더하면 이야기가 시작된다. 하지만 아직 완전하지는 않다.

많은 사람들은 댄 브라운Dan Brown의 〈다빈치 코드〉가 어떤 아이디어, 콘셉트로 시작되었다고 생각한다. "이러면 어떨까"라는 질문을 던져 보며 시작되었으리라고. 이유가 뭘까? 이야기에서 엿보이는 "이러면 어떨까?"라는 질문이 너무나 강렬하기 때문이다……. 분명 콘셉트부터 시작했으리라. 그리고 댄 브라운은 콘셉트에 주인공과 풍부한 주제, 연쇄적인 구조를 더하여 이들 4가지 필수적인 요소들로 이야기를 풍성하게 채울 수 있었고, 2가지 필수적인 기법을 사용하여 3억 달러의 인세를 벌어들인 것이리라.

그러나 클라이브 커슬러의 경우와 마찬가지로 〈다빈치 코드〉는 로버트 랭던이 등장하는 두 번째 소설이었다. 첫 번째는 〈천사와 악마〉였다. 이는 〈다빈치 코드〉가 콘셉트가 아닌 인물로 시작되었음을 시사한다. 최초의 이야기에서 유일하게 이어진 것은 바로 인물, 로버트 랭던이었다(아마 가톨릭교에 대한 내용도 다소 이어졌을 것이다). 댄 브라운은 인물에 다른 3개의 필수적인 요소 – 콘셉트, 주제, 구조 – 를 더하여 스토리텔링을 구성하는 퍼즐의 첫 번째 조각을 만들어야 했다. 그는 랭던에게 이야기를 주어야 했다. 그것도 빠르게. 그렇지 않았다면 그는 후속작을 내지 못했을 것이다.

이러한 과정은 이야기를 쓰려는 우리가 무엇을 마주하게 되는지를 알려준다. 우리는 4개의 핵심요소 – 대개 콘셉트나 인물, 주제 중 하나다 – 중 하나로부터 아이디어를 얻은 뒤, 다른 3개의 요소들을 여기에 결부시킨다.

이것이 바로 이야기를 발전시키는 과정이다.

요소들 중 하나라도 소홀하게 취급한다면 당신의 이야기는 실패할 것이다. 무엇이 먼저 오는지는 중요하지 않다. 결국에는 모든 요소들이 나와야 할 것이고, 서로 긴밀하게 협력해야 할 테니까.

물론 댄 브라운이 랭던 시리즈를 쓰기 전부터 〈다빈치 코드〉의 콘셉트와 주제를 생각해 왔을 가능성도 충분히 있다. 하지만 랭던이라는 주인공, 즉 인물이 이러한 콘셉트와 주제에 더해지지 않았다면, 이 소설은 결코 베스트셀러가 되지 못했을 것이다.

수많은 작가들이 엄청난 실수를 저지른다

이런 작가들은 아이디어를 처음 생각하자마자 곧장 이야기를 쓰기 시작한다. 다른 3개의 요소들을 생각해 보거나, 발전시켜 보지도 않고 말이다. 그들은 초고를 쓰는 동안 다른 요소들이 저절로 나타나기만을 기다린다. 글을 쓰면서 다른 요소들을 탐색하여 이야기에 살을 붙이는 방식을 택한 떠오르는 대로 쓰는 작가들은 최초의 아이디어 하나에만 의지하여 초고를 여러 벌 쓰면서 이야기를 발전시킨다. 그러나 이야기를 계획하는 작가들은 사전에 4개의 요소들을 충분히 고려하고, 선형적인 구조를 만들어 내고, 그 후에는 인물과 주제를 깊이 탐색하면서 구조적인 면을 고려하여 첫 번째 초고를 완성한다. 당신이 어떤 방식을 택하더라도, 4개의 요소들 전부가 완벽하게 제시되고, 균형을 이루고, 힘을 얻기 전까지 이야기는 작동하지 않을 것이다. 당신이 이러한 요소들의 존재를 모른다면, 알아도 연습하지 않는다면, 이야기 감각에만 의존할 수밖에 없다. 하지만 이런 감각을 갖춘 사람은 사실 드물다. 특히 스티븐 킹과 같은 경지에 도달하기는 엄청나게 어렵다. 따라서 우리는 그의 충고를 무시하고 글을 쓰기 전에도, 쓰는 동안에도, 쓰고 난 뒤에도, 이야기의 핵심요소를 항상 유념해야 한다.

아이디어는 어디서 나올까?

작가들이 흔히 묻는 질문이다. 아이디어는 한밤중에 벌떡 일어나게 하는 꿈일 수도, 전혀 예상하지 못했던 순간에 돌연히 떠오르는 생각일 수도, 수십 년 동안 당신을 홀려 온 콘셉트일 수도 있다.

하지만 아이디어는 언제나 이야기의 4가지 본질적인 요소 – 콘셉트, 인물, 주제, 구조 – 중 하나로부터 촉발된다. 문제는 당신이 처음 생각해 낸 요소가 무엇인지를 알아야 하고, 이에 나머지 세 요소들을 더해야 한다는 점을 반드시 이해해야 한다는 것이다. 초고를 시작하기 전에. 가끔 두 번째 요소는 거의 곧바로 따라나오기도 한다. 직장을 잃는다는 것에 대한 소설을 쓰겠다는 욕망에 사로잡혀 한밤중에 벌떡 일어난 당신은 바로 다음 순간 주인공을 생각해 낼 수도 있다. 거의 동시에 생각해 낸 것처럼 보일 수도 있지만, 언제나 하나가 먼저 나타나 다음을 견인한다. 그리고 장담하건대 세 번째와 네 번째 요소는 처음 두 가지를 충분히 생각하며 씨름한 뒤에야 나타날 것이다.

이처럼 일견 창작의 불꽃이 동시에 번뜩이는 것처럼 보일 때, 이는 대개 좋은 징조다. 하나의 요소가 너무나 풍부한 가능성을 지니고 있어서,

다른 하나 혹은 그 이상의 요소들이 즉각 나타나는 것처럼 보인다면, 당신의 손에는 강력한 잠재력을 지닌 이야기가 쥐어진 셈이다. 그렇다고 다른 요소들을 발전시키는 작업을 소홀히 하지 마라. 이는 홀랜데이즈 소스를 만들 버터가 없는데도 에그 베네딕트를 만들기 시작하는 것과 같은 실수다.

처음 생각해 낸 아이디어로 좋은 이야기를 쓸 수 있다면 얼마나 좋을까. 하지만 아이디어 하나만으로는 좋은 이야기를 쓸 수 없다. 다른 요소들도 충분히 고려해야 한다. 당신은 다른 요소들 역시 제대로 파악해야 하고, 어떤 마법의 숨결을 불어넣어야 하고, 이들을 말끔하게 전체로 봉합할 수 있어야 한다. 우리는 이 시점부터 이야기의 창조주가 된다.

이제부터 스토리텔링의 힘겨운 작업이 시작된다. 당신이 창조주라면, 이야기를 제대로 빚어 내야 할 테니까.

모델에 관한 이론

여기서 당신은 6가지 핵심요소 모델과 관련해 규격화된 글쓰기 과정이란 없다는 것을 깨닫고 놀랐을지도 모르겠다. 이 모델은 당신이 어떻게 써야 한다기보다는 무엇을 알아야 하고, 무엇을 수행해야 하는지에 초점을 맞추고 있다.

다시 말해서, 마음에 드는 방식에 따라 이야기를 쓸 수 있다. 6가지 핵심요소를 잘 알고 이에 따른다면, 당신은 효과적으로, 효율적으로 글을 쓸 수 있을 것이다. 그러나 핵심요소를 고려하지 않는다면, 어떤 과정을 따르더라도, 특히 첫 번째 초고를 쓸 때는, 전혀 효과적이지도 효율적이지도 않을 것이다. 이런 경우, 당신의 초고는 필요한 요소들을 찾아내는 수단밖에 되지 않기 때문이다.

이야기를 미리 계획하는 사람이든 글을 쓰면서 이야기를 만들어 내는 사람이든 상관없이, 이 모델을 이해하고 적용한다면, 당신은 필요한 기본적인 요소들이 모두 갖추어진 상태에서 초고를 쓸 수 있을 것이다.

그리고 글쓰기는 여전히 예술과 관련되어 있다.

필연적으로 예상치 못한 상황이 발생할 수도 있다는 말이다. 하지만 특히 이야기의 구조와 관련하여 6가지 핵심요소를 잘 알고 있다면, 당신은 이야기의 최종적인 흐름을 구성하는 다양한 부분들과 지점들을 미리 생각할 수 있다. 다시 말해서, 이 모델을 사용하는 당신은 메모와 개요를 활용하며 이야기를 계획하는 작가로 변모할 수 있다는 의미다. 지금은 스스로를 떠오르는 대로 쓰는 작가라고 생각하더라도 말이다.

지식은 이처럼 중요하다. 무언가를 제대로 해내려면 지식에 근거한 사전계획이 중요하기 때문이다.

처음으로 비행을 배우는 조종사는 레이더의 존재조차 인지하지 못할 수도 있다. 하지만 스스로 비행기를 조종하기 시작하는 순간, 다른 비행기와 충돌하지 않으려면, 연료가 바닥나기 전에 목적지에 도착하려면, 그는 두 눈과 레이더, 그리고 육감에 의존해야 한다. 그러다 어느 날 그는 레이더와 비행술의 6가지 핵심요소를 발견하게 된다. 그에게는 효율성과 안전성이라는 전적으로 새로운 세계가 열리고, 조종사 라운지에 앉은 늙은 조종사들이 하는 말과는 달리 이 세계는 비행하는 즐거움을 조금도 감소시키지 않는다. 이러한 핵심요소는 그가 추락하는 일 없이 여분의 연료를 남기고서도 목적지로 이동할 수 있으리라는 점을 확신하게 한다. 이제 그는 비행을 계획한다는 것이 무엇인지를 알게 되었기 때문이다.

떠오르는 대로 쓰는 사람이든 계획하고 쓰는 사람이든 이 두 가지를 뒤섞어 쓰는 사람 – 많은 작가들이 뒤섞은 방식을 따른다. 특히 무작정 쓰는 사람들부터 육감에 의존해 쓰는 사람들 – 이든, 당신은 결국 같은 과정을 따른다.

어떤 과정을 선택하더라도, 항상 이야기를 탐색해야 한다. 아이디어를 발전시켜라. 어떤 선택을 할 수 있는지 생각하라. 결정하라. 극적 긴장감과 호흡을 최적화시켜라. 당신의 인물에게 모험과 성장, 그리고 구원으로 나아가는 가장 좋은 길을 열어 주어라.

플롯을 짜고 쓰든, 무작정 쓰든, 계획해서 쓰든, 꾸준히 쓰든, 우리는 결국 같은 배에 타고 있다. 우리는 모두 이야기를 탐색하고 있는 것이다. 6가지 핵심요소 모델을 활용하여 모든 요소들을 적절히 고려한다면 보다 효과적이고 효율적으로 글을 쓸 수 있을 것이다.

PART 2

첫 번째 핵심요소 **-콘셉트**

콘셉트란 무엇인가?

앞에서 우리는 음식의 정의를 두고 고민하는 셰프 지망생들처럼 이야기에 대한 정의를 고민했다. 하지만 대부분의 작가들은 이야기에 대한 완벽한 정의를 알지 못한다. 워크숍에 수없이 참석했거나 소설이나 각본을 여러 편 쓴 작가들조차 전혀 이야기라 할 수 없는 원고를 제출하는 경우가 많다는 것을 알면, 당신은 놀랄 것이다. 그런 원고는 이야기라기보다는 이야기라 할 만한 최소한의 자격도 갖추지 못한 에피소드의 나열이나 스케치 정도에 불과하다.

이야기는 정의할 필요도 없다고, 누구나 다 아는 내용이라고 생각할지도 모른다. 하지만 천만에.

콘셉트도 마찬가지다.

콘셉트를 정의하기란 까다롭다. 왜냐하면 콘셉트가 글쓰기와 관련된 용어로 사용될 때 남용되거나 오용되는 경우가 많고, 따라서 쉽게 오해되기 때문이다. 콘셉트는 아이디어나 전제premise와는 다른 미묘한 차이를 갖는다. 콘셉트는 흔히 주제로 혼동되기도 하지만, 역시 주제와는 분명한 차이가 있다.

아이디어와 콘셉트, 그리고 전제를 구분하지 않고 사용하는 사람들이 너무나 많다니 놀라운 일이다. 이는 일상적으로는 별 문제가 없을지도 모르지만, 이야기의 기본적이고 핵심적인 요소를 알고자 하는 작가들에게는 문제가 될 수밖에 없다.

콘셉트가 아닌 것

6가지 핵심요소 중 하나인 콘셉트는 다른 요소로 대체될 수 없다. 당신의 콘셉트는 반드시 뛰어나지 않아도 좋다. 하지만 제 역할을 다하는 콘셉트여야 한다. 또한 콘셉트는 아이디어가 아니다. 그런데도 콘셉트가 아닌 아이디어 하나로 이야기를 시작하고자 한다면, 스스로 무덤을 파는 셈이다.

이야기가 될 수 없는 아이디어란 무엇인지 알아보자. 예를 들면 '플로리다로 여행을 간다'라는 아이디어가 있을 수 있다. 여기서 콘셉트는 '차를 타고 플로리다로 가는 길에 나오는 모든 국립공원을 방문한다'가 될 수 있다. 전제는 '그간 소원했던 아버지와 플로리다로 가면서 화해한다' 정도가 될 것이다.

이제 이러한 개념을 클라이브 커슬러의 소설 〈타이태닉호를 인양하라!〉에 적용하여 이야기의 씨앗이 생겨나는 방식을 알아보자. 이 소설의 아이디어는 '바다 밑바닥에서 타이태닉호를 인양하는 이야기를 쓰겠다'는 것이다. 훌륭한 아이디어다. 콘셉트는 '타이태닉호를 은폐된 상태로 남겨두려고 하는 어떤 세력이 존재한다는 비밀을 제안한다'는 것이고, 그리고 전제는 '이 일을 해결하여 잠재적인 위협으로부터 나라를 구하는 전형적인 주인공을 보여주겠다'는 것이다. 클라이브 커슬러에게는 미안하지만 여기서 우리는 〈타이태닉호를 인양하라!〉를 통해 아이디어와 콘셉트, 그리고 전제가 어떤 차이점을 갖는지만을 알아볼 것이다. 그러니 다음으로 넘어가자.

아이디어와 콘셉트, 그리고 전제는 얼핏 똑같아 보일 수도 있지만, 작가라면 이러한 세 가지 개념을 명확하게 구분해야 한다.

콘셉트가 아이디어의 다른 이름에 불과하다고 꼬투리를 잡는 사람이 있을지도 모른다. 하지만 그는 평범한 빵과 세상에서 가장 맛있는 케이크가 똑같다고 생각하는 셈이다. 케이크도 빵이지만, 엄청나게 맛있는 빵이다. 평범한 빵이 하찮은 아이디어라면 케이크는 근사한 콘셉트라 할 수 있다. 하나의 이야기가 가능할 수 있도록 발전에 발전을 거듭해 온 아이디어가 콘셉트다. 그리고 콘셉트는 이야기가 펼쳐지는 무대가 된다.

콘셉트는 질문을 제기한다. 그리고 이 질문에 대한 답변이 바로 이야기를 만든다.

발레리나 이야기를 쓰겠다는 아이디어는 콘셉트가 아니다. 한낱 아이디어일 뿐이다. 하지만 이 아이디어에 뭔가 발전된 생각을 덧붙이고, "한쪽 다리를 잃었지만 프로 무용수가 되겠다는 일념으로 편견에 맞서 인내하며 굴하지 않는 발레리나가 있다면 어떨까?"라는 질문을 던져 볼 때, 아이디어가 콘셉트로 진화했다고 할 수 있다.

처음 생각해 낸 아이디어는 언제나 콘셉트의 일부를 구성한다. 최초의 아이디어가 콘셉트의 중요한 부분을 차지하기는 하지만, 콘셉트는 아이디어 하나로만 구성되지 않는다.

발레리나 이야기를 다시 한 번 살펴보고, 콘셉트로 확장된 아이디어가 이미 이야기의 일부가 되었다는 점을 확인하라. 콘셉트가 제기하는 질문이 어떤 답변을 제안하는지도 확인하고. 질문의 답변이 바로 이야기다. 질문으로 이어지지 않고, 이야기가 펼쳐질 무대도 될 수 없는 아이디어는 이야기를 만들 수 없다. 콘셉트가 될 수 있는 아이디어를 생각해내야 한다.

한편 콘셉트는 플롯이 아니라 플롯을 이끌어내는 길이라는 점에 주목하라. 갈등이 도입되고, 어떤 갈등인지가 밝혀지며, 이야기의 흐름상 중요한 지점들이 제자리를 잡지 않는다면, 플롯은 없다. 어떤 인물에 관한 아이디어를 생각해 냈다고 하자. 이 아이디어를 콘셉트로 발전시키려면 인물에게 할 일이나 목표를 주어야 한다.

주제에 관한 아이디어를 생각할 수도 있다. 예를 들어 보자. "부정부패에 대한 이야기를 쓰고 싶어." "중독을 이겨내고 재활하는 이야기를 쓰고 싶어." "탐욕스러운 기업에 대한 이야기를 쓰고 싶어." 모두 콘셉트가 없는 아이디어다. …… 아직까지는.

인물에 관한 아이디어도 생각해 볼 수 있다. "전투기 조종사 이야기를 쓰고 싶어." "바람피우는 남편 이야기를 쓰고 싶어." "거짓말쟁이 변호사 이야기를 쓰고 싶어." 여기에는 주제가 없다. 머릿속에서 빠르게 연관된 주제를 떠올리더라도. 그리고 이러한 아이디어들도 역시 콘셉트가 아니다. …… 아직까지는.

선형적 구조에서 아이디어를 생각해 낼 수도 있다. "1980년 미국 올림픽 하키팀에 관한 이야기를 쓰고 싶어." "한 사람이 암투병을 이겨내는 과정에 관한 이야기를 쓰고 싶어." 마찬가지로 이 아이디어들에는 아직 주제도, 인물도, 콘셉트도 없다.

이야기의 4가지 요소 – 콘셉트, 인물, 주제, 구조 – 중 무엇으로도 아이디어를 떠올릴 수 있다. 다시 말해서 아이디어는 콘셉트도, 인물도, 주제도, 일련의 사건도 될 수 있다는 말이다. 하지만 이러한 아이디어에 핵심요소가 하나라도 덧붙여지지 않는다면, 아무 소용이 없다.

콘셉트를 전달하는 방식

1980년에 미국 올림픽 하키팀이 금메달을 따는 이야기로는 좋은 콘셉트를 만들 수 없다고 생각할지도 모른다. 실제로 일어났던 일을 바꿀 수는 없기 때문이다. 하지만 우리는 전략적으로 실화에 근거한 콘셉트를 전달할 수 있고, 또 그래야만 한다. 구태여 플롯을 바꿀 필요가 없기 때문이다. 골키퍼나 코치의 눈을 통해 이야기를 한다고 생각해 보자. 이 경우 아이디어가 콘셉트로 진화했다고 볼 수 있다. 콘셉트는 다음과 같은 질문의 형식으로 표현될 수 있다. "1980년 미국 올림픽 하키팀의 이야기를, 신문기사와는 다른 방식으로, 팀의 간판이라 할 수 있는 골키퍼의 눈으로 보여준다면 어떨까?"

이제 당신에게는 이야기가 생겨났다. 당신은 최초의 아이디어 단계를 벗어난 것이다(이 이야기는 2004년 커트 러셀이 나오는 영화 〈미라클Miracle〉로 만들어졌고, 흥행에 성공했다).

영화제작자들은 수많은 아이디어를 내놓는다. "유령이 나오는 집을 영화로 만들자." "잠수함에 관한 영화를 만들자." 이처럼 이들의 아이디어는 끝이 없지만, 대부분은 발전될 기회를 얻지 못한 채 사라진다. 하지만 그들은 아이디어를 이야기로 발전시켜 줄 작가를 고용할 수 있다. 그들의 아이디어는 작가의 손을 거쳐 콘셉트 단계로 진입한다.

대단한 성공을 거둔 소설 〈러블리 본즈〉에서 앨리스 시볼드Alice Sebold가 제시한 콘셉트는 이야기의 플롯과 마찬가지로 구체적인 역할을 맡고 있다. 그녀의 아이디어가 우리에게 천국이 어떤 곳일지를 보여주겠다는 것이었다면, 콘셉트는 이미 천국으로 떠난 사람을 화자로 삼아 천국에서 직접 해결되지 않은 살인사건에 대한 이야기를 들려 주게 한다는 것이었다. 그녀가 처음 생각했던 아이디어에는 깊이가 없었다. 따라서 이 아이디어를 이야기를 위한 플랫폼, 즉 무대로 진화시켜야 했다.

따라서 시볼드의 콘셉트는 다음과 같이 답변을 요구하는 질문으로 표현될 수 있다. "해결되지 못한 살인사건의 희생자가 천국에서도 편하게 지내지 못한다면, 그래서 그녀가 사랑했던 사람들이 사건을 해결할 수 있도록 도와주기로 한다면 어떨까?"

이런 것이 이야기다. 그리고 이 책은 1천만 부 넘게 팔려 나갔다.

콘셉트 vs 아이디어 vs 전제 vs 주제

계속해서 〈러블리 본즈〉를 통해 콘셉트는 아이디어(idea)나 전제(premise), 주제(theme)와 확연히 다른 독립적인 핵심요소라는 점을 분명히 알아보자. 아이디어는 항상 콘셉트에 속한다. 콘셉트는 전제에 속한다. 그러나 아이디어도 전제도, 콘셉트가 분명하게 밝혀지지 않는다면, 이야기가 될 수 없다.

아이디어를 "이러면 어떨까?"라는 형식의 흡입력 있는 질문으로 표현할 수 있다면, 당신은 이야기로 향하는 문의 열쇠를 가진 셈이다. 당신에게는 콘셉트가 생겼다. 이제 글쓰기에 무지한 사람처럼 콘셉트를 아이디어라고 부르지 마라. 뭐, 꼭 안 된다는 말은 아니다. 스텔스 전투기를 비행기로, 뇌수술을 그냥 수술이라고 부를 수도 있으니까. 하지만 콘셉트는 아이디어를 넘어선다. 콘셉트를 뭉뚱그려 아이디어라고 부르는 당신은 정확한 글쓰기 용어가 아니라 그저 하나의 일반명사를 사용하고 있다. 일상적인 대화에서는 상관없을지도 모르지만, 당신이 작가라면 아이디어와 콘셉트를 구분하라.

아이디어가 진화한 콘셉트에 인물이 포함된 것이 전제다. 그러므로 전제를 확장된 콘셉트라 부를 수도 있다. "살해된 소녀가 천국에서 우리에게 자신이 겪은 일을 말해 준다면 어떨까?" 이는 콘셉트다. "살해되어 천국에 간 14살 소녀가, 자신의 사건이 해결되지 못한 까닭에 자신뿐만 아니라 지상의 가족들도 편히 쉬지 못한다는 것을 알게 되어, 직접 개입하여 진실을 찾고 사랑하는 사람들에게 평안을 가져다 준다면 어떨까?" 이것이 전제다. 전제에는 주인공의 목표가 제시되어 있다. 정도의 차이는 있겠지만 작가는 전제에서 주인공의 목표를 반드시 밝힐 수 있어야 한다.

주제에 대해서는 할 말이 너무나 많다. 나는 이 책의 한 부분을 통째로 6가지 핵심요소 중 하나이자 너무나 중요한 요소인 주제에만 할애할 것이다. 그러니 여기서는 주제와 콘셉트의 차이점을 알아보는 정도로만 그치고자 한다. 주제는 플롯이나 인물을 다룬다기보다는 이야기의 본질적인 의미와 연관이 있다. 타이태닉호를 인양하는 이야기는 당신에게 어떤 의미를 전달하는가? 이 이야기가 실제 인생이나 세상에 관해 밝혀주는 바는 무엇인가? 당신에게 어떤 생각과 감정을 갖게 하는가? 이러한 질문들은 콘셉트가 아니라 주제와 관련되어 있다.

당신이 처음 생각해 낸 아이디어는 주제와 관련될 수도 있다. 존 어빙 Jone Irving[9]이 처음 생각했던 아이디어는 낙태라는 주제와 관련되어 있었다. 〈사이더 하우스The Cider House Rules〉로 이어진 최초의 주제적 아이디어는 고아원과 젊은 의사, 그리고 아버지와 딸의 근친상간적 관계라는 콘셉트로 확장되었다. 존 어빙의 아이디어가 콘셉트로 진화되지 못했다면, 이 아이디어는 이야기의 드라마가 펼쳐지는 무대가 될 수 없었을 것이다.

어떤 사람들은 구태여 아이디어, 콘셉트, 전제, 주제를 구분할 필요가 없다고 생각하기도 한다. 하지만 이야기를 쓰는 사람이라면 이야기에 꼭 필요한 개념들을 반드시 명확하게 이해하고 구분해야 한다. 그렇지 않다면 효율적으로, 효과적으로 이야기를 쓸 수 없기 때문이다. 아직 콘셉트로 다듬어지지 않은 아이디어만으로 글을 쓰기 시작한다면, 당신은 콘셉트가 생겨날 때까지 몇 번이고 초고를 다시 쓰는 고통스러운 시간을 보내야 할 것이다. 콘셉트는 생각해 보지도 않고 무작정 글을 쓰기 시작한다면, 그러다 에피소드만 죽 늘어놓는 데 그친다면, 이야기는 실패하고 말 것이다. 그 과정에서 어쩌다 제대로 된 이야기를 쓰는 것이 아니라면 말이다(물론 이렇게 작업하는 사람들도 있다. 하지만 절대로 그런 사람들을 따라하지 마라). '주제가 콘셉트다'(당연히 그렇지 않다)라고 생각하

---

9 스물여섯에 첫 소설 『곰 풀어주기』를 발표하며 작가생활을 시작했다. 한동안 가르치는 일과 글 쓰는 일을 병행하다 엄청난 작가적 성공을 안겨준 『가아프가 본 세상』 이후 전업 작가의 길로 들어서, 『사이더 하우스 룰스』, 『뉴햄프셔 호텔』, 『오웬 미니를 위한 기도』, 『네 번째 손』 등 선이 굵고 정열적인 작품들을 연이어 발표하며 현대 미국을 대표하는 작가가 되었다.

면서 오직 주제만을 염두한 채 글을 쓰기 시작한다면 당신은 이야기가 아닌 에세이나 사설만 쓰게 될 것이다. 플롯도 인물도 제대로 발전시킬 수 없기 때문이다.

6가지 핵심요소 모델은 이야기를 발전시키는 과정에서 반드시 찾아내야만 하는 것들을 밝혀 준다. 아이디어는 콘셉트가 아니라는 것과 강렬한 콘셉트가 필요하다는 것을 받아들인다면, 당신은 다른 길을 택했을 때보다 성공적인 이야기에 한 걸음 더 다가선 셈이다.

그리고 아이디어가 쓸 만한 콘셉트로 나타났다면, 당신은 이제 이 콘셉트가 다른 나머지 요소들과 어떻게 어우러지는지를 알아보아야 한다.

콘셉트의 기준

콘셉트에 적용해야 할 첫 번째 기준은 콘셉트를 단순한 아이디어 – 아이디어는 핵심요소들 하나와 연결되어 있을지도 모른다 – 혹은 주제와 혼동해서는 안 된다는 것이다. 당신은 아이디어 하나로 이야기를 쓸 수 없으며, 주제 또한 콘셉트라 할 수 없다. 여전히 무슨 말인지 모르겠다면 앞 장(5장)으로 돌아가서 콘셉트가 아이디어나 전제, 주제와는 어떻게 다른지를 다시 한 번 학습하라. 콘셉트를 충분히 이해하는 것이 무엇보다도 중요하다.

콘셉트를 이해하는 순간, 효과적인 콘셉트를 만들려면 어떤 기준이 필요한지도 쉽게 이해될 것이다.

콘셉트가 새롭고 독창적인가?

당연히 그래야 한다. 〈다빈치 코드〉 풍으로 빈센트 반 고흐의 그림에서 숨겨진 메시지를 발견하는 이야기나, 〈타이태닉〉 풍으로 바다 밑바닥에서 루시타니아호를 인양하는 이야기라는 콘셉트를 갖는 소설을 투고할 사람은 없을 것이다.

그런데 장르에 관해서는 어떤가? 살인 미스터리라는 장르를 쓰고자 하는 당신은 어떻게 새로운 콘셉트를 찾아낼 것인가? 로맨스를 쓰고 싶다면? 당신은 선택한 장르가 일반적으로 따르는 방식을 거부하고 예상치 못한 방식으로 전개되는 이야기를 쓰겠다고 생각하며 다른 차원의 콘셉트를 만들어 볼 수 있다.

클라이브 커슬러의 아이디어는 심해에서 벌어지는 어드벤처에 관한 이야기를 쓰겠다는 것이었다. 타이태닉호를 인양한다는 생각을 했을 때, 그의 아이디어는 콘셉트로 진화했다. 이 콘셉트는 우리가 논의하게 될 모든 기준을 충족시키는 것이었다. 어드벤처 스릴러 장르에 속하면서도 전에는 본 적 없는 콘셉트였던 것이다.

"살인 미스터리를 쓰겠다"처럼 특정 장르를 쓰겠다는 생각은 아이디어에 불과하다. 희생자가 변호사라거나, 그의 아내에게 불리한 증거들이 수집된다거나 하는 식으로 약간의 가공을 거치더라도 이는 여전히 아이디어에 지나지 않는다. 이 아이디어에는 좀 더 많은 것들이 필요하다.

좀 더 깊이 파 보자. 살인 미스터리에 관한 이야기를 쓰겠다는 아이디어가 있다. 한 형사가 눈에 띄는 새로운 증거를 바탕으로 미해결 사건을 파헤친다고 하자. 미해결 사건을 다룬다는 것은 여전히 아이디어에 불과하며, 아직까지는 콘셉트라고 할 만한 것이 없다. 하지만 이미 20년이 지난 사건을 다시 파헤치다가 경찰이 인종차별에 근거했던 수사방식과 그 과정에서 벌어진 폭력을 감추기 위해 증거를 조작하고 만만한 용의자를 범인으로 몰았다는 사실을 알게 된다……. 근사한 콘셉트다. 살인 미스터리를 쓰겠다는 아이디어로 시작된 마이클 코넬리Michael Connelly[10]의 소설 〈클로저The Closers〉는 베스트셀러에 등극했다.

똑같은 아이디어라도 깊이를 부여하여 주제가 분명히 드러나는 강렬한 콘셉트로 변화시킬 수 있다.

마이클 코넬리의 콘셉트가 너무나 강력했던 이유도 알아둘 필요가 있다. 이 소설은 실제로 있었던 사건(로드니 킹이 경찰에게 폭행을 당해 청력을 잃었던 사건)을 참조하면서도, 독자들이 잘 아는 민감한 주제를 끌어안고 있기 때문이다. 주인공과 함께 해결에 나선 독자들은 이 사건에 내포된 윤리적인 문제를 느끼고 생각하도록 요청받는다. 그저 자기가 본 대로 판단하고 마는 것이 아니라. 마이클 코넬리가 미스터리 작가들 사이에서 꾸준히 높은 자리를 지키는 이유는 이처럼 풍부한 콘셉트뿐만 아니라 콘셉트를 바탕으로 하는 주제도 효과적으로 제시하고 있기 때문이다.

넬슨 드밀Nelson Demille[11] 역시 〈나이트 폴Night Fall〉에서 실제로 있었던 사건을 바탕으로 한 콘셉트를 사용했다. 그는 1996년 TWA 항공기 추락 사건을 소재로, 이미 전작에서 등장한 바 있는 주인공과 음모 이론을 바탕으로 꾸며낸 플롯을 사용한 이야기를 썼다.

콘셉트가 구체적이고 강력할수록 이야기는 더욱 풍부하고 극적으로 전개된다. 그렇다고 어마어마한 극적 요소를 만들어 낼 필요는 없다. 예

---

10 '해리 보슈 시리즈', '미키 할러 시리즈' 등의 저작을 통해 추리, 스릴러 분야에서 세계적 명성을 얻은 작가다. 대표작은 초기작인 『시인』, 『블러드 워크』, 『허수아비』, 『링컨 차를 타는 변호사』 등이다.

11 뉴욕 타임스와 퍼블리셔스 위클리 베스트셀러 1위에 빛나는 걸출한 대중소설 작가다. 대표적인 작품은 '존 코리 시리즈' 그 외에 존 트라볼타 주연의 영화 〈장군의 딸〉의 주인공 폴 브레너가 등장하는 '폴 브레너 시리즈'가 유명하다.

를 들어 찰스 프레지어Charles Frazier의 소설 〈콜드 마운틴Cold Mountain〉의 콘셉트는 시민전쟁에서 살아남아 집으로 돌아가고자 하는 한 병사를 다룬다. 〈러블리 본즈〉처럼 독창적이라고는 할 수 없는 콘셉트다. 그럼에도 이 소설은 베스트셀러에 진입했다. 풍부한 주제와 인물묘사, 그리고 탄탄한 서사로 빛나는 이야기를 만들어 냈기 때문이다.

좋든 싫든 콘셉트는 항상 작동해야 한다. 다시 말해서 한낱 아이디어를 넘어서야 한다는 말이다. 당신의 콘셉트는 강렬하고 독창적이어야 한다. 하지만 콘셉트는 6가지 핵심요소 중 하나다. 즉 콘셉트가 약하다면 다른 핵심요소들이 이를 보완해야 한다.

〈콜드 마운틴〉을 포함한 몇몇 베스트셀러 작품들의 콘셉트가 별로 강렬하지 않은 경우가 있다. 이러한 작품들이 성공할 수 있었던 까닭은 다른 요소들이 놀라운 솜씨로 쓰여졌기 때문일 것이다.

당신의 콘셉트가 대단히 새롭지도 독창적이지도 않다면, 적어도 주제나 전제를 새로운 방식으로 보여줄 수 있어야 한다

당신은 이 말을 진지하게 생각하며 이야기를 깊이 파고들어야 한다. 영리한 작가라면 콘셉트가 대단히 새롭지도 예리하지도 않을 때, 이에 강렬한 새로움, 예측 불가능성, 그리고 호기심을 불러일으키는 무언가를 이에 더해야 한다는 것을 알고 있다.

가장 성공적인 장르 소설들은 독자들이 해당 장르에서 기대하는 바를 충족시켜 주면서도 뭔가 새로운 것을 놓치지 않고 보여준다.

텔레비전 시리즈 〈제시카의 추리극장Murder, She Wrote〉을 통해 알아보

자. 언뜻 콘셉트 – 다정한 할머니가 누구도 해결할 수 없을 것 같은 살인사건을 해결한다 – 는 전혀 강렬해 보이지 않는다. '호오, 재미있겠는걸'하는 생각이 전부다. 새로워 보이는 점이 있다면 주인공이 뜨개질이나 좋아할 사람처럼 보인다는 것이다. 그러나 그녀는 어두운 과거를 지닌 냉소적인 중년 형사처럼 행동한다.

평범하고 진부한 콘셉트라도 얼마든지 근사하고 차별화된 콘셉트로 바꿀 수 있다. 물론 콘셉트가 조금이라도 새롭다면 독자를 비롯해 편집자들에게 점수를 따는 데 도움이 될 것이라는 점은 분명하지만.

당신의 콘셉트는 강렬한가?

독창성과 신선함이 새로운 방식으로 결합되었을 때 강렬한 콘셉트가 나온다고 말할 수도 있다. 하지만 독창성과 신선함이 합쳐졌을 때, 이는 단순히 합쳐진 것을 넘어서야 한다. 인물과 주제가 강렬한 것만으로는 충분하지 않다……. 당신은 주인공에게 동기를 부여하는 상황과 추구해야 하는 목표, 해결해야 하는 문제를 주어야 한다.

아이오와 농장에서 성장한 할머니의 이야기를 쓰고 싶다고? 얼마든지. 아이오와라는 구체적인 장소는 콘셉트로 바꿔 볼 만하지만, 상업적인 감각으로 볼 때 이 아이디어에는 (아이오와라는 장소를 제외하면) 전혀 흡입력 있는 요소가 없다. 누구나 내 말에 동의할 것이다. 우리가 주인공을 만나고, 그녀에게 호감을 품고, 그녀를 응원하고, 그녀와 함께 아름다운 유년기를 보낼 수 있으려면, 이야기는 보다 강렬해질 필요가 있다.

역시 어떻게 쓸 것인가가 대단히 중요한 역할을 할 것이다.

뭐, 좋다. 하지만 콘셉트 단계를 충분히 거치지 않는다면, 작가는 글을 써나가면서 이야기를 강렬하게 만들기 위해 고심해야 할 것이고, 초고를 쓰는 과정 내내 힘들게 이야기의 흡입력을 찾아 헤매야 할 것이다. 하지만 작가가 이야기에서 흡입력을 이끌어낼 동력이 무엇이 될 수 있을지를 알고 있다면, 이미 콘셉트와 관련된 무언가를 갖고 있는 셈이다. 작가는 이 무엇을 숙고하여 흡입력 있는 에너지를 전달할 수 있는 콘셉트로 만들어 내야 한다.

당신의 콘셉트는 이야기가 극적으로 전개될 무대를 설정하는가?

견고한 콘셉트를 만들기 위한 기준들은 꾸준히 상승하고, 가지를 치며, 때로는 하강(하강의 의미는 뒤에서 밝힐 것이다)한다. 그리고 서로를 기반으로 삼아 보다 강렬하고 강력한 콘셉트를 만들어 낸다. 일반적으로 우리는 아직은 콘셉트라고 할 수 없는 아이디어로 시작한다. 우리가 아이디어에 새로움과 강렬한 에너지를 불어넣으면, 아이디어는 단순한 상태에서 벗어나 보다 다층적이고 쓸 만한 것으로 변한다.

최초의 콘셉트가 어떻게 상승하고 하강하며 발전하는지를 알아보자. 클라이브 커슬러는 "오랫동안 바다 밑바닥에 가라앉아 있던 배를 인양하는 이야기"라는 콘셉트로 시작했다. 그가 처음 생각해 낸 콘셉트는 이게 전부였다. 아직 어떤 배를 인양할 것인지도 결정되지 않은 상태였다. 그 후 그는 '타이태닉'을 인양하겠다고 생각했다. 이는 고단수의 콘셉트로, 상승하는 가치 하나가 더해진 것이었다. 그 후 그는 타이태닉호와 관련된 비밀이 밝혀지지 않기를 바라는 세력이 있다는 생각을 해냈을 것이다. 인양에 맞서는 동력. 이는 사실 스토리라인을 깊숙히 파고 드는 하강하는 가치다.

처음 떠올린 아이디어에 기초한 최초의 콘셉트는 가장 훌륭한 콘셉트가 아닐지도 모른다. 당신은 콘셉트를 위아래로 이동시키며 가장 근사한 콘셉트로 만들어야 한다. 그러면서 콘셉트를 이야기에 꼭 맞게 변형시키는 것이다.

이런 모든 과정을 통해 당신은 이야기가 전개되는 극적인 무대를 설정하는 콘셉트를 이끌어낸다. 이야기는 이처럼 기본적인 콘셉트 단계에서 시작된다. 미끼가 던져지고 설정이 완료된 후 주인공은 모험을 시작하며, 구체적인 목표(생존, 복수, 행복, 건강, 평화, 부, 정의, 기타 등등)를 달성하려는 노력이 이어지고, 그 후에는 반대자와의 대결을 통해 궁극적으로 장애물 – 스토리텔링에서 가장 필수적인 요소인 갈등 – 을 극복(혹은 패배)한다. 갈등을 빚어내려면 외부적 반대자와 주인공의 내면에 깃든 악마inner demon를 활용하여 주인공이 목표를 이룩하기 위해 애쓰는 한편 이들을 싸워서 이길 수 있도록 해야 한다.

좋은 콘셉트는 독자들에게 극적인 여행을 약속한다.

할머니가 아이오와에서 보낸 어린 시절? 이것이 당신의 콘셉트가 약속하는 전부는 아니어야 한다. 콘셉트에 주인공의 모험과 목표가 빠져 있으며, 갈등도 보이지 않고, 흡입력을 갖춘 에너지도 찾아볼 수 없기 때문이다.

하지만 진부한 콘셉트라고 하더라도 깊이 파고들어 용감하게 고칠 수도 있다. 혹시 콘셉트를 고칠 수 없더라도, 6가지 핵심요소 모델이라면 결코 살아나지 않을 원고만 붙들고 시간을 낭비하는 당신을 구원해 줄 것이다. 콘셉트가 다소 변변찮더라도 다른 요소들이 이야기를 지켜주기 때문이다.

당신의 주인공, 그러니까 할머니가 의사가 되고 싶어했다면? 그 시대에 젊은 여자로서는 꿈도 꿀 수 없는 희망이었고, 돈도 없고 방법도 모르는 등 복잡한 문제를 안고 있었다면? 꿈이 꺾인 주인공이 독학으로 상당한 의학적 지식을 쌓을 수 있었고, 가족들 중 누군가의 목숨을 구하면서, 끝까지 반대하던 집안 어른이 마음을 돌려 의대에 진학하는 것을 허락한다면? 남성우월주의자나 질투심에 불타오른 반대자가 그녀를 방해하려고 한다면? 그녀의 아이디어를 훔치려고 한다면? 그녀를 위협하려고까지 한다면? 그녀가 가족과 약혼자(서브플롯) 사이에서 자신의 꿈을 위한 결정을 내려야만 한다면?

이처럼 상승적이면서도 하강적인 요소가 덧붙여지는 것만으로도 최초의 진부한 아이디어는 잔뜩 토핑을 얹은 환상적인 아이스크림으로 거듭난다. 게다가 당신의 할머니가 아이오와에서 성장하는 이야기라는 기본적인 아이디어는 변하지 않았다. 이 이야기가 실화를 바탕으로 하고 있다면, 당신은 당신에게 인상적으로 다가왔던 것과 독자들에게 인상적으로 다가가게 될 것을 분리하여 생각해야 하고, 이를 발전시켜 당신은 물론이고 당신의 할머니를 전혀 모르는 독자들까지도 흥미롭게 받아들일 수 있는 이야기로 만들어야 한다. 하지만 여기서는 콘셉트를 깊이 파고들어 더욱 풍부한 콘셉트로 만들어야 한다는 점에 일단 주목하기로 하자. 이러한 콘셉트는 제대로 작동할 수 있을 것이다.

이야기의 서사적 목표가 무엇인지를 반드시 알아야 한다. 그래야 당신의 이야기는, 그리고 당신은 든든한 지원군을 얻는다. 콘셉트를 분명하고 강렬하게 만드는 것은 당신의 목표를 밝혀내고 당신이 추구하는 여행의 첫 걸음이다.

당신의 콘셉트는 다른 세 가지 필수적인 요소에 적합한가?

대학 시절, 내가 문예창작 과목을 수강하면서 냈던 과제물을 예로 들고자 한다. 나는 내 콘셉트가 굉장히 근사하다고 생각했다. 아내가 바람을 피우고 있다는 것을 알게 된 남자가 아내와 애인이 밀회를 즐기는 호텔로 찾아간다. 그는 주방쪽 출입구로 숨어들어 계단을 올라간다. 호텔 측은 그날 새로 페인트를 칠했고, 따라서 층 번호가 지워져 있었다. 그는 계단을 올라가면서 층 수를 계산한다. 그는 아내의 전화통화 – 이메일이나 문자가 등장하기 전이다 – 를 엿들으면서 그들이 투숙할 객실번호(1501호)를 알아냈다. 그리고는 방문을 열어 젖히고 서로 뒤엉켜 있던 두 사람이 침대에서 빠져나오기도 전에 그들을 샷건으로 쏘아 버린다. 그들은 무슨 일이 일어나고 있는지조차 알 수 없었다.

그런데 나의 주인공은 한 가지를 잊고 있었다. 호텔에는 13층이 없다. 따라서 속으로 층 수를 계산하며 1층부터 15층까지 올라갔던 주인공은 사실 16층에 도착했던 것이었다. 그가 1601호로 난입해 총으로 쏘아 죽인 커플은 신혼여행을 온 부부였다.

정말이지 M. 나이트 샤말란Night Shyamalan[12] 감독이 썼을 법한 역설적

12 심리 스릴러인 〈식스 센스〉가 이룩한 천문학적 성공은 그를 할리우드에서 가장 영향력 있는 감독들의 대열에 올려놓았다. 〈식스 센스〉로 샤말란 감독은 아카데미 작품상, 감독상 등을 포함하여 6개의 아카데미상 후보에 지명됐다. 그 외 작품으로는 〈언브레이커블〉과 〈싸인〉 등이 있다.

인 공포가 깃든 이야기였다.

교수는 강의실에서 모두에게 읽어 주고 싶은 이야기가 하나 있다고 말했다. 그 이야기는 내가 쓴 것이었다. 나의 이야기는 그 정도로 훌륭했던 것이다! 그래서 나는 자랑스럽게 자리에서 일어나 7페이지짜리 걸작을 읽기 시작했다. 읽기를 끝냈을 때, 나의 얼굴은 작가적 자부심으로 빛나고 있었다.

그러나 교수가 나를 지목했던 건 다른 이유에서였다. 나의 이야기는 한낱 술책에 지나지 않았다. 의미가 없었다. 가치도 없었다. 타당성도 부족했고, 지나치게 과장되어 있었다. 전적으로 실패한 이야기였다. 내가 환상적이라고 생각했던 문체와 독특하다고 생각했던 콘셉트에도 불구하고.

교묘한 속임수로는 콘셉트를 만들지 못한다.

나는 다음 날인가 받았던 피드백을 잊지 못한다. 이야기는 문체가 아니다. 이야기는 콘셉트도 아니다. 문체와 콘셉트는 이야기와 어우러져야 한다. 콘셉트가 한 인물의 여정과 어우러지지 않는다면, 울림을 가져다 주는 주제를 전달하지 못한다면, 전혀 좋은 콘셉트라고 할 수 없다.

바로 이 점이 콘셉트의 기준이 되어야 한다. 교묘하고 영리한 속임수 따위는 콘셉트가 될 수 없다. 아이디어라고도 할 수 없다. 콘셉트는 더 크고 더 나은 이야기를 위한 무대가 되어야 한다.

몇 년 전 나는 로버트 맥키Robert McKee[13]의 유명한 글쓰기 워크숍에 참

---

13 텔레비전 시리즈 '형사 콜롬보', '스펜서' 등을 통해 비평가들의 인정을 받았다. 1983년부터 남캘리포니아 대학의 영화와 텔레비전 학교에 교수로 재직 중이며 스토리 세미나를 주제하고 있다. 맥키가 쓴 『시나리오 어떻게 쓸 것인가』는 시나리오 부문 베스트셀러 자리를 지켜왔으며, 미국 명문 대학에서 영화 관련 교재로 선택한 책이기도 하다.

석한 적이 있었다. 로버트 맥키는 나이트 샤말란의 〈식스 센스The Sixth Sense〉가 형편 없는 이야기라고 일침을 가했다. 이 영화가 박스오피스에서 6억 달러를 벌어들였다는 사실은 중요하지 않았다. 영화의 콘셉트는 인물이나 주제와 연결되지 못했다. 죽은 사람이 자신이 죽었다는 사실을 모른다면, 그리고 우리는 그의 시점으로 사후세계를 보고 있는 것이라면? 우리는 그 이유를 결코 알 수 없다는 것이 문제였다. 이 영화에는 위험요소도 존재하지 않았다. 영화가 끝날 때까지 무슨 일이 일어나고 있는지를 알 수 없었으므로, 주인공을 진정으로 응원할 수도 없었다. 마지막 반전이 없었다면 이 영화는 아무것도 아니었을 것이다. 문학의 정크푸드. 이후 나이트 샤말란은 경력 면에서 추락하기 시작했다. 이런 식의 스토리텔링 전략이 지속될 수 없다는 증거다. 〈식스 센스〉처럼 반전 결말에 의존하는 영화들은 박스오피스에서 점점 줄어들고 있다.

그의 콘셉트가 인물과 주제에 연결되지 않았기 때문이었다.

콘셉트를 일련의 "이러면 어떨까?"라는 질문으로 표현해 보라

이 과정은 두 가지 이유에서 좋은 콘셉트를 만들어 주는 중요한 기준이 된다.

첫째, 콘셉트가 어느 정도 이상으로 풍부하고 강렬하다면 "이러면 어떨까?"라는 질문으로 표현하는 것이 가능하다. 이런 질문을 통해 이야기는 보다 명료하고 강력하게 떠오를 것이다. 좋은 질문은 답변을 요구하는 법이다. 그리고 그 답변이 바로 이야기다.

둘째, "이러면 어떨까?"라는 질문은 즉각 또 다른 질문으로 이어진다. "이러면 어떨까?"라는 질문들이 연속적으로 이어지다 보면 이야기가 구체적으로 떠오르기 시작한다. 상승하는 쪽으로도, 하강하는 쪽으로도. 작가에게 이는 이야기의 구조상 중요한 지점들을 결정할 때, 나아가 모든 장면들 각각을 결정할 때도 사용할 수 있는 강력한 도구다.

댄 브라운이 〈다빈치 코드〉를 발전시키는 초기 단계에서 기독교의 진실성에 의문을 제기하겠다는 생각을 했을까? 아마 아닐 것이다. 그가 내 전화를 받지 않아서 알 수는 없지만. 어쨌거나 우리는 그의 이야기를 통해 "이러면 어떨까?"라는 질문이 스토리텔링에 적용될 때의 힘이 얼마나 강력한지를 알아볼 수 있다. "레오나르도 다빈치가 기독교와 성서의 진실성에 대한 자신의 생각을 〈최후의 만찬〉에 단서로 삽입했다면 어떨까?" 이러한 질문으로 표현된 콘셉트는 모든 기준을 충족시킨다. 이 콘셉트는 독창적이고, 강렬하며, 극적인 무대를 설정하는 동시에 또 다른 "이러면 어떨까?"라는 질문을 여럿 이끌어낸다.

모르긴 몰라도 댄 브라운은 이러한 콘셉트로 이야기를 시작했을 것이다. 질문을 던져 보며 콘셉트를 구성하다 보면, 정확히 어디서부터 이야기가 시작되는지는 알 수 없지만, 이야기는 더욱 깊어지고 풍부해지며 연결점을 찾게 된다. 질문이 이어지면서 콘셉트는 사방으로 뻗어 나간다……. 더 높은 단계의 콘셉트로……. 이야기의 세부적인 내용들로……. 인물과 주제는 보다 다층적으로…….

〈다빈치 코드〉에는 이처럼 강력한 질문들이 수없이 연결되어 있다. 이제 높은 단계의 콘셉트에 도달한 몇 개의 질문을 직접 알아보자. 포괄적인 질문이 구체적인 질문으로 연결되면서 각각의 질문에 대한 답변은 이야기에서 구조적으로 중요한 지점들을 밝혀준다.

- 예수가 십자가에 매달려 죽지 않았다면 어떨까? 기독교 자체가 조작된 것이며, 이러한 비밀이 계속해서 지켜져 왔던 것이라면 어떨까?
- 목숨을 걸고 비밀을 지키고자 하는 집단이 있다면 어떨까? 그들이 비밀을 지키기 위해서라면 살인도 불사하겠다고 생각한다면?
- 또 다른 비밀이 있다면 어떨까? 전설 속 성배가 실은 예수의 아이를 잉태한 마리아 막달레나의 자궁이었다면? 그녀의 아이가 살아남아 그의 후손이 오늘날까지 이어지고 있다면? 따라서 예수 그리스도의 후손이 오늘날에도 살아 있다면?
- 레오나르도 다빈치가 비밀 집단의 단원이었다면? 다빈치가 이러한 사실에 대한 단서를 〈최후의 만찬〉을 통해 우리에게 주려고 했던 것이라면?
- 루브르 박물관의 큐레이터가 진실을 알아냈다는 이유로 살해되었다면? 그가 그림에 숨겨진 메시지와 자신이 살해된 이유에 대해 자신의 피로 단서를 남겼다면?
- 어떤 사제들이 2천 년간 이어진 교회의 은폐공작을 노출하려다 살해되고 있다면?
- 우리의 주인공이 큐레이터가 남긴 수수께끼 메시지를 해독해 달라는 명목으로 불려가고, 그러다 살해범이라는 누명을 쓴다면?
- 그를 도와주는 여자가 겉보기와는 다르다면 어떨까? 그녀가 다른 사람들보다 더 깊이 진실에 연관되어 있다면 어떨까?
- 협력자로 생각되던 사람이 실은 음흉한 목적 때문에 주인공을 이용하고 있는 것이라면? 그리고 그가 묻혀 있던 진실의 증거를 발견하는 순간, 그를 살해할 생각이라면?

이처럼 "이러면 어떨까?"라는 질문은 사실상 모든 장면과 구조적으로 중요한 모든 지점들이 밝혀질 때까지 계속해서 이어질 수 있다.

이야기에 기준을 적용하기

"이러면 어떨까?"라는 질문으로 이야기의 흐름을 어느 정도 계층적으로 만들어 낼 수 있다는 것을 알게 되었다면, 이제 이 흐름을 뛰어넘어 어디로 가야 할지를 파악해야 한다. "이러면 어떨까"라는 질문은 더 높은 단계의 콘셉트를 만들어 내는가? 어떤 질문이 이야기를 깊이 파고드는가?

질문 던지기는 이야기를 쓰는 과정에서 가장 강력한 도구다. 하지만 너무 많이 질문하다 보면 얼핏 보기에는 다들 괜찮게 보이는 선택지들 사이에서 길을 잃어버리게 되는 모순적인 상황에 처하게 될 수도 있다. 그러다 더 좋은 선택지를 버리는 일도 있을 수 있는 것이다.

수많은 선택지들 사이에서 지혜로운 창의력을 발휘해야만 성공적인 이야기를 쓸 수 있다. 그러려면 직감을 따르는 대신 성공적인 스토리텔링을 위한 6가지 핵심요소 모델의 기준을 충족시킬 방법을 찾아야 한다.

기억하라. 이야기를 발전시키는 과정에서 반드시 콘셉트를 만들어야 한다. 당신이 처음 생각해 낸 아이디어는 주제나 인물, 혹은 일련의 사건일 수 있다. 아이디어 단계에서 멈추고 곧장 원고를 쓰는 실수를 범하지 마라. 시간을 들여 아이디어를 강렬한 콘셉트로 발전시키고, "이러면 어떨까?"라고 질문하며 콘셉트를 풍부하게 변화시켜라.

최초의 아이디어는 처음보다 훨씬 나아질 것이다.

혹은 각고의 노력 끝에 최초의 아이디어가 별로 쓸모가 없으며 결국 이야기로 쓸 만하지 않다는 것을 깨닫게 될 수도 있다.

둘 다 좋다. 원고를 전부 써 버린 다음에 후회하는 것보다는 훨씬 나으니까.

7

좋은 콘셉트와 나쁜 콘셉트를 구분하는 방법

당신의 콘셉트가 앞 장(6장)에서 제시한 기준들을 충족시키더라도 충분한 흡입력을 갖춘 콘셉트는 아닐 수도 있다. 에이전트나 출판사에 원고를 보내기 전에 콘셉트가 충분히 좋은지 아닌지를 판단해야 하는 사람은 바로 당신이다. 작가로서 우리는 스스로 생각하고 결정해야 한다.

우리는 손목터널증후군에 걸릴 때까지 이야기를 발전시키려고 노력한다. 하지만 핵심적인 아이디어가 다소 부족하다면, 혹은 더 나쁘게도 진부한 아이디어만 붙들고 있다면, 이야기는 출항하기도 전에 가라앉고 만다. 이야기를 다 쓸 때까지 무엇이 잘못되었는지조차 모를 수도 있기 때문에, 그저 노력만 하는 것은 결코 좋은 작업방식이라 할 수 없다.

책을 내고 싶어서 안달하는 사람들은 위험에 처하기 쉽다. 물론 우리는 팔릴 만한 이야기를 쓰고자 한다. 그런데 잘 팔리는 작가들을 모방하거나 유행을 따르면서 자신의 이야기가 팔릴 만하다고 생각해 버린다.

게다가 팔리는 작품을 쓰겠다는 이유만으로 글을 쓰고 있다면, 당신은 나쁜 선택을 한 셈이다. 당신의 책이 팔릴 가능성은 가변적이다. 이러한 가능성을 헤아려야 하는 사람은 당신이지만, 무조건 잘 팔리는 작품을 쓰겠다고 생각해서는 안 된다. 결국 소설도 예술이니까.

우리가 따라야 할 미학은 갤러리가 아니라 대형 쇼핑몰의 벽화일 것이다. 그러나 갤러리에 작품을 거는 화가든, 쇼핑몰 벽화를 그리는 화가든 양쪽 모두 예상할 수 있는 과정과 기본적인 것들을 공유하며 작품을 제작한다. 양쪽을 구분하는 선은 가늘고 희미하다. 우리는 이 선을 예술이라고 부르며, 선을 넘지 않으면서도 조작할 수 있는 능력을 재능이라고 부른다.

당신은 어떤 작가인가?

이야기를 쓰겠다는 동기와 이야기를 위해 선택한 아이디어가 일치하지 않는 경우가 너무나 많다. 이는 작가인 우리를 기다리는 숨겨진 덫이다. 우리는 잘못된 이유에서 잘못된 길을 택한다. 덫을 피하려면 우리가 어떤 작가인지를 알아야 한다. 특히, 우리가 작가인 이유를 말이다. 우리가 무엇을 쓸지 생각할 때, 어째서 그것을 쓰고 싶은 욕구를 느끼는지 알아야 한다. 그래야 적합한 콘셉트를 찾아낼 수 있기 때문이다.

아내는 나더러 로맨스를 한 번 써 보라고 말하고는 한다. 어째서? 적어도 아내의 눈에는 내가 로맨틱한 사람으로 보이는 모양이다. 게다가 로맨스는 언제나 유행과는 상관 없이 미친듯이 팔려나간다. 다른 장르보다도 로맨스 소설을 더 많이 쓰는 작가들도 많다. 그런데도 내가 로맨스를 쓰지 않는 이유가 뭐냐고? 왜냐하면 작가인 내가 로맨스를 쓰지 않기 때문이다. 내가 로맨스를 쓴다면, 나는 작가로서의 내가 반영되지 않은 콘셉트를 선택하지 않을 것 같다. 개인적으로 로맨틱한 측면을 갖고 있더라도 말이다. 아마도 나는 어떻게 써야 팔릴지만 고민하다 작가로서의 신념도 버리게 될 것 같다.

당신이 즐겨 읽는 종류의 책을 쓰는 편이 항상 더 나은 법이다. 다른 이들을 감동시킬 수 있는 책을. 그래야 근사한 콘셉트를 찾아 최상의 선택을 내릴 수 있다.

어떻게 알 수 있을까?

마침내 아이디어를 찾아냈을 때, 아이디어를 콘셉트로 진화시켰을 때, 콘셉트가 당신의 호기심을 강하게 불러일으키거나 심지어는 당신을 사로잡기까지 할 때, 이 아이디어가 시간을 들여 완벽한 소설이나 시나리오로 써 볼 만한지 아닌지를 어떻게 알 수 있을까? 다른 사람들도 근사한 아이디어라고 생각할까? 근사한 아이디어는 무엇이고, 변변찮은 아이디어는 무엇인지를 말해 줄 사람은 누구인가?

대단찮은 아이디어로도 훌륭한 이야기를 쓸 수 있을까? 만약 그렇다면, 어떻게?

절대로 알 수 없다. 이는 사실이다.

그런 걸 알 수 있는 길은 없다. 당신은 스스로의 예술관과 미적인 판단력, 그리고 작가로서의 정체성에 의지하여 본능을 믿을 수밖에 없다. 이것만이 커다란 수수께끼인 동시에 작가가 받아들여야 할 힘겨운 도전 과제다.

나를 믿어라. 같은 재능을 가졌지만 누구는 성공하고 누구는 성공하지 못하는 까닭은 바로 이런 이유에서다. 성공하는 작가들은 적합한 아이디어를 골라내는 감각이 있다.

적어도 당신은 세 사람에게서 아이디어를 확인받을 수 있다. 바로 작가, 에이전트, 그리고 편집자다. 이들이 출판할 만하다고 생각하는 이야기는 출판될 수 있다. 하지만 아이디어를 처음 생각해 내는 사람은 바로 당신, 작가다. 당신에게 아이디어에 대한 믿음이 생겼다면, 에이전트를 찾아내고 당신의 믿음을 공유하는 편집자의 허락을 받아야 한다.

그런데 당신은 서점에서 이름을 들어본 적도 없는 작가가 쓴 책들과 마주친다. 편집자나 에이전트가 출판을 허락한 책들이다. 하지만 전혀 성공하지 못한 책을 쓴 작가들도 자신의 믿음이 옳다고 생각했을 것이다.

그들은 진부한 아이디어를 그럴 듯하게 포장한 원고를 보냈던 것이리라. 그들은 나쁜 아이디어를 선택했거나, 무언가를 놓쳤다. 그들은 팔릴 만한 글을 쓰려고 노력했다. 그러나 이러한 맹목적인 열정에서 벗어나 글을 썼더라면 더 나은 결과물이 나왔을 것이다.

책을 출간하고 이름을 알린 뒤에야 콘셉트가 시장에 적합한지 아닌지를 걱정해도 된다. 상업적인 성공의 가능성을 무시해야 한다는 의미가 아니라, 단지 팔릴 만한 글을 쓰겠다는 것만이 모든 결정에 앞서서는 안 된다는 말이다.

아무튼, 어떻게 알 수 있을까?

이에 대해서는 아무도 대답할 수 없다. (9번 거절당한) 〈해리 포터〉 시리즈의 1권 원고를 놓친 메이저 출판사의 편집자들도 대답할 수 없다. 스티븐 킹의 〈캐리〉는 30번 거절당했고, 〈바람과 함께 사라지다〉는 38번 거절당했다. 요는 그들도 모른다는 것이다. 우리 모두는, 작가든 편집자든, 자신의 판단이 맞아떨어지도록 최선을 다할 뿐이다.

6가지 핵심요소는 당신이 아이디어를 발전시키고 열정적으로 최선을 다할 수 있도록 돕는다. 그러나 6가지 핵심요소조차 당신에게 무엇이 통할지는 알려주지 않는다.

그러나 당신은 잘못된 선택을 할 경우의 수를 줄일 수 있다. 진심을 다해, 열정적으로, 희망과 자신감을 갖고, 원칙에 따라 계획적으로 글을 쓴다면 말이다.

작가인 당신은 누구보다도 이 말을 들어야 한다.

어째서 당신은 작가가 되고자 하는가?

"나는 이 여정에서 어디에 있는가?" 이렇게 자문하는 것만으로도 올바른 콘셉트와 올바른 요소들을 발견할 수 있다. 정말이다.

수없이 많은 미출간 원고들을 읽어 온 나는 흡입력 있는 이야기를 완전히 오해하는 사람들이 존재한다는 사실에 놀라고는 한다. 그래서 그런 사람들에게 6가지 핵심요소의 중요성을 열정적으로 가르쳐 준다. 6가지 핵심요소는 하나도 빠짐 없이 각각 전문가적 솜씨로 다루어져야 한다. 근사한 콘셉트를 찾아내는 것만이 다는 아니라는 말이다. 단조롭고 진부한 콘셉트를 밀어붙인다면, 그래서 그럭저럭 쓸 만한 콘셉트로 만든다고 해도, 에이전트나 출판사가 관심을 보일 만한 이야기가 완성되지는 않는다. 이때 필요한 것이 다른 핵심요소들이다. 성공적인 이야기라고 해서 전부 대단히 훌륭한 콘셉트를 갖춘 것은 아니다. 이때 당신은 나머지 핵심요소를 탁월하고 강력하게 사용해야 한다.

누군가에게는 "단조로운" 이야기가 또 다른 〈콜드 마운틴〉이 될 수도 있다. 역시 우리는 어떤 이야기가 성공할지를 결코 알 수 없다는 말이다. 당신은 그저 최선을 다해 스스로 좋은 이야기를 발견해야 한다. 그렇게 발견한 이야기를 탁월한 솜씨로 써 내야 함은 물론이다.

중요한 질문

당신이 어떤 이야기를 쓰려는 이유는 무엇인가?

그냥 어떤 아이디어가 생각나서? 글쓰기 워크숍에 다녀 보니 이제 글을 쓰려는 욕망을 충족시켜 줄 방법을 다 안 것 같아서? 혹시 앉아서 이런저런 방법을 적용해 보는 것만으로 탄탄한 이야기를 쓸 수 있다고 생각하고 있지는 않은가?

기법만 알면 어떤 이야기라도 쓸 수 있다고 생각하는가? 아니면 뭔가 구체적인 것을 탐사하고 표현하고자 하는 필요를 진정으로 느끼고 있는가?

위의 질문에 대한 답변은 작가로서의 행로를 결정짓는 커다란 차이를 만들어 낸다.

고급 콘셉트를 만들자

우리는 고급 콘셉트high concept 라는 표현을 자주 본다. 우리는 이 표현이 어떤 의미로 사용되는지를 알아야 하며, 때로는 직감으로 파악해야 한다.

콘셉트가 고급인지 저급인지를 판단하기에 앞서, 어떤 장르의 이야기를 쓰고자 하는지 반드시 고려해야 한다. 어떤 장르에서는 진부하다고 생각되지만 다른 장르에서는 빼어난 장점으로 여겨질 수 있기 때문이다. 예를 들어 〈다빈치 코드〉의 콘셉트는 〈아바타〉에서는 전혀 좋은 콘셉트가 아닐 수도 있다. 인물 중심적인 이야기에서 고급 콘셉트인 것이 플롯 중심적인 이야기에서는 그렇지 않을 수도 있다.

골프에 비유해서 생각해 보자. 당신도 타이거 우즈가 누구인지는 알고 있을 것이다.

골프는 레슬링이나 럭비처럼 격렬한 운동은 아니다. 오히려 당구나 다트게임에 가깝다. 크로켓이나 잔디밭 다트lawn dart보다 겨우 한 급수 위에 위치한다고 볼 수 있다. 골프 선수들 중에는 근육질이기는커녕 올챙이배가 볼록 나온 사람들도 많다. 디트로이트 타이거즈 선수였던 미키 롤리치 이후로 프로 운동선수들 중에는 이런 몸을 지닌 사람을 별로 찾아볼 수 없다. 그런데 이처럼 일반적인 운동선수들과는 다른 외형을 지닌, 골프 선수들 사이에서 유일하게 운동선수라고 할 만한 사람이 있다. 바로 타이거 우즈다.

그의 사진을 자세히 봐라. 그의 몸은 운동선수라 부르기에 부족함이 없다.

따라서 골프 선수들 사이에서 타이거 우즈는 고급 콘셉트라고 할 수 있다. 같은 골프 선수지만 차원이 다른 선수인 것이다. 그는 독보적이다. 많은 사람들이 그를 주목한다. 그는 동료들보다 좋은 결과를 낸다. 하지만…… 타이거 우즈가 테니스코트나 농구장, 야구장, 럭비장, 아니면 축구장에 있다면, 그는 독보적이지 않을 것이다. 전혀. 골프장 밖에서 그는 더 이상 고급 콘셉트가 아니다. 그의 기술이 충분하다고 여겨지더라도.

다시 말해서 미스터리 소설의 고급 콘셉트가 경찰 소설이나 로맨스 소설에서는 그렇지 못할 수도 있다는 뜻이다. 스릴러나 과학 소설에서도. 더 짧은 형식의 글쓰기에서도. 콘셉트가 고급인지 저급인지는 목표로 하는 장르가 무엇인지에 따라 달라질 수 있다. 〈롤링 스톤〉에서는 고급 콘셉트가 〈워싱턴 포스트〉에서는 하찮게 취급될 수 있다.

이러한 사실은 당신을 자유롭게 해 준다.

어떤 장르를 선택했다면, 해당 장르에 맞추어 고급 콘셉트를 만들면 된다. 다른 장르가 필요로 하는 고급 콘셉트는 생각하지 않아도 된다는 말이다.

로맨스 영화인 〈500일의 서머〉의 콘셉트는 "소년이 소녀를 만난다. 소년이 소녀에게 빠진다. 소녀가 소년을 거절한다."에 불과하다. 이것만 봐서는 전혀 고급 콘셉트라 할 수 없다. 하지만 깊이 들여다보자. 이 이야기는 로맨스다. 그리고 로맨틱 코미디를 포함한 로맨스 장르의 고급 콘셉트는 스파이물이 요구하는 고급 콘셉트와는 다르다. 비선형적인 구조로 이어지는 〈500일의 서머〉는 일반적인 로맨스물이나 심지어는 로맨틱 코미디물과도 다른 초현실적인 방식으로 코믹한 요소들을 주입하여 고급 콘셉트를 전달하고 있다.

인물 중심적인 살인 미스터리 소설 〈러블리 본즈〉도 마찬가지다. 그러나 〈500일의 서머〉와 마찬가지로 이 소설은 목소리, 관점, 그리고 시점을 예상할 수 없는 방식으로 사용했고, 따라서 비평적으로도 상업적으로도 성공할 수 있었다. 작가가 이야기를 전달하는 전략은 독자들에게 예상하지 못할 정도로 즐거운 경험을 선사하는 화자의 목소리와 짝

지어진 강렬한 콘셉트였다. 이것만으로도 이는 고급 콘셉트가 된다.

스릴러 소설에서 두 사람이 사랑에 빠지는 상황을 생각해 낸다고 치자. 이는 고급 콘셉트가 아니라 서브플롯이다. 스릴러처럼 많은 작품들이 쏟아져 나오는 장르에서 당신은 차별화된 콘셉트를 선보여야 한다. 콘셉트를 강렬하게 만드는 것은 독창성과 긴장감을 불러일으키는 능력 그리고 두려움, 열광, 호기심 등의 서사적 요소들이다.

고급 콘셉트는 당신이 어떤 인물을 설정하는가와는 관계가 없다. 오히려, 인물이 모습을 드러내는 무대를 극적으로 – 영리하게, 예상을 벗어나는 방식으로, 본 적 없는 방식으로, 놀랍게, 똑똑하게 – 꾸며 주는 장치라고 할 수 있다.

콘셉트를 끌어올려라

어떤 장르에서는 고급 콘셉트인 것이 다른 장르에서는 그렇지 않을 수도 있다. 어떤 장르에서는 반드시 지켜야 하는 것이 다른 장르에서는 그렇지 않을 수도 있다. 콘셉트 단계에서 에이전트가 한 번도 본 적 없을 듯한 신선하고 예상을 벗어나는 무언가를 더해라. 당신의 이야기를 차별화시켜 줄 무언가를. 원고가 에이전트의 눈에 드느냐 아니냐는 콘셉트가 고급인지 저급인지보다는 플롯이 얼마나 잘 짜였는지, 주인공이 얼마나 호소력 있는지에 달려 있다.

이미 여러 권의 책을 출간한 작가들은 고급 콘셉트를 필요로 하지 않는다. 그들은 이름값만으로도 책을 팔 수 있다. 하지만 당신의 원고가 빛을 보려면 흡입력을 갖춘 인물과 잘 짜인 플롯을 지니고 있어야 한다.

그리고 어둠 속에서 빛날 수 있는, 장르에 적합한 콘셉트를 갖추어야 하고.

콘셉트가 얼마나 빛을 낼 것인지는 당신이 결정할 문제다. 당신이 선택한 장르가 가르쳐 주는 바에 따라 콘셉트를 빛나게 하라.

아이디어를 콘셉트로 발전시키기

- 최초의 아이디어를 생각해라.
- 아이디어를 콘셉트로 만들어 보라. 근사한 콘셉트를 만드는 기준들을 활용하여 아이디어를 강렬한 콘셉트로 발전시켜라.
- 당신의 콘셉트는 독창적이고 신선한가? 진부하지는 않은가? 새로운 관점을 보여주는가? 이야기가 전개될 무대를 마련하는가? 강렬한가?
- 당신은 마음에 들지만 다른 사람들에게는 그렇게 보이지 않을 콘셉트라면, 다른 핵심요소들을 동원하여 콘셉트를 보완하고 이야기를 독창적이고 강렬하게 만들어야 한다. 이에 대한 당신의 계획은 무엇인가?
- 콘셉트를 "이러면 어떨까?"라는 질문들로 표현해 보라.
- 질문은 답변을 이끌어내는가? 이야기가 발견되는가?
- "이러면 어떨까?"라는 질문들로 한 차원 높은 콘셉트를 만들 수 있는가?
- 한 차원 높아진 콘셉트, 혹은 최초의 콘셉트를 통해 다시 한 번 "이러면 어떨까?"라는 질문들을 만들어 보라.
- 이미 이야기의 윤곽을 잡았거나, 혹은 이야기를 쓰기 시작했다면, 사건 유발을 포함하여 구조적으로 중요한 지점들 각각에 대해 "이러면 어떨까?"라는 질문들을 던져 보라.
- 일주일이 지났다. 아직도 콘셉트가 마음에 드는가?

- 콘셉트를 정의하는 "이러면 어떨까?"라는 질문들을 만들어 낼 수 없다면, 당신은 아직 이야기를 쓸 단계에 들어서지 못한 것일 수도 있다. 당신의 콘셉트는 너무 복잡하거나, 너무 모호하거나, 너무 막연한지도 모른다. 혹은 전혀 잠재력이 없거나.

PART 3

두 번째 핵심요소 –인물

8

어떤 인물을 쓸 것인가?

어떤 인물을 쓸 것인가. 이에 대해서는 수많은 조언들이 있다. 대부분은 흔하고 뻔한 말들이다. 우리는 깊이 있고, 다층적이고, 흡입력 있고, 전형적이지 않은 인물을 만들어야 한다. 그래, 다 아는 얘기다.

그런데도 우리는 인물을 쓸 때 어려움을 겪는다.

무턱대고 인물을 부각시키라고 조언하는 사람들이 있다. 이런 사람들은 이야기는 곧 인물이라고 말한다. 이들에게 플롯은 인물에게 할 일을 주는 것일 뿐이고, 주제는 어떤 결정 때문에 생긴 상황을 대처해 나가는 모습을 지켜보며 독자들로 하여금 현실에 대한 성찰을 하게 하는 것일 뿐이다.

그럴지도 모른다. 하지만 인물이 곧 이야기라는 주장은 충분하지 않다. 완벽하지도, 정확하지도 않은 주장이다. 인물은 분명 이야기에 필수적인 요소이지만, 인물만 중요하지는 않다. 당신은 스토리텔링에 핵심적인 다른 요소들도 열심히 고민해야 한다.

인물 묘사의 7가지 변수

다음을 기준으로 삼아 인물을 그리는 방법을 생각해 보라. 순서는 무순이다.

- **인물의 감정과 개성을 드러내라:** 인물의 별난 점, 특이한 점, 버릇, 시각적인 외모 등을 보여줘라.
- **인물의 과거를 보여줘라:** 이야기가 시작되기 전, 인물의 과거에 어떤 일이 있었는지를 보여줘라.
- **인물의 변화를 보여줘라:** 이야기가 진행되면서 인물이 어떻게 배우고 성장(변화)하는지를 보여줘라. 주인공이 심각한 문제들을 해결하고 진정한 영웅으로 거듭나는 모습을 보여줘라.
- **내면의 악마로 인한 갈등을 보여줘라:** 내면의 악마는 인물의 과거를 속박하며 그의 세계관과 믿음, 결정, 행위에 영향력을 행사한다. 일례로 인물이 새로운 사람을 만나기 꺼려한다면 내면의 악마가 개입했던 어떤 경험 때문이다.
- **인물의 세계관을 보여줘라:** 인물이 어떤 신념과 윤리관을 갖고 있는지를 보여줘라. 이는 인물의 과거사와 내면의 악마가 개입한 영향으로 만들어진다.
- **인물의 목표와 동기를 보여줘라:** 인물이 어떤 목표와 동기에서 결정하고 행동하는지를 보여줘라. 그리고 어떤 대가를 치르고서라도 이러한 결정

과 행동을 보여줄 때 얻게 될 이득에 대한 믿음을 보여줘라.

- **인물의 결정과 행동, 행위를 보여줘라:** 인물은 결국 위에서 기술된 모든 것들로 인해 최종적으로 결정하고 행동하게 된다.

인물에 관한 모든 것은 위에서 제시한 변수에 달려 있다. 그리고 인물의 결정과 행위, 행동이 어느 정도의 의미와 효과를 갖는지는 인물이 결정을 내리거나 행동하는 순간 이전, 도중, 이후에 처음 6개의 변수들이 어떻게 사용되느냐에 따라 달라진다.

위의 목록은 어떤 작가에게나 유용한 도구로 사용될 수 있다. 수많은 워크숍과 책에서 이런 내용을 가르치기는 하지만, 자세한 내용을 알려주는 경우는 많지 않다. 심지어는 각각의 변수들을 제대로 파악하고 정의하려는 시도조차 하지 않는다.

사람이란 그렇게 단순한 존재가 아니다. 우리가 생각하고 행동하는 모든 것들은 위에서 언급한 변수들이 작용한 결과다. 깊이 있고, 풍부하고, 흡입력 있는 인물들을 통해 이야기를 이끌고 싶다면, 당신은 이러한 변수들을 반드시 이야기에 집어넣어야 한다.

이야기란 무엇인가?

이야기가 무엇인지를 한 단어로 정의해 보자. 물론 많은 단어들로 이야기를 설명할 수 있다. 하지만 가장 핵심적인 단어 하나로 이야기를 말한다면? 단어 하나로만 말해야 한다면?

혹시 인물이라는 단어를 선택하지는 않았는가? 많은 사람들이 이야기는 인물이라고 말한다. 반면 플롯이라고 대답하는 사람은 많지 않다. 플롯과 인물이라고 말하는 사람들도 있다. 어떤 사람들은 플롯이 곧 인물이고, 인물이 곧 플롯이라고 말하기도 하는데, 자세히 들여다보면 심리학 용어를 갓 접한 대학원생들이나 할 법한 궤변에 지나지 않는다. 어쨌거나 플롯이든 인물이든 이야기를 설명하는 한 단어는 아니다. 인물도 플롯도 이야기를 충분히 설명해 주지 못한다.

이야기는 바로……

이야기는 갈등이다. 당신이 주인공에게 부여한 목표를 가로막는 것. 이러한 반대자가 없는 이야기는 극적 긴장감이라고는 찾아볼 수 없게 되고, 결국 독자들의 감정을 이끌어내지 못한다. 갈등이 없다면 인물은 내면의 악마를 정복할 필요도, 용기를 낼 필요도 없다. 갈등이 없는 인생은 쉽다. 이런 인생은 흡입력 있는 이야기와는 거리가 멀다. 따라서 갈등은 인물과 주제에 필수적이다. 플롯 – 갈등은 플롯을 이끌어낸다 – 과 여러 다른 요소들에서도 마찬가지다.

갈등이 이야기의 컨텍스트에 미치는 영향을 파악해야 한다. 인물과 플롯도 물론 중요하지만, 인물과 플롯이 제대로 살아나려면 바로 갈등이 있어야 한다.

인물은 이야기의 핵심요소다. 그렇다고 다른 요소들이 인물보다 덜 중요하다는 말은 아니다. 주제, 콘셉트, 그리고 구조가 없다면 인물이 아무리 훌륭하게 그려진다 하더라도 이야기가 될 수는 없다.

인물이 중요하지 않다는 말이 아니다. 인물은 당연히 중요하다. 하지만 인물을 깊이 파고드는 만큼, 다른 5가지 핵심요소들에도 똑같이 주의를 기울여야 한다. 그래야 출판 작가의 대열에 합류할 수 있을 테니까.

여기서 키워드는 용해, 다시 말해서 통합이다. 인물은 이야기의 모든 것들을 앞으로 나아가게 하는 기폭제다. 인물은 주제를 경험하고, 선형적인 구조를 따라 행동한다. 인물은 플롯, 그리고 플롯을 가능하게 하는 반대자의 힘에 따라 살아간다.

인물에 대한 구태의연한 조언들

2009년 3월, 〈작가The Writer〉에는 다음과 같은 제목의 기사가 실렸다. "당신의 인물에 숨결을 불어넣어라." 당신은 "좋은 말이네, 누가 그러고 싶지 않겠어?"라는 반응을 보일지도 모른다. 혹은 내가 그랬던 것처럼 이렇게 말할 수도 있고. "다 아는 얘기를 또 하고 있군."

나는 6가지 핵심요소 모델을 통해 위와 같은 인물과 관련된 방법론적 기사들이 실제로는 빛 좋은 개살구에 불과하다는 사실을 알려주고자 한다. 지루하고, 비논리적이고, 뻔하고, 영웅과도 거리가 먼 인물에 숨결을 불어넣어 봤자…… 이런 인물은 그저 숨만 붙어 있을 뿐이다.

이야기가 엉성하다면 위대한 인물은 제대로 살아나지 못한다. 당신에게는 살아있는 인물 이상이 필요하다. 인물은 깊이와 구체성을 필요로 한다. 당신은 인물에게 개연성을 부여해야 하고, 독자가 몰입하고 즐거워할 뿐만 아니라 실재하는 인물처럼 느낄 수 있도록 기본적인 연결고리를 만들어야 한다. 당신은 진실한 주인공, 흥미로운 악당과 더불어 복합적인 주변인물들을 정교하게 꾸며진 극적 무대에 올려야 한다.

이들에게 뭔가 흥미로운 일거리를 주어야 한다는 말이다. 인물이 제 모습을 뽐내려면 근사한 무대가 있어야 한다. 그들은 내면의 악마에 도전해야 하고, 그들이 추구하는 목표 앞에는 장애물이 있어야 하며, 독자들은 이 모든 상황을 실제처럼 느껴야 한다.

위에서 언급한 기사는 다른 비슷한 기사들과 마찬가지로 인물에게 그들만의 인생을 만들어 주라고 말한다(대체 어떤 인생을 어떻게 만들어 주라는 말인가). 인물이 감정을 드러내야 한다고 말한다(대체 무엇에 반대되어 생겨난 감정인가). 의미있는 목표를 주고(목표가 없다면 이야기도 없으니 당연한 말이다), 특이한 점이나 버릇을 주고(이런 식으로만 인물을 묘사한다면 이는 큰 실수다), 모순적인 면모를 부여하고(모순을 찾다가 뻔한 인물만 나온다), 쿨하고 멋진 이름을 붙여주고(이름이 다라고 생각하는 건가?), 다른 사람들과의 관계를 만들어 주고(저런!).

할 말이 없다.

당신은 인물을 쓰는 법에 대해 더 훌륭한 조언을 받을 자격이 있다. 강렬하고 다층적인 인물을 쓰려는 당신에게는 이미 도구와 방법이 존재한다.

인물의 컨텍스트(Context)

배우들이 인터뷰에서 플롯을 언급하는 경우가 많지 않다는 것을 알고 있는가? 플롯이야말로 자신의 역할을 정의하는 데 꼭 필요한 요소인데도 말이다. 그들이 관심을 갖는 유일한 갈등은 인물의 심리와 관련된 것뿐이라는 것도 알고 있는가? 기자가 이야기 자체에 관해 질문할 때도 그들은 십중팔구 자신이 연기한 인물에만 집중한다. 자신이 맡은 인물에 얼마나 몰입했는지, 인물을 어떻게 이해했는지, 인물에 깊이와 복합성, 다면성을 비롯해 여러 특이한 점들을 어떻게 부여했는지에 대해서만 말한다. 그들은 인물을 이해해야 했으며, 감정을 쏟아부었어야 했다고, 아예 인물 속으로 들어가서 살았다고 말한다.

배우들은 대개 인물에 대해서만 말한다. 인물을 연기하는 것이 그들의 직업이고, 먹고 사는 길이기 때문이다. 배우들은 스토리텔링은 작가와 감독의 몫이라고 생각한다. 자, 작가나 감독은 배우와는 꽤나 다른 말을 할 것이다. 그들은 주제와 인물을 둘 다 들먹이며 이야기를 설명exposition할 것이다(아마 설명이라는 단어를 사용하지는 않겠지만). 다시 말해서, 플롯과 갈등을 거론하면서.

왜냐고? 왜냐하면……

인물은 이야기가 아니다

마치 연예프로그램에 나온 배우들처럼 스토리텔링의 본질이 곧 인물에 있다고 말하는 글쓰기 선생이나 기성작가들은 한두 사람이 아니다. 하지만 이런 말은 야구는 곧 투구, 음악은 곧 노래, 의학은 곧 진단, 요리는 곧 소금과 후추라고 하는 것이나 마찬가지다. 틀린 말은 아니지만, 충분한 설명은 아니다.

성공적인 이야기는 4가지 요소와 2가지 기법이 모인 6가지 핵심요소를 어떻게 활용하느냐에 달려 있다. 인물은 4가지 요소 중 하나이지만, 다른 요소 모두를 아우르는 요소는 아니다.

인물은 진공상태로 존재하지 않는다. 인물은 발전해야 하며, 다른 핵심요소들과의 관계에 따라 나타나야 한다. 인물이 다른 요소들과 긴밀한 관계를 맺고 있다는 사실을 깨달을 때, 작가는 인물을 강력한 스토리텔링 도구로 사용할 수 있다.

인물의 임무

우리는 이러이러한 인물을 그려야 한다는 말을 너무나 많이 들어 왔다. 그러나 작가는 한 인물을 구성하는 요소들을 면밀히 파악하여 질서를 부여하고 발전시켜야 한다. 고등학교 때부터 우리는 강렬하고 다채로운 인물들로 이야기를 채워야 한다는 말을 들어 왔다. 독자들이 호감을 가질 만한, 좋아할 만한 인물을 그려야 한다는 것이다. 그들은 가르친다는 명목으로 우리에게 이런 인물들이 등장하는 영화나 책 몇 편을 제시한다.

하지만 이런 인물을 그리는 실제적인 방법은 가르쳐 주지 않는다. 그들은 무턱대고 신비롭고, 깊이 있고, 갈등을 겪고, 고통받고, 표리부동하고, 마키아벨리적인 인물을 써 보라고 한다. 과거사를 곁들이고, 약한 구석을 보여주고, 어떤 상처를 받았는지, 어떤 계획이 있는지를 보여주라는 것이다. 개성과 특이점으로 양념을 치고. 하나같이 좋은 충고다. 전혀 틀린 말이 아니다. 하지만 이는 야구 코치가 놀런 라이언(Nolan Ryan: 통산 325승에 5714개의 탈삼진으로 유명한 메이저리그 야구선수)이 경기하는 장면을 찍은 비디오를 투수들에게 보여주면서 "똑같이 해라"라고 하는 것이나 다름없다.

우리에게 중요한 것은 "무엇을"이 아니라 "어떻게"다. 인물에게 어떻게 깊이와 복합적인 면모를 부여할 수 있을까?

야구 코치가 어떻게 훌륭한 투수가 될 수 있느냐는 질문에 "오직 연습뿐이다"라고 대답한다면…… 글쎄, 이는 질문에 대한 적절한 답이라고 할 수 없다. 작가들에게도 "오직 써 보라"는 충고는 아무런 쓸모가 없다.

연습이 틀렸다는 것은 아니다. 하지만 충분한 답변은 아니다. 불행하게도 인물을 묘사하는 방법에 대해 이런 말을 제법 많이 들어 왔다. 인물을 구성하는 주요한 요소들을 살펴보고, 다른 작품들이 인물을 어떻게 묘사하고 있는지를 살펴보고, 한 번 연습해 보라는 말을 듣는다.

하지만 더 좋은 접근방식이 있다. 바로 인물을 구성하는 요소 각각을 정의하고 분류하여 검토하고 접근하는 것이다.

깊이 들어가기

전형적이고, 뻔하고, 진부하고, 깊이가 없고, 흡입력이 없는 인물을 써서는 안 된다. 인물의 과거가 인물의 현재를 정의하며, 동기와 목표가 부여된 인물에게 흡입력이 생기고, 인물이 그가 내린 결정과 행위의 총합이라는 사실을 받아들인다면, 성격이니 기억이니 꿈이니 하는 것들이 총체적인 인물을 규정하지 못한다는 것을 알게 된다. 오히려 입체적인 인물은 다양한 변수들이 하나로 모일 때 나타난다.

인물을 발전시키는 기계가 있다고 생각해 보자. 기계에는 7개의 버튼

이 있고, 각각의 버튼은 1부터 10까지 조절할 수 있는 다이얼로 사용할 수 있다. 7개의 버튼은 앞서 언급한 인물을 구성하는 변수들을 뜻한다. 당신은 각각의 버튼에 달린 다이얼을 조절하면서 얼마든지 다양한 인물을 그려낼 수 있다. 선택은 거의 무한대에 가깝다.

1부터 10까지란 단지 예시일 뿐이다. 죽은 사람이나 혼수상태에 빠진 사람부터 완벽하게 신성한 존재나 악의 화신까지, 어떤 인물이라도 그려낼 수 있다. 인물의 구성요소를 변수로 생각하라. 그리고 당신이 쓰는 이야기에 알맞도록 다이얼을 돌리면서 변수들을 다양한 단계로 조절하라.

7개의 버튼만 조작하면 된다. 인물의 구성요소는 7가지에 불과하다(물론 각각의 구성요소는 또 다른 방식으로 조합할 수 있는 하위요소를 갖는다). 인물에 부여하는 어떤 요소라도 이러한 7가지 범주 안에 해당될 것이다. 그리고 이러한 요소들을 다양한 방식으로 조합하여 무궁무진한 인물을 만들어 낼 수 있다.

선택할 수 있는 가능성은 너무나 많다. 당신은 결코 다른 인물과 똑같은 인물을 만들 수 없다. 현실에서도 똑같은 사람은 존재하지 않는다. 사람들을 범주로 분류할 수는 있지만, 사람들에게는 저마다 각각 헤아릴 수 없을 정도로 다양한 변수들이 있다. 마치 서로 똑같은 눈송이가 하나도 없는 것처럼.

작가인 당신은 저마다 다른 눈송이들을 한껏 날려야 한다.

9

인물의 삼차원

글을 쓰겠다고 마음먹은 뒤로 당신은 "인물이 일차원적이다."라는 말을 한두 번쯤 들어 본 적이 있을 것이다. 리뷰에서 봤을지도 모르고, 이제 막 소설 한 권을 읽은 사람에게서 들었을지도 모른다. 당신의 원고를 검토한 편집자가 이렇게 평가했을 수도 있다.

인물이 일차원적이라는 말 속에는 인물을 발전시키는 과정에서 또 다른 차원을 생각해야 한다는 의미가 함축되어 있다. 그런데 다른 차원이란 무엇을 말할까? 어째서 사람들은 이차원적 인물이라는 말은 사용하지 않을까? 우리는 인물의 "또 다른 차원"과 그 의미를 알아볼 것이다. 그러고 나면 삼차원적 인물이 디즈니랜드 퍼레이드나 3D 영화에만 등장하는 것이 아니라는 사실을 알게 될 것이다.

소설 속 인물들이 일차원적이라 불릴 때, 이는 평면적이고 전형적이며 예측가능한 인물을 뜻한다. 물론 당신 여동생의 전남편을 일차원적이라 부를 수도 있겠지만…….

인물의 깊은 차원

특히 주인공이나 악당을 다차원적 인물로 그려야 한다. 그러려면 먼저 "또 다른 차원"에 대해 알아볼 필요가 있다.

이야기 구조와 마찬가지로, 사실상 무작정 한 번 써 보면서 직관적으로 인물에 깊이를 부여하며 인물을 발전시킬 수 있다. 뭐, 그럭저럭 잘 해낼 수도 있지만, 완전히 망칠 수도 있다. 만약 제대로 깊이 있는 인물을 만들어 낸다면 이는 우연이거나 당신이 스티븐 킹처럼 어떤 계획도 필요로 하지 않고 저절로 인물을 창조하는 능력을 갖춘 것이리라.

운이 좋기를 바란다.

이야기 발전과정의 어디에 있든 무작정 한 번 써 보는 방식에는 위험이 따른다. 무엇을 쓰려고 하는지도 모르는 채, 깊이 생각해 보지도 않고 무턱대고 쓰기 시작한다면 아마 좋은 결과를 못 볼 것이다. 당신이 스티븐 킹이 아닌 이상 완전히 쓸모없는 일이라는 말이다. 당신은 아마 제대로 된 원고가 나올 때까지 고치고 다시 쓰고 또 고치고를 반복해야 할 것이다.

그래서 만약 제대로 된 인물이 만들어졌다면, 사실 당신은 이야기를 어떻게든 계획하고 있었던 셈이다. 다만 이 계획에 몇 달, 혹은 몇 년이 걸렸을지도 모른다. 당신에게는 어떤 기준도 원칙도 없었기 때문에 이토록 오래 걸렸던 것이다.

뭐, 역시 운이 좋기를 바란다.

그러니 내 말을 듣는 편이 좋을 것이다. 미리 계획을 세워 인물에게 세 가지 차원을 부여할 수 있다. 당신은 인물에게 이러한 차원들을 신중하게 부여하여 이야기에 정서적인 깊이와 생동감을 불어넣어야 한다.

현실에서 우리의 인생은 3D로 펼쳐진다

이야기 속 인물들의 인생도 3D로 펼쳐져야 한다.

인물의 3가지 차원은 저마다 고유한 특성이 있다(조금씩 겹치는 부분이 있기는 하다). 한 사람은 여기서 말하는 3가지 차원을 모두 갖고 있다. 인물이 어떤 비밀을 숨기고 있거나 어둠을 가리고 있더라도, 세계는 인물에게서 최상의 면과 최악의 면을 모두 본다. 가끔은 깊숙이 숨겨진 어두운 비밀이 인물에게 특별한 흡입력을 부여하기도 한다. 그리고 당신은 어느 시점에서 이야기가 진행되면서 인물이 비밀을 감추고 살아야만 했던 이유를 밝혀야 한다.

앞 장(8장)에서 우리는 인물을 발전시키기 위한 7개의 기본적인 범주를 살펴보았다. 하지만 7개의 범주는 인물의 차원에 대해서는 별로 설명하지 않는다. 뒤집어 말하면 7개의 범주는 인물의 3가지 차원 각각에 해당되거나, 적어도 이에 영향을 미친다.

따라서 우리에게는 실제로 21개로 구분될 수 있는 7개의 범주가 있다. 21개는 각각 다른 정도와 깊이로 무한히 변화할 수 있다.

7개의 범주를 양념이라고 생각해 보자

인물의 3가지 차원 각각을 코스 요리라고 생각해 보자. 샐러드 양념과 애피타이저 양념, 수프 양념은 저마다 각기 다르다. 아마 메인 요리에 들어가는 양념도 다를 것이다. 예를 들어 애피타이저와 수프에 같은 양념을 사용할 수 있다. 하지만 샐러드에 들어가는 양념과 수프에 들어가는 양념은 아마 다를 것이다.

인물을 분석하다 보면 골치가 아파진다. 그러니 간단하게 생각해 보자. 작가인 당신은 항상 인물과 관련된 두 가지를 생각해야 한다.

1) 어떤 변수를 적용할 것인가.
2) 이러한 변수들이 인물의 어떤 차원을 드러내 줄 것인가에 대한 감각.

당신은 위의 두 가지 사이의 관계를 능숙하게 다룰 줄 알아야 한다.

3가지 차원이 저마다 다른 방식으로 어떤 변수 – 일단 세계관을 골라 보자 – 를 어떻게 드러내는지 예를 들어 알아보자. 다른 사람들에 비해 유독 종교적인 인물이 있다(인물의 1차원). 그가 대단히 종교적인 사람인 양 행세하는 까닭은 그가 신자라고 굳게 믿는 종교적인 아내와의 결혼생활을 유지하기 위해서라고 하자(인물의 2차원). 하지만 속을 들여다보면 출장을 갔다가 아무 여자하고나 밤을 보내는 남자일 수도 있다(인물이 이러한 선택을 내릴 때, 우리는 인물의 3차원적 세계관을 보게 된다).

이러한 인물에 대한 콘셉트를 근사하게 만들려면, 인물의 3가지 차원을 면밀히 살펴보고 하나의 인물을 통해 어떻게 구현할 수 있을지를 생각해 보라. 이런 방식을 통해 당신의 인물은 복합적인 면과 흡입력, 그리고 깊이를 갖추게 된다.

인물의 첫 번째 차원: 겉으로 드러나는 특이한 점이나 버릇

이제 외부적 세계가 인물을 바라보는 방식에 대해 살펴보자. 세상은 인물에게서 어떤 모습을 보고, 이에 어떤 의미를 부여하는가? 세상이 인물을 바라보는 것과 인물의 실제 모습은 다를 수도 있다. 세상이 인물이 표면적으로 드러내는 특이한 점에 부여하는 의미와 인물의 실제 생각과는 정반대인 경우도 있다. 48세의 중년 남자가 10대 취향의 야구모자를 삐딱하게 쓰고 있다고 생각해 보자. 이 모습은 꽤 많은 것들을 말해 준다. 하지만 이런 모습만으로 인물이 실제로 어떤 생각을 하고 있는지를 속단할 수는 없다.

첫 번째 차원은 인물이 세상을 바라보고 행동하는 방식을 드러낸다. 헤어스타일, 화장, 자동차, 옷 입는 취향, 놀러가는 장소, 음악이나 음식에 대한 취향, 특정한 태도나 편견, 기타 등등은 1) 그녀가 자신을 바라보는 방식, 2) 그녀의 욕망이 드러나는 방식, 이 두 가지가 조합된 것이다. 가끔 이러한 요인들은 두 번째 차원이 만들어 내는 다른 요인들과 모순되기도 한다. 더 자세히 알아보자.

포도주를 잘 아는 척하면서 거들먹거리는 태도로 누가 봐도 속물이라고 생각하게 행동하는 사람은 인물의 첫 번째 차원을 드러내고 있다. 하지만 보다 중요한 것은 인물이 이러한 외부적 정체성 아래 감추고 있는 것이다. 사실 사람들은 대부분 겉과 속이 다르다. 이는 그 사람이 나빠서, 혹은 기만적이라서가 아니다. 단지 사람이라 그런 것이다.

인물을 구성하는 3가지 차원은 이처럼 서로 모순된다. 인물의 표면적인 모습이라 할 수 있는 첫 번째 차원과 다른 두 개의 차원과의 차이는 무엇일까?

- **인물의 첫 번째 차원**을 통해 당신은 독자들에게 인물이 살아가는 모습을 보여준다. 당신은 독자가 인물을 바라보며 그의 모습에 어떤 의미를 부여하도록 남겨둔다. 인물이 가죽시트가 다 찢어진 15년된 낡은 차를 운전하는 사람이라면, 독자는 인물의 이런 모습에 어떤 의미를 부여할 수도 있고, 그렇지 않을 수도 있다. 왜냐하면 이 모습 자체가 무언가를 의미할 수도 있고, 아무것도 의미하지 않을 수도 있기 때문이다. 그리고 인물의 첫 번째 차원이 무엇을 가리고 있는지를 보여주려는 순간, 당신은 인물의 두 번째 차원으로 넘어간다.
- **인물의 두 번째 차원**에서 독자는 인물이 표면적으로 드러내는 느낌을 구성하는 인물의 선택이나 행동, 혹은 이를 제어하려고 노력하는 이유를 알게 되며, 이는 독자가 나름대로 부여한 의미와 맞아떨어질 수도, 그렇지 않을 수도 있다. 작가는 인물의 두 번째 차원을 통해 인물의 과거와 계획, 그리고 첫 번째 차원이 가리고 있던 의미를 드러내야 한다. 낡은 차는 아버지의 선물일지도 모른다. 그래서 아버지에 대한 추억 때문에 낡을 대로 낡은 차를 버리지 못하는 것인지도 모른다. 낡은 차는 그와 아버지의 관계에 대해 많은 것들을 알려줄 수도 있고, 그렇지 않을 수도 있다. 하지만 누구보다도 쿨하게 보이고 싶은 반항적인 청소년이 일부러 낡은 차를 운전하는 것일 수도 있다. 이러한 선택은 전부 인물의 과거와 결부되어 있다. 이처럼 우리는 두 번째 차원을 통해 첫 번째 차원(낡은 차)에 깊이를 부여할 수 있다.

- **인물의 세 번째 차원**을 통해 당신은 인물이 위험하거나 거대한 상황에 직면할 때, 첫 번째 차원에서 내렸던 모든 선택들을 더 중요한 선택과 행동에 종속되도록 할 수 있다. 인물이 개를 칠까봐 소중한 낡은 차를 폐차시키기로 한다면, 이는 세 번째 차원에 의한 선택이다. 이처럼 세 번째 차원은 인물의 깊은 속마음을, 혹은 윤리관을 보여준다. 하지만 첫 번째 차원과 두 번째 차원에서 인물이 보여주는 선택은 항상 세 번째 차원의 선택과 합치되지는 않는다. 한편 이야기의 후반부에서 인물이 내리는 삼차원적 선택들은 인물의 변화, 즉 인물의 성장을 보여주는 기본적인 수단이다. 앞에서 바람을 피우는 남편의 사례를 들었다. 그가 다른 여자와 밤을 보내는 순간은 그의 진정한 모습을 보여준다. 여기서 인물의 세 번째 차원이 독자들에게 전달된다. 이 장면을 통해 독자는 남자에게서 3개의 차원을 동시에 목격하게 된다.

보이는 것이 전부가 아닐 수도 있다

인물의 첫 번째 차원을 다시 살펴보자. 인물에게서 표면적으로 드러나는 특질(특이한 점이나 버릇 등)에 과도한 의미를 부여해서는 안 된다. 이들이 인물의 진짜 모습을 보여주지 않기 때문이다. 인물은 일부러 이런 모습을 꾸미고 있는지도 모른다. 청소년들이 좋아하는 브랜드 모자를 삐딱하게 쓴 중년 남자는 그저 디자인이 마음에 들어서 그런 모자를 쓴 것인지도 모른다(모든 사람들이 문제아이거나 양아치라서 문신을 새기는 것은 아니다). 하지만 인물이 이러한 선택을 내리는 이유를 작가가 설명하지 않는다면, 독자는 그 이유를 결코 알 수 없다. 작가인 당신이 독자에게 인물의 또 다른 차원을 보여주지도 않고 의미를 찾아내라고 해서는 안 된다. 이야기가 성공하려면 독자는 반드시 인물에게 어떤 감정을 느껴야만 한다. 따라서 독자가 인물에게 관심을 가질 수 있는 기회를 날려버리지 마라.

우리는 타인들 앞에 나서는 매 순간마다 첫 번째 차원과 관련된 선택을 내리게 된다. 사람들은 당신이 그날 입은 옷을 통해 당신을 짐작한다. 작가라면 그래서는 안 된다. 작가는 사람들의 첫 번째 차원만을 관찰하는 데서 그치는 것이 아니라, 상대방이 의도한 메시지가 실제 인물에 부합하는지 여부까지 분석해야 한다. 어떤 사람들은 자신의 표면적인 모습으로 어떤 것도 드러낼 의도가 없기도 하다. 그렇더라도 우리는 스토리텔링에서 이런 사람들을 어떻게 표현해야 할지를 생각해 볼 수 있다.

다시 말해서, 글을 쓰다 말고 집 밖으로 나갈 때도 우리는 여전히 작가적 태도를 지녀야 한다.

어느 정도로 깊이 있는 인물을 써야 하지?

이야기의 주변적인 인물은 대개 일차원적이다. 그래야 한다. 무작정 인물의 깊이를 만들겠다며 주변적인 인물에게까지 너무 매달리는 것은 실수다. 이야기에 딱 한 번 등장해서 주인공에게 피자를 건네줄 뿐인 피자 배달부를 굳이 복합적으로 묘사할 필요가 있을까?

물론 그렇지 않다. 주인공과 악당을 비롯한 주요 등장인물을 발전시키는 데 집중하고, 다른 인물들은 내버려 두도록 하라. 피자 배달부가 어린 시절에 있었던 일 때문에 그 직업을 선택했다는 사실은 몰라도 된다.

주변적인 인물에게 특이하지만 뻔한 성격을 부여해 봤자 이는 또 다른 클리셰를 만들 뿐이다. 별로 중요하지 않은 인물을 쓸 때는 독자들이 짧은 시간에 알아볼 수 있는 클리셰가 아닌 흥미로운 점을 슬쩍 제시하는 것이 전부여야 한다(어쩌면 오히려 클리셰를 쓰는 편이 나을 때도 있다). 주변적인 인물을 가장 잘 사용하는 방법은, 독자에게 중요한 인물이 주변적인 인물과 어떤 연관을 맺고 있는지를 보여주거나, 혹은 주변적인 인물을 통해 중요한 인물을 부각시키는 것이다.

예를 들어 보자. 보스톤에 사는 사람이 뉴욕양키즈 모자를 쓰고 돌아다닌다면, 이는 인물의 반사회적 경향을 보여준다고 말할 수 있다. 이를 위해서는 독자에게 뉴욕양키즈 모자를 쓴 인물의 모습을 보여주는 것만으로도 충분하다. 하지만 물론 그 이상을 보여줄 수도 있다. 이야기에 적합하다면. 또한 뉴욕양키즈 모자에 대해 몇 마디 더 언급하면서 주요인물에 대해 뭔가를 더 알려줄 수도 있다. 뉴욕양키즈 모자를 쓴 유별난 인물을 도구로 삼아서 말이다.

당신이 잊지 말아야 할 원칙이 있다. 바로 주변적인 인물에게 깊이를 부여한답시고 과도한 분량을 주어서는 안 된다는 것이다. 인물의 유별난 점이나 흥미로운 구석을 보여주기에 적당하고 자연스러운 만큼만 분량을 할당하라. 주변적인 인물은 플롯을 설명하는 데 도움이 되어야 하고, 때로는 주요인물을 부각시키는 데 도움이 될 수도 있다. 그렇지 못한 단역이라면 빨리 이야기에서 내보내도록 하라.

깊이를 부여해야 하는 인물은 주인공과 악당이다. 하지만 위대한 인물을 창조한다는 이유로 지나치게 깊이를 부여하지 마라. 다시 말해서, 깊이를 위한 깊이는 전적으로 쓸모가 없다.

고등학교 작문 선생님이 뭐라고 말했든, 신경쓰지 마라.

별난 점만을 위한 별난 점도 쓸모없기는 마찬가지다

아무도 웃는 얼굴을 본 적이 없는, 항상 싸구려 셔츠에 커피 얼룩을 묻히고 다니는 동네 경찰서의 불평 많은 경위? 1차원적 인물이다. 저녁 뉴스에서 정의에 대해 떠들다가 귀갓길에 사창가에 들르는 비열한 정치인? 1차원적 인물이다. 그와 시간을 보내는 순수한 마음을 지닌 창녀? 1차원적 인물이다.

이런 인물들이 어째서 이러한 선택이나 행동을 보여주는지, 그리고 이러한 선택과 행동이 이들의 진정한 성격을 어떻게 가리고 있는지를 보여주려면 보다 복합적인 차원이 필요하다.

왜냐고? 독자는 이들의 별난 점이나 행동 뒤에 무엇이 자리하는지를 모르기 때문이다. 그런데 위의 인물들이 주인공이라면, 당신은 장막 너머에 자리하는 무엇을 독자들에게 반드시 보여주어야 한다.

중요한 인물이 위에서 언급한 것처럼 1차원적 행동을 보여주는 순간, 당신은 반드시 1차원과 3차원을 연결하는 다리 역할을 할 2차원으로 독자를 이끌어야 한다. 인물에게 깊이를 부여하려면 반드시 필요한 작업이다.

인물이 쿨하거나 괴상하거나 강렬하게 보이도록 별난 점이나 기이한

면을 총동원하는 풋내기 작가들은 여기서 실수를 저지른다. 독자들에게 인물의 별난 점이나 이상한 구석만을 보여주면서 빈 곳은 알아서 채우기를 바란다면, 당신의 인물은 1차원에서 벗어나지 못한다.

그리고 별난 점이 지나치게 별나다면, 이는 클리셰보다도 나쁘다.

최근 내가 본 영화 예고편에서는 젊은 남녀의 낭만적인 저녁식사 데이트 장면이 나왔다. 여자는 식사 전에 디저트부터 주문했다. "그냥 이렇게 해봐요"라고 하면서. 작가가 여자의 별난 점에 대해 설명하지 않는다면, 그리고 그 이유가 합당하지도, 실제 이야기에 도움을 주지도 않는다면, 이는 별난 점을 위한 별난 점일 뿐이다. 비평가들에게서도 좋은 소리를 듣지 못할 것이고. 하지만 이러한 별난 점이 여자가 보여주게 될 복합적인 선택들과 연결되어 있다면, 이는 이야기에서 제 역할을 해낼 것이다.

어떤 경우라도 불필요할 정도로 디테일하게 인물을 묘사하지 마라. 다시 말해서, 꼭 필요한, 의미있는 점들로 인물을 만들라는 말이다.

영화 〈탑 건〉에서 주인공 매버릭은 권위에 도전하기를 좋아한다. 그는 관제소를 혼란에 빠뜨리기도 하고, 가라오케에 가자며 섹시한 비행교관을 뒤쫓기도 한다.

주인공이 어째서 이러한 선택을 내리는지, 그의 선택이 어떤 상황으로 이어지는지를 우리가 알 수 있기 전까지, 이러한 모습들은 인물의 1차원에 머무른다.

인물의 두 번째 차원: 과거와 내면의 악마

인물의 첫 번째 차원이 우리가 보는 것이고, 두 번째 차원은 우리가 얻는 것이라면?

아직은 아니다. 두 번째 차원은 인물이 첫 번째 차원에서 그런 모습을 보여주는 이유를 설명한다. 아직까지 인물은 세상에 보여지는 모습만을 신경쓰고 있다.

첫 번째 차원이라는 덫과 두 번째 차원의 변명을 지나 세 번째 차원에 이르러서야, 혹은 이야기의 끝에 도달해서야 인물의 실제 모습을 바라보게 된다.

예를 들어 보자. 막 신입사원이 된 인물이 있다. 그는 면접을 볼 때처럼 누구에게나 친절한 모습을 보인다. 옷차림은 근사하고, 동료들에게도 협조적이고, 뭐든지 맡겨만 달라는 태도를 보인다. 모두 1차원적 요소들이다.

그렇다면 두 번째 차원은 무엇일까? 그는 전에 네 번이나 해고된 적이 있다. 그래서 이런 모습을 보이는 것이다. 전 직장에서 그는 불량한 태도를 보였고, 비협조적이고 정직하지 못한 행동을 보였다. 모두 어린 시절로부터 기인한 모습이었다.

첫 번째 차원에서 인물의 별난 모습을 보여주었다면, 두 번째 차원에서는 이러한 모습을 보이는 이유를 설명한다. 어린 시절에 문제를 겪었다는 이유로 잘못된 선택과 행동을 했으며 이를 감추려고 노력하는 모습은 인물이 진짜로 어떤 사람인지는 말해 주지 않는다(때에 따라서는 그럴 수도 있다).

두 가지 차원만을 고려할 때, 우리는 첫 번째 차원에 의미를 부여하거나(그는 진짜로 좋은 사람일지도 모른다), 두 번째 차원에 의미를 부여할 수 있다(그는 어느 직장에서도 일할 수 없는 나쁜 사람이다). 이야기가 심각해지면 그는 어떤 모습을 보여줄 것인가?

결국 우리는 인물의 세 번째 차원이 나타날 때까지 기다려야 한다. 그때야 비로소 그는 진짜 모습을 드러낼 것이다. 이 순간은 그에게 어떤 위험이 생겨나고 따라서 그가 어떤 선택을 내려야 할 때 등장한다.

인물의 내면을 들여다보자

인물의 두 번째 차원을 통해 우리는 그의 내면을 보게 된다. 당신이 첫 번째 차원을 통해 만들어 낸 인물이 겉으로 드러내는 성격은 여기서 관계가 없다.

인물의 상처, 기억, 이루지 못한 꿈은 그에게 원한과 두려움, 버릇, 약점을 남기고, 현재 그가 어째서 이런 모습을 보여주는지를 설명한다. 이들 모두는 1차원적 선택들로 만들어진 인물의 정체성을 설명하는 동시에, 계속해서 이런 정체성을 유지하게 하는 2차원적 동력이라 할 수 있다. 1차원적 선택들이 인물의 본모습과는 전혀 상관없는 것일 때도 말이다.

너무나 수줍은 태도를 보여주지만, 한번 안면을 트고 나면 당신을 끝없이 웃기는 사람을 생각해 보자. 이는 인간의 고통, 두려움, 그리고 심리적으로 입은 상처가 만들어 내는 복합적인 춤사위와 결부된 수많은 1차원적, 2차원적 요소들이다. 플롯으로 거미줄을 만들어라. 그리고 인물이 진정한 모습을 더는 감출 수 없을 때까지, 혹은 진정한 자신을 만들어 줄 선택을 내리지 않을 수 없을 때까지 이러한 요소들이 춤추게 하라.

이는 성공적인 스토리텔링으로 향하는 길이다.

독자는 인물의 내면을 들여다보며 인물을 이해하고, 공감한다. 이야기가 성공하려면 반드시 독자들이 공감해야 한다. 더 많이 공감할수록 이야기에 더 깊이 몰입할 수 있기 때문이다. 독자들의 공감을 사는 이야기는 성공할 수밖에 없다. 특히 플롯이 상대적으로 덜 교묘하게 짜여졌는데도 불구하고 엄청난 성공을 거둔 이야기라면, 이는 필시 독자가 인물에게 깊이 공감했기 때문이다.

〈탑 건〉에서 우리는 팀원들을 위험에 처하게 하는 매버릭을 보고도 미워하지 않는다. 그는 대단히 매력적인 인물이다. 그는 못된 행동만 보여주지만, 그가 다른 차원을 보여주기 시작하면서 우리는 그를 이해하고 공감하며 마침내 응원하게 된다.

그가 못된 태도로 감추고 있던 진짜 문제 – 그는 실패한 군인이었던 아버지의 그늘에서 벗어나고자 했다 – 를 보게 될 때, 우리는 그의 됨됨이를 더욱 잘 이해할 수 있을 뿐만 아니라, 그에 대해 좀 더 친근하게 느끼기도 한다. 갑자기 그는 다르게 보인다. 아직 그가 당신의 마음에 들지는 않더라도 말이다. 왜냐하면 이제 당신은 그에게 공감하기 때문이다. 당신은 그에게 기회를 주고 싶어한다.

어쩌면 당신은 그에게 홀딱 반할지도 모른다. 그가 목표를 달성하고 실패에서 도약하려면 자신의 약한 모습을 극복해야 한다는 사실을 당신도 알게 되었기 때문이다.

좋아하는 소설에 등장하는 근사한 인물을 생각해 보라. 당신이 어떤 이야기를 좋아하는 까닭은 플롯보다는 공감을 불러일으키는 인물 때문이며, 그러면서 이야기에 정서적으로 몰입하기 때문이다. 하지만 여전히 플롯은 중요하다. 플롯이 없다면 인물이 설 자리도 없다. 인물의 표면적인 모습도 실체도 플롯을 통해 보여져야 한다. 독자가 이야기에서 어떤 경험을 하게 될지는 플롯과 인물이라는 두 가지 핵심요소의 조합에 절대적으로 달려 있다.

당신이 좋아하는 책을 생각해 보자. 당신은 책에 빠져든다. 눈물을 흘리기도 하고, 손톱을 깨물곤 한다. 당신은 사랑한다. 상실감을 느끼고, 즐거움을 공유한다. 당신은 두려움과 희망을 경험하고, 성공하고 실패하는 인물에게 몰입한다.

당신은 인물에게 관심을 갖는다. 주인공과 감정적으로 연결된 당신이 그에게 공감하기 때문이다.

이런 효과를 위해서는 인물의 내면을 보여주어야 한다. 인물의 첫 번째 차원은 이러한 내면을 통해 겉으로 보여지는 모습을 만들어 낸다.

인물의 두 번째 차원을 통해 독자들은 인물에게 공감하기 시작한다.

하지만 아직 끝난 것이 아니다. 첫 번째 차원과 두 번째 차원이 제대로 기능하려면 반드시 세 번째 차원이 나타나야 하기 때문이다. 그리고 주인공이나 악당의 진정한 모습을 보여주는 것은 바로 3차원적 결정과 행동, 그리고 행위다.

인물의 세 번째 차원: 행동과 행위, 그리고 세계관

인물의 세 번째 차원은 인물이 진짜 어떤 사람인지를 보여준다. 심각한 상황에 처한 인물은 어떤 모습을 보여줄 것인가? 1차원적인 별난 모습? 2차원적인 겁쟁이? 그럴 수도 있다. 하지만 인물은 여기서 또 다른 모습을 보여주게 된다.

인물의 세 번째 차원은 인물의 변화를 보여준다. 내면의 악마를 물리치고 다른 사람이 된 주인공을. 더 훌륭하고 용기 있는 결정을 내리는 사람을. 어쩌면 더 이상 자신을 꾸미지 않고 과거의 드라마를 극복하며 진정한 자아를 보여주는 사람일 수도 있다. 이는 분명 그의 진짜 모습이다.

아니면 그저 이야기의 맥락에 따라 구원의 수단이 될 수도 있고, 그냥 기분이 좋아서 더 나은 선택을 하는 것일지도 모른다. 그날 하루만 2차원적 선택에서 벗어나 훌륭한 선택을 하는 것일 수도 있다는 말이다. 마치 살인자 동료로부터 어린아이를 구출하는 마약판매상처럼. 그는 결정적인 순간에 영웅적인 모습과 양심을 보여주지만, 아직도 마약판매상에 지나지 않는다.

우리는 깊이가 있는 인물, 복합적인 인물, 즉 3차원적 인물을 그려야 한다.

인물을 발전시키는 과정에는 몇 가지 규칙이 있다. 하지만 인물의 3가지 차원을 이해하는 것으로 규정되고 강화되는 도구와 선택지들이 존재한다.

주인공은 어떤 태도를 취하고, 위험을 감수하고, 결정하고, 과감하게 (혹은 머뭇거리며) 문제를 해결한다. 문제가 자기 자신일 때도, 다른 사람들이 보기에는 그럴듯한 주인공으로 보일 때도 그는 이렇게 한다. 그는 극복하고, 두려움을 물리치고, 내면의 악마를 굴복시키고 외부의 장애물을 넘어선다. 그리고 바로 이 순간, 그는 3차원적인 깊이를 드러낸다.

악당에게도 감정이 있다

반면 악당은 기존의 사회가 요구하는 기준을 위반하는 자신의 행동을 합리화하거나, 책임감을 거부하는 등 몰지각한 모습을 보인다. 혹은 사회적 기준을 못마땅하게 여긴다. 설령 옳고 그름을 아는 사람 – 멍청한 악당보다는 이 편이 훨씬 더 근사하다 – 이더라도, 악당은 악한 행위가 더 좋은 결과를 초래할 수 있다고 믿으며 (혹은 착각하며) 이기적이고 비정하게 행동한다. 대부분 악당은 재산, 지위 등의 세속적인 기쁨을 찾아 이렇게 행동한다.

근사한 악당들이라면 그들의 도덕관과 세계관을 여과 없이 보여주는 2차원적인 복합적 성격을 갖는다. 그들은 악한 행동을 할 수밖에 없는 개인적인 심리가 있다. 이러한 심리 자체가 그들이 행동하는 직접적인 동기가 아닐 때도, 심리는 그들의 결정에 영향을 미친다. 이처럼 2차원적인 면모를 갖추지 못한 악당들은 싸구려 만화 속에나 등장한다.

데니스 루헤인Dennis Lehane[14]의 소설에서 어떤 한 인물이 착한 사람인지 나쁜 사람인지를 쉽게 판단하기 어렵다. 하지만 인물에게 도덕적인 잣대를 들이댈 때, 우리는 인물이 어떤 행위를 하는 동기가 되는 그의 과거를 바라보며 그가 그렇게 행동하는 이유를 분명히 알게 되고, 공감

14 『미스틱 리버』, 『살인자들의 섬』, 『셔터 아일랜드』 등으로 주목 받은, 현대 미국의 대표적인 스릴러 작가다. 1994년에 발표한 첫 작품 『전쟁 전 한잔』은 그에게 '셰이머스 상'의 영예를 안겨주었고, 이후 『어둠아, 내 손을 잡아』, 『신성』, 『가라, 아이야, 가라』, 그리고 『비를 바라는 기도』 등을 연이어 발표하면서 평단의 주목을 끌었다.

하게 된다. 데니스 루헤인은 사회복지사로 일한 적이 있다. 이런 경험도 그의 소설에 다소 들어 있을 것이다. 그래서 독자들은 그가 만들어 낸 인물들에 깊이 빠져드는 것일지도 모른다. 그의 인물들은 복합적이고, 흡입력 넘치며, 실재하는 인물로 보인다.

진정한 인물, 다시 말해서 가면 뒤에 자리한 인물 – 여기서는 도덕적 실체로서의 인물, 혹은 반대로 도덕이라고는 찾아볼 수 없는 인물을 말한다 – 은 어떤 행동을 하거나 결정을 내리기 전까지는 아무리 강렬한 것이더라도 과거사나 내면의 악마를 통해 규정될 수 없다. 우리가 진짜 인물을 보게 되는 것은 인물의 행동과 결정을 통해서다. 그리고 이러한 행동과 결정은 인물의 진짜 속내와 변화하는 모습을 보여주는 3차원적 면모를 드러낸다.

작가들은 인물을 창조할 때 대개 자신의 인생을 끌고 들어온다. 살면서 누굴 죽이고 싶을 정도로, 적어도 한 방 날리고 싶을 정도로 화가 난 적이 있을 것이다. 하지만 당신은 죽이지도, 때리지도 않았다. 왜였을까? 바로 당신이라는 인물의 성격 때문이다. 그리고 상대방을 죽이지도, 때리지도 않기로 한 결정이 바로 당신이 어떤 사람인지를 알려준다.

반대로 한 방 날리고 싶은 욕구를 참지 않았다고 생각해 보자. 이 인물은 당신과 같은 과거, 같은 내면을 갖고 있고, 같은 사건들을 겪었으며, 같은 감정을 느꼈다. 하지만 그는 다른 결정을 내렸고, 따라서 다른 결과를 갖게 되었다. 이처럼 서로 다른 결과들을 갖게 된 두 명의 사람은 각기 다른 이야기다. 한 방 날리겠다는 결정 역시도 당신을 규정하기 때문이다.

3차원적 인물을 묘사할 때의 목표는 성인군자를 보여주는 것이 아니라는 점을 명심하라. 악당이 아니라 주인공을 묘사할 때도 마찬가지다. 주인공이 꼭 착한 사람이어야 할 필요는 없다.

이처럼 인물의 3가지 차원을 통해 당신은 인물에게 깊이를 부여하는 여러 선택지들을 갖게 되었다.

예를 통해 알아보자

미국의 전직 대통령이었던 빌 클린턴Bill Clinton을 생각해 보자. 그는 누구였을까? 그의 진짜 모습은 무엇이었을까?

빌 클린턴을 통해 어떻게 보면 탁월한 성과를 보였지만 다르게 보면 전혀 그렇지 못한 인물의 여러 측면을 생각해 볼 수 있다.

그는 훌륭한 대통령이었는가? 제법. 카리스마 넘치는 잘생긴 사람이었는가? 논쟁의 여지가 없다. 그는 진심으로 나라를 통치했는가? 물론이다. 그는 좋은 친구이자 동료, 남편이었는가? 글쎄. 그가 보여준 바 있는 3차원적 선택으로 인해 우리는 확신할 수 없다.

그의 1차원적 면모는 계급과 지위, 스타일, 강하면서도 매력적인 성격을 보여준다.

그의 2차원적 면모는 파악하기 어렵다. 이러한 2차원적 성격을 형성한 그의 과거와 심리를 잘 알지 못하기 때문이다. 우리가 아는 것이라고는 분명 그가 자신이 저지른 행동에 대해 책임지기를 망설였다는 것이다. 그는 이런 문제 때문에 아내가 정치가로 승승장구하는 동안 뒷방에만 머물러 있었다. 실제 인생에서 이러한 수수께끼는 종종 풀리지 않은 채로 남아있지만, 소설을 쓰는 우리는 1차원적, 그리고 3차원적 성격 모두에 영향력을 행사하는 인물의 과거사와 내면의 악마를 더 깊이 들여다볼 수 있다는 장점을 활용할 수 있다.

결국 대중의 도마 위에 오르게 된 그의 3차원적 성격을 통해 그를 판단해 보자. 그의 행동은 그가 누구이며 그가 무엇을 우선시하는 사람인지, 그리고 평판이 땅에 떨어질 위험에 처한 그가 어떻게 반응하는지를 상당히 많이 말해 준다.

남부 사람 특유의 느릿느릿한 말투로 경구를 읊거나 잘 손질된 헤어스타일을 유지하는 것과 같은 1차원적 면모는 여기서 아무런 상관이 없다. 2차원적 변명도 마찬가지다.

좋든 나쁘든 인물을 최종적으로 규정하는 것은 세 번째 차원이다. 나머지는 그저 어떤 예고나 연막, 혹은 설명에 불과하다.

인물의 3가지 차원을 하나로 묶어 보자

인물의 첫 번째 차원과 두 번째 차원은 세 번째 차원을 이끌어낼 수도, 그렇지 않을 수도 있다. 그렇다고 해서 허투루 취급해도 좋다는 말은 아니다. 사실 첫 번째 차원과 두 번째 차원은 다층적인 인물을 빚어내는 데 핵심적이다. 우리는 현실에서 3가지 차원을 모두 지닌 인물들과 만난다. 그러므로 우리의 이야기에서도 그래야 한다.

3가지 차원을 사용하여 보다 복합적이고, 공감할 수 있고, 사랑스럽고, 놀랍고, 흡입력 있는 다층적인 인물을 창조할 수 있다. 그런데도 너무나 많은 사람들이 1차원적 성격에만 매달린다. 2차원적 성격을 신경 쓰는 작가들도 세 번째 차원을 종종 무시하고는 한다.

더 큰 문제는 3가지 차원을 설득력 있고 흡입력 있게 통합하는 데 실패하는 작가들이 많다는 점이다. 이러한 차원을 통합하는 것 역시 스토리텔링의 기술이다. 하지만 이러한 기술을 가르쳐 주는 매뉴얼은 존재하지 않는다. 동등한 테크닉과 체력을 갖춘 스무 명의 투수들이 있더라도 춘계훈련이 끝나고 경기장에 나설 수 있는 사람은 다섯 명 정도이고, 이들 중에서도 스타가 되는 사람은 고작 한 명에 불과한 것과 마찬가지다.

기술을 어떻게 활용하여 성공하느냐는 사실 수수께끼나 다름 없다.

하지만 이 점만은 분명하다. 이야기를 출판하고 싶다면, 주인공과 악당이 3가지 차원 모두를 풍부하게 드러낼 수 있어야 한다.

이러한 인물을 써라. 그것도 잘 써야 한다. 3가지 차원을 제대로 활용한다면 인물에게는 흡입력이 절로 생겨난다. 그리고 인물이 평면적이라느니 얄팍하다느니 하는 평가를 들을 일이 없을 것이다.

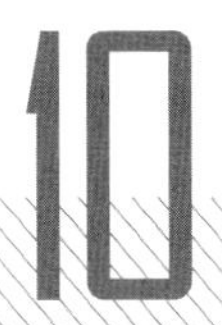

인물의 가면을 벗겨라

가끔 알면 알수록 좋아하기 힘든 사람이 있다. 첫인상이 무척 좋더라도, 여러 번 만나다 보면 처음과는 다른 모습을 보게 될 때가 많다. 한 사람을 제대로 알기 위해서는 그의 진정한 모습 – 인물의 세 번째 차원 – 을 파악해야 한다. 정치인이나 유명인사들이 근사한 겉모습 뒤로 비도덕적이고 양심 없는 진짜 모습을 숨기고 있다는 것을 알아야 하는 것과 마찬가지다.

정치가든 평범한 사람이든, 모든 인물은 본인이 지닌 세계관과 도덕관에 기인하는 행위와 결정의 총합이라 할 수 있으며, 이들은 자신의 진정한 모습을 1차원적 가면으로 가리고 있다고 볼 수 있다.

오랜 세월 동안 아내를 속이고 바람을 피워 온 한 사람을 생각해 보자. 이런 사실을 아는 사람은 아무도 없다. 어쩌면 아내만 빼고 친구들은 전부 알 수도 있다. 하지만 친구들은 이 사실을 입에 올리지 않는다. 우리는 알면서도 모르는 척하는 친구들의 모습을 통해서도 그들의 성격을 알 수 있다.

아내를 생각해 보자. 사람들은 그녀를 좋아할 수도 있고, 비열한 남편의 부정을 은밀히 알고 있기 때문에 그녀에게 안됐다는 감정을 느낄 수도 있다. 이를 깨닫지 못하는 유일한 사람은 바로 바람을 피우는 남편뿐이다.

그런데 아내가 겉으로 보이는 모습과는 달리 남편에게 바가지를 심하게 긁어대는 여자라는 사실이 밝혀진다고 생각해 보자. 그러면 사람들은 남편에 대해서도 안됐다는 감정을 느낄 수 있다.

남편이 재미있고 매력도 있는 사람이라고 생각해 보자. 그는 재미있는 이야기로 사람들을 즐겁게 해준다. 그는 다정하고, 말주변도 좋다. 그는 자신의 속내를 잘 숨긴다. 그에게 신념이라고 할 만한 것이 있다면, 사람들의 주목을 즐기면서 무탈하게 친구들과 좋은 시간을 보내겠다는 것이다. "친구들이라면 나를 배신하고 내 아내에게 나의 불륜 사실을 털어놓을 리가 없다."

그는 말쑥하고, 옷차림도 단정하고, 젊어 보이는 헤어스타일에, 값비싼 자동차를 몬다. 전부 그가 자신을 세상에 보여주고 규정하려는 1차원적 시도다. 따라서 그의 진짜 됨됨이를 몰라보는 사람들이 많을 것이다. 그러나 우리는 이 사내의 진짜 속내는 겉보기와는 다르다는 것을 알아야만 한다. 이것이 핵심이다.

작가라면 인물이 숨기는 진짜 성격을 드러내야 한다

겉모습에 속아서는 안 된다. 위에서 언급한 바람 피우는 남편이 정신과 의사를 찾아가 과거에 있었던 어두운 이야기를 털어놓으며 현재 자신의 약한 모습과 선택들, 그리고 자신이 무엇을 좋아하는지를 설명하고 정당화하기 시작할 때, 당신은 그동안 속았다는 것을 알게 된다.

하지만 그가 털어놓는 어린 시절의 우울한 이야기가 그의 성격을 일부 설명한다 하더라도, 이 역시 진정한 속내를 말한다고 볼 수는 없다. 어두운 과거가 있다고 해서 모든 사람들이 망가지지는 않는다. 하지만 소설에서 그가 꺼내놓는 과거의 이야기는 그의 생각과 행위를 이해하도록 도와준다. 비록 그게 전부는 아니지만. 과거에 있었던 일들이 부적절한 상황을 초래한 선택들을 정당화할 수는 없다. 그에게도, 다른 사람들에게도. 과거는 결코 우리 자신이 아니다. 다만 우리가 어떤 사람이 되었는지를 일부 설명해 줄 뿐이다.

도덕관이 시험될 때, 위험요소를 맞닥뜨렸을 때, 인물이 보여주는 선택과 행동들이 그의 진정한 면모를 드러낸다. 우리의 진정한 모습은 유사한 2차원적 경험에 직면한 다른 인물들과는 다른 고유한 방식으로 장애물을 극복할 때 일부 드러난다.

그는 재미있고 좋은 사람일지도 모른다. 나쁜 아내와 힘겨운 결혼생활을 유지하고 있는 것인지도 모르고. 하지만 그는 도덕적으로 잘못된 선택을 하면서 자신의 진정한 모습을 드러냈다.

우리는 이야기에서 이런 인물들을 만들어야 한다. 가끔 이처럼 잘못된 판단을 내리는 인물들이 독자들에게는 훌륭한 독서 경험을 제공하기도 한다. 적어도 소설에서는. 이야기 속의 인물들은 숨겨야 할 비밀, 털어놓아야 할 이야깃거리, 변명, 계속해서 유지해야 할 가면을 갖고 있다. 이 모든 것들은 2차원적 성격에서 기인한다.

그리고 독자들은 곧 인물의 진실을 알게 된다. 독자들은 이야기의 첫 번째 파트에 나타난 인물의 모습을 보고 해당 인물에 대한 특정한 생각을 가질 수 있다. 하지만 당신은 곧 인물의 진짜 모습을, 좋은 쪽이든 나쁜 쪽이든, 드러내야 한다.

그렇지 못한다면 당신의 인물은 1차원적인 모습만을 보여줄 것이다. 독자가 주인공에게 빠져들기 위해서는 일정 이상의 시간이 필요하다. 당신은 이야기를 진행시키면서 인물의 또 다른 모습을 독자에게 보여주어야 한다.

어떤 인물이 독자를 끌어당길 수 있을까?

주인공과 악당은 특히 완벽하다기보다는 복합적인 면모를 보인다. 인물의 흡입력은 독자가 인물을 좋아하는 것과는 관계가 없다. 절대로.
독자가 인물을 좋아하게 만들어야 한다는 말은 고등학교 작문 선생님들이나 하는 말이다. 풋내기 작가들도 인물을 좋아해야 한다고 생각한다. 하지만 눈이 뜨이고 나면 진짜로 중요한 것이 무엇인지 알게 될 것이다. 우리는 좋아할 수 없는 주인공들도 "좋아할 수 있다."

독자는 인물을 좋아할 수도, 그렇지 않을 수도 있다. 이는 중요하지 않다. 영화 〈월 스트리트Wall Street〉의 고든 게코는 좋아하기는 힘들지만 흡입력을 갖춘 근사한 인물이다. 반면 데니스 루헤인의 소설 〈셔터 아일랜드〉의 주인공도 마찬가지다. 그는 완전히 머리가 돈 사람이다. 루헤인의 또 다른 소설 〈미스틱 리버〉의 주인공도 그렇고.

하지만 독자는 주인공을 좋아하든 좋아하지 않든 반드시 그를 응원해야 한다. 독자는 주인공과의 정서적인 여행에 동참해야만 한다. 그가 계속해서 망가진 모습만을 보여주더라도. 한데 우리가 주인공에게 어떤 감정을 느끼지 않는다면 그를 응원할 수 없다.

반대자의 경우도 생각해 보자. 우리는 반대자의 욕망을 이해해야 하고, 어째서 그들이 이러한 욕망을 추구하는지를 이해해야 한다.

성공적인 이야기를 쓰려면 인물에게 가야 할 길을 주어야 한다는 점을 기억하라. 주인공에게게는 임무, 해야 할 일, 성취해야 할 목표가 있어야 하고, 무언가를 배워야 하며, 궁극적으로는 변화해야 한다. 주인공은 물론이고 악당, 즉 반대자도 마찬가지다. 우리는 외적인 장애물을 비롯하여 인물의 심리와 관련된 내면적 장애물을 설정하여 이들의 여행을 흥미진진하게 만들어야 한다. 인물들만이 아니라 우리 독자들도 흥미진진하게 동참할 수 있도록 말이다.

독자는 인물에게 공감해야 한다

주인공이 목표를 추구하는 과정에서 불완전한 모습을 보여주면서도, 그럼에도 불구하고 독자가 주인공에 대한 공감을 잃지 않도록 하는 것이 관건이다. 예를 들어 알콜중독에서 벗어나려고 분투하는 주인공이 있다. 그에게는 목표를 추구하는 데 필요한 힘과 중독을 극복하려는 의지가 있다. 그가 노력을 통해 긍정적인 결과를 맞이한다면, 독자는 그에게 얼마든지 공감할 수 있다.

독자는 자기의 약점이나 자기가 유혹에 쉽게 넘어가는 성격이라는 점을 알고 있는 유약한 주인공을 사랑한다. 이러한 주인공이 더 높은 목표를 추구할 때, 독자는 그를 응원한다. 주인공은 자신이 잘못된 길에 접어들었음을, 그래서 유감스러운 처지에 놓이게 되었음을 알아차린다.

해서 이야기 속에서 흘러가는 시간과 맥락에 따라 주인공은 자신을 반성하고 보다 고상한 목표를 향해 나아간다. 주인공은 자신을 잘못된 길로 이끄는 악마들을 허용하지 않고, 이야기의 마지막 부분에서 양심에 따른 최종적인 결정을 내린다.

우리는 이러한 주인공에게 공감한다. 우리는 주인공의 배면을 보고, 그를 응원한다. 비록 일시적일지라도. 인간인 까닭에 우리는 모두 주인공과 비슷한 경험을 한 적이 있기 때문이다.

입체적인 인물 만들기

2000년대에 접어들면서 우리는 스테로이드 복용 혐의를 받거나 현장에서 붙들린 선수들을 많이 보게 되었다. 이들 중 몇몇은 꼼짝 못할 증거가 있는데도 혐의를 부인했다. 하지만 적절하게 대처한 선수들도 몇 명 있다.

당시 뉴욕양키즈 선수였던 앤디 페티트Andy Pettitte와 제이슨 기엄비Jason Giambi는 사실상 유죄를 인정하면서 스캔들에서 빠져나오는 동시에 대중들에게 용서를 받을 수 있었다. 그들이 대처했던 방식은 너무나 적절했고, 더욱 강력한 팬층을 갖게 되었다. 그들이 즉각 자신들의 죄를 시인했다는 것은 그들이 과거에 죄를 지었다는 사실보다도 그들의 진정한 됨됨이를 더욱 잘 말해 준다. 그들이 남자답게 진정한 성품을 보여준 까닭에 그들의 커리어는 지속될 수 있었다. 뉴욕양키즈와의 계약도 파기되지 않았다. 그리고 팬들은 여전히 그들을 지지한다.

어째서? 우리는 난관에 봉착한 선수들이 보여준 행동에 감탄하고,

그들의 선택에 공감하기 때문이다. 그들은 우리를 기만하는 대신 정직함과 책임감을 보여주었다. 우리는 이런 모습에 감탄한다.

이런 것이 성품이다. 그들은 당시 훌륭한 성품을 보여주었다.

뻔한 증거가 있는데도 거짓말을 늘어놓거나 어떤 답변도 거부했던 다른 선수들은 어떻게 되었을까? 당연히 그들의 커리어는 추락했다. 명예의 전당에 입성하겠다는 희망도 사라졌다. 사람들은 그들에게서 등을 돌렸다.

이런 것도 성품이다.

양쪽에 위치한 선수들이 1차원적 성격을 고집스럽게 내보이고 있다는 점에 주목하라. 마크 맥과이어Mark McGwire는 여전히 터무니없이 비싼 독일제 자동차를 몰고, 인터뷰어들을 쓰레기처럼 취급하며, 바디빌더인 동생이 스테로이드를 불법적으로 거래한 혐의로 복역중이라는 사실에 대응하고 있다. 이 모두는 인물의 1차원적, 2차원적 모습이다.

그러나 그의 미래는 인물의 진정한 성격을 보여주는 3차원적 선택에 달려 있다. 그는 싼 값에 투수 코치가 되어 야구계로 돌아갔지만, 명예의 전당은 요원할 것이다. 다른 선택을 내렸더라면 명예의 전당도 불가능한 꿈이 아니었을 텐데. 앤디 페티트와 제이슨 기엄비가 보여준 3차원적 선택들은 대중들도 외면하지 않았다.

배리 본즈Barry Bonds는 맥과이어가 자기 대신 홈런기록을 경신했다는 사실을 견딜 수 없었다. 해서 그는 상당한 기량과 능력을 이미 갖추고 있음에도 불구하고 속임수를 써서 기록을 세웠지만, 이런 의혹에 대해서는 계속해서 거부하는 모습을 보이고 있다.

다시 말하지만 이런 면에서도 성격을 엿볼 수 있다. 주변을 둘러보라.

당신은 실제 현실에서 1차원, 2차원, 그리고 3차원적인 면모를 모두 갖춘 사람들을 어디서나 볼 수 있을 것이다.

작가는 인물의 잘잘못을 따지는 사람이 아니다. 다만 이야기의 인물을 입체적으로 만들어 독자가 그들에게서 대리적인 감정을 느낄 수 있도록 해야 한다. 바로 독자들의 공감을 이끌어내는 것이다.

책을 출판하고 싶다면, 이 점을 반드시 명심해야 한다.

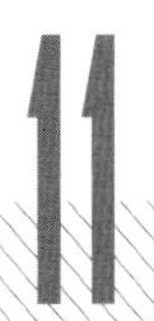

인물의 본성

작가들이라고 해서 다들 심리학을 전공하지는 않는다. 하지만 위대한 이야기를 쓰려면 인간의 심리를 꿰뚫어야 한다. 우리의 주인공과 악당은 우리가 본능적으로 이해할 수 없을지도 모를 소위 인간행동의 원칙에 따라 행동해야 한다.

〈닥터 필Dr. Phil〉이나 〈오프라Oprah〉를 보면서 사람들이 행동하는 방식과 그 이유를 기초적으로 학습할 수도 있고, 심리학에 관한 최신 개론서를 사서 읽어 볼 수도 있다. 내 생각에는 심리학 세미나에 참석해 보는 것이 도움이 될 듯하다. 참가자들이 털어놓는 경험담을 직접 들어보면 사람들이 행동하는 방식과 이유를 이해할 수 있기 때문이다. 게다가 이들은 살아 오면서 직접 겪은 이야기를 들려 준다. 따라서 당신의 이야기에도 적용해 볼 수 있을 것이다.

토머스 해리스Thomas Harris의 〈양들의 침묵The Silence of the Lambs〉으로 심리학을 공부하는 것도 좋다. "한니발 렉터"와 "버펄로 빌"은 인간 심리의 어두운 면을 밝혀주는 고전적인 인물이다. 인간 심리의 선과 악을 능숙한 솜씨로 보여주는 스티븐 킹의 작품들도 훌륭하다. 알콜중독자나 무책임한 아버지, 정신병자 어머니를 쓰겠다는 생각만으로는 충분하지 않다. 이러한 인물들을 입체적으로 부각시키려면 이들에게 과거사를 만들어 주어야 한다. 이들의 과거사(backstory, 전사)는 우리에게 이들이 어떤 세계관을 갖고 있는지를 알려준다. 때로 이들의 과거사는 분명하게 밝혀지지 않거나 복잡하지만, 항상 이들이 변화하기 시작하는 출발점으로 작용한다.

인물의 기본적인 심리를 두고 고민할 때, 당신은 인물의 2차원적 성격을 만들고 있는 것이다. 당신이 필요로 하는 인간 행위의 기본적인 원칙은 몇 가지 범주로 나뉠 수 있다. 이러한 범주에 따라 원하는 세부사항들을 부가할 수 있다.

원한을 가진 사람들

당신을 분노하게 하는 사람이 있다고 치자. 당신은 그를 용서해 줄 수도 있지만, 분이 풀릴 때까지 어쩌면 오랜 시간 동안 그에게 원한을 품을 것이다.

우리는 원한을 품은 대상에게 거부감을 느낀다. 분이 풀리기 전에는 원한을 품은 대상에게 친절하고 열린 마음을 갖지 않을 것이다. 그가 사과라도 하기 전까지는. 당신은 그의 생각과 업적 등에 거부감을 가질 것이고, 어쩌면 그의 존재 자체에까지 거부감을 가질 것이다. 거부감은 아주 천천히 드러날 수도 있고, 무심결에 입밖으로 튀어나올 수도 있다. 혹은 전혀 겉으로 드러나지 않은 채 느린 속도로 진행되는 암처럼 당신의 머릿속에서만 곪아 갈 수도 있다.

예를 들어 보자. 남자친구에게 차인 당신은 분노한다. 그래서 매년 크리스마스 때마다 그가 카드를 보내 오는데도 답장을 보내지 않는다. 당신은 그가 보낸 카드를 뜯지도 않고 태워 버린다. 그런다고 분이 풀리기는커녕 슬픔이나 분노를 느낀다. 당신의 원한만 깊어질 뿐이다.

〈맨 오브 어 써튼 에이지Men of a Certain Age〉 시리즈에 등장하는 주요인물 세 명은 원한을 품고 있다. 한 사람은 전직 농구선수였던 아버지가 자신에게 지나치게 가혹하게 굴었다는 원한을 갖고 있다. 다른 사람은 헤어진 아내에 대해, 그리고 아내를 잃은 후 자신이 보였던 행동에 대해 원한을 갖고 있다. 나머지 한 사람은 자신이 멋진 독신남으로 살아가기에는 너무 나이를 먹었다는 사실에 원한을 갖고 있다. 이 시리즈는 원한에 의해 움직이는 세 남자와 그들의 행동을 너무나 자세하게 보여준다.

복수의 치유력과 추동력

우리는 원한을 품은 대상에게 어떻게 복수할 수 있을지를 생각하고는 한다. 당신은 쇼핑에 돈을 펑펑 써대는 부인에게 분노한다. 그래서 복수하기 위해 그녀가 좋아하지 않는다는 것을 알면서도 엄청나게 비싼 낚시 장비를 산다. 그녀가 좋아하지 않기 때문이다.

결혼생활이란 이런 것이다. 좋든 나쁘든 이는 인간 심리와 연결되어 있다. 당신은 원한이 곪아 터지기 직전일지라도 복수심이나 거부감을 전혀 드러내지 않을 수 있고, 중대한 순간에 확 터뜨릴 수도 있다. 이야기에서라면 이러한 순간에 복수심을 나타내는 것이 그럴듯하고 고전적이다.

이러한 원한과 복수심의 결과는 2차원적 사안에 의해 촉발된 3차원적 결정과 행동으로 드러난다. 예를 들어 보자. 당신은 전 애인과 우연히 마주친다. 그녀는 몰래 바람을 피웠고, 당신은 그녀를 용서했고, 그 사실을 잊었다. 한데 그녀는 당신의 가장 친한 친구와 결혼했다. 엄청난 일이다. 충분히 원한을 품을 만하다. 그런데 동창회에서 그녀를 우연히 만난다. 당신의 상처는 전혀 회복되지 않았다. 그녀를 보자 피가 거꾸로 솟는다. 그런데 그녀는 당신에게 돌직구를 날린다. 그녀는 만삭의 몸이다. 그녀는 당신과 가장 친했던 친구의 아내다. 친구는 그녀가 당신의 애인이었을 때부터 그녀를 몰래 만나고 있었다.

이제 어떤 행동을 보여줄 것인가? 이제 3차원적 선택을 내려야 할 시간이다. 1차원적으로 가식을 떨 필요는 없다. 이러한 일들이 왜 일어났는지를 2차원적으로 설명할 필요도 없다. 중요한 것은 당신이 이 순간 어떤 행동을 보여줄 것인가이다. 예의바르게 굴 것인가? 아니면 서먹서먹하게? 둘 다 무시할까? 용서해 줄까? 모욕감을 안겨 줄까? 아무 일도 없었던 것처럼 태연하게 행동할까? 한바탕 소란을 피울까? 아니면 그들을 따뜻이 맞이하며 잘 살기를 빌어 줄까? 어떤 선택을 하더라도, 이는 3차원적 선택이다. 그리고 이 선택이 당신이 누구인지를 말해 준다.

작가인 당신은 인물의 3가지 차원을 잘 다루어야 한다. 문제가 생기기 전까지 주인공이 어떻게 행동하는지와 관련된 1차원, 그리고 전 애인이 동창회장에 나타나는 순간 그가 어째서 가슴이 무너지는 듯한 감정을 느끼는지를 이해하는 것과 관련된 2차원, 그리고 그가 최종적으로 보여주는 행동과 관련된 3차원을 하나라도 소홀히 다루어서는 안 된다.

2차원적 심리는 주인공의 선택에 직접적으로 영향을 미친다기보다는 주인공이 어째서 3차원적 행동을 내리는지를 이해하게 해준다. 2차원적 심리는 주인공의 현재 상태를 보여준다. 여자친구가 배신했다. 그래서 마음이 아팠다. 그의 상처는 아직도 치유되지 않았다. 그리고 가슴이 무너져내린 바로 이 순간, 3차원적으로 보여주는 행동이 그의 진짜 모습을 드러낸다. 한데 2차원적 심리가 설명되지 않았다면, 독자는 주인공이 어떤 선택과 행동을 보여주더라도 의미를 발견할 수 없다.

복수심이나 원한은 1차원적 모습에서 드러나지 않는다. 어떤 헤어스타일을 하고 있는지, 어떤 자동차를 모는지는 이러한 심리와는 관계가 없다. 인물의 1차원적 모습은 특정한 방식으로 자신을 드러내고자 하는 욕망을 표현한다. 여기서 인물은 과거의 경험이나 내적인 상처로 인한 행동을 보여주지 않는다(그리고 다시 한 번 반복하자면 인물은 1차원적 모습을 통해 진정한 자신을 표출할 수도, 숨길 수도 있다).

입체적인 인물을 만들려면 3가지 차원 모두가 필요하다.

당신은 어떤 원한을 갖고 있는가?

살면서 원한을 품었던 사건들을 모두 목록으로 만들어 보자. 그리고 원한을 품은 대상에 대해 이러한 원한이 당신의 태도와 행동, 결정에 어떤 영향을 미치는지를 알아보자. 원한을 품게 된 사건들에 대해 당신은 어떤 감정을 갖고 있는가? 이러한 감정은 당신의 행동에 어떤 영향을 미치는가?

당신도 사람이다. 원한은 우리에게 매일매일 영향을 미친다. 우리가 원한에 의해서만 움직이지 않는다는 점이 다행이다.

인물을 창조하는 작가인 당신은 원한에서 거부감으로, 다시 복수로 이어지는 역학관계가 인물이 선택하고 행동하는 근거라는 점을 잘 알고 있어야 한다.

그럴듯한 이야기를 쓰고 싶다면 말이다.

과거가 인물을 움직이게 한다

하지만 사람들은 과거에 있었던 일은 개의치 않고 살아가기도 한다. 인물을 어느 쪽으로 가게 할 것인지는 당신이 선택하기 나름이다. 제대로 된 선택을 내리려면 하고자 하는 이야기의 성격과 분위기, 그리고 이야기 속 인물의 성격과 분위기에 적합한 방식을 따라야 한다. 무작정 이야기를 쓰면서도 할 수 있기는 하지만, 그래도 이야기의 큰 그림을 바탕으로 정교한 계획에 따라 하는 편이 낫다.

의식적이든 무의식적이든, 굴복하든 거부하든, 우리가 하는 행동은 과거에 있었던 일과 근본적으로 연결되어 있다. 우리는 무턱대고 원한을 표출하기도 하고, 또 어떤 때는 우리를 성장하게 한 사람들의 행동과 그들이 요구하는 가치를 따르기도 한다.

아닌 것 같다고 생각하는가? 그렇다면 트럭운전수의 자녀보다 의사의 자녀가 의사가 되는 경우가 훨씬 더 많은 이유에 대해 생각해 보라. 일반적으로 전문직 종사자의 자녀는 자라서 노동자계급의 자녀보다 높은 비율로 전문직에 종사한다.

그 반대도 가능하다. 통계학에 따르면 나쁜 부모의 아이가 자라서 나쁜 부모가 되는 비율이 높다. 알콜중독자의 아이도 마찬가지다. 물론 이렇게 일반화할 수 없는 복합적인 요소들도 있겠지만 말이다.

우리는 부모의 행동을 따라하기도 하고, 반대로 행동하기도 한다. 그리고 양쪽은 다른 결과를 낳는다. 이러한 과거사는 인물의 2차원적 면모와 관련되어 이야기를 통해 드러난다.

인물의 과거는 무척 중요하다

〈탑 건〉의 주인공을 생각해 보자. 인물이 변화하는 지점이 나타나기 전까지, 주인공은 이야기의 절반이 흘러가는 동안, 과거에 실패한 군인이었던 아버지로부터 기인한 행동만을 보여준다. 〈탑 건〉의 작가는 그를 그저 공격적인 인물로만 여기지 않고 그의 행동에 공감할 수 있도록 그가 어떤 과거를 갖고 있는지를 알려준다.

우리는 인물이 드러내는 2차원적 면모를 통해 그에게 공감한다.

인물의 과거사를 이해하게 되면 성인이 된 주인공이 과연 누구인지를 논리적으로 적합하게 파악할 수 있다. 이처럼 인물의 2차원적 면모는 1차원적인 모습을 설명하는 동시에 인물이 진정한 3차원적 모습을 보여주는 발판으로 작용한다.

인물에게 세계관을 만들어 주자

세계관이란 한 사람의 가치, 정치관, 선호도, 그리고 어떤 태도에서 엿보이는 믿음과 편견, 버릇, 그리고 선택의 총합이다. 한 사람의 세계관은 대개 과거와 문화의 산물이다(예를 들면 테러리스트들의 대부분은 부모와 그들이 속한 문화에 의해 테러리스트로 길러진다). 물론 이처럼 세계관을 구성하는 요소들은 인생에서의 다른 경험들을 통해 인물이 성장하고 발전하면서 조금씩 변화하기도 한다.

목사의 딸이 서던캘리포니아 대학University of Southern California에 진학했다고 생각해 보자. 그런데 그녀는 갑자기 마약판매상과 데이트를 시작하고 늘 술에 절어 지낸다. 반대로 답답하고 고루한 남부 교회의 첫 번째 여성 목사가 될 수도 있다. 같은 과거다. 하지만 결과는 다르다.

어느 쪽을 선택하든 당신은 인물의 과거를 드러내는 2차원적 변수를 완벽하게 다루어야 한다.

12

인물의 과거(Backstory)

2009년 가을, 오레곤 대학의 축구선수 한 사람이 국가적인 뉴스거리를 만들어 냈다. 시즌 개막경기에서 진 뒤 상대팀이었던 보이시 주립대학 선수를 때렸던 것이다. 이는 즉각 대단한 논란을 이끌어냈다. 스포츠 뉴스마다 이 사건을 다루었고, 대중들은 심판자로 나섰다. 보기 좋은 일은 아니었다.

그 선수는 한 시즌을 쉬어야 했다. 언론이나 대중들이나 당연히 그렇게 생각했다. 오레곤 대학은 평판을 잃지 않을 수 있었다. 새로운 코치도 자기 자리를 지켰다. 징계위원회는 체면을 세웠다. 하지만 그 과정에서 선수는 꿈을 잃었다. 아마 이후의 선수생활도 순탄치는 않았을 것이다.

좋은 이야깃거리다. 하지만 이 이야기를 더 낫게 만들어 주는 것은 무엇일까? 바로 선수의 과거다. 이 사건에 앞서는 사건들과 역학관계는 선수가 만들어 낸 작은 드라마에 영향력을 행사한다.

왜냐하면 이처럼 우울한 순간의 역학관계에는 많은 것들이 포함될 수밖에 없기 때문이다. 그리고 당신의 이야기에서 중요한 순간들의 역학

관계에도 많은 것들이 포함되어야 한다.

선수가 평정심을 잃었을 때, 그는 3차원적 성격, 즉 진정한 자아를 드러냈다. 선수나 코치가 사건 이후에 내렸던 결정들도 그러했다. 사건 뒤에는 선수의 과거와 관련된 2차원적 성격이 자리하고 있었다. 언론에서는 2차원적 과거사를 많이 다루지 않았지만, 소설에서는 필수적인 부분으로 취급되어야 할 것이다.

그리고 선수가 상대팀 선수를 때렸을 때, 이러한 3차원적 행동은 1차원적 면모와 2차원적 면모가 결합된 것이었다. 선수가 상대팀 선수를 때리고 난 뒤 보여준 마이크 타이슨 식의 행동방식은 1차원적이었다. 이는 아무것도 의미하지 않는다. 어떤 의미를 부여하기 전까지는 말이다. 중요한 것은 그가 상대팀 선수에게 날린 펀치 한 방이 3차원적이었다는 사실이다. 선수는 그 순간 다른 사람들의 시선은 안중에도 없었다. 따라서 그는 진정한 자신을 드러낼 수 있었다.

재미있는 점은 징계위원회가 그를 출전정지시키기로 결정한 것과는 반대로 코치는 선수의 편을 들었다는 사실이다. 그는 어린 선수가 진짜 자신을 드러낸 것이 아니며, 그 순간 감정에 휩싸였을 뿐이라고 말했다. 여기서 질문이 생겨난다. 이 말이 사실이라고 해도, 오레곤 축구팀 선수들은 같은 상황에서 전부 똑같이 행동하겠는가?

우리는 이야기에서 인물이 반응하는 순간을 주어야 한다. 인물이 위와 같은 순간에서 하는 결정과 행동은 분명 그들의 진정한 면모를 드러낸다. 이러한 면모는 3차원적 인물의 깊이와 관련되어 있다. 펀치를 날리는 것은 1차원적 행위가 아니다. 2차원적 과거가 그를 형성해왔으며, 펀치를 날리는 순간, 그는 자신의 진정한 성격을 드러냈다.

이 선수는 어떤 과거를 갖고 있을까?

그는 거리에서 치고받고 싸우며 자라면서도 축구선수가 되겠다는 희망을 버리지 않고 어린 시절을 보냈다. 그 사건이 있기 전까지 그는 역경을 딛고 꿈을 이룬 떠오르는 스타였다. 그리고 사건이 발생했다. 그의 꿈은 산산이 부서졌다.

희망 따위는 이야기의 연료가 될 수 없다는 점을 명심하라.

인물의 과거사는 이야기를 위한 도구다

앞 장(11장)에서 인물은 적합한 심리에 따라 행동해야 하며, 이러한 행동이 어떤 과거(2차원)와 연결되어 있다는 사실을 보여주어야 한다고 설명했다. 과거는 인물이 현재 하는 선택과 행동에 영향을 미친다.

어떤 작가들은 인물의 과거에 많은 분량을 할애하기도 한다. 이야기에서 인물이 보여주는 행동이 어떤 심리에서 기인한 것인지를 밝히기 위함이다.

당신이 이야기를 무작정 쓰기 시작했다면, 여러 벌의 초고를 쓰면서 인물과 인물의 과거가 유의미한 연결고리를 갖도록 계속해서 고쳐야 할 것이다. 물론 이야기를 쓰기 전에 인물의 과거를 계획적으로 만들어 낼 수도 있다.

어느 쪽이든 제대로 해라. 그렇지 않으면 당신에게는 1차원적 주인공만이 남을 테니까.

빙산의 원칙

하지만 과거사를 지나치게 세세하게 써도 문제가 될 수 있다. 과거로 모든 것을 설명하고 싶은 유혹에 빠질 수도 있기 때문이다.

인물의 선택과 행동이 어디서 기인하는지 독자가 직관적으로 파악할 수 있을 정도로만 과거를 쓰는 편이 좋다. 하나도 빠뜨리지 않고 죄다 쓸 생각은 하지 마라. 과거를 설명한다는 목적만으로 회상 장면을 쓰겠다는 생각은 별로 좋지 않다. 인물의 과거사를 독자들에게 전달할 때는 서사적인 흐름을 고려하여 정교하고 기술적인 방식을 사용해야 한다.

데니스 루헤인의 〈미스틱 리버〉나 〈셔터 아일랜드〉처럼 인물의 과거가 이야기에서 중요한 역할을 맡는다면, 당신은 이를 서사의 흐름에 매끈하게 집어넣을 줄 알아야 한다.

"빙산의 원칙"이라 불리는 기본원칙이 있다. 인물의 과거를 10% 정도만 보여주는 원칙이다. 이후의 맥락을 이끌어낼 수 있을 정도면 된다. 긴 분량을 할애할 필요도 없다. 독자들이 시간의 장막 너머에 무슨 일이 있었는지를 추측하기에 충분한 정도면 된다. 하지만 이러한 과거사는 인물의 세계관과 태도, 결정, 그리고 행동에 계속해서 영향력을 끼치는 것이어야 한다.

다른 작품들을 통해 인물의 과거를 파악해 보자

다른 스토리텔링 기법과 마찬가지로 인물의 과거사를 쓰는 방법 역시 다른 작품을 통해 연구해 볼 수 있다. 지금까지 읽은 소설 중에도 전략적으로 과거사를 등장시키는 작품이 많았을 것이다. 이러한 작품을 읽어 보면서 배울 만한 점을 찾아 보라.

텔레비전 드라마 〈캐슬Castle〉에서 인물의 과거는 그의 직업과 플레이보이처럼 살아가는 생활방식과 관련이 있다.

주인공은 유명한 소설가로, 여자들을 유혹하는 재능이 있는 반면 충실한 관계를 유지하는 데는 거부감을 느낀다. 그는 매혹적인 여형사와 같이 일하게 되는데, 이 여성은 거부할 수 없는 그의 매력에도 별 반응을 보이지 않고, 그의 능력에도 찬사를 늘어놓지 않는다.

〈하우스House〉의 주인공은 마약에 중독되었던 과거가 있다(다리의 통증을 없애기 위해서였다). 그리고 에피소드들마다 인간관계에서 실패하는 모습을 보여준다. 그는 계속해서 약을 사용하고, 상대방에게 못되게 군다. 이는 모두 그의 과거사와 관련이 있다. 하지만 그는 탁월한 의사이기도 하다. 우리는 반영웅(antihero)으로 가장하려고 노력하는 그의 모습을 바라보며 그가 깊이 있고 매력적인 인물이라고 생각한다. 〈하우스〉는 일주일마다 다른 사람들을 조종하고 망쳐버리려고 노력하는 인물들의 모습을 보여준다. 이처럼 1차원, 2차원, 3차원적인 면모를 여과없이 보여주는 이 시리즈는 매년 에미 상 후보에 오른다.

영화 〈아바타〉의 주인공이 어떤 과거사를 갖고 있는지는 눈에 띄게 드러난다. 그는 군대에서 불구가 되었다. 주인공의 형은 거대한 프로젝트에 참여하려고 한다. (플롯이 작동하기 위한 필수적인 장치로) 주인공은 형과 DNA가 일치하여 형 대신 프로젝트에 참여하게 된다. 그런데 그는 경험이 부족하다(이는 과거사에 기인한다). 해서 이러한 사실은 그의 인간관계와 경험에 기본적인 촉매제로 작용한다.

과거사는 실제 이야기의 흐름에서 일어나는 사건이라기보다는 인물이 선택하고 행동하는 맥락을 만들어 주는 도구이다. 이것을 파악한 작가는 독자가 인물에게 믿음을 갖고 한 걸음 더 다가설 수 있도록 한다. 이는 독자의 공감을 위해서 필수적인 장치다.

당신이 시리즈물을 쓰고 있다면?

시리즈물을 쓰고 있다면 인물의 과거사는 더욱 중요해진다. 인물의 성장과정과 함께 인물의 과거가 미치는 영향력은 1권에서 2권으로, 또 다음 권으로 이어져야 한다. 물론 한 권의 책은 그 자체로 독립적이어야 한다. 시리즈물이라 하더라도 각각의 책들은 각기 독립적인 결말을 맺어야 한다. 하지만 인물의 과거사에 바탕을 둔 줄거리 자체는 시리즈물이 끝날 때까지 끝나지 않는다(물론 각각의 책들은 시리즈물 전체의 이야기를 앞으로 진행시켜야 한다).

〈해리 포터〉는 좋은 본보기다. 해리 포터가 그의 부모를 죽인 사악한 마법사에게 정의의 이름으로 복수를 가하겠다는 계획을 실행시킬 방법을 찾아 나가면서 그의 과거는 시리즈물 전체를 떠받치는 긴장감을 계속해서 유지한다.

시리즈물의 첫 번째 책은 인물의 과거사에 초점을 맞춘다. 당신이 첫 번째 책에서 만들어 낸 것 – 이는 시리즈물 전체의 플롯라인에는 별로 도움이 되지 않을 수도 있다 – 은 이어지는 책에서는 덜 집중적으로 다루어진다(독자들이 첫 번째 책을 읽지 않고도 이어지는 내용을 이해할 수 있을 정도로는 밝혀져야 한다).

에피소드로 구성된 시리즈물을 생각하면 이해가 빠를 것이다. 이제는 고전이 된 〈도망자The Fugitive〉 시리즈의 모든 장면에서 인물의 과거사를 읽어 낼 수 있다. 그러면서도 각각의 에피소드들은 주인공 리처드 킴블이 직면한 새로운 모험과 문제를 제시한다.

작가들은 에피소드로 시리즈를 구성하는 텔레비전 드라마 등에서 배울 점이 많을 것이다. 각각의 에피소드들이 인물의 과거를 어떻게 보여주고 있는지를 자세히 살펴보라.

13

내적 갈등과 외적 갈등

앞에서 나는 이야기를 정의하는 유일한 단어가 바로 갈등이라고 말했다. 내 말에 동의하지 않는 사람들이 있을지도 모른다. 하지만 훌륭한 이야기에 갈등이 반드시 필요하다는 점은 반박할 수 없을 것이다. 갈등이 없다면 잘해야 한 인물에 관한 소품이나 일기 정도가 나올 것이고, 못하면 에피소드를 나열하는 정도에 그치고 만다.

갈등이란 주인공이 해야 하는 것, 이겨내야 하는 것, 성취해야 하는 것, 피해야 하는 것, 발견해야 하는 것, 달성해야 하는 것, 깨달아야 하는 것, 이해해야 하는 것 등 무엇이든 주인공에게 필요한 것을 얻는 여정에서 나타나는 장애물을 말한다. 갈등은 1차 플롯포인트(22장에서 다룰 것이다)가 나타나기 전의 사건 유발을 통해 최초로 모습을 드러낸다. 이 지점부터 주인공의 여정이 시작된다.

1차 플롯포인트 이전에 나타나는 모든 것들은 이야기의 전환점을 설정하는 데 도움을 준다. 반대자가 이미 등장하여 이야기가 실제로 시작된 것처럼 보일 때라도, 이 일이 주인공에게 어떤 의미인지를 진정으로 파악하지 못한다. 어떤 의미가 드러난다고 하더라도, 이 의미가 진정으로 규정되는 지점은 바로 1차 플롯포인트에서다. 그리고 1차 플롯포인트 이후의 이야기는 이러한 의미의 변화를 다룬다.

이는 전적으로 파트 5에서 자세히 다루게 될 플롯과 관련이 있지만, 1차 플롯포인트 이전에 설정될 필요가 있는 인물 묘사와도 직접적인 관련을 맺고 있다.

이야기의 파트 1에서 플롯과 인물을 설정해야 한다. 그리고 플롯과 인물은 1차 플롯포인트에서 하나로 합쳐져야 한다. 하지만 말처럼 쉽지는 않다.

왜냐하면 훌륭한 이야기의 주인공은 복합적이고, 많은 갈등을 겪고, 다차원적이기 때문이다. 가끔 그들은 전혀 호감을 불러일으키지 않는 경우도 있다(우리가 주인공을 좋아할 필요는 없다. 다만 반드시 주인공에게 감정을 이입할 수 있어야 한다).

1차 플롯포인트 이전까지 지속되는 이야기의 파트 1에서 당신은 주인공의 1차원적 성격을 보여주어야 하고, 필요한 경우 반대자도 등장시킬 수 있다. 한편 1차 플롯포인트 이전에 인물의 2차원적 면모를 암시할 필요도 있다. 앞으로 보게 될 인물의 행동에 대한 근거가 다소 필요하기 때문이다.

이 지점에서 3차원적 인물묘사를 하기란 까다롭다. 하지만 필수적이다. 왜냐하면 인물은 이야기를 통해 변화하고, 따라서 파트 1에서 하는 행동은 마지막 부분인 파트 4에서 제시될 행동이나 선택과는 다를 수밖에 없기 때문이다.

예를 들어 보자. 여러 사람들과 캠핑을 가서 엉망으로 술에 취한 인물이 있다. 그에게 호감을 느낄 수 없을지도 모른다. 하지만 그의 멍청한 행동에도 불구하고 배고픈 곰에게 쫓기는 그의 모습을 보게 된다면 그에게 감정을 이입할 수 있다.

아직까지는 이야기의 파트 1이다. 그런데 주인공은 무릎을 꿇고 기도하는 3차원적 선택을 보여줄 수도 있다. 이는 겁에 질린 모습을 보여준다. 하지만 그는 막대기를 집어 들고 목숨을 걸고 싸울지도 모른다. 맞서기로 결정한 것이다. 양쪽 모두 3차원적 행동이다. 그리고 이러한 행동은 2차원적 요인에서 기인한다.

이 이야기는 다음과 같은 중요한 사실을 드러낸다. 당신의 이야기는 인물의 2차원적 심리를 사실상 변화시킬 수 있다. 인물은 배우고, 마침내 이해하고, 낡은 신념과 내면의 악마를 극복하여 이야기의 후반부에서는 더 좋은 3차원적 결정과 행동을 보여줄 수 있다.

2차원적 심리와 관련된 인물의 복합적인 내면은 대부분 그의 여정에 따라 나타나게 된다. 이는 당신이 악의적으로 이야기에 삽입한 외적 장애물을 인물이 극복하려고 애쓰는 과정에서 사실상 또 다른 장애물로 작용한다.

곰으로부터 도망치는 남자를 다시 한 번 생각해 보자. 그가 술에 취했다는 사실은 도망치는 행위를 대단히 어렵게 만든다. 취할 때까지 술을 마시고 분위기를 엉망으로 만든 까닭은 무엇이었을까? 바로 2차원적 심리 때문이다.

〈탑 건〉처럼 인물 중심적인 소설이나 시나리오는 거의 대부분 내면의 악마를 다루고 있다. 이런 이야기는 인물이 2차원적 과거를 극복하는 과정에 초점을 맞춘다.

그리고 이런 이야기를 잘 쓰면 "문학"으로 불리기도 한다.

훌륭한 이야기들은 갈등을 두 가지 단계로 보여준다

훌륭한 이야기라면 두 가지 단계의 갈등을 제시하여 독자의 즐거움을 배가시킨다. 하나는 주인공의 여정에 놓인 외적 장애물이고, 다른 하나는 모든 압박에도 불구하고 최선의 선택을 내려야 하는 인물을 방해하는 내면의 악마다. 바로 인물의 내적인 욕망, 유약함, 낡은 신념, 꼬인 성격, 유혹당하기 쉬운 성격, 진실을 보지 못하게 하는 것 등이 내면의 악마라 할 수 있다.

2차원적 심리로는 (배고픈 곰에게 다른 쪽 빰을 내밀어라와 같은) 종교적 신념이나 학대 등으로 인한 부모에 대한 증오, 권력에 대한 불신, 고소공포증이나 밀실공포증, 광장공포증과 같은 정신병리적 사안들을 들 수 있다. 이러한 사안들은 중대한 결정을 내려야 하는 주인공을 방해한다.

〈탑 건〉의 주인공을 다시 한 번 생각해 보자. 그는 2차원적 심리로 인해 반항적으로 행동하고 동료들을 위험하게 하는 멍청한 결정을 내린다. 이러한 행동을 보이는 이유는 실패한 군인이었던 아버지를 극복해야 하고, 강하게 보여야 하고, 사람들 앞에 우뚝 서야 하고, 끝없이 원칙만 들먹이는 세상에서 반항아가 되어야 하기 때문이다. 그리고 이야기의 마지막 부분에서 이 모든 것들을 극복하고 내면의 영웅을 불러내어 그의 아버지는 될 수 없었던 진정한 남자로 거듭난다.

덱스터는 근사한 본보기다

위험한 발언일지도 모르지만 모든 인물이 지닌 내면의 악마는 텔레비전 시리즈 〈덱스터Dexter〉에서 볼 수 있을 것이다. 주인공 덱스터는 연쇄살인범이다. 덱스터는 좁은 컨테이너 안에서 어머니가 두 남자에게 살해당하는 장면을 직접 목격하면서 사이코패스 살인마로 성장한다. 그는 죽어 마땅한 사람들만을 골라 살해하는 살인자다.

〈덱스터〉 시리즈를 통해 인물 묘사의 거의 모든 것을 배울 수 있다. 우리에게 필요한 모든 요소들 – 인물의 과거사, 내면의 악마, 그럴듯한 심리묘사, 인물의 세계관, 그리고 살인과 관련된 기이한 물건들이 모두 모여있는 어두운 지하실 등 – 이 제대로 그려지고 있기 때문이다.

그리고 덱스터가 생각하기에 진정으로 죽어 마땅한 최악의 연쇄살인범이 등장했을 때, 우리는 덱스터에게 감정을 이입하고 그의 행위를 이해하며 결국 그를 응원하게 된다.

천재적이다.

덱스터의 내면에 자리한 악마가 힘을 발휘하지 못하거나 고삐 풀린 듯 활약한다면 이 이야기에 만족할 수 없다. 하지만 그는 내면의 악마를 극복하고 성장할 방법을 찾는다. 이처럼 내면의 악마를 극복하는 것 – 덱스터의 경우 내면의 악마를 조절하는 것 – 은 인물의 길을 가로막는 외부적 장애물을 뛰어넘는 과정 이전에 등장한다. 인물은 내면의 악마를 극복해야만 외부적 장애물도 극복할 수 있다.

혹은 다른 방식도 생각해 볼 수 있다. 인물은 반대자와 최종적으로 대결하기 전 내면의 갈등을 극복하는 과정을 보여주고, 따라서 이야기를 끝맺기 위해 해야만 하는 일들을 해낼 수 있도록 한다.

덱스터의 살인동기와 자신이 하는 행동에 대한 기준은 모두 2차원적 심리와 관련되어 있다. 이러한 2차원적 심리는 꾸준히 모습을 드러내며 플롯을 앞으로 나아가게 하는 맥거핀[15]으로 작용한다. 하지만 이러한 맥거핀을 언제나 완전히 파악할 수 없다(덱스터의 경우 이는 계속해서 유령처럼 등장하는 죽은 아버지를 통해 나타난다).

매주마다 덱스터는 그의 진정한 휴머니티를 점차 더 많이 보여주게 된다. 따라서 그의 결정에는 이러한 변화가 반영될 수밖에 없다. 하지만 그의 진정한 성격은 수수께끼로 남는다. 그는 살인자인가, 아니면 영웅인가? 살인자인 동시에 영웅일 수 있는가? 우리는 연쇄살인자를 어떻게 응원할 수 있는가?

이러한 수수께끼는 시청자들에게 넘겨진다. 우리는 사악한 사람들이 합당하게 처벌되기를 바란다. 그리고 어두운 모습을 지닌 덱스터를 응원한다. 그가 사악한 사람들을 처벌하기 때문이다. 적어도 그는 자기보다 사악한 사람들만을 희생자로 삼는다.

다시 한 번 말하지만, 천재적이다.

스토리텔링의 본질은 주인공이 자신의 약한 모습과 결점을 극복하는 과정에 달려 있다. 작가인 당신은 늘 이 점을 생각해야 한다.

이러한 과정은 인물의 변화라 불린다. 당신의 주인공이 내면의 악마를 극복하지 못한다면, 그는 영영 변화하지 않을 것이다.

---

15 MacGuffin: 속임수, 미끼라는 뜻. 영화에서는 서스펜스 장르의 대가 알프레드 히치콕이 고안한 극적 장치를 말한다. 극의 초반부에 중요한 것처럼 등장했다가 사라져버리는 일종의 '헛다리 짚기' 장치를 말한다. 관객들의 기대 심리를 배반함으로써 노리는 효과는 동일화와 긴장감 유지이다.

인물을 변화하게 하자

우리 모두의 내면에는 악마가 있다. 어떤 사람들은 상대적으로 더 큰 내면의 악마를 갖고 있기도 하다. 나이를 먹어 가면서 몇몇은 이를 극복하기도 하고, 몇몇은 그렇게 하지 못한다. 그리고 이혼을 겪을 때나 직장생활에서 문제가 생겼을 때처럼 삶의 굴곡을 겪을 때마다, 내면의 악마가 우리를 괴롭힌다.

살면서 우리는 우리가 누구이며 무엇을 하는가에 대한 이유와 관련이 있는 과거사에 대해서 별로 관심을 갖지 않거나 아예 모르고 지낸다. 실제 인생이 대부분 이렇게 흘러간다. 보통은 사회복지사나 심리상담사, 혹은 인생이 꼬일 대로 꼬인 경우라면 감옥의 심리상담사가 우리의 성격과 행동 뒤에 자리한 심리를 이해할 방법을 찾게 된다.

그러나 우리가 쓰는 이야기는 현실이 아니다. 〈덱스터〉가 뚜렷이 보여준 바와 같이, 이야기는 현실의 가장 어두운 부분을 움켜쥘 수 있다. 우리는 직접 겪은 경험을 통해서, 자신만의 문제로 곤란을 겪는 사람들을 지켜보면서 내면의 악마에 대한 단서를 얻어 이야기에 어두운 드라마를 집어넣을 수 있다. 그리고 독자들은 인물의 선택과 행동 뒤에 무엇이 자리하고 있는지를 알아야 한다.

이처럼 인물의 과거를 조명하는 다차원적이고 깊이 있는 이야기는 평면적이고 일차원적이라 평가받는 이야기들과 구분된다.

내면의 악마와 관련해 재미있는 점은 드라마가 내면의 악마 그 자체보다는 이에 대처하는 우리의 능력에서 발생하는 경우가 많다는 점이다. 범죄자나 사이코패스의 내면에 깃든 악마들은 우리 같은 보통 사람을 괴롭히는 악마들과 크게 다르지 않을 때가 많다. 그들은 내면의 악마를 우리보다 끔찍하고 스펙터클하게 다룰 뿐이다.

이 말은 어느 인물에게라도 일반적인 기준으로 만들어진 내면의 악마를 적용할 수 있다는 의미다. 관건은 인물이 내면의 악마를 다루는 방식에 달려 있다.

인물이 내면의 악마를 다루는 과정이 바로 "인물의 변화"이다.

내면의 악마에 대해 알아보자

겁쟁이, 이기심, 중독, 두려움, 자만심, 거만함, 증오, 원한, 뒤틀림, 자신감 결여, 멍청함, 천재, 유산, 가난, 무지, 소시오패스적 무감각함, 순진함, 잘못된 도덕적 기준, 성적 일탈……. 일반적으로 이야기에서 당신이 만들어 낸, 다른 사람들의 기대나 기존의 규칙에 부응하지 않는 측면이라면 무엇이든 내면의 악마로 작동할 수 있다.

영화 〈엘리의 책The Book of Eli〉에서 주인공은 알 카포네가 평생 죽인 숫자보다 많은 사람들을 살해한다. 하지만 이는 받아들일 수 있다. 왜냐고? 이 이야기는 기본적으로 죽고 죽이는 감각이 지배하는 묵시록적 사회를 다루고 있기 때문이다.

여기서 주인공의 3차원적 선택과 행동을 살펴볼 필요가 있다. 그는 겉보기에는 침착하고, 조용하며, 말과 행동 모두 효율적이고, 강인하게 앞으로 나아가는 인물이다. 그의 행동은 본질적으로 모두 3차원적이다. 이처럼 진정한 성격을 보여주는 행동들은 첫 장면부터 제시된다. 그에게는 1차원적 가식이 필요하지 않다. 우리는 이야기의 끝에 이르러서야 이러한 3차원적 결정들을 만들어 낸 2차원적 동력이 얼마나 깊고 강력한 것이었는지를 이해하게 된다. 〈엘리의 책〉은 2차원적 과거와 관련된 모든 내용들을 완벽하게 제시하며 끝난다.

당신의 내면에도 2차원적인 악마가 숨어 있을 것이다. 아니면 심리상담소 대기실에 연쇄살인범이 앉아 있을지도 모른다. 작가로서 우리는 인물의 삶에 깊숙히 파고들어 그들의 내면을 완벽하게 파악해야 한다.

위대한 주인공의 내면에는 악마가 있다

위대한 악당의 내면에도 악마가 있다. 악당은 완벽하지 않다. 주인공도 마찬가지다. 완벽한 주인공은 지루하다. 악당은 완벽함이나 더 나은 선good을 추구한다는 일념 하에 자신의 행동을 정당화시킨다. 물론 아닐 수도 있다. 그들은 소시오패스라서, 더 나쁘게는 사이코패스라서 다른 사람들을 다치게 하는지도 모른다.

어느 쪽이든 작가인 당신은 독자에게 당신의 인물이 어째서 이런 행동을 하는지를 이해시켜야 한다.

인물은 배우면서 변화한다

이야기가 진행되면서 인물은 힘과 통찰력을 얻는다. 인물은 없던 것을 얻고, 방해하는 것을 제거하며, 과거를 뒤에 남겨두고, 용서하고, 필요한 경우 더 좋은 결정을 내리게 된다.

반면 악당은 변화하는 모습을 거의 보여주지 않는다. 물론 반드시 그래야 한다는 것은 아니다. 이야기의 창조주인 당신은 악당을 변화하게 할 수도 있고, 그렇게 하지 않을 수도 있다.

당신이 인물에게 어떤 도전과제나 수행해야 할 목표를 주고, 따라서 인물이 성장하거나 변화하는 과정이 바로 인물의 변화다.

인물의 변화는 중요하다

인물의 과거를 통해 내면의 악마가 어떻게 생겨났으며, 어떤 성격을 갖고 있는지를 알게 된다. 이는 주로 사건 유발, 혹은 1차 플롯포인트에 선행하는 이야기의 첫머리에서 제시된다. 주인공이 뭔가를 고쳐야 한다고 생각하기 시작하면서 내면의 악마는 이야기의 중간부분 내내 주인공을 괴롭히는 것처럼 보인다. 이야기의 중간포인트에서 이 지점까지 그를 끝없이 붙드는 내면의 악마와 싸우는 주인공을 지켜본다(이 지점에 대해서는 파트 5에서 이야기 구조에 대해 논의하며 자세히 알아볼 것이다).

이야기의 마지막 파트에서 주인공은 이전과는 다른 더 좋은 선택 – 3차원적 선택 – 을 하기 시작한다. 더는 내면의 악마에 굴복하지 않고 적어도 그 순간에는 반드시 해야만 하는 행동을 하는 사람이라는 것을 보여주는 선택을 내리는 것이다.

이런 것이 인물의 변화다.

이야기는 독자들에게 내면의 악마를 소개하면서 시작되고, 주인공이 내면의 악마를 어떻게 정복하는지를 보여주면서 끝을 맺는다.

예를 들어 보자. 온순한 사람이 강한 모습을 보이고, 겁쟁이가 용기를 내고, 조용한 사람이 할 말을 하고, 용서할 수 없는 자를 용서하고, 원한을 해소하고, 난제의 실마리를 찾아내고, 자기 기만적인 사람이 더 이상 자신을 속이지 않고, 정직하지 못한 사람이 더는 거짓말을 하지 않고, 유혹당하기 쉬운 성격이었던 사람이 원칙을 지키는 사람이 되고, 약자가 강자로 거듭나고, 불신으로 가득하던 사람이 믿음을 구하고, 억압받던 사람이 압제에서 벗어나고, 받기만 했던 사람이 주는 사람이 되고, 무심하던 사람이 세심한 사람이 되고, 순진하기만 하던 사람이 영리해지고, 모든 일에 따분해 하던 사람이 열정을 발휘하고, 냉혈한은 따뜻한 사람이 되고……. 우리 모두가 살면서 반드시 겪거나 보는 일들이다.

주인공은 이야기를 통해 깨달음을 얻고, 풍부해지고, 발전한다. 이야기가 끝날 때쯤이면 시작될 때와는 다른 모습을 보여주어야 한다. 어쩌면 여전히 완벽한 모습은 아닐지도 모른다. 하지만 자신의 목표를 완수하기에는 충분할 정도로 달라진 모습을 보여야 한다. 당신이 의도한 본질적인 주제를 전달하기에 충분할 정도로 말이다.

주인공은 저절로 변하지 않는다. 주인공은 시도하고 행동하며 실패하고 학습한다. 문자 그대로 이야기 속의 경험을 통해 이 모든 것들을 배우게 되는 것이다.

누구나 다 아는 말: 설명하지 말고 보여줘라

"설명하지 말고 보여줘라"라는 원칙은 무엇보다도 인물이 변화하는 모습을 그릴 때 적용해야 한다. 우리는 약한 자아를 극복하고 더 나은 사람으로 거듭나는 인물을 지켜보며 어떤 감정을 느껴야 한다. 우리의 인물은 신문기사의 주인공이 아니며, 하루 아침에 뜬금없이 변화하지도 않는다. 어느 날 잠에서 깨어 완전히 다른 사람이 될 수는 없다(초자연적인 이야기가 가끔 따분해지는 이유는 바로 이 때문이다. 이런 이야기의 주인공은 값진 고통과 경험을 통해 자신을 극복하기보다는 육감이나 더 위대한 존재를 통해 우연히 변화하는 경우가 많다).

〈탑 건〉의 주인공은 마침내 조직 내에서 행동하는 방식을 배운다. 그러면서 좋아하는 여자의 마음을 얻고 자신을 구원하며 머리카락 하나 흐트러뜨리지 않은 채 악당들로부터 조국을 구한다. 당신이 〈탑 건〉의 인물이 변화하는 방식을 따라할 필요는 없다. 이 영화는 좋은 본보기가 아닐 수도 있다. 사실 이야기 자체는 꽤나 약하고 얄팍하다……. 볼 만한 것이라고는 근사한 공중전 정도다.

그러나 〈탑 건〉에서도 몇 가지 배울 점이 있다. 그 중 하나는 이야기에서나 실제 삶에서나 변변찮은 것을 통해서도 훌륭한 것들을 배울 수 있다는 점이다.

인물의 변화는 서브플롯으로 작용하기도 한다

내면의 악마를 만들어 낸 인물의 과거 이야기는 중심적인 줄거리에 종속되거나 연관되면서 훌륭한 서브플롯으로 작용할 수 있다. 서브플롯은 인물의 내면에 깃든 악마에 초점을 맞추면서 동시에 서브텍스트도 될 수 있기 때문이다. 훌륭한 이야기를 쓰기 위해서는 서브텍스트의 역할 역시 중요하다.

당신은 서브플롯과 서브텍스트를 전략적으로 활용해야 한다. 서브플롯과 서브텍스트는 주제를 부각시키는 한편(이에 대해서는 나중에 자세히 알아볼 것이다), 인물의 변화에도 밀접하게 관련된다. 서브플롯과 서브텍스트를 적절히 사용할 수 있다면, 당신은 근사한 이야기를 쓸 수 있을 것이다.

스릴러 소설을 쓴다고 생각해 보자. 여기서 서브플롯은 생사의 기로에 선 주인공이 용기를 내지 못하는 상황과 관련이 있다. 이러한 상황은 더 높은 차원의 드라마를 이끌어내는 플롯에 주입되는 서브텍스트로 변화한다. 왜냐하면 주인공이 반대자에게 맞서려면 반드시 내면의 악마를 정복해야 한다는 것을 잘 알고 있기 때문이다.

아니면 로맨틱 코미디나 진지한 어른들의 관계에 초점을 맞춘 드라마를 쓴다고 생각해 보자. 주인공은 커리어에만 집착한 나머지 다른 인간관계에서 서투른 모습을 보여 왔을 수도 있다. 기본적인 플롯과 서브플롯에 모두 관련된 이러한 맥락에 따른 주인공의 선택에 내재된 위험은 서브텍스트가 된다. 똑같은 내면의 악마가 그녀를 다른 사람들과의 관계에 헌신하는 것을 막는 것이다. 그리고 이러한 기본적인 문제를 해결하는 과정이 주요 플롯에서 나타날 수 있다. 이 이야기를 더 낫게 만들어 보자. 기본적인 플롯이 그녀가 다른 사람들과의 인간관계를 요청하는 것이다. 이야기가 진행되려면 그녀는 다른 사람들을 완벽하게 신뢰해야 한다.

이야기가 연애담이라면 모든 것의 입장이 달라진다. 내면의 악마는 이야기를 이끌어나가는 기본적인 장치가 된다. 반면 외부적 갈등은 서브플롯으로 격하된다. 예를 들면 그녀는 커리어를 발전시키기 위해 다른 도시로 전근을 가야 한다. 이는 외부적 갈등이다.

혹은 그녀의 부모가 계급적 차이를 들먹이며 그녀와 애인의 관계에 훼방을 놓을 수도 있다. 이는 주요 플롯에서 일차적인 갈등으로 등장한다. 이 경우 당신은 외형적으로 드러난 드라마에 대한 정보를 주고 이에 영향을 미치는 주제적 본질의 서브텍스트로 우리에게 타격을 가한 것이다.

〈타이태닉〉을 예로 들어 보자. 이 영화의 기본적인 플롯은 사회적 계급의 차이로 금지당할 수밖에 없었던 연애담이다. 따라서 이야기에는 저주받은 배에 오른 모든 사람들의 인간관계를 규정하는 계급 투쟁과 관련된 서브텍스트가 들어 있다. 배가 가라앉는다는 것 자체는 서브플롯의 역할로 축소된다. 우리 모두가 배의 운명을 알고 있기 때문이다.

당신은 이것이 거꾸로 되었다고 논쟁할지도 모르지만, 이는 중요하지 않다. 두 개의 플롯라인 모두 사회계급과 관련된 서브텍스트와 긴밀한 관련을 맺고 있다.

서브텍스트는 보통 인물의 2차원과 연결되어 있다. 서브텍스트는 인물의 정서적, 심리적 반응을 이끌어내는 믿음체계와 가림막에 깊숙히 파고든다. 이러한 반응은 이야기의 초반부와 관련된 인물의 1차원적 면모와 인물이 내면의 악마를 마침내 정복할 수 있게 된 이야기의 후반부와 관련된 3차원적 면모를 이끌어낸다.

서브플롯은 기본적인 플롯과 동일한 이야기 건축술을 따른다

서브플롯은 기본적인 플롯에 비해 간단하다. 별로 눈에 띄지도 않는다. 하지만 인물의 선택과 행동에 영향력을 행사하는 서브플롯은 반드시 기본적인 플롯과 연결될 수밖에 없다.

예를 들어 내면의 악마는 이야기의 기본적인 갈등이 생겨나는 1차 플롯포인트(혹은 사건 유발 지점)에서 주인공의 반응에 영향을 준다. 반드시 그래야 한다. 이는 기본적인 플롯에 도움을 주는 서브텍스트가 된다.

심각할 정도로 수줍음이 많은 인물이 있다. 1차 플롯포인트에서 그녀는 갑자기 매니저로 승진한다. 그녀가 수줍음이 많다는 사실은 새로운 여정에 나서게 된 그녀가 앞으로 불편한 일들을 많이 겪게 될 것이라는 사실을 예고한다. 그녀의 수줍음은 이야기의 모든 전환점마다 장애물로 작용한다. 그녀가 망하기 직전의 회사를 구해낸다거나 상사의 횡령 사실을 밝혀내는 것이 기본적인 줄거리라고 생각해 보자. 하지만 줄거리가 무엇이든 간에 심각할 정도로 수줍음이 많은 그녀가 그럼에도 불구하고 반드시 어떤 일을 해내야만 한다는 사실은 이 이야기의 서브텍스트로 작용할 수 있다.

우리의 주인공은 이야기의 결말을 밀어붙이기 시작하는 2차 플롯포인트가 나타날 때까지 수줍음을 극복하는 과정을 보여준다(이 과정 자체가 서브텍스트다). 그녀는 이사진들 앞에서 그녀를 승진시킨 매니저의 불법적인 계획을 폭로해야 할 수도 있다. 그런데 매니저가 뻔뻔한 거짓말을 늘어놓는 반면, 그녀가 수줍음이 많다는 바로 그 사실이 이사진들이 그녀에게 귀를 기울이게 하는 계기가 될 수도 있다. 이제 내면의 악마는 단순한 서브플롯을 넘어서서 기본적인 플롯을 해결하는 주요 기폭제로 작용한다. 그녀는 강해지기 위해, 꼭 필요한 일을 하기 위해 위험을 감수할 것인가? 이에 대한 답변은 서브플롯과 기본적인 플롯, 그리고 서브텍스트가 어우러지는 방식에 있다.

가끔 서브플롯이 기본적인 플롯과 완벽하게 분리될 수도 있다. 이런 경우, 인물은 서브플롯을 통해서도 기본적인 플롯을 통해서도 변화하는 모습을 보여주어야 한다. 이러한 변화의 두 가지 양상이 서로 조화를 이룰수록 더 나은 이야기가 만들어질 수 있다.

인물의 서브텍스트

텔레비전 드라마 〈번 노티스Burn Notice〉에서 마이클 웨스턴은 자신에게 누명을 씌운 자를 찾아다니는 똑똑한 첩보원이다. 이 드라마는 에피소드별로 독립적인 플롯을 제시하는 한편, 항상 결백을 인정받고자 하는 그의 모습을 본 시청자들이 그에게 감정을 이입할 수 있도록 한다.

기본적인 플롯은 마이클이 그날그날의 사건을 해결하는 과정이다. 서브플롯은 총 쏘기를 좋아하는 동료와의 애정 관계, 그리고 그가 합법적이라고는 말할 수 없는 방법으로 악당들을 포박하기 전에 지역 경찰이 그를 멈추게 할 것인가 아닌가의 문제다. 그리고 서브텍스트는 그의 누명이 아직도 벗겨지지 않았다는 것이다. 그의 누명이 벗겨지고 결백이 증명되는 날, 이 시리즈의 기본적인 플롯도 종결될 것이다.

한편 이는 서브플롯이기도 하다. 그렇다. 서브텍스트는 서브플롯이 될 수 있다. 그 반대도 가능하다.

어렵다고 생각하지 말고 일단 받아들여라. 천천히 알아보자.

사실 알아야 할 것은 세 가지에 불과하다. 바로 플롯, 서브플롯, 그리고 서브텍스트가 전부다. 이들 모두는 동시에 작동해야 하고, 당신은 이들을 통해 인물의 변화를 빚어낸다.

계획을 세우지 않고 무작정 이야기를 쓰는 작가들은 여기서 어려움을 겪는다. 사실 이들은 서브플롯이나 서브텍스트에 별 노력을 기울이지 않는다. 계획 없이 플롯과 서브플롯, 서브텍스트의 층위를 차곡차곡 쌓아올리기란 너무나 어렵고, 여러 번 초고를 고쳐 쓴다 하더라도 쉽지 않은 일이다.

영리한 작가라면 이야기를 계획하는 과정부터 진행한다.

인물의 관점을 통해 보여지는 서브플롯은 이야기가 진행되는 과정에서 답변을 제공하는 드라마적 질문이다. 그들은 사랑에 빠질까? 그녀는 직장을 구할까? 그들은 상속을 받지 못할까? 살아남을까, 죽을까? 배가 가라앉기 전에 섹스를 할까? 내면의 악마가 관련된 2차원적 영역에서 어떤 서브플롯을 찾아낼 수 있는지 살펴보라.

서브텍스트는 인물을 규정하고 영향력을 행사하는 사회적, 심리적, 경제적, 혹은 다른 상황적 압력이다. 예를 들어 새로 의원으로 선출된 정치인은 반드시 정치인들의 에티켓과 기대, 그리고 정치적인 연줄을 항상 생각해야 한다. 이는 고전적인 서브텍스트다.

그리고 풍부한 서브텍스트를 구성하는 것은 거의 항상 인물의 2차원적 면모 – 인물의 심리와 과거 – 다.

서브플롯에 대해 자세히 알아보자

존 어빙의 〈사이더 하우스〉의 서브플롯은 호머가 캔디를 낭만적으로 유혹하는 능력에 달려 있다. 그들은 연인이 될까? 기본적인 플롯이 전개되는 동안 우리는 이러한 서브플롯에도 주목한다. 이 이야기의 서브텍스트는 오늘날에도 중요한 이슈인 낙태의 권리와 관련이 있다. 이러한 서브텍스트는 이야기의 인물들을 압박하며 영향력을 행사한다.

여기서 서브플롯은 인물, 서브텍스트는 주제와 연결된다. 당신도 이러한 전략을 사용할 수 있다.

〈탑 건〉의 서브플롯은 섹시한 전투기 교관과 주인공 사이에 싹트는 관계다. 그리고 (약하지만) 기본적인 플롯은 주인공이 악당들의 공격을 막아내면서 가까스로 승리하기 전에 주인공이 이 관계에 실패할지 성공할지에 달려 있다(이는 주요 플롯과 서브텍스트를 연결하는 고리가 된다).

〈탑 건〉의 서브텍스트는 주인공을 압박한다. 주인공은 불명예 제대한 아버지의 어두운 그늘 아래 살아간다. 그를 존중하거나 좋아하는 사람은 아무도 없다. 그는 자신의 경력뿐만 아니라 동료들의 생명까지 위험하게 만들 정도로 무모하고 무책임하게 행동한다.

작가는 플롯과 서브플롯, 그리고 서브텍스트의 차이를 파악하고 이들 각각을 제대로 활용해야 한다. 그리고 인물이 어떻게 변화할 것인지를 미리 계획하고 작업해야 한다. 인물의 변화는 여기서부터 출발한다.

15

인물을 구성하는 요소

이야기가 작동할 때, 이야기를 구성하는 핵심적인 요소들은 마치 여러 식재료가 모여 훌륭한 식사를 만들어 내듯 단순한 총합을 넘어서는 무엇으로 발전한다.

베스트셀러 작가라면 다음의 세 가지 과정 중 하나를 통해 잘 작동하는 이야기를 써 낸다. 이야기를 발전시키는 과정과 필요한 요소들을 제대로 파악하여 활용하는 방법을 알고 있었거나, 방법은 모르지만 본능적으로 이러한 요소들을 활용했거나, 아니면 그저 운이 좋았거나.

나는 당신을 모른다. 하지만 당신이 운이 좋기를 바라며 무작정 이야기를 쓰지 않기를 바란다. 나 역시 종종 직감을 따를 때가 있다. 하지만 나는 작가로서의 경험이 많고, 따라서 직감을 믿어도 좋을 때가 있다. 이야기를 쓰려면 구조와 과정, 그리고 패러다임을 이해해야 한다. 이를 무시하고서는 이야기를 쓸 수 없다.

미리 계획된 이야기는 이런 과정 없이 쓰여진 이야기보다 강력하다. 그리고 무작정 쓰기 시작하는 것도 실제로는 이야기 계획이라 할 수 있다. 다만 초고를 여러 번 고치는 고통스러운 과정이 뒤따를 뿐이다.

이야기를 미리 계획하면 정교한 플롯을 만들어 낼 수 있다. 인물도 마찬가지다. 사전에 이야기를 계획하면서 입체적인 인물을 만들어 낼 수 있다.

이야기의 구조와 전환점들이 제대로 작동하려면 6가지 핵심요소가 필요하다. 그리고 인물은 6가지 핵심요소 중 하나이다.

인물을 통해 주제를 전달할 수 있다.

인물을 통해 콘셉트를 발전시킬 수 있다.

장면을 통해 인물을 부각시킬 수 있다.

그리고 놀랄 사람들이 많겠지만 인물은 구조이기도 하다. 인물은 플롯을 구성하는 4개의 파트가 전개되면서 변화하기 때문이다.

인물과 구조

이야기의 구조를 각기 다른 컨텍스트와 목표를 지닌 4개의 파트(이에 대해서는 나중에 자세히 살펴볼 것이다)로 생각하기보다는 인물의 변화를 순차적으로 이끌어내는 무대로 생각해 보자.

이야기의 구조를 구성하는 4개의 파트(시나리오는 3막으로 구성되며 2막은 이야기의 파트 2와 파트 3에 해당된다)는 플롯을 강화시키는 한편, 인물이 발전하기 위한 컨텍스트와 목표를 각기 제공한다. 다시 말해서 파트 4의 컨텍스트를 파트 2의 인물에게 적용하면 안 된다는 뜻이다.

플롯의 흐름에 따라 드라마가 적절한 호흡에 맞추어 전개되는 것처럼, 인물 역시 구조적 흐름에 따라 적절한 호흡으로 발전한다.

전체 이야기에서 대략 1/4씩을 차지하는 4개의 파트는 저마다 독립적인 목표를 갖고 있으며, 인물은 이처럼 선형적인 구조를 따라 각각의 파트들이 제시하는 목표를 수행한다. 파트들 각각은 독립적인 방식으로 인물을 설명하는 동시에 인물이 변화하는 모습을 드러내야 한다.

이러한 구조를 파악한 당신은 이제 이야기를 계획할 때 플롯에 대해서나 인물에 대해서나 활용할 수 있는 지침서를 갖게 되었다. 당신이 떠오르는 대로 글을 써나가는 쪽을 선호한다고 해도 이러한 지침서를 사용할 수 있다.

특히 떠오르는 대로 쓰는 작가라면 반드시 이 점을 알고 있어야 한다.

자세히 살펴보자

우리가 다른 관점에서 이야기의 구조를 살펴보고 있다는 점을 기억하라. 구조는 플롯을 설명하는 동시에 인물과 관련된 컨텍스트를 제공한다. 이 책의 파트 5에서 이야기 구조를 본격적으로 다루게 될 것이며, 당신은 인물과 플롯이라는 두 가지 기본적인 요소를 단순히 합친 것을 넘어서는 이야기를 쓰려면 두 개의 독립적인 컨텍스트가 서로 녹아들어야 한다는 것을 알게 될 것이다.

성공적인 이야기는 이러한 요소들을 하나로 매끈하게 녹여 낸다. 이제 인물의 과거사와 내면의 악마, 그리고 인물이 변화하는 과정에 대해 알게 된 당신은 성공적인 이야기를 쓸 준비를 마친 셈이다.

파트 1과 인물의 컨텍스트

설정이라 불리는 이야기의 파트 1에서 주인공은 당신이 그를 위해 준비한 여행에 본격적으로 뛰어들지 않는다. 반대자도 뚜렷하게 나타나지 않는다. 전혀 나타나지 않을 수도 있다. 우리는 여행을 시작하기 전의 주인공이 어떤 사람이며 무엇을 원하고 어떤 일을 하는지를 파트 1에서 지켜본다. 그는 여기서 3가지 차원을 모두 보여준다(9장을 보라).

1차 플롯포인트가 나타나기 전인 처음 1/4에 해당하는 이야기를 통해 주인공이 최종적인 목표나 운명과는 아직 거리가 멀다는 사실을 알게 된다. 물론 그의 인생은 곧 변화하기 시작하겠지만, 이 부분은 이야기의 오프닝에 해당한다. 여기서 우리는 인물의 1차원적 모습을 파악한다. 하지만 인물의 1차원적 모습 너머에 무엇이 있는지는 충분히 설명되지 않는다. 다만 이야기가 제시하는 인물의 삶을 통해 짐작할 수 있을 뿐이다.

예를 들어 보자. 이야기의 처음 1/4에 해당하는 오프닝 부분에서 1차원적 선택으로 인해 다른 사람들에게 왕따를 당하는 주인공의 모습을 지켜본다. 1차 플롯포인트가 나타나기 전까지 우리는 주인공의 1차원적 성격을 완전히 파악하게 된다.

그리고 1차 플롯포인트는 모든 것을 변화시킨다.

한편 이 지점에서 당신은 내면의 악마로 인한 주인공의 1차원적 선택들과 직접적으로 연결되는 인물의 과거사를 도입하게 된다.

파트 2와 인물 컨텍스트

처음 1/4에 해당하는 파트 1 직후에 1차 플롯포인트가 등장하면 주인공은 전적으로 새로운 문제나 목표, 장애물, 필요와 직면한다. 주인공에게 새로운 모험이 생겨난 것이다. 이 단계에서 주인공은 새로운 상황에 응답하고 반응한다. 주인공은 도망치고, 조사하고, 도전하고, 불신하지만 문제 자체를 해결하려고 하지는 않는다. 적어도 문제를 해결하려는 모습을 우리에게는 보이지 않는다.

주인공이 방황하면서 자신에게 주어진 선택지들을 탐사한다고 말할 수도 있겠다. 파트 2에서 주인공은 실수를 저지르고, 교훈을 얻고, 어떤 목표를 성취해야 하는지, 그리고 자신을 가로막는 장애물은 무엇인지를 배운다. 그러나 낡은 신념이나 내면의 악마가 변화하려는 인물을 자꾸만 방해한다.

풋내기 작가들은 이 지점에서 주인공이 문제를 해결하게 하는 실수를 저지르고는 한다. 아직 반대자가 본격적으로 등장하지도 않았는데 말이다. 여기서 주인공은 문제를 해결할 수 없다. 너무 이르기 때문이다. 주인공은 반대자에게 맞서는 방법을 정확히 알지도 못하고, 여전히 내면의 악마에 사로잡혀 있다(이 지점에서 주인공은 반대자가 무엇인지를 명확히 알 수도 있고, 그렇지 않을 수도 있다). 우리는 파트 2에서 동요하고 실패하고 노력하는 주인공을 지켜보며 그에게 공감과 연민을 느끼기 시작한다.

무언가 변화해야 한다. 그러나 파트 2의 주인공은 실패한다(물론 그는 최종적으로 실패할 수도 있다. 결말에서 죽을 수도 있고).

우리는 파트 2를 통해 인물의 1차원적 면모를 계속해서 관찰하고, 이러한 면모가 어떤 결과를 초래하며 주인공에게 제약을 가하는지를 지켜본다. 또한 인물에 대한 2차원적 설명을 통해 주인공이 어떤 이유에서 이러한 선택을 하는지, 어떤 고통을 숨기고 있는지, 어떤 환상에 사로잡혀 있는지 알게 된다. 주인공이 표면 아래 감추고 있는 모습을 보게 되는 것이다. 그리고 주인공은 파트 2의 마지막에서 새로 부여받은 목표를 달성하기 위해 1차원적 가면을 벗어던지게 된다.

파트 3과 인물 컨텍스트

자기보다 거대한 반대자를 보고 동요하며 방황하고 혼란스러워하던 주인공은 파트 3에서 약간의 희망을 갖게 된다. 파트 3에서 주인공은 지금까지 배워 온 것을 통해 새로운 의지를 갖고, 내면의 악마를 넘어서서, 아마도 난생 처음으로 능력을 최대한 발휘하여 문제를 해결할 수 있도록 조금씩 힘을 모으기 시작한다.

파트 2에서 주인공은 반응하는 모습만을 보였다. 이제 파트 3에서 주인공은 공격적이고 능동적이다. 그는 공격을 감행한다. 바라는 대로는 되지 않을 것이다(아직 그래서는 안 된다). 하지만 그는 싸워 보지도 않고 항복하지는 않는다. 주인공은 더 이상 망설이지도 주눅들지도 않으며, 외부적 장애물과 내면적 장애물 둘 다에 맞서 싸우는 모습을 보여준다.

파트 3에서 우리는 인물의 2차원적 면모와 관련된 내면의 악마가 완벽하게 제거되었다는 것을 알게 된다. 주인공은 내면의 악마를 극복하는 데 성공한다. 흥미롭게도 주인공 역시 이 지점에서 이러한 사실을 깨닫는다.

파트 4와 인물 컨텍스트

그리고 영웅이 나타난다. 파트 4에서 반대자에 맞선 선택과 행동을 보여주는 주인공은 얼마든지 영웅이라 불릴 만하다.

소설이라면 파트 4, 시나리오라면 3막에 해당하는 이야기의 마지막 부분에서 주인공은 이제 반대자와 내면의 장애물을 무너뜨릴 수 있는 힘을 갖추고 있다. 지금까지 많은 교훈을 얻었기 때문이다. 그는 변화했고, 성장했고, 진화했다. 한때 겁쟁이였던 그는 이제 용감한 모습을 보여준다. 그는 자신을 유혹하고 의심하게 하고 절망을 안겨 주었던 내면의 악마를 정복했고, 영웅적인 결정과 행동으로 자신을 구원 – 그는 순교자가 될 수도 있다 – 하기 위해 그간 습득해 온 교훈들을 적용할 준비를 마쳤다.

영웅은 어떻게 탄생하는가

스토리텔링에서 "영웅"이라는 용어는 문자 그대로 영웅을 가리키기도 하고, 영웅적인 행위를 가리키기도 한다. 영웅은 구원받는 사람이 아니라 구원하는 사람이다.

이야기가 결론을 맺으려면 영웅이 반드시 기폭제로 나서야 한다. 가만히 앉아 주변에서 일어나는 일을 지켜보고만 있어서는 안 된다. 그는 반드시 중심적인 역할을 맡아야 하고, 변화의 주역이어야 하며, 모든 행위의 한가운데 자리해야 하고, 방아쇠를 당기는 사람이어야 하고, 승리를 이끌어내야 하며, 크나큰 위험을 감수하고 남들은 생각할 수 없는 방식으로 최종적인 결정을 내리는 사람이어야 한다.

영웅을 위험에 빠뜨려 다른 사람의 손에 구출되도록 하지 마라. 이는 최악의 실수다.

주인공은 단순히 운이 좋아서 승리하거나 목표를 달성하지 않는다. 그가 지금까지 변화해 왔으며, 보고 배우고 경험해 온 모든 것들을 활용했기 때문에 승리한다.

마지막 순간에서 주인공을 구원하는 것이 우연이나 운이라면 좋은 이야기가 될 수 없다. 라틴어로 "기계적인 신"이라는 의미를 지닌 데우스 엑스 마키나[16] 식의 이러한 결말을 지닌 원고는 표지에 담당 편집자의 이름을 잘못 적었을 때보다도 빠른 속도로 거절당할 수밖에 없다.

비극적 실화를 바탕으로 한 넬슨 드밀의 베스트셀러 〈나이트 폴〉의 마지막 부분에서 주인공은 TWA 800편 비행기 추락사건의 정황을 둘러싼 진실을 폭로하기 위한 모든 증거들을 갖게 된다. 하지만 주인공을 이야기의 결말을 위한 기폭제로 사용하는 대신, 넬슨 드밀은 말도 안 되는 결말로 향한다(유명한 작가들도 때로 이런 작품을 내놓는다. 하지만 우리는 이래서는 안 된다). 주인공은 기자들과 이 사건에 책임이 있는 관계자들을 불러놓고 그 자리에서 증거를 제시하고자 한다. 한데 이들의 만남은 2001년 9월 11일 오전 9시, 월드트레이드 센터의 북쪽 타워로 예정되어 있다. 넬슨 드밀은 이처럼 데우스 엑스 마키나적인 해결책을 내놓은

---

16 deus ex machina(라틴어): 고대 그리스 연극에서 쓰인 무대 기법의 하나로, 기중기와 같은 것을 이용하여 갑자기 신이 공중에서 나타나 위급하고 복잡한 사건을 해결하는 수법이다. 인간의 능력으로 해결할 수 없는 문제들을 종결짓기 위해 극의 절정 부분에서 신을 등장시켰다. 이처럼 서사 구조의 논리성이나 일관성보다는 신의 출현과 같은 외부의 초월적 힘에 의존하여 이야기를 끝내는 경우를 데우스 엑스 마키나라고 일컫는다.

이유가 실화를 바탕으로 플롯을 구성했기 때문이라는 변명을 내놓을지도 모른다. 하지만 그의 결말은 전적으로 우연에 의존하고 있다. 〈뉴욕타임즈〉 베스트셀러 목록에 이름을 올린 적이 없는 작가라면 이런 결말을 반드시 피해야 한다.

캐롤 S. 피어슨Carol S. Pearson은 〈인물 발전을 위한 지침서The Hero Within: Six Archetypes We Live By〉에서 인물이 발전하는 4개의 무대 각각을 고아 단계, 방랑자 단계, 전사 단계, 그리고 순교자 단계로 설명한다. 나는 그녀의 설명이 마음에 들지만, 주인공이 반드시 죽을 필요는 없다고 생각한다. 주인공에게 필요한 것은 죽음을 불사하는 의지다.

몇 가지 단어들로 4개의 파트를 설명할 수도 있다.

파트 1	파트 2	파트 3	파트 4
단서가 없는	두려워하는	분노하는	영리한
무지한	놀라는	집중하는	용감한
눈치채지 못하는	혼란스러운	능동적인	영웅적인
…할 운명에 처해진	반응하는	공격하는	구원하는

그러나 이야기의 마지막 부분에서 주인공을 나타내기에 가장 적합한 단어는 "영웅"이다.

어떤 용어를 사용하든, 중요한 것은 인물이 발전하는 4개의 컨텍스트적 무대가 각기 어떤 성격과 본질을 갖고 있는지를 이해하는 것이다. 그리고 보다 중요한 것은 인물이 변화하는 과정을 지켜보는 독자들이 인물에게 정서적으로 몰입해야 한다는 것이다.

당신의 인물에 대해 다음과 같은 질문을 던져 보라

작법과 관련된 책 중에는 스토리텔링의 다른 요소들보다도 유독 인물 묘사를 길게 설명하는 책들이 많다. 하지만 이에 현혹되어서는 안 된다. 구조와 달리 근사한 인물을 쓰는 도식은 존재하지 않기 때문이다.

하지만 질문의 형식으로 체크리스트를 만들어 보는 것은 가능하다. 이야기를 쓰려고 한다면 미리 다음의 질문에 답해 보는 것이 좋다.

- 현재의 인물이 생각하고 느끼고 행동하는 데 영향을 미치는 과거의 경험은 무엇인가?
- 인물의 내면의 악마는 무엇인가? 그리고 내면의 악마는 외부적 장애물에 맞선 인물에게 어떤 영향을 미치는가?
- 그는 어떤 원한을 품고 있는가?
- 그가 복수심을 불태우는 대상은 무엇인가?
- 그는 자신을 어떻게 생각하는가?
  그의 생각과 다른 사람들이 그에 대해 하는 생각은 어떻게 다른가?
- 그의 세계관은 어떠한가?
- 그의 도덕관은 어떠한가?
- 그는 인생에서 주는 사람인가, 아니면 받는 사람인가?
- 그는 남성, 혹은 여성으로서의 역할을 어떻게 수행하는가? 전형적인 성격으로는 어떤 면을 보여주는가? 그가 전형적인 인물이 아니라면, 그는 다른

사람들과 어떻게 다른가?

- 그가 인생에서 아직 배우지 못한 것은 무엇인가?
- 그가 경험한 바 있지만 거부하거나 배우지 못한 것은 무엇인가?
- 그의 친구들은 어떤 사람인가? 그와 비슷한 사람들인가? 그들의 지적 수준은 어떠한가?
- 그는 사회적으로 어떤 사람인가? 어색한 태도를 보이는 사람인가? 열정적인 사람인가? 쉬운 사람인가? 사교적인 사람인가? 고립적인 사람인가? 혹은 자신의 태도를 전적으로 가장하는 사람인가?
- 그는 어느 정도로 내성적인가, 혹은 외향적인가? 이러한 면은 어떻게 보여지는가?
- 그가 은밀히 욕망하는 것은 무엇인가?
- 결코 실현시킬 수 없었던 어린 시절의 꿈은 무엇인가? 그의 꿈이 실현되지 않은 이유는 무엇인가?
- 그의 종교적 신념은 어떠한가?
- 그가 저질렀던 최악의 행동은 무엇이었는가?
- 배우자나 가까운 친구, 혹은 동료들이 그에 관해 모르는 것이 있다면?
- 그가 자꾸만 움츠러드는 이유는 무엇인가?
- 그에게 비밀이 있는가? 그는 은밀한 인생을 살고 있는가?
- 그의 인생에서 그를 제지하는 것은 무엇인가?
- 그의 장례식에는 얼마나 많은 사람들이 참석할까? 참석을 거부하는 사람이 있을까? 그렇다면 그 이유는 무엇일까?

- 그에게서 비현실적이고 모순적인 측면이 있다면?
- 그의 1차원적 모습은 어떠한가? 이상한 점이나 버릇이 있는가?
- 만약 그렇다면, 이러한 모습은 그에 대해 무엇을 말해 주는가? 혹은 무엇을 숨기는가?
- 이러한 1차원적 선택을 이끌어내는 과거사는 무엇인가?
- 그의 삶에 영향을 미치는 심리적 상처로는 무엇이 있는가? 이는 과거와 어떻게 연결되는가?
- 어떤 압박 하에 놓인 인물은 얼마나 강한 면모를 보여주는가?
- 이야기가 진행되면서 인물은 어떻게 변화하고 성장하는가? 그는 그간 배운 것들을 어떻게 활용하여 이야기의 대단원을 장식하기 위한 기폭제로 거듭나는가?

위의 질문들은 인물이 표면적으로 보여주는 별난 점보다는 인물의 깊은 부분들과 관련되어 있다. 사실 인물의 표면적인 별난 점은 별로 중요하지 않다. 당신은 1차원적인 측면을 인물을 더 깊이 들여다보기 위한 도구로 사용해야 한다. 1차원적인 측면으로 인물 전체를 설명하겠다는 생각은 버려야 한다. 위의 질문들을 통해 주인공과 악당을 다시 한 번 생각해 보라. 당신이 모든 질문에 답변할 수 있다면, 미묘한 깊이와 차이가 생겨난 당신의 인물들은 페이지 내에서 자연스럽게 떠오를 것이다.

인물의 모든 것을 밝히지 않아도 된다

주요 인물의 모든 것을 이야기에서 밝힐 필요는 없다. 독자에게 인물이 택시를 몰고 있는지, 아니면 문을 잡고 있는지를 세세하게 알려주지 않아도 된다.

이야기를 쓰기 전에 위의 질문들에 대해 명확하게 답변할 수 있다면, 당신의 인물은 빠른 속도로 현실화될 수 있다. 하지만 이야기를 쓰면서 입체적인 인물을 구성할 수 있다고 생각한다면, 초고를 여러 벌 작성하는 고통스러운 시간을 보내게 되거나 인물의 깊이를 완전히 날려버리거나 둘 중 하나라는 사실을 명심하라.

앞서 말했듯 떠오르는 대로 쓰는 스토리텔링 역시 계획하고 이야기를 쓰는 것과 크게 다르지 않다. 두 방식 모두 이야기를 탐색하고 결정한다. 당신이 인정하든 안 하든, 둘 다 이야기를 계획하는 하나의 방식이라는 말이다.

이야기는 플롯이다, 플롯은 인물이다, 인물은 주제다, 이야기는 구조다 따위의 말들은 사실 모두 같은 이야기를 하고 있다.

그리고 당신은 이야기를 계획할 수밖에 없다.

만찬을 즐겨 보자

당신은 콘셉트와 인물, 주제, 그리고 구조를 정교한 서사적 솜씨로 이야기 속에 매끈하게 녹아 들게 해야 한다. 레시피를 따라, 혹은 머릿속에서 구상한 방식에 따라 새로운 음식을 만들어 내는 셰프처럼 풍부한 이야기라는 근사한 만찬은 결코 우연히 만들어지지 않는다.

어떤 음식을 만들지 생각하지 않고 요리하는 셰프는 없다. 셰프는 작업대에 식재료를 모두 올려놓고 살펴보며 근사한 만찬을 머릿속에 떠올린다. 그리고 능숙한 솜씨로 요리하기 시작한다.

이제 만찬을 즐길 시간이다.

PART 4

세 번째 핵심요소 -주제

주제를 정의해 보자

"대체 뭔 이야기야?"라고 생각하면서 읽던 소설을 덮거나 극장에서 나온 적이 있는가?

아마 없을 것이다. 에이전트나 편집자, 그리고 시나리오를 검토하는 담당자는 매번 겪는 일이지만, 일반 독자나 관객들은 이런 경험을 하지 않아도 된다. 에이전트나 편집자들이 최종 결과물에 관여하기 때문이다. 책으로 출판될 만한, 혹은 영화로 제작될 만한 이야기라면 보통 이런 반응을 예상하지 않는다. 어느 정도 지적인 독자나 관객이라면 자기가 보는 소설이나 영화가 어떤 이야기인지를 직관적으로 알아차린다. 이는 대개 플롯, 그리고 독자나 관객이 체험하는 차별화된 컨텍스트인 이야기의 의미라는 두 가지 차원에서 이루어진다.

후자는 주제와 관련되어 있다. 이야기를 쓰고 싶은 사람이라면 성공적인 글쓰기를 위한 6가지 핵심요소 중 하나인 주제를 더욱 중요하게 고려해야 한다. 작가를 일류로 만들어 주는 훌륭한 이야기는 훌륭한 플롯뿐만 아니라 훌륭한 주제도 제시한다.

예를 들어 보자. 당신도 〈다빈치 코드〉를 읽었을 것이다. 수없이 많이 팔린 책이니 모든 사람이 읽었다고 해도 과언이 아닐 듯하다. 이 소설은 끔찍하게 살해당한 박물관 큐레이터가 자신의 피로 살인자에 대한 단서를 남긴 살인사건에 관한 이야기이다. 그리고 주인공이 보이지 않는 적들과 얽히면서 이야기는 미스터리에서 스릴러로 넘어간다.

〈다빈치 코드〉가 무슨 이야기냐고 묻는 질문에 당신은 위에서처럼 플롯을 설명하며 대답할 수 있다.

하지만 〈다빈치 코드〉는 플롯 외에도 할 말이 많은 소설이다. 서구 문명을 지배해 온 종교의 진실성에 의문을 제기하는 동시에, 시간의 덮개에 묻혀 있던 진실을 들춰 내는 이야기인 이 소설은 사람들이 신념이라는 이름으로 무슨 짓을 저지르는지를 말해 준다.

그리고 바로 이러한 내용이 이 소설의 주제라고 할 수 있다.

주제를 제대로 파헤쳐 보자

워크숍을 진행하다 보면 주제와 콘셉트의 차이를 묻는 사람들을 제법 만나게 된다. 주제와 콘셉트 사이에는 다진 시금치와 필레미뇽(쇠고기의 뼈가 없는 연한 허리 살부분의 안심, 등심)처럼 커다란 차이가 존재한다. 균형잡힌 식사를 하려면 다진 시금치도, 필레미뇽도 필요하지만, 이 둘은 서로 완전히 다른 메뉴다. 각각을 따로 먹는다고 생각해 보라. 식사를 한다기보다는 간식거리를 먹는 셈이다. 맛은 있겠지만 완벽한 식사라 할 수도, 영양학적으로 균형이 잡혔다고 말할 수도 없다.

우리는 파트 2에서 콘셉트를 자세히 살펴본 바 있다. 이제 콘셉트와는 전적으로 다른 요소인 주제를 파헤쳐 보자.

간단히 말해서 주제란 이야기가 의미하는 것을 말한다. 현실과 인생 전반을 어떻게 연관시키고 있는가. 현실과 인생이 제시하는 다양한 문제, 면면, 도전과제, 그리고 경험이라는 무한한 요소를 어떻게 말하고 있는가. 이런 것이 주제다. 주제는 여러 사안들을 다루는 드넓은 공간일 수도 있고, 한 사람이 살면서 겪게 되는 하나의 구체적인 문제를 깊이 파고들 수도 있다.

주제는 어떤 원칙과 관련된 것일 수도 있고, 성장하면서 반드시 거쳐야 하는 힘든 상황을 다룰 수도 있다. 주제는 미묘하게 표현될 수도, 적나라하게 표현될 수도 있다. 컨텍스트적일 수도 있고, 이야기의 구심점일 수도 있다. 혹은 이 모든 것일 수도 있다. 하지만 이런 것과는 전혀 관계가 없을 수도 있다. 그런데도 주제는 이상한 방식으로 독자들의 마음을 움직인다. 그래서 작가들은 스토리텔링의 기법과 관련하여 주제를 어떻게 다뤄야 하는지를 제대로 알지 못해 혼란스러워 한다.

이야기가 생명력을 얻으려면 타당한 주제가 있어야 한다. 소설을 통해 현실을 반영해야 하는 것이다. 주제는 사랑, 증오, 유년기의 어리석음, 자본의 배반, 험난한 결혼생활, 종교의 진실성, 천국과 지옥, 과거와 미래, 과학과 자연, 배신, 우정, 충실함, 마키아벨리적 계획, 부와 가난, 자비와 용기, 지혜와 탐욕, 욕망과 웃음을 다룬다.

주제는 인생 그 자체를 통해 이야기 속에서 제시되며, 우리는 인물과 플롯을 통해 주제를 경험한다.

주제는 독자들의 심금을 울려야 한다

당신은 영리하게 구성한 플롯 – 대부분의 추리소설들이 이러한 플롯을 목표로 한다 – 으로, 혹은 독자들이 인물과 사랑에 빠지게 해서 – 대부분의 로맨스 소설들이 갖는 목표다 – 읽는 사람들이 강렬한 호기심을 갖고 이야기에 빠져들게 할 수 있다. 그러나 주제는 당신이 독자들의 마음을 얻어내어 지성을 발휘할 수 있게 하는가와 관련되어 있다.

주제는 생각하게 하고, 느끼게 하는 것이다. 가끔 주제는 독자들에게 이야기에 뛰어들기를 요구한다. 주제는 독자들이 이야기를 기억하게 하고, 보물처럼 간직하게 한다. 결국 주제는 당신의 이야기가 얼마나 성공적일지를 결정하는 유일한 변수다.

주제는 당신의 책을 출판하게 해준다. 주제는 당신을 부유하고 유명한 작가로 만들어 준다. 하지만 당신의 이야기에 근사한 주제가 없다면, 이런 일은 결코 일어나지 않는다.

훌륭한 주제를 생각해 내기가 어렵다는 것은 나도 잘 안다. 주제는 벌집을 건드리는 것처럼 민감한 사안을 다룰 수도 있고, 진부하고 뻔한 것일 수도 있다. 어쨌거나 이야기가 성공하려면 이야기의 구성요소들이 견고하게 합쳐져야 한다. 그리고 주제가 바로 이런 역할을 한다. 작가는 스토리텔링의 기법을 활용하여 독자들이 주제에 공감할 수 있도록 해야 한다.

주제를 심각하게 생각하지 않는 작가들이 너무나 많다. 이런 작가들은 그저 주제가 저절로 나타나기만을 기다린다. 어쩌다 주제가 생겨나더라도 이들은 독자가 알아서 주제에 반응하기만을 기대한다.

당연히 주제를 미리 열심히 고민하는 편이 훨씬 더 낫다. 당신과 이야기가 주제를 따르기보다는 주제가 당신을 따르게 하라. 아기에게 입을 맞추는 정치가들의 속내처럼, 주제가 미묘하고 겉으로는 잘 드러나지 않는 것일 때도 말이다.

이야기와 주제, 주제와 이야기

이야기와 주제는 서로 겹치는 구석이 많다. 그러나 성공적인 소설이나 시나리오라면 이야기와 주제 모두 각각의 역할을 다해야 한다.

글쓰기 워크숍이 끝나고 혼자 집에서 텅 빈 화면 앞에 앉게 된 작가들 중에는 이야기의 주제에 대해서는 별반 생각하지 않는 사람들도 많다. 그렇게 쓴 작품이 좋을 리가 없다.

이런 작가들 역시 이야기의 의미가 중요하다는 것은 알고 있다(반드시 알아야 한다). 그러면서도 독자들이 이야기의 의미를 저절로 알아차릴 것이라고 생각한다. 영리한 작가라면 독자들에게 난해한 수수께끼를 던지면서 혼자 재미있어 하지는 않을 것이다. 작가의 의도는 언제나 중요하다. 시나리오 분야의 대가라 할 수 있는 로버트 맥키가 돈만 목적으로 하는 얄팍한 이야기의 사례로 꼽았던 〈식스 센스〉와 같은 영화에서조차도 그러하다. 왜냐하면 전체 이야기는 그저 예상 밖의 반전이라는 속임수에 불과하지만, 어쨌든 이 이야기에서도 어떤 의미를 찾을 수 있기 때문이다.

작가가 6가지 핵심요소 중 주제를 제외한 나머지 5개의 요소를 충분히 고려한다면, "그냥 한번 써 보고 어떻게 되나 보자"라는 방식으로 주제에 접근하는 것 역시 기회가 될 수 있다. 해당 이야기의 컨텍스트를 벗어나지 않으면서 극적인 요소들을 제대로 써 냈다면, 그리고 인물들을 제대로 살려 냈다면 주제 역시 저절로 나타나는 경향이 있기 때문이다. 인생의 경험을 말하지 않고는 인생의 경험이라는 주제를 쓸 수 없는 까닭이다. 이야기가 충분한 힘을 지니고 있다면, 인물이 충분한 깊이를 지니고 있다면, 이야기가 보편적이고 마음에 와닿는 콘셉트를 지니고 있다면, 주제는 얼마든지 저절로 생겨날 수 있다.

가끔은 이런 일이 일어나기도 한다. 하지만 그렇지 않을 수도 있다. 이야기를 전개하면서 삶과 이 세계에 대해 무언가 구체적인 것들을 더 말하고 싶다면 주제가 저절로 생겨나기만을 기다려서는 안 된다. 주제를 분명하고 명확하게 제시할 수 있는 서사적 전략 – 가끔은 의도만으로도 가능하다 – 으로 이야기를 써야 할 필요가 있는 것이다.

무엇이 주제인지를 아는 것만으로는 충분하지 않을 수도 있다. 비행기가 어떻게 이륙하는지도 알아야 한다. 그리고 누군가가 조종간을 넘겨 주지 않는다면 당신은 비행할 수 없을 것이다. 작가들은 실제로 주제를 어떻게 써야 하는지를 알아야 한다.

이제부터 한번 파헤쳐 보자.

17

주제를 어떻게 쓸 것인가?

6가지 핵심요소 중 하나인 주제 역시도 인물이나 구조와 마찬가지로 까다롭기만 하다고 생각할 수도 있다.

하지만 실제로는 그렇지 않다. 적어도 늘 그렇지는 않다. 앞 장(16장)에서 말했던 것처럼, 이야기를 제대로 통제하고 특히 인물의 변화를 제대로 그려 낸다면 주제는 가끔 저절로 생겨나기도 한다. 삶의 진실을 이야기하겠다는 계획을 세우지 않아도 좋다. 그저 인물들과 행위로 생겨나는 결과들을 경험하면서 주제를 탐사하고 조명하겠다고 생각해도 된다.

한편 이야기를 일종의 임시 연단으로 삼아 이 세상에 대해 생각하는 바를 설파해도 좋다. 이야기가 선전물로 사용될 위험이 있기는 하지만. 솔직히 대부분의 소설과 영화는 항상 일종의 선전물이라고 해도 과언이 아니다.

이야기에서 주제는 건강에 빗댈 수 있다. 충분히 건강할 때와 그렇지 못할 때, 각각의 상태는 우리가 얼마나 제대로 기능하며 살아갈 수 있을지를 규정한다. 건강상태는 언제나 좋거나 나쁘다고 표현된다. 주제도 마찬가지다. 주제는 가치가 있는가, 혹은 가치가 없는가로 표현될 수 있다. 건강이 나쁘면 무기력하게 살아갈 수밖에 없다. 주제가 나쁘면 힘 없는 이야기가 만들어진다.

바로 이 점이 중요하다. 풍부하고 가치 있는 주제를 만들어 낸다면 이야기도 더욱 훌륭해진다. 그러나 평범한 주제를 추구하며 주제 자체가 저절로 생겨나기를 바랄 수도 있다. 그러려면 당신이 어떤 이야기를 쓰고 있는지, 인물이 변화하는 과정을 심도 있게 그리고 있는지가 중요하다.

그렇지 않다면 주제는 생겨나지 않을 것이다.

한편 특정한 사안을 다루는 당신의 이야기가 특별한 위치를 점유하기를 바란다면, 당신은 인물의 변화 그 이상을 생각해야 한다. 제대로 써 내야 함은 물론이고.

당연히 주제는 공짜로 주어지지 않는다.

주제를 어떻게 쓸 것인가

주제는 전문가와 신출내기, 재능 있는 사람과 정직하지만 진척을 못 보는 사람을 솎아낸다. 전문가들은 주제에 관한 논의가 다음의 두 가지로 나뉜다는 것을 알고 있다. 인물을 통해 주제가 부상하는 이야기. 그리고 인물의 경험을 통해 구체적인 주제가 부상하는 이야기로.

두 가지 사례에 해당하는 이야기들을 하나씩 살펴보자.

〈다빈치 코드〉의 인물과 이야기의 본질은 종교와 교회, 그리고 이를 둘러싼 역사적 진실성에 대해 독자들이 특정한 결론을 내리도록 유도한다. 작가가 주제를 통해 제시하고자 하는 것은 인물과 이야기를 통해 독자들에게 논란을 불러일으키려는 의도가 포함되어 있다. 예수 그리스도는 십자가에 매달려 죽지 않았다. 예수 그리스도와 마리아 막달레나 사이에는 아이가 있었다. 교회는 이 사실을 알고 있었다. 그리고 권력을 유지하기 위해 이를 은폐해 왔다.

냉소적인가? 아마도. 설득력이 있는가? 글쎄. 상업적인가? 놀라울 정도였다. 전적으로 주제 덕분이었다. 이 이야기에는 여러 개의 주제가 있는가? 그렇다. 이 이야기는 다른 이야기들과 마찬가지로 독자들의 신념과 가치체계에 도전하면서도, 인물이 정서적으로 경험하는 것을 독자들도 대리적으로 체험하게 한다.

한편 존 어빙의 〈사이더 하우스〉는 낙태와 고아원, 인물의 선택에 따른 결과들을 둘러싼 인간 생존권에 대한 문제를 직접적으로 다룬다. 댄 브라운과는 달리 존 어빙은 특정한 편을 지지하지 않는다. 자신의 개인적인 입장과는 관계 없이, 그는 극단적으로 대립하는 인물을 통해 양쪽의 의견을 제시하고, 우리에게 양쪽이 어떤 상황에 봉착하며 어떤 결과를 맞게 되는지를 보여준다. 양쪽 모두의 정서를 경험하는 독자들 역시 감정의 변화를 겪으며 자신의 입장에 대한 결론을 내린다. 존 어빙은 사랑하는 누군가에게 이런 일이 닥친다면 어떤 기분일지에 대한 것 이상으로 많은 이야기를 들려주며 이 문제가 지닌 어두운 측면을 부각시킨다.

댄 브라운이 어떤 사안에 대한 자신의 관점을 우리에게 강요하고 있다면, 존 어빙은 우리가 문제를 탐사하게 한다고 말하는 편이 정확할 것이다. 작가로서 당신은 어떤 방식을 선택할 것인가?

주제와 콘셉트의 차이

주제와 콘셉트는 서로 다른 요소이면서도, 서로에게 의존할 수밖에 없다(여기서 당신은 머리가 아프기 시작할 것이다). 콘셉트는 처음부터 주제적일 수 있다. 〈다빈치 코드〉가 이런 경우다. 영화 〈은밀한 유혹The Indecent Proposal〉도 마찬가지다. 이 영화를 본 사람들은 집으로 돌아가는 길에 격렬한 논쟁을 벌였다. 왜냐하면 이 영화는 모든 관객들에게 스스로 질문하고 대답하기를 강요하고 있기 때문이다. 꽤나 의도적으로. 백만 달러가 간절히 필요한 사람에게 부유하고 잘생긴 괴짜가 나타나 배우자와 하룻밤 동침하는 조건으로 백만 달러를 주겠다고 한다면……, 당신은 수락하겠는가, 거절하겠는가? 만약 수락한다면, 선택의 결과는 무엇이겠는가?

당신이 꼭 이런 콘셉트를 만들어야 할 필요는 없지만, 훌륭한 콘셉트는 이야기의 잠재력 면에서 즉각 주제와 연결된다. 〈다빈치 코드〉나 〈은밀한 유혹〉은 이러한 콘셉트로 시작되었다.

주제와 서사적 비밀병기

6가지 핵심요소 중 하나에 불과한 서사적 스타일에만 의지하여 유명한 작가들을 단숨에 넘어설 수 있다고 생각하는 사람들은 생각보다 많다. 그들이 옳을지도 모른다. 존 그리샴, 마이클 크라이튼Michael Crichton[17], 마이클 코넬리, 댄 브라운, 노라 로버츠, 재닛 에바노비치Janet Evanovich[18]……. 이런 작가들이 쓴 작품이 퓰리처 상 후보작이 되지는 않을 것이다. 하지만 이들을 비롯한 수많은 작가들은 6가지 핵심요소를 완벽히 활용할 뿐만 아니라, 주제 역시 허투루 다루지 않는다. 이들은 우아한 스타일에만 매달리기보다는 주제를 충실히 제시하려고 노력했고, 따라서 엄청난 성공을 거두었다.

강력한 주제를 전달하겠다는 의도 없이 글을 쓴다면, 쓰레기같은 글만 쓰게 될 것이다. 어떤 비평가들은 상업적으로 성공한 장르소설이라면 무조건 쓰레기로 취급하기도 한다. 사실 재미있게 읽었더라도 말이다. 로맨스나 미스터리, 스릴러, 과학소설, 판타지 장르에서 엄청난 성공을 거둔 작가들의 작품은 그러나 쓰레기와는 거리가 멀다. 바로 주제 때문이다. 마이클 코넬리나 테리 브룩스Terry Brooks[19], 노라 로버츠처럼 성공한 장르 소설 작가들은 이야기에서 강력하고 풍부한 주제를 제시하는 법을 알고 있다. 주제는 무시한 채 독자들이 알아서 의미를 찾으라는 식으로 이야기를 써서는 안 된다. 처음부터 주제를 심각하게 생각해야 한다. 그래야 에이전트와 편집자가 늘 찾아 헤매는 바로 그런 이야기를 쓸 수 있을 것이다.

---

17 의대를 졸업했지만 작가로서도 성공을 거두었다. 두 번째 작품인 『안드로메다 스트레인』이 당시로서는 경이적인 500만 부의 판매 부수를 기록하며, 대학을 졸업할 무렵인 1969년에는 이미 베스트셀러 작가군에 속해 있었다. 이어 『떠오르는 태양』, 『대열차강도』, 『트래블스』 등이 연달아 크게 성공했으며, 1990년에 나온 『쥬라기 공원』은 미국에서 1천만 부가 넘게 팔리는 대기록을 세우며 전세계에 공룡 열풍을 일으켰다.

18 작가가 되기 위해 수많은 원고를 출판사에 보냈으나 매번 거절당하던 중 『사랑의 두 번째 기회』라는 로맨스 소설이 편집자의 눈에 들어, 로맨스 소설 작가로서 활동을 시작했다. 12권의 로맨스 소설 이후 방향을 바꿔 도발적이고 유쾌한 여자 현상금 사냥꾼 스테파니 플럼이 등장하는 미스터리 시리즈를 발표하면서 단숨에 미국 최고의 대중소설 작가로 자리 잡았다.

19 고등학생 시절부터 작가의 길에 들어선 테리 브룩스는 1977년에 『샤나라의 검』을 처음으로 출간했다. 이 작품은 5개월 이상 베스트셀러를 기록했다. 그 후로도 그가 발표한 열여섯 편의 소설이 연속해서 베스트셀러에 올랐는데, 그 중에는 조지 루카스에 의해 영화화된 『스타워즈 : 에피소드 1 보이지 않는 위험』도 포함되어 있다.

어느 정도로 주제를 전달할 것인가

0부터 10까지 눈금이 그어져 있는 자를 생각해 보자. 0은 〈사인필드Seinfield〉처럼 주제라고는 찾아볼 수 없는 이야기를 뜻하고, 10은 노골적으로 주제를 전시 – 꼭 나쁘다고는 할 수 없다 – 하는 이야기를 뜻한다. 이런 작품으로는 독자에게 거침없이 자신의 세계관을 강요하는 C.S. 루이스Lewis나 L. 론 허버드Ron Hubbard[20]의 작품들이 있다.

0과 10 사이에는 탐색적인 이야기가 있다. 바로 존 어빙의 〈사이더 하우스〉처럼 한 인물이 인생에서 경험하고 선택한 결과들로 주제를 보여주는 이야기로, 양쪽의 극단적인 논쟁을 불러일으키며 기존의 가치체계와 신념에 도전하는 이야기들을 탐색적인 이야기라 할 수 있다.

아마도 이 지점을 선택하는 편이 안전할 것이다. 지나치게 극단적인 반응을 이끌어내지 않을 수 있기 때문이다.

하지만 댄 브라운은 극단적인 반응이야말로 상업적으로 성공하는 데 도움이 된다고 말할지도 모른다.

주제가 0과 10 사이 어디에 위치하게 될지는 당신의 선택에 달려 있다. 설령 선택하지 않더라도, 당신의 이야기는 0과 10 사이 어느 지점에서 주제를 드러내게 될 것이다.

---

20 1940년 "완벽한 공상과학 소설"이라는 호평을 받은 『최후의 등화관제』를 발표했으며 이후 평생에 걸쳐 모험물, 서부극, 미스터리, 탐험물, 공상과학 소설, 판타지 등 다양한 장르에서 250여 편이 넘는 작품을 발표했다. 한편으로 다이어네틱스 이론을 주창한 사상가이자 사이언톨로지의 창시자이기도 하다.

〈사인필드〉 C.S. 루이스

0 ________________ 탐색 ________________ 10

주제가 지닌 힘을 어떻게 시험할 수 있을까?

당신의 이야기가 지닌 주제가 얼마나 강력한지를 알아볼 수 있는 좋은 방법이 있다. 누군가가 "무슨 이야기죠?"라고 물어 보면, 어떻게 대답할 것인가?

"해고당한 영업사원이 돌아오는 길에 은행을 털게 된 이야기에요"라고 대답할 것인가? 아니면 "해고당한 사람이 경제적인 압박과 불안감에 도덕을 내팽개치는 이야기에요"라고 대답할 것인가?

첫 번째 대답은 주제와는 거리가 멀다. 한 인간의 경험을 다루고 있고, 따라서 강력한 주제가 발생할 수 있는 가능성이 있더라도 말이다. 반면 두 번째 대답은 전적으로 주제와 관련이 있다. 게다가 이 답변에는 강렬한 이야기가 발생할 가능성이 자리하고 있다. 따라서 이 주제는 생명력을 얻는다.

둘 다 틀린 답변은 아니다. 사실 속으로만 생각하는 것보다 분명한 대답을 내놓는 편이 낫다. 0을 선택하더라도, 10을 선택하더라도 상관없다. 어느 쪽도 틀리지 않기 때문이다. 당신은 이야기의 의미보다는 한 인물이 인생에서 경험하는 것들을 집중적으로 다루며 현실적인 측면을 부각시킬 수도 있다. 아니면 자신의 관점을 강요할 수도 있고.

"무슨 이야기에요?"라는 질문에 대답할 수 있다면, 주제를 충분히 생각한 셈이다.

그리고 당신에게 주제가 있는 한, 주제를 이야기에서 제시할 수 있는 한, 이러한 의도에 입각하여 모든 장면들을 솜씨 좋게 빚어 낼 수 있을 것이다. 아는 것, 다시 말해서 미리 의도하는 것은 이야기에서 주제가 나타나게 하는 훌륭한 방법이다.

주제와 인물의 변화

지금까지 살펴보았듯이 인물이 갖가지 경험을 하게 해서 주제가 저절로 나타나게 할 수 있다. 주제가 0과 10 사이의 가운데쯤 나타나게 하고 싶다면, 혹은 장르적 호소에 집중하여 결말에서 독자들에게 만족스러운 대리적인 경험을 안겨 주고 싶다면, 이는 선택할 만한 방식이다.

당신의 주인공이 이야기가 진행되는 과정에서 한두 가지 교훈을 얻는다면 독자도 같은 교훈을 얻을 수 있다. 이때 이야기의 의미는 명백하고 분명해진다.

알콜중독으로 힘들어 하는 주인공이 등장하는 이야기를 쓴다고 생각해 보자. 그는 쉽게 중독되는 성격이라는 내면의 악마와 둘 다 알콜중독이었던 부모라는 개인사로 인해 알콜중독에 빠졌다. 이야기의 결말에서 주인공은 알콜중독을 극복해야 하는데, 그러려면 어떤 일들을 해야 하고, 목표를 달성해야 한다. 이 과정에서 주인공은 당연히 변화하는 모습을 보여주어야 한다. 이야기의 과정은 알콜중독인 사람이 알콜중독에서 벗어나는 것이어야 한다.

알콜중독에 관한 이야기를 쓰겠다는 의도를 주제로 연결시키지 않는다면, 이 이야기는 시작될 수 없다. 어쩌면 이 이야기에 대해 별로 할 말이 많지 않을 수도 있다. 이 주제를 근사한 콘셉트로 만드는 과정에서 어려움을 겪을 수도 있다. 하지만 주인공에게 문제를 설정하는 순간, 특히 문제가 내면의 악마와 관련되어 있을 때, 당신은 주제를 만들어 낸 것이다. 그와 동시에 인물은 입체적인 면모를 갖추게 된다.

이 이야기를 쓰기 위해서는 역시 6가지 핵심요소가 필요하지만, 지금은 2가지만 생각해 보기로 하자.

이야기의 주제적 목표와 드라마적 목표가 하나로 합쳐지면 "어떻게 알콜중독을 벗어날 것인가"처럼 구체적이고 간결한 한 문장으로 정리되지 않는다. "어떻게 할 것인가" 따위의 문장들은 교과서에나 넘겨 주자. 우리는 다른 방식으로 말해 볼 수 있다. 예를 들어, 알콜중독으로 결혼생활이 위기에 처하게 된다. 주인공의 임무는 결혼생활을 구원하는 것이다. 알콜중독은 어쩌면 우리가 이해하고 공감하게 될 주인공의 내면의 악마가 만들어 낸 장애물에 불과하다.

외부적 갈등도 생각해 보자. 이미 다른 사람을 만나고 있는 아내가 이혼을 요구하면서 외부적 갈등이 등장한다. 따라서 시간이 없다. 하지만 내면의 악마가 (극적 긴장감을 고조시키는 데 활약하며) 아내를 돌아오게 하려고 노력하는 주인공을 알콜중독으로 괴롭히며 방해한다.

자, 주제가 만들어졌다. 당신은 세계를, 혹은 한 사람의 인생을 바꾸겠다는 의도를 갖지 않아도 된다. 다시 말해서, 현실적이고 구체적인 인물을 보여줄 수 있다면, 독자들에게 양쪽의 선택에 따른 각각의 결과를 굳이 보여주지 않아도 된다는 말이다.

주인공이 알콜중독에서 벗어나려고 노력하는 과정이 인물의 변화다. 여기에는 어떤 계기가 필요하다. 어느 날 갑자기 알콜중독에서 벗어나는 사람은 없기 때문이다. 인물은 무엇을 필요로 해야 하고, 경험해야 하며, 그러는 과정에서 어떤 반응 – 선택 – 을 해야 한다. 인물은 당신이 만들어 낸 이야기의 맥락 속에서 무엇이 통하고 무엇이 통하지 않는지를 학습한다.

당신의 이야기는 인물과 독자가 학습하는 교실이다. 이야기 속의 교훈이 대단해서가 아니라, 보여지고 있기 때문이다.

아마 워크숍이나 작법 책에서 "설명하지 말고 보여주어라"라는 말을 수없이 들어 왔을 것이다. 보여주기는 바로 이렇게 하는 것이다.

내면적 갈등과 외부적 갈등

드라마를 어떻게 전개시킬지를 계획할 때, 인물은 두 종류의 갈등을 겪는다는 점을 기억하라. 바로 내면적 갈등과 외부적 갈등이다. 내면적 갈등은 주인공과 외부적 갈등의 만남을 가로막는 장애물이다. 두 종류의 갈등이 서로 긴밀한 영향력을 주고받으므로, 두 갈등을 동시에 생각해야 한다.

어떤 이야기에서는 내면적 갈등 역시 외부적 갈등과 마찬가지로 강렬한 드라마를 보여주기도 한다. 사실 대부분의 베스트셀러가 그러하며, 소위 문학적이라는 말을 듣는 소설들도 특히 그렇다. 하지만 〈탑 건〉 같은 영화에서도 내면적 갈등은 극적 긴장감을 고조시키는 역할을 한다. 매버릭이 파괴적인 내면을 떨치고 성장하는 모습은 이야기 전체를 이끌어가는 갈등과 드라마를 만들어 낸다. 이 영화에서 다른 일들은 거의 일어나지 않는다. 그러니 이 영화를 모범으로 삼을 생각은 하지 마라. 이 영화가 흥행할 수 있었던 것은 다른 이유에서다.

미스터리 소설에서 우리는 드물지 않게 형사로 일하는 주인공을 만난다. 이때 주인공에게는 거의 항상 내면의 악마가 깃들어 있다. 주인공은 나쁜 기억을 갖고 있거나, 유혹이나 중독에 시달리거나, 범죄를 저지른 적이 있거나, 이혼을 겪은 경험이 있으며, 이는 주인공의 세계관을 규정한다. 내면의 악마로 인해 주인공은 자신감을 잃었거나, 용기를 발휘하지 못한다. 하지만 이야기가 진행되면서 주인공은 반드시 내면의 어두운 힘과 싸워 이겨야 하며, 진실과 정의를 찾아낸다는 목표를 위해 한 발짝씩 나아가야 한다. 이런 주인공은 원형archetype이나 공식formular과는 관계가 없다. 미스터리 소설의 주인공들은 항상 이러한 내면적 풍경을 갖고 있으며, 이를 통해 미스터리 장르의 주제가 풍부하게 살아날 수 있다.

위의 방식으로 우리는 보다 쉽게 주제에 접근할 수 있다. 일단 인물을 설정하고, 이 인물이 거대한 외부적 플롯을 따라가며 겪는 내면적 갈등을 보여주어 주제를 제시하는 것이다. 주인공이 어떤 문제를 탐사하고, 경험하고, 그러면서 내면의 악마를 정복하는 과정이 주제가 될 수 있다.

주제를 우선적으로 고려하라. 이 편이 주제를 만들어 내는 가장 좋은 방법이다. 사용할 수 있는 가장 좋은 전략은 주제가 인물이 변화하는 과정과 어우러지게 하는 것이다. 주제를 노골적으로 부각시키려고 하면 이야기가 설교문이나 선전물처럼 될 수 있다. 당신의 관점을 지나치게 열정적으로 표현하지 말라. 게다가 1인칭 화자를 사용한다면, 당신의 관점이 화자를 장악하여 결국 이야기를 망치게 될 것이다.

설명하지 말고 보여줘야 한다. 서술하지 말고 대사로 보여줘야 한다. 이 점을 명확히 알아야 내일의 베스트셀러를 쓸 수 있다.

〈다빈치 코드〉를 통해 인물이 변화하는 과정을 알아보자

댄 브라운의 소설에서 주인공이 변화하는 과정은 분명하게 드러나지 않는다. 주인공이 변화하는 모습을 반드시 보여줄 필요도 없었다. 이러한 점은 〈다빈치 코드〉가 그토록 많이 팔렸음에도 불구하고 비평가들의 찬사를 얻어내지 못했던 이유 중 하나이기도 하다. 하지만 이 소설이 성공할 수 있었던 이유는 인물이나 플롯, 문체 때문이 아니었다. 콘셉트가 근사하고 주제가 풍부하면서도 다층적이기 때문이었다.

이런 사례는 또 있다. 제임스 본드와 같은 시리즈물의 주인공들은 책이나 영화가 여러 편 이어지는 과정에서 여간해서는 변화하는 모습을 보여주지 않는다. 작가는 악당들이 "폭발" 버튼을 누르기 직전에 그들을 제지하는 제임스 본드의 엄청난 능력에 전 세계의 사활이 걸려 있는 상황에 주제를 넘긴 채, 인물의 멋진 모습을 그리는 데 집중한다. 하지만 요즈음의 시리즈물은 인물이 매 이야기마다 주제와 결부되어 변화하는 모습을 보여주는 경향을 갖는다. 배트맨, 스파이더맨, 그리고 다른 많은 만화 주인공들은 이제 영화 속에서 혼란스러운 과거사로 얼룩진 내면의 악마를 보여주고 있다(이러한 과거사나 인물의 복잡한 면모는 원작 만화에서는 거의 찾아볼 수 없다). 그리고 우리는 이야기를 다른 차원에서 감상하며 인물의 성격이 어떻게 형성되었는지를 알게 된다. 제임스 본드와는 달리 배트맨에게 갑자기 어떤 감정을 갖는다. 작가가 인물을 통해 주제를 전달하는 방식을 선택했기 때문이다.

〈다빈치 코드〉의 주인공 로버트 랭던은 내면의 갈등을 별로 보여주지 않는다. 따라서 이 소설에서 인물의 변화를 이끌어낼 만한 잠재력은 그다지 엿보이지 않는다. 제임스 본드와 마찬가지로, 로버트 랭던 역시 첫 페이지부터 거의 완벽한 존재로 나타나며, 거의 일차원적인 모습만을 보여준다. 물론 댄 브라운은 비평가들의 찬사보다는 30억 달러에 행복해 할 것이다.

〈다빈치 코드〉는 우리에게 다음의 두 가지를 가르쳐 준다. 주제의 고유한 힘……. 그리고 기본적인 원칙을 제대로 지키지 않더라도, 가끔은 상업적인 성공을 거둘 수 있다는 것을. 후자의 방식으로 이야기를 쓰고자 한다면 – 강조하지만, 권하지 않는다 – 당신에게는 불안과 고통이 기다리고 있을 것이다. 스토리텔링의 원칙은 중력이나 마찬가지다. 중력을 다스리는 자신만의 방법을 구하라. 방법이 없다면, 낙하산 없이 빌딩에서 떨어지는 것이나 마찬가지다.

하지만 이야기를 구원해 줄 천사가 바로 주제임을 깨닫는다면, 당신에게는 훨훨 날아갈 수 있는 날개가 생긴 셈이다.

PART 5

네 번째 핵심요소 **-이야기 구조**

구조의 필요성

나는 글쓰기에 관한 수많은 지침 대부분이 들어볼 만하다고 생각한다. 사실 훌륭하다고 생각하는 가르침도 있다. 하지만 글쓰기에 관한 갖가지 지혜들을 마구잡이로 받아들이다가는 초점을 놓칠 위험이 있다. 사람들마다 관점이 제각각이고, 제시하는 변수들 역시 지나치게 다양하기 때문이다. 작가는 이처럼 수많은 변수들 가운데 자신에게 무엇이 적합할지 스스로 판단해야 한다. 특히 이야기 구조와 관련해서는 사람들마다 각기 다른 의견을 갖고 있다.

시나리오를 쓸 때와 달리 소설을 쓸 때는 구조에 대한 엄격한 "규칙"이 존재하지 않는다. 특히 당신이 규칙이라는 단어를 좋아하지 않는다면, 누군가가 구조란 이러저러해야 한다는 말의 첫 운을 떼기도 전에 귀를 닫아 버릴지도 모른다. 하지만 오늘날의 상업소설계는 기본적인 원칙을 따라 검증된 방법에 의해 쓰여진 소설을 기대한다. 따라서 소설을 출판하고 싶다면 기본원칙을 무시해서는 안 된다. 그렇지 않다면 연금 내역서처럼 분노를 치밀게 하는 거절 통지서들로 가득 찬 서랍을 가끔 열어볼 때에야 비로소 원칙의 중요성을 깨닫게 될 것이다.

글쓰기 워크숍이 말해 주지 않는 것

글쓰기 워크숍에 참가할 생각이 있다면, 당신이 이름도 들어 본 적이 없을 선생들 – 유명작가들이 워크숍을 여는 경우는 많지 않다 – 이 상대적으로 사소한 말만 한다는 점에 주의하라. 그들은 대개 다음과 같은 이야기만 늘어놓는다. 문장에 긴장감을 더해라. 에이전트를 감동시켜라. 더 좋은 제목을 붙여라. 재미있는 문장을 써라. 재미있는 대화문을 써라. 짜릿한 섹스신을 써라. 더 창의적으로 써라.

물론 틀린 말은 아니다. 하지만 별 내용이 없다. 대부분의 글쓰기 워크숍들은 우리가 이러한 요소들을 하나의 그릇, 다시 말해서 원고에 담았을 때 어떤 일이 벌어지는지를 알아야 한다는 사실은 말해 주지 않는다. 대부분의 작법서들도 마찬가지다.

정작 중요한 내용을 말해 주지 않는 것이다. 근사한 소설을 쓰려면 각각의 요소와 기법들이 어떤 관계를 맺고 있으며 어떻게 상호작용하는지, 어떻게 균형을 맞추어 서로를 보완하는지 알아야 한다. “이런 기법도 있구나”하며 넘어갈 것이 아니라 완벽하게 자신의 것으로 만들어야 하는 것이다.

유명한 작가들이 어떻게 유명해졌는지 알고 싶은가? 당신의 아이디어나 문장이 그들만큼 훌륭하다고 생각하는가? 이제부터 그들이 유명해질 수 있었던 이유와 방법을 알려주겠다.

큰 그림을 보라

앞서 나는 스토리텔링에서 가장 중요한 단어가 갈등이라고 말한 바 있다.

갈등이 없다면 이야기도 없다. 인물이 아무리 훌륭하게 묘사되더라도, 결국 당신의 작품이 얼마나 상업적으로 성공할 수 있을지는 바로 이야기에 달려 있다.

갈등에는 건축architecture이라는 개념이 포함되어 있다. 서사 안에서 갈등을 어떻게 건축할 것인가? 바로 구조를 통해서다. 구조가 없다면 이야기도 없다. 이야기는 갈등이 극적 긴장감을 발생시킬 때 생겨난다. 다시 한 번 말하지만 갈등이 없다면 이야기는 없다. 정말이다.

성공적인 이야기를 쓰고 싶다면, 큰 그림을 볼 수 있어야 한다. 어떤 작가들은 초고를 여러 벌 쓰면서 구조가 나타나기를 바라고, 또 어떤 작가들은 초고를 쓰기 전에 먼저 계획을 세우며 구조를 만든다. 어떤 방식이라도 좋다. 하지만 이야기 구조에 대한 기본원칙을 이해하지 못한다면, 제대로 된 이야기를 쓸 수 없다. 이야기를 발견하기 위한 작가의 여정은 구조를 만들면서 시작된다. 구조가 있어야 이야기를 어떻게 써야 하는지도 분명해진다.

당신은 문장의 대가일지도 모른다. 하지만 문장을 떠받치는 이야기와 구조를 이해하지 못한다면, 소설이 아닌 시나 연애편지만을 줄창 쓰게 될 것이다. 근사한 아이디어가 떠올랐다고? 메릴 스트립이 연기할 만한 인물을 보여주겠다고? 하지만 인물에게 탄탄하고 흡입력 있는 구조가 뒷받침된 이야기가 주어지지 않는다면, 메릴 스트립은커녕 영화화될 가능성은 꿈도 꿀 수 없을 것이다.

하지만 당신이 구조와 이야기 건축 – 효과적인 장면을 통해 인물, 콘셉트, 주제 등을 구조와 결합시키는 기술 – 이 지닌 힘을 이해한다면, 굳이 시적인 문장을 구사할 필요가 없다. 사실 문장은 깔끔하고 기능적이며 일관성이 있기만 하면 된다.

이야기가 전부다

문체도 중요하기는 하다. 하지만 에이전트나 편집자는 문체에 주목하지 않는다. 전혀. 고등학교나 대학교 문예창작 수업에서 셰익스피어나 존 업다이크가 울고 갈 만한 문장력을 구사하는 학생은 손에 꼽을 정도다. 유연하고 우아한 문체는 유용하다. 하지만 이야기나 인물은 배제하고 문장에만 신경을 쓴다면, 당신은 A학점 외에는 아무것도 남지 않은 상태로 길을 잃고 말 것이다. 에이전트와 편집자, 그리고 프로듀서는 탄탄한 구조를 갖춘 잘 쓰여진 이야기, 훌륭한 이야기를 요구한다.

하지만 이야기를 쓰려는 당신에게 큰 그림을 보라는 말을 해주는 사람은 드물다. 나는 "이야기"부터 정의하고 시작하는 워크숍은 본 적도 없다. 이야기의 정의를 모르는 사람은 없다고들 생각하는 모양이다. 하지만 그렇지 않다. 사실 글쓰기를 가르치며 먹고 사는 사람인 나는 작가들이 원고를 거절당하는 흔한 이유가 스토리텔링의 개념을 제대로 파악하지 않아서라고 생각한다. 인물을 제대로 쓰지 못해서, 혹은 문장이 형편없어서가 아니라는 말이다. 바로 구조를 오해하거나 제대로 알지 못해서다.

당신은 다음 주 워크숍에서 "근사한 섹스신 쓰는 법"을 배울지도 모른다. 하지만 아마도 구조의 기본적인 내용은 배우지 못할 것이다. 설령 섹스신 쓰는 법을 배우더라도 배운 내용을 어떻게 써야 할지는 알 수 없을 것이다. 혹은 전혀 배운 것이 없는데도 뭔가 배웠다고 생각할지도 모르고. 구조적으로 탄탄한 이야기를 쓸 줄 모른다면, 근사한 섹스신은 들어있지만 전체적으로는 완전히 엉망진창인 소설 정도가 당신이 기대할 수 있는 최선이다.

고장난 브레이크 수리법을 알려주는 세미나에 참석한 것과 비슷하다. 페달을 비롯해 브레이크가 어떻게 만들어졌고 작동하는지도 모르면서, 심지어는 브레이크가 왜 필요한지도 모르면서 고치겠다고 덤비는 꼴이다. 당신이 세미나에 참석한 이유는 그저 자동차마다 브레이크가 달려 있고 그래서 중요하다고 생각했기 때문일 것이다.

책만 많이 읽어서는 좋은 글을 쓸 수 없다. 수없이 스포츠를 보거나 음악을 듣거나 비행기를 타더라도 운동선수나 음악가, 조종사들이 실제로 어떻게 전문가의 역할을 다하고 있는지 알 수는 없다. 그들은 쉽게 하는 것처럼 보인다. 하지만 결코 그렇지 않다.

효과적인 이야기를 쓰는 것도 마찬가지다.

구조적 요령 터득하기

전문가는 자신의 분야에 대해 모르는 것이 없다. 모든 측면을 고려하여 모든 것들을 단계별로 습득했기 때문이다. 이론과 철학, 역사로 시작해서 기본 물리학과 역학을 숙지하고 기본적인 기법들을 완벽하게 자기 것으로 만드는 소수만이 위대한 경지에 도달할 수 있다.

대가는 최상의 결과를 보여준다. 그들은 누구보다도 높은 타율을 유지하고, 누구보다도 노래를 잘 부르고, 누구보다도 안전하게 비행기를 착륙시킨다. 이처럼 그들은 최선을 다해 맡은 바 역할을 제대로 해낸다. 모든 변수들을 유연하고 믿음직하고 주목하지 않을 수 없는 무엇과 결합시킬 때, 성공으로 향하는 길이 열린다.

이야기 구조는 배울 수 있다. 하지만 누구도 구조를 예술로 변모시키는 방법은 가르쳐 줄 수 없다. 예술적인 구조를 만들고 싶다면 구조를 만드는 기본적인 원칙부터 자신의 것으로 만들어야 한다. 구조는 절대적으로 중요하다.

컴퓨터에 비유해 보자

컴퓨터 모니터가 멈출 때가 있다. 텅 빈 화면만 계속 이어지다가 결국은 먹통이 되어버린다. 하루에 세 번은 이런 일이 일어난다. 그러다가 찌그러진 작은 창 하나를 띄우고는 나를 엿먹이는 메시지를 던진다. "디스플레이 드라이버" 어쩌고 하는 말은 대체 무슨 소리인지 모르겠다. 나는 그냥 컴퓨터를 껐다 켠다.

인터넷에 접속하여 문제의 원인을 찾기 시작한다. "헬프 데스크help desk" – 이는 아마도 가장 역설적인 컴퓨터 관련 용어일 것이다 – 는 다음과 같은 어휘들을 사용하여 온갖 해결책을 제시한다. 드라이버, 레지스터, 캐시, IP 어드레스, 서버, 바이오스, FTP, SML, RDF, RSS, SGML, SQL……. 이처럼 수수께끼같은 단어들이 끝없이 이어진다. 나는 이 단어들의 뜻을 알고 있나? 몇 개는. 제대로 파악하고 있나? 거의 하나도.

헬프 데스크 운영자나 이용자 매뉴얼을 만드는 사람들은 위의 단어들이 어떤 맥락에서 사용되는지를 내가 알고 있으리라고 생각하는 모양이다. 하지만 나는 모른다. 그래서 그냥 컴퓨터만 껐다 켤 뿐이다. 어쨌거나 문제를 해결하려면 드라이버를 다시 설치하라는 말을 본 나는 모니터가 아니라 관련 소프트웨어가 문제라는 것을 알게 되었다. 다시 말해서 큰 그림이 문제라는 것을 알게 된 것이다. 내가 컴퓨터의 기본적인 구조를 이해하고 있었다면 뉴델리에 사는 어떤 사람과 접촉할 필요 없이 직접 문제를 해결할 수도 있었을 것이다.

작가들도 비슷한 문제에 직면한다. 이야기의 구성요소에 대해 알려주는 사람들은 많다. 하지만 각각의 요소들이 어떤 의미인지, 이들은 서로 어떻게 연결되는지 혼자만의 힘으로 알아낼 수는 없다. 큰 그림이 없기 때문이다. 우리에게는 요소들을 연결하는 방법, 요소들의 의미, 요소들을 최적화하는 방법에 대한 기준이 필요하다.

그리고 이야기 구조가 당신에게 기준을 제시한다.

〈다빈치 코드〉를 해체해 보자

당신이 좋아하든 싫어하든 댄 브라운의 〈다빈치 코드〉는 가장 많은 판매고를 기록한 베스트셀러 중 하나다. 나는 〈다빈치 코드〉를 통해 구조에 대해 알아볼 것이며, 시장에서 우아한 문체는 전혀 중요하지 않다는 것도 증명할 것이다. 가능한 구체적으로 각각의 장면들을 뜯어보며 구조적으로 중요한 지점에서 탄탄한 이야기를 만드는 원칙들이 어떻게 지켜지고 있는지를 보여주고자 한다. 〈다빈치 코드〉의 모든 요소들은 적재적소에 위치한다.

우연히 일어난 일은 아니다. 댄 브라운과 편집자들이 이야기를 구축하는 감각을 날카롭게 발휘했기 때문이다.

〈다빈치 코드〉의 주요 전환점들이 내가 제시하는 구조적 모델과 완벽하게 일치하지는 않는다(소설이라면 반드시 "완벽하게" 일치할 필요는 없다). 하지만 이 소설의 일반적인 형태와 형식은 완벽한 구조를 보여주고 있다.

소설가들에게는 좋은 소식이다. 시나리오 작가들은 단 하나의 장면이라도 원칙을 벗어나서 쓸 수 없다. 하지만 우리의 원칙은 지나치게 엄격하지 않고 유연하다. 소설가들은 이야기 구조를 다소 흔들 수 있고, 에이전트나 편집자들 앞에서 구조적 측면을 상세히 설명할 필요도 없다. 물론 이야기를 쓸 때는 구조가 무엇보다도 중요하지만 말이다.

이제부터 이야기의 분량과 주요 전환점이 등장하는 시점을 구체적으로 밝혀주는 구조에 대해 말하고자 한다. 구조적으로 탄탄한 이야기는 균형감을 갖는다. 탄탄한 구조는 마법과도 같은 효과를 발휘하기도 한다. 하지만 구조적 요소나 원칙을 거부한다면, 이야기는 문제에 처한다. 댄 브라운이 30억 달러를 벌 수 있었던 것도 바로 구조 덕분이었다. 30억 달러라는 액수를 보면 구조에 주목하지 않을 수 없다.

분명히 말하지만 댄 브라운은 구조를 발명하지 않았다. 〈다빈치 코드〉를 영화로 각색한 사이드 필드Syd Field가 발명한 것도 아니다. 물론 나도 아니다. 나는 소설이라는 장르에 알맞게 구조를 개조했고, 그러면서 회고록이나 단편소설, 심지어는 논픽션과 같은 다른 장르의 글쓰기에도 같은 구조적 모델을 적용할 수 있다는 사실을 알게 되었다. 솔직히 누가 구조를 발명했는지는 모른다. 하지만 오늘날 사실상 모든 성공적인 소설이나 영화는 이 모델을 따르고 있다. 따라서 에이전트나 편집자, 프로듀서는 이 모델을 정확히 지킨 작품을 찾는다.

어떤 사람들은 작품을 성공으로 이끄는 원칙이란 성배처럼 찾아내기 어려운 것이라고 생각할지도 모른다. 하지만 또 어떤 사람들은 내가 제시하는 원칙이 옳다고 생각할 것이다. 사실 이 모델에 입각한 글쓰기가 "그냥 한번 써 보고 어떻게 되나 보자"라는 입장에 근거한 글쓰기보다 낯설고 어렵다고 생각할 사람은 많지 않다. 당신이 어떤 생각을 하는지는 모르겠지만 이 말만은 분명히 할 수 있다. 내가 제시하는 구조적 원칙에 입각하여 글을 써 보라. 책을 출판할 수 있는 기회가 바로 눈앞으로 다가올 것이다.

구조와 건축

이야기 구조는 건축에 속한다. 이야기를 탄탄하게 건축하려면 먼저 기본 구조를 만들어야 한다. 다른 요소들은 그 다음이다.

해파리에 옷을 입힌다고 생각해 보라. 이는 가능하지 않다. 해파리는 구조가 없기 때문이다. 돌무더기에 페인트를 칠한다고 생각해 보라. 돌무더기는 구조 없이 그저 쌓여 있을 뿐이다. 그러므로 그 위에 페인트를 칠해 봤자 아무런 소용이 없다. 향수로 항아리를 빚을 수 없는 것과 마찬가지다. 짜낸 치약을 다시 튜브에 넣을 수 없는 것과 마찬가지고.

구조가 없다면 이야기도 없다. 그러니 이야기를 건축할 수 없음은 물론이다.

은유로서의 건축

이번에는 건물 공사현장을 예로 들어 구조와 구축의 의미를 알아보자. 구조는 건물을 똑바로 서게 하는 골조, 대들보, 지지보이자 도면이다. 구조는 하중을 떠받친다. 구조는 예술적인 측면과는 관계 없이 단조로

울 수도 있다. 텅 빈 창고나 시골 면허시험장처럼 어떤 영혼도 느낄 수 없는 것이다. 아무도 이런 장소에 건축이라는 용어를 사용하지 않는다.

적어도 이 책에서는 건축이라는 은유를 미적이고 예술적인 맥락에서 사용하고 있다. 우리는 건물을 세우고construction, 이에 소용돌이 문양이 조각된 아치형 출입문이나 금속장식이 있는 회전식 계단, 그리고 무늬를 넣은 벽처럼 아름답고 장식적인 요소들을 더한다(structure와 construction은 "세우다, 일으키다"라는 뜻의 라틴어 structura에서 나왔다). 매혹적인 조명이 더해지고 알맞은 자리에 예술품이 놓여지면 건물은 더욱 아름답게 보일 것이다.

구조 없는 집은 없지만, 건축학적으로 설계된 집은 드물다. 그러나 건축잡지의 표지를 장식하는 것은 바로 위에서 말한 것과 같은 집들이다.

당신의 이야기도 이런 집이 되어야 한다. 오로지 건축학적으로 설계된 이야기만이 출판될 수 있는 까닭이다.

구조에 건축학적인 요소들이 더해지면 예술이 된다. 처음에는 구조도 도면에 지나지 않는다. 하지만 건축학적인 요소들이 탄탄한 구조에 기반해야 한다는 사실을 잊어서는 안 된다.

이야기를 예술적으로 건축하는 기술

이야기 구조는 이야기의 흐름에 따라 전개되는 장면들로 만들어진다. 이야기를 건축한다는 것은 흡입력 있는 인물과 강력한 주제, 강렬한 호기심을 불러일으키는 콘셉트, 그리고 개성과 에너지로 이러한 요소에 생명력을 불어넣어 장면을 강화시키는 것이다.

구조는 기법이다. 기법은 배울 수 있고, 연습할 수 있으며, 활용할 수 있다. 구조에는 재능이 필요하지 않다. 지식을 동원하여 노력하면 좋은 구조를 만들 수 있다.

건축은 예술이다. 역시 배울 수도, 연습할 수도, 모방할 수도, 활용할 수도 있다. 그러나 건축에는 재능이 필요하다. 이 재능은 학습과 연습으로 함양되고 발전될 수 있다.

모든 작가들이 존 업다이크로 태어나지는 않는다. 하지만 모든 작가들이 이야기에 건축술을 적용할 수 있다. 어떤 작가라도. 그러니 "규칙 따위는 필요하지 않아"라는 태도를 버리고 성공하는 작가들의 작품을 연구해 보라. 그리고 검증된 사실을 받아들여라.

이야기 건축술은 이야기를 출판하게 해준다. 출판되지 못한 원고들은 이러한 건축술을 보여주지 않는다.

21

이야기 구조의 큰 그림

모든 신인작가들, 그리고 대부분의 기성작가들은 "무엇을 쓸지, 어떤 순서로 쓸지 어떻게 알 수 있을까?"라는 질문에 늘 사로잡혀 있다. 하지만 이 질문을 크게 소리내어 하지는 않는다. 그러나 이야기를 쓰려는 우리는 가장 먼저 이 질문에 스스로 답변해야 한다.

많은 사람들이 답변할 수 없다고 말한다. 그들은 틀렸다.

가끔 작가들은 답이 있다는 사실을 깨닫고 놀라기도 한다(가끔 거부하기도 한다). 하지만 답변은 늘 존재해 왔다. 자신의 이야기를 출판하거나 영화로 제작하는 기회를 잡을 수 있었던 작가들은 답변을 알고 있었다. 나머지 작가들은 모르는 반면.

한 번 답변을 찾아낸 작가들은 그들이 접하는 모든 책과 영화에서 이러한 답변이 발견된다는 사실에 열광한다.

스토리텔링에는 어떤 원칙이 있다. 당신은 이 원칙을 받아들여야 한다.

이야기는 정의할 수 없으며 이야기를 쓰는 원칙은 존재하지 않는다고 생각할 수도 있다. 이야기는 계속해서 모양을 바꾸는 구름이라고 생각할 수도 있다. 많은 작가들의 생각이 이러하다. 혹은 반대로 플롯과 인물을 대단히 세부적인 사항까지 고려하며 미리 계획할 수도 있다. 흥미롭게도 두 가지 방식 모두 통할 수 있다. 중요한 것은 당신이 계획을 세우는 사람인지, 아니면 여러 벌의 초고를 쓰는 사람인지를 구분하는 것이 아니다. 단지 작업방식의 차이일 뿐이니까. 하지만 구조를 무시하면 전체 이야기가 무너져 버린다. 그러므로 어떤 작업방식을 좋아하든, 반드시 구조를 심도 있게 고려해야 한다.

당신의 이야기에는 예상할 수 있는 구조와 도식이 존재한다. 따라서 이야기를 팔고 싶다면 구조와 도식을 중요하게 다루어야 한다. 어떤 작가들은 구조가 나타나기만을 기다리며 원고를 붙들고 씨름하다가 워크숍이나 다니고 서점에서 작법서란 작법서는 모조리 사들인다. 하지만 어떤 워크숍이나 작법서도 구조를 제대로 알려주지 않는다. 그리고 당신이 구조를 어떤 이름으로 불러야 할지 몰라 헤매는 사이, 구조가 뭔지도 모르면서 제대로 된 구조를 갖춘 성공적인 이야기를 써 내는 작가들도 있다. 이런 작가들은 자신이 재능을 타고났다고 생각한다. 하지만 이들은 구조라는 원칙을 직관적으로 파악할 수 있었던 것이다.

좋은 소식이 있다. 재능이 없어도 구조를 파악할 수 있다. 구조는 원칙이다. 구조는 모델이다. 우리는 구조를 배울 수 있고, 연습할 수 있으며, 적용할 수 있다.

이야기를 쓰는 전 과정은 하나의 목표를 갖는다. 바로 탄탄한 구조를 갖춘 이야기를 쓴다는 것이다. 당신은 구조를 효율적으로 사용해야 한다. 하지만 구조의 원칙을 받아들이지 않거나 혹은 몰라서 구조를 만들어 내지 못한다면, 이야기는 위험에 처할 것이다. 그 동안 당신은 운이

나빠서 구조의 중요성을 알려주는 사람을 만나지 못했는지도 모른다.

그러나 당신은 운이 좋은 사람이다.

날개를 고려하지 않고 비행기를 만들 수는 없다. 마찬가지다. 의도적으로 구조를 배제하고 이야기를 쓸 수는 없다. 어떤 이야기가 출판되지 못하는 까닭은 작가가 구조를 생각하지 않는 실수를 저질렀기 때문이다. 당신이 계획을 세우고 이야기를 쓰는지 아닌지는 중요하지 않다. 당신의 문장이 천사들조차도 눈물을 흘리게 만드는지 아닌지도 중요하지 않다. 어느 이야기에서나 찾아볼 수 있는 견고한 구조를 갖추지 못한 이야기라면 결코 성공할 수 없다는 사실이 중요하다.

원한다면 당신만의 구조를 만들어도 좋다. 하지만 그렇게 쓴 이야기를 팔고 싶다면 각오해야 할 것이다. 소설, 특히 시나리오를 사려는 사람들은 당신의 이야기가 전문적인 기준에서 벗어나지 않기를 원한다.

실험적인 생각들은 문학 수업을 들을 때나 써 먹도록 하라. 현실에서는 효과적인 구조를 지닌 이야기만이 통할 수 있다.

기준과 기대

이야기를 건축하려면 먼저 구조가 있어야 한다. 당신은 본격적으로 이야기를 건축하기 전에 구조를 파악해야 한다. 비행기 조종법을 배우기에 앞서 베르누이 법칙[21]을 알아야 하는 것과 마찬가지다.

---

21 스위스 물리학자 베르누이가 비행기의 양력이 발생하는 원리를 설명한 것인데, 비행기 날개의 위쪽은 약간 굴곡이 져 있기 때문에 공기의 흐름이 빨라져 압력이 작아지고, 날개 아래쪽은 직선으로 돼 있어 공기의 흐름이 느려 압력이 크다. 따라서 압력이 작은 쪽으로 이끌려 위로 올라가는 힘인 양력이 발생하여 비행기가 떠오를 수 있다는 것이다. 즉, 기압차가 생기기 때문에 비행기 날개가 위로 들어 올려지는 것이다.

건물을 건축하는 과정을 생각해 보자. 최종 설계도는 초안보다 많은 정보를 담고 있다. 땅에 커다란 구멍을 파라. 콘크리트와 강철을 어느 정도로 사용하라. 쓰나미를 비롯해서 그 어떤 대재난이 일어나도 버틸 수 있는 강한 골조를 만들어라. 한편 최종 설계도에는 공간에 생기를 불어넣는 장식과 마감에 대해서도 많은 내용이 담겨 있다. 기능과 아름다움을 둘 다 놓치지 않고 지어진 건물은 건축물이라 불린다. 그리고 이러한 건축물의 핵심에는 구조가 자리하고 있다.

4개의 파트로 구성된 이야기 모델

이야기에 구조를 만들어 주는 기본적인 모델은 널리 받아들여지는 동시에 오해의 대상이 되기도 한다. 이야기는 4개의 파트로 구성된다(시나리오는 3개의 파트로 구성되며, 여기서 두 번째 파트는 독립적인 정의와 목표를 갖는 두 개의 파트로 나뉠 수 있다). 4개의 파트는 제각기 다른 존재의 이유를 지닌다. 4개의 파트는 각각 장면들을 포함하며, 장면들은 파트에 따라 엄격하게 다른 서사적 컨텍스트를 갖는다. 구조를 강화하는 컨텍스트는 "다음에 뭘 쓰지?"라는 당신의 질문에 답변을 제공한다.

한편 우리는 4개의 파트를 구분하는 이야기의 주요 전환점들도 살펴볼 것이다(전환점은 파트와 마찬가지로 중요한 역할을 한다). 또한 전환점들을 떠받치며 이야기에 생명력을 불어넣는 다양한 요소들도 알아볼 것이다. 다시 말해서 이제부터 무엇을 써야 하는지, 그리고 그 무엇을 이야기의 흐름 상 어디에 위치시켜야 하는지를 배우게 될 것이다.

4개의 파트로 구성되는 이야기의 구조를 로드맵이나 청사진으로 사용할 수 있다. 이야기의 구조가 당신이 생각하는 예술적인 소설을 쓰지 못하게 한다고 생각하는가? 그렇다면 사람들은 제아무리 예술적인 건축물이라도 기본적인 기능을 하지 못하는 건물에서는 살고 싶어하지 않는다는 점을 깨달아야 한다. 예술적인 이야기에도 구조가 필요하다. 성공적인 소설이나 영화에서 구조가 발견되지 않는 경우는 존재하지 않는다. 구조가 없는 이야기라면 당신이 접하지도 못할 것이다. 결코 완성될 수 없을 테니까.

로드맵이니 청사진이니 하는 표현을 지나치게 도식적이며 정형적이라고 생각하는 사람들도 있을 것이다. 소설의 범주를 설명할 때 흔히 사용되는 단어인 "장르genre"가 "정형적generic"이라는 단어와 사촌지간이라는 사실은 재미있다. 하나만 묻자. 미스터리가 정형적인가? 로맨스가 정형적인가? 스릴러는? 장르 소설들은 하나같이 기본적인 이야기 구조를 엄격하게 따른다. 그리고 수십 년 동안 서점의 매대를 굳건히 지키는 작품들은 바로 이런 이야기들이다.

4개의 파트로 구성되는 이야기 구조는 고전적인 동시에 보편적이다

시나리오에서는 드라마의 3막 구조라는 표현을 사용한다. 시나리오 수업에서 맨 처음 가르치는 내용이다. 반면 소설가들은 구조적 모델을 모른 채 평생을 보낼 수도 있다. 하지만 소설가들을 위한 모델도 존재한다. 시나리오에서 사용되는 모델을 아주 약간 개조한 모델이다.

영화에서 사용되는 3막 구조를 개조하면 소설에 적용해도 무리가 없는 모델이 된다. 2막을 둘로 나누어 4개의 파트로 구성되는 구조를 만드는 것이다. 실제로 당신이 접하는 모든 성공적인 소설이나 영화(예술 영화는 자기만의 구조를 발명하기도 한다. 당신도 하고 싶다면 해라. 책임은 당신이 져야 한다)는 이처럼 검증되고 신뢰 받는 모델에 기반하고 있다.

소설이나 시나리오의 구조는 비행기의 날개(날개를 움직이는 베르누이 법칙)다.

소프트웨어를 만들려면 수학을 알아야 한다. 아이를 낳으려면 생식기관이 필요하다. 한 사람의 자궁에서 나온 두 사람이 (쌍둥이라 하더라도) 완벽하게 동일한 경우는 없다는 사실을 생각하면 하나의 구조로 얼마나 많은 이야기를 만들어 낼 수 있는지를 이해할 수 있다.

구조가 도식적이라고? 나는 그렇게 생각하지 않는다. 도식이라기보다는 보편적인 법칙이니까.

정형적이라고 해도 완전히 나쁘지는 않다. 모든 인간 존재는 정형적이다. 두 개의 팔, 두 개의 다리, 상반신, 그리고 머리가 있다. 이것이 인간 존재의 구조다. 그런데도 완벽하게 똑같은 사람은 없다. 그리고 정형적인 구조에서 조금 벗어난 사람은 있어도, 완전히 벗어난 사람은 없다.

이렇게 설명하는데도 예술성을 들먹이며 이야기 구조를 거부하겠다면, 마음대로 해라. 전 세계 70억 명의 사람들은 전부 동일한 구조를 지녔는데도 저마다 고유한 존재다. 이야기 구조라는 원칙을 따르다 예술과는 거리가 먼 이야기를 쓸까 봐 걱정하지 않아도 좋다는 말이다. 구조가 같아도, 기본 전제가 같아도, 접근방식이 같아도 당신은 다른 사람들과는 다른 이야기를 쓰게 되어 있다.

천천히 생각하고 돌아와도 좋다.

이제 구조를 받아들일 준비가 되었을 것이다. 이야기를 팔고 싶다면,

이야기 구조의 기본원칙을 이해하고 작품을 써야 한다.

이야기를 구성하는 4개의 파트

작고 예쁜 상자에 들어있는 물건들을 좋아하는 사람도 있고, 그렇지 않은 사람도 있다. 당신이 어느 쪽이든, 이야기를 일종의 상자라고 생각해보라. 당신은 이 상자에 갖가지 물건들 – 예쁜 문장들, 플롯, 서브플롯, 인물, 주제, 위험요소, 근사한 장면들 – 을 집어넣고 마구 흔들며 신의 은총에 의해 독자들이 즐길 수 있을 만한 근사한 이야기가 튀어나오기를 기대할지도 모른다.

가능성은 대단히 희박하지만, 이야기가 나올 수는 있다.

그렇지 않다면 상자의 내용물을 다시 쏟고 넣고 흔드는 과정을 반복해야 한다. 적어도 만족할 수 있는 이야기가 나올 때까지 몇 번쯤 같은 과정을 반복한다고 생각하라. …… 하지만 더 효율적인 방법이 존재한다.

구조를 고려하지 않은 채 위의 방식으로 이야기를 쓰고 있다면, 구조가 우연히 나타나기만을 고대하며 끝없이 같은 과정만 되풀이하게 될 것이다. 어쩌면 영원히. 이야기를 작동하게 하는 구조는 하나뿐이기 때문이다. 적어도 출판사의 구미를 당길 수 있는 구조는 하나뿐이다. 듣기 싫겠지만 사실이다.

이제 상자 안에 작은 상자 4개가 들어있다고 생각해 보자. 각각의 상자에는 1부터 4까지 번호가 붙어 있다. 번호를 붙인다고 더 쉽지는 않겠지만, 한결 분명하게 구분할 수는 있다.

적어도 60개는 될 장면들은 나중에 생각하자. 지금 당신에게는 다만 4개의 상자 – 파트 – 만이 있다. 각각의 상자들이 무엇을 필요로 하는지, 상자 안에 들어있는 장면들은 어떤 목표를 필요로 하는지 파악한다면, 보다 쉽게 장면들을 조직할 수 있을 것이다.

4개의 상자 각각은 다른 목표(컨텍스트)를 갖는다고 생각해 보라. 하나의 상자는 다른 상자들과는 다른 목표를 지닌 장면들을 담는다. 다시 말해서, 상자들 각각은 저마다 고유한 목표와 목적이 있다.

그러나 하나의 상자로는 전체 이야기를 담을 수 없다. 각각의 상자들은 전체 이야기를 구성하는 부분(파트)이다. 그리고 네 개의 상자를 하나의 흐름으로 엮는 과정이 스토리텔링이다.

각각의 장면들은 상자에 따라 서로 다른 컨텍스트를 갖는다. 상자, 즉 파트의 목표는 그 안에 담긴 장면들의 컨텍스트를 규정하는 것이다.

일련의 흐름에 따라 상자들이 열린다고 생각해 보라. 1번 상자의 내용물은 2번 상자의 내용물에 의미를 부여한다. 한편 2번 상자의 내용물은 1번 상자의 도움을 받아 독자들이 위험에 빠진 인물을 응원하게 한다. 2번 상자가 열렸을 때, 독자는 1번 상자의 내용물을 이미 보았으므로, 주인공이 어떤 상황을 겪고 있는지를 알 수 있으며, 주인공에게 정서적인 응원을 보낼 수 있다.

따라서 1번 상자 – 파트 – 는 적합한 기준에 따라 쓰여져야 한다. 2번 상자의 성공 가능성이 1번 상자에 달렸기 때문이다.

이제 3번 상자가 열릴 차례다. 1번 상자와 2번 상자가 맡은 바 역할을 만족스럽게 해냈다면, 3번 상자는 2번 상자의 내용물을 이어받아 새로운 컨텍스트 하에 극적 긴장감을 더 높은 차원으로 끌어올린다. 1번 상자와 2번 상자의 내용물을 본 독자는 이제 주인공을 전적으로 응원하기 때문이다. 주인공 역시 이전과는 다르게 행동한다. 2번 상자에서보다 용기 있고 영리하게 행동하는 것이다.

4개의 상자마다 주인공이 다른 경험을 하고 다른 행동을 한다면, 상자들을 올바르게 구성한 셈이다. 축하한다. 이제 당신은 훨씬 좋은 소설을 쓸 수 있다. 상자들이 열릴 때마다 인물은 변화한다(이에 대해서는 파트 3에서 설명한 바 있다). 이처럼 이야기의 구조는 인물이 변화하는 모습을 보여준다.

파트와 컨텍스트

4번 상자와 마지막 상자는 1번부터 3번까지의 상자들이 제시해 온 위험요소와 정서적 긴장감, 그리고 만족감에 대한 결실을 맺는 역할을 한다. 이는 1번 상자의 고유한 목표가 "설정"인 것과 마찬가지로 4번 상자의 고유한 목표다.

훌륭한 섹스와 마찬가지다. 분위기를 잡고, 전희가 이어지고, 그 다음에는, 흠, 당신도 아는 행위가 이어지고, 그 다음에는 클라이맥스가 이어진다(우리는 이야기에서도 클라이맥스라는 표현을 사용한다). 이때 하나가 빠진다면 나머지도 제대로 되지 않는다. 각각의 경험들은 이어지는 경험을 강화시킨다.

다른 구성방식으로는 좋은 결과를 얻지 못한다.

이 상자에 담아야 할 내용물을 다른 상자에 담으면 안 된다. 상자들은 각각 고유한 목표와 컨텍스트를 갖는다. 그리고 장면들은 각각 속한 상자의 목표와 컨텍스트를 따른다.

작가들은 2번 상자에 들어가야 할 행위와 컨텍스트를 3번 상자에 넣거나, 1번 상자에 들어가야 할 행위와 컨텍스트를 4번 상자에 넣는 실수를 흔히 저지른다. 이야기의 구조를 이해하지 못해서다. 이런 이야기는 아무리 근사한 아이디어를 빼어난 문장으로 썼다고 해도, 절대로 팔리지 않는다.

오히려 거절통지서만 잔뜩 받게 된다.

이야기를 구축하려면 4개의 상자들을 순서대로 배열해야 한다. 상자들은 서로 매끈하게 연결되어야 하며, 위험요소와 인물의 경험 등 내용물을 완벽하게 만들어 낸 뒤에 다음 상자로 넘어가야 한다.

구조는 공식이 아니다. 구조는 이야기의 물리학이다. 구조는 중력이다. 이야기가 생명력을 얻으려면 구조가 존재해야 한다.

상자들이 인생이라고 생각해 보자. 아동기는 청소년기와 다르고, 청소년기는 청년기와 다르다. 청년기는 중년기와 다르고, 중년기는 노년기와 다르다.

그리고 살면서 축적되는 지식과 지혜, 힘들게 얻은 경험은 인생의 전과 후에 차이를 만든다.

이야기에서도 마찬가지다. 중력처럼 존재하는 구조가 인물을 변화시킨다. 물리학을 고려하지 않고 중력을 거스르려고 한다면 비행기는 곤란한 상황에 처한다. 이야기를 쓰려는 당신이 상자의 내용물을 뒤섞는다면 전체 이야기는 완전히 옆길로 새 버릴 것이다. 어쩌면 그대로 추락해 버릴 수도 있다. 해당 상자가 요구하는 기준과 컨텍스트를 벗어나지 않는 장면들이 각각의 상자 속에 담길 때, 그리고 상자들이 매끈하게 연결될 때, 이야기는 마침내 생명력을 얻는다.

상자들 – 파트들 – 은 당신이 필요로 하는 것을 말해 준다. 상자들을 뒤섞지 마라. 필요없는 것을 상자에 담지 마라. 에이전트나 편집자는 엉뚱한 내용물들이 뒤섞인 상자들 따위는 받으려고 하지 않는다.

이제 당신은 이야기 구조를 분명히 알게 되었을 것이다.

22

첫 번째 상자: 설정(파트 1)

이야기의 첫 20~25%에 해당하는 분량(1번 상자)은 앞으로 이어질 모든 내용을 설정하는 목표를 갖는다.

따라서 파트 1의 컨텍스트는 이러한 목표를 달성하기 위한 것이어야 한다. 파트 1의 목표는 이야기에서 중점적인 역할을 맡게 될 반대자가 지닌 힘을 전부 보여주는 것이 아니다. 바로 예고하는 것이다. 반대자의 힘은 파트 1에서 하나도 드러나지 않을 수도 있고, 혹은 의미가 설명되지 않은 채 일부만 보여질 수도 있다. 혹은 처음 몇 페이지 안에서 독자들에게 미끼로 던져질 수도 있다. 미끼는 설정 단계인 파트 1에서 중요한 역할을 차지할 수 있다.

예를 들어 설명해 보자. 이야기가 시작되자마자 우리는 주인공을 쫓아가는 사람을 본다. 하지만 주인공은 이 사실을 모른다. 여기서 긴장과 갈등이 생겨난다. 우리에게 주인공이 위험한 상황에 처할지도 모른다는 두려움이 생겨나기 때문이다. 이처럼 훌륭한 미끼는 독자들에게 어떤 감정을 불러일으키며 이야기의 갈등을 예고한다. 하지만 아직은 아무런 의미도 없다. 예고된 갈등과 반대자의 힘이 구체적인 목표를 위해 모험을 떠나는 주인공에게 어떤 식으로 영향을 미치게 될지, 주인공의 여정에는 어떤 위험요소가 숨어있을지, 아직 모르기 때문이다. 파트 1의 마지막에 이르러서야 우리는 주인공이 앞으로 가게 될 길을 알게 된다. 1차 플롯포인트라 불리는 이 지점은 위험요소를 설정하면서 앞으로의 이야기를 예고한다. 그리고 이야기의 설정 단계인 파트 1은 1차 플롯포인트 전까지 주인공이 어떤 인생을 살아 왔는지 알려준다.

따라서 설정 단계인 1번 상자에 너무 많은 이야기를 집어넣지 말라. 이는 흔히 저지르는 치명적인 실수다.

파트 1의 가장 중요한 임무는 이후 주인공에게 닥칠 위험요소를 설정하는 것이다. 이 지점에서 독자들은 다음에 일어날 일에 관심을 갖게 된다.

반대자가 더욱 강해지면, 우리는 주인공이 가족이나 삶의 구체적인 목적을 잃고 불행해질 것이라고 짐작한다. 이런 것들이 이야기의 위험요소다. 한편 위험요소가 본격적으로 등장하기 전에 독자가 미리 이를 눈치챈다면 이야기는 보다 효과적으로 작동할 수 있다.

긴장감은 파트 1에서부터 생겨난다. 하지만 플롯은 아직 실제로 시작되지 않았다.

파트 1의 목표

파트 1은 위험요소와 인물의 과거를 제시하면서 독자가 인물에게 관심을 갖게 하고, 플롯을 설정하며, 다가오는 갈등을 암시한다는 목표를 갖는다.

파트 1에서는 주인공을 소개하고 그의 인생도 보여주어야 한다. 또한 이야기의 기본적인 갈등을 촉발시키는 1차 플롯포인트에서 주요 반대자의 힘을 제시하기 전에 모든 이야기를 다 해버리면 안 된다. 파트 1에서 미끼는 던져질 수 있지만(좋은 선택이다), 반대자의 힘은 전혀 나타나지 않을 수도 있다. 반대자의 힘을 드러내기에 최적의 위치는 1차 플롯포인트이며, 그 전까지는 예고하거나 부분적으로만 드러낼 수 있다. 1차 플롯포인트 전단계인 파트 1에서 주인공이 겪게 될 갈등을 죄다 설명하지 마라.

이야기를 지나치게 일찍 시작해 버리면 다른 요소들을 올바르게 설정할 기회를 놓칠 수도 있다. 본격적으로 이야기를 시작하기 위해 충족시켜야 할 목표가 있는 설정 단계가 부족해지기 때문이다.

독자가 기본적인 갈등이 도입되기 전에 위험에 처한 주인공에게 더 많이 공감하고, 그가 원하는 것과 필요로 하는 것을 더 많이 알고, 그의 고난과 역경을 더 많이 이해할수록, 독자는 본격적으로 변화를 겪는 주인공에게 더 많은 관심을 가질 수 있다.

독자가 주인공에게 더 많은 관심을 가질수록, 이야기의 성공 가능성도 높아진다.

파트 1이 진행되는 동안 이런 사항들이 충분히 제시된다면, 파트 1의 마지막 부분에서 플롯이 실제로 작동하기 시작한다. 이 지점에서 주인공은 모험을 떠날 준비를 마치고, 반대자의 힘도 완연하게 드러난다. 주인공이나 독자에게, 혹은 양쪽 모두에게 의미가 부여되는 곳도 이 지점이다. 그러나 파트 1이 끝나기 전까지 우리는 이야기의 의미도, 심지어는 무서운 이야기인지 자극적인 이야기인지조차도 알 수 없다.

이 지점이 1차 플롯포인트다. 1차 플롯포인트를 "사건 유발"과 혼동하지 마라. 앞서 설명했듯 사건 유발은 플롯포인트에서 발생할 수도 있고, 그렇지 않을 수도 있다. 간혹 파트 1의 첫 부분에서 사건 유발이 등장하기도 한다. 만약 파트 1이 끝나기 전에 이후 무언가 거대하고 극적이며 변화를 이끌어낼 사건이 벌어진다면, 이러한 초반부의 "사건 유발"은 다가오는 플롯포인트를 "설정"하는 역할을 맡게 된다.

자세히 알아보자

리들리 스콧Ridley Scott 감독의 영화 〈델마와 루이스Thelma & Louise〉에서 두 여자, 델마와 루이스는 술집에서 만난 남자가 주차장까지 따라와 거칠게 굴자 그를 총으로 살해한다. 사고라고는 할 수 없다. 억눌린 분노가 투영된 자기방어에 가까울 것이다. 남자가 지나치게 희롱조로 나오자 여자들은 갑자기 다른 모습을 보인다. 이 지점이 1차 플롯포인트라고 생각되기 쉽다. 하지만 아직은 1차 플롯포인트가 나타날 지점도 아니고, 이 장면은 1차 플롯포인트의 기준도 충족시키지 못한다. 이 장면은 이어질 사건을 암시하는 "사건 유발"로, 어떤 변화를 예고하는 거대한 장면이다. 하지만 주인공에게 앞으로의 여정과 도전과제를 제시하여 의미를 부여해야 한다는 기준을 충족시키는 뭔가 다른 사건이 일어나야만 적절한 1차 플롯포인트라고 할 수 있다.

영화는 두 시간을 약간 넘는 길이다. 따라서 1차 플롯포인트는 영화가 시작된 뒤 30분쯤 되었을 때 나타나야 한다. 총으로 남자를 살해하는 사건은 19분 30초에 일어난다. 1차 플롯포인트라 하기에는 너무 이르지만, 사건 유발로서는 매우 적절하다.

그리고 앞으로 어떤 사건이 유발될 것인가? 이어지는 10분 동안 두 여자는 술집으로 다시 들어가 방금 있었던 일을 두고 고민에 빠진다. 그들은 분명 혼란스러울 것이다. 논의를 거듭하던 두 여자는 마침내 결정을 내린다. 그들의 삶을 통째로 뒤바꿀 만한 결정이다.

살인이 그들의 인생을 바꾸었다고 말할 수 있을까? 이 사건으로 인해 그들의 여정이 완전히 바뀌었다고 할 수 있을까? 그렇다. 하지만 이 사건 때문에 그들이 앞으로 어떤 변화를 겪고 어떤 길을 가게 될지 알 수 있을까? 아니다. 그들이 어떤 반응을 보일지 모르기 때문이다. 그들은 자수할 수도 있다. 그렇다면 결말은 완전히 달라질 것이다.

하지만 그들은 자수하지 않는다. 그들은 도망치기로 결정한다. 영화가 시작되고 31분이 되었을 때 이러한 결정을 내린다. 이 순간이 바로 1차 플롯포인트다. 이 순간은 1차 플롯포인트가 요구하는 모든 기준을 충족시킨다. 살인사건이 일어나던 바로 그 순간보다도. 게다가 이 순간은 구조적으로 최적의 위치에 있다. 자수하는 대신 도망치는 여자들은 범법자가 된다. 그들은 탈주해야만 하고, 계속해서 법을 위반해야 한다. 31분에서 내려지는 결정으로 인해 그들의 이야기는 진정으로 시작된다. 그들에게 목표가 생기고, 그들의 여정을 가로막는 장애물과 위험요소가 명확해지는 것이다.

이 영화는 평범한 구조를 갖고 있다. 사건 유발은 파트 1의 중간지점에서 일어난다. 마이클 만Michael Mann의 영화 〈콜래트럴Collateral〉도 같은 예가 될 수 있다. 이 영화에서 사건 유발은 일찍 등장한다. 주인공이 몰던 택시 위로 시체 하나가 떨어지는 것이다. 하지만 이 사건 자체는 1차 플롯포인트에서 주인공의 필요와 여정, 임무, 위험요소가 밝혀지기 전까지 거의 아무런 의미도 지니지 않는다. 이 영화의 1차 플롯포인트는 그의 택시 뒷좌석에 앉은 악당과 주인공이 불길한 대화를 나누기 시작하면서 시작된다.

1차 플롯포인트는 길게 이어지지 않아도 된다. 독자나 관객에게 시각적인 충격을 반드시 던져주지 않아도 좋다. 1차 플롯포인트는 〈콜래트럴〉과 마찬가지로 대화만으로 이루어질 수도 있고, 한 순간만으로 제시될 수도 있다. 그러나 1차 플롯포인트는 주인공의 여정을 규정하며 이어지는 이야기에 엄청난 변화를 가져다주는 것이어야 한다.

파트 1의 목표

파트 1의 목표는 이어지는 장면들을 통해 변화의 지점으로 인물을 데려가는 것이다. 주인공이 인생에서 뭔가 새로운 것이 다가오고 있다는 것을 깨달을 때, 1차 플롯포인트가 나타나면서 파트 1이 종결된다. 1차 플롯포인트는 새로운 모험, 갑작스러운 필요나 요청, 가끔은 매우 두렵거나 힘겨운 여정을 도입한다. 갑자기 장애물이 생겨나는 지점도 바로 1차 플롯포인트다. 이제부터 주인공은 무언가를 달성하거나 성취해야 한다.

주인공의 여정이 이미 파트 1에서 시작되었다면 1차 플롯포인트는 그의 여정에서 새로운 측면을 부각시키거나 장애물, 위험요소, 모험의 성격을 분명하게 밝히는 역할을 한다. 1차 플롯포인트는 한 번도 예고된 적도 없고, 아무도 예상한 적 없지만, 모든 것들을 단번에 바꿔버리는 순간일 수도 있다.

1차 플롯포인트가 나타나는 파트 1의 마지막 부분에서, 주요 반대자의 힘이 완벽하게 제시된다. 반대자 대신 악당이라는 표현을 사용해도 좋다. 완벽하다는 말은 반대자의 힘 자체가 완벽하다는 의미는 아니다. 주인공이 (그리고 독자가) 반대자의 힘을 실제로 완벽하게 자각하게 된다는 의미다.

이미 반대자의 힘을 본 적이 있을지도 모른다. 하지만 반대자가 무엇을 원하는지, 그리고 이러한 힘이 주인공이 원하는 것을 어떻게 가로막는지 분명하게 깨닫는 것은 바로 파트 1의 마지막 부분에서다.

다시 말해서, 파트 1의 마지막 부분에서 갈등이 생겨난다. 효과적인 이야기에는 갈등이 필수적이며, 1차 플롯포인트의 기본적인 목표는 갈등을 제시하는 것이다. 파트 1의 목표는 갈등을 "설정"하는 것이고,

파트 2에서 파트 4로 이어지는 남은 이야기는 주인공이 새로운 모험을 수행하는 방식을 보여준다. 주인공은 갈수록 힘겨워지는 장애물을 맞닥뜨리며 새롭게 성장하고 깨달음을 얻게 된다.

이러한 여정은 1차 플롯포인트에서 시작된다. 따라서 이야기는 이 지점에서 진정으로 시작된다고 할 수 있다.

앞에서 이야기를 인생에 비유했다

파트 1의 주인공은 왜인지 모르게 고아처럼 보인다. 앞으로 어떤 일을 겪게 될지 모르기 때문이다. 우리는 고아를 볼 때처럼 주인공을 가여워하며 연민을 느낀다. 우리는 주인공에게 관심을 갖는다. 그리고 당신이 만들어준 모험은 주인공을 앞으로 나아가게 한다. 모험은 주인공에게 이

야기의 맥락에서 벗어나지 않은 인생을 살게 하며, 목표와 의미를 제공한다. 고아에게는 목표가 없다. 생존에 필요한 것 외에는 아무것도 필요하지 않기 때문이다. 그의 미래는 불투명하며, 운명에 맡겨져 있다. 이제 1차 플롯포인트가 나타나고, 고아에게도 목표가 생기게 될 것이다.

전체 이야기가 300페이지에서 400페이지 정도의 분량이라면 파트 1은 50페이지에서 100페이지 정도를 차지할 수 있다. 시나리오라면 처음 25페이지에서 30페이지 정도에 해당하는 분량이다. 더 긴 소설을 쓰고 싶다면, 파트 1에서 더 많은 것들을 예고하고 극적 긴장감도 더 많이 끌어내야 한다(물론 갈등은 완전히 설명되어서도 해결되어서도 안 된다. 아직 1차 플롯포인트가 나타나지 않았기 때문이다).

〈다빈치 코드〉의 파트 1은 루브르 박물관 안에서 펼쳐지는 추격 장면들을 보여주며 긴장감을 고조시킨다. 주인공 로버트 랭던은 무슨 일이 벌어지고 있는지, 누구 때문인지, 이유는 무엇인지 모르는 채로 사건을 쫓는다. 그리고 우리는 1차 플롯포인트가 시작되기 전인 처음 100페이지가 이어지는 동안 그렇게 주인공을 쫓아간다. 하지만 이야기 자체는 아직 어떤 의미도 없다. 다만 긴장감만이 있을 뿐이다.

이야기가 진정으로 시작되었다고 할 수 있을까? 그렇지 않다. 아직까지는 전부 설정이며, 주로 극적 긴장감이 설정되고 있다. 주인공의 모험이 시작되지 않았느냐고? 반대자가 나타난 것은 아니냐고? 전혀 그렇지 않다. 〈다빈치 코드〉의 파트 1은 파트 1이 해야 할 일을 정확히 하고 있다.

23

두 번째 상자: 반응(파트 2)

1차 플롯포인트(이에 대해서는 30장에서 더 자세히 알아볼 것이다)가 나타나는 파트 1의 마지막 부분에 이르러서야 당신은 실제 이야기가 나아가는 방향, 이야기의 목적지를 알게 된다. 주인공은 무언가를 해야 하고, 성취해야 하고, 혹은 변화해야 한다. 그러면서 그를 가로막는 반대자의 힘에 맞서 한판 승부를 벌이게 될 길을 걸어야 한다. 이는 파트 1이 아닌 1차 플롯포인트가 나타나면서 새로이 도입되는 목표다.

목표는 살아남는 것일 수도, 사랑을 찾는 것일 수도, 힘겨운 사랑을 끝내는 것일 수도, 재물을 얻는 것일 수도, 치유되는 것일 수도, 정의를 바로잡거나 악당들을 혼쭐내는 것일 수도, 재앙을 막는 것일 수도, 위험에서 탈출하는 것일 수도, 누군가를 구하는 것일 수도, 전 세계를 구하는 것일 수도 있다. 인간이 경험하고 꿈꾸는 것이라면 사실상 모든 것들이 목표가 될 수 있다.

하지만 주인공에게는 반드시 그의 여정을 가로막는 반대자(opposition)가 있어야만 한다. 반대자가 없다면 이야기도 없기 때문이다.

파트 1의 주인공은 적어도 이후의 이야기가 전개되면서 나타나게 될 형식으로는 모험을 시작하지 않는다. 주인공에게는 다른 계획이 있었다. 하지만 1차 플롯포인트가 등장하면서 주인공의 계획을 포함한 모든 것들이 변화하기 시작한다. 주인공은 새로운 여행을 시작해야 한다. 혹은 새로운 필요가 생겼다.

데니스 루헤인의 소설 〈셔터 아일랜드Shutter Island〉를 예로 들어 보자. 1차 플롯포인트는 주인공이 회상, 혹은 망상에 빠져있는 동안 아내의 유령이 나타나 "래디스가 여기 있어."라고 말하는 지점이다. 이전까지의 모든 순간들은 설정에 불과했다. 우리(와 주인공)는 이제부터 다른 경험을 하게 된다. 이처럼 미묘한 순간은 1차 플롯포인트가 위치해야 할 지점(전체 369페이지에서 88페이지, 페이퍼백 원서 기준)을 정확히 지킨다. 이전까지는 혼란스러운 방식으로 이 순간을 예고하는 극적인 장면들이 이어졌다. 하지만 이들은 큰 그림에서는 벗어나 있었고, 이야기를 의도된 방향으로 몰고 가지도 않았다. 아직까지는 주인공이 자신의 암울한 현실을 최종적으로 깨닫게 된다는 전체 이야기의 설정 단계였던 것이다.

스토리텔링은 갈등을 만드는 과정이라고 해도 과언이 아니다. 어떤 사람들은 인물이 중요하다고 말하지만, 정확한 지적은 아니다. 갈등이 있어야 인물도 살아나기 때문이다. 모든 이야기에는 갈등이 있다. 갈등이 없다면 이야기라 할 수 없다. 이야기에서 주인공이 필요로 하거나 원하는 것을 막아서는 것이 바로 갈등이다.

〈셔터 아일랜드〉의 갈등은 주인공에게 현실을 받아들이지 못하고 자신을 놓아버리게 하는 광기가 다가오고 있다는 데서 생겨난다. 이러한 갈등에 맞서면서 진정한 자아를 한꺼풀씩 내보이며 목표를 향해가는 주인공을 바라보며 우리는 그에게 관심을 갖게 된다.

파트 2: 1차 플롯포인트 이후

파트 2에서 주인공은 갈등이 만들어 낸 새로운 상황에 반응한다. 주인공이 문제를 본격적으로 해결하려고 나서기에는 아직 이르다. 파트 2는 반대자의 힘에 대한 주인공의 반응(행위나 결정, 혹은 망설임)을 보여주고, 주인공에게 생겨난 필요를 충족시키기 위한 새로운 모험을 도입한다.

파트 2의 모든 장면들은 반응과 관련되어 있다. 무엇에 반응하냐고? 1차 플롯포인트에서 도입된 새로운 모험, 목표, 위험요소, 그리고 장애물에 대한 반응이다. 당신이 이야기의 파트 1을 제대로 써냈다면, 이제부터 독자들은 주인공의 여행에 관심을 갖게 될 것이다.

파트 2에서 주인공은 달리고, 숨고, 분석하고, 관찰하고, 계산하고, 계획을 세우고, 사람들을 모으는 등, 앞으로 나아가기 전의 준비과정을 거친다. 여기서 주인공이 지나치게 영웅적인 모습을 보인다면, 지나치게 영리하게 행동하며 벌써부터 악당들을 때려눕힌다면, 안 된다. 너무 이르기 때문이다. 이래서는 이야기의 구조가 붕괴되고 만다.

〈다빈치 코드〉의 파트 2에서 랭던은 그를 쫓는 경찰들을 피해 도망치기만 한다. 누가 자신을 쫓는지, 이유가 무엇인지도 모른 채 그저 반응할 뿐이다. 따라서 그가 어떤 식으로 상황을 뒤집어 공격할지, 어떤 식으로 진실을 드러낼지 알 수 없다. 완전히 다른 맥락을 갖는 파트 3에 이르러서야 알게 될 것이다.

파트 2의 마지막 부분에서 랭던이 어떤 깨달음을 얻을 때, 다른 계획을 세울 때, 그의 여정과 독자의 경험은 완전히 변한다. 이는 이야기의 중간포인트로, 역시 중요한 전환점이라고 할 수 있다(이에 대해서는 34장에서 설명할 것이다).

파트 2에서 주인공은 방랑자처럼 보인다. 주인공은 위험과 선택으로 가득한 숲속을 헤맨다. 그는 어디로 가야 할지를 모른다. 하지만 파트 1에서처럼 목적도 인생도 모험도 없는 고아는 아니다. 이제부터 시작인 것이다.

파트 2는 이야기의 전체 분량에서 약 100페이지 가량을 차지한다. 따라서 충분히 하부구조를 갖출 수 있다. 주인공이 어떻게 반응하는지를 충분히 보여줄 수 있는 것이다. 당신이 시나리오를 쓰고 있다면 이 부분은 전체 분량에서 27~60페이지를 차지한다는 것을 알아두도록 해라.

24

세 번째 상자: 공격(파트 3)

지금까지 우리는 비틀거리고, 망설이고, 두려워하며 행동하고, 단서도 없이 무작정 상황을 수습하는 방법만 찾다가 결국 아무것도 못 하는 주인공을 충분히 지켜보았다. 지금까지 주인공은 단지 반응하는 모습만을 보여주었다. 하지만 이야기의 구조상 주인공이 영웅적인 모습을 보여줄 수는 없었다.

하지만 파트 3에서 주인공은 본격적으로 상황 수습에 나서고, 지금까지와는 판이하게 다른, 용기 있는 모습을 보여주기 시작한다. 이제 주인공은 더욱 강한 면모를 보여주기 시작하며 영웅으로 거듭난다.

이 지점에서 주인공은 장애물을 공격하기 시작한다. 주인공은 내면의 악마를 정복하고, 전과는 사뭇 다르게 행동하기 시작한다. 혹은 적어도 무엇이 자신의 길을 가로막고 있는지 분명히 알게 된다. 주인공은 목표를 달성하기 위해 변화해야 한다. 파트 3에서 주인공은 용기를 끌어모으고 창의적으로 생각하기 시작한다. 그는 나아간다. 그는 전진한다.

물론 난데없이 이렇게 된 것은 아니다. 파트 2에서 반응하는 방랑자에 불과했던 주인공이 공격적인 전사로 거듭나려면 새로운 정보, 혹은 새로운 인식이 기폭제로 작용해야 한다.

파트 2와 파트 3 사이에 위치하는 중간포인트가 이러한 기폭제로 작용한다. 이 지점부터 이야기는 급물살을 탄다. 이야기에서 중요한 장면(우리는 주요 전환점들에 대해 앞으로 살펴보게 될 것이다)을 차지하는 이 지점을 허투루 취급하는 작가들이 너무나 많다. 그들은 어떤 놀라움도 불러일으키지 않는 평면적인 이야기를 독자들에게 넘겨준다. 하지만 효과적인 이야기에서라면 중간포인트에서 이야기가 변화하기 시작하고, 따라서 플롯도 견고해진다(반대자의 힘도 발전하기 때문이다). 그리고 주인공은 지금까지는 충분하지 않았다는 것을 깨닫는다. 이제 그는 더 많은 것들을 필요로 한다. 그는 더 영리해져야 하고, 더 좋은 계획을 세워야 한다.

파트 3은 전체 이야기에서 100페이지 정도를 차지한다. 시나리오라면 30페이지 정도다.

방랑자는 어떻게 전사로 거듭나는가

〈다빈치 코드〉의 중간포인트에서 랭던은 모든 것을 설명해 줄 "스승"이 존재한다는 것을 발견한다. 파트 2에서 다소 후퇴하는 모습을 보여주었던 랭던은 사실 스승을 찾고 있었던 것이다. 다만 경찰에게서 도망쳐야 했을 뿐이다. 중간포인트에서 랭던은 스승이 모든 것을 설명해 주고 그를 최종적으로 구원해 줄 수단이라는 사실을 깨닫는다. 해서 그는 더 이상 도망치거나 반응만을 보이는 대신 문제 자체를 공격하기 시작한다. 한편 알비노 암살자의 경험과 관련된 서브플롯은 중간포인트의 컨텍스트를 변화시킨다. 랭던이 찾아 헤매던 스승이 암살자를 잡은 것이다. 물론 이 일은 랭던의 인식 너머에서 일어난다. 하지만 독자들은 높은 곳에서 이 사건을 똑똑히 지켜보고 있다.

그런데 파트 3의 마지막 부분에서 퍼즐의 마지막 조각, 2차 플롯포인트가 등장한다(이에 대해서는 37장에서 자세히 알아볼 것이다). 그러자 모든 것들은 다시 변화하시 시작한다. 파트 4가 다가오고 있기 때문이다.

25

네 번째 상자: 해결(파트 4)

파트 4에서 꼭 기억해야 할 점은 2차 플롯포인트 이후에는 새로운 정보가 이야기에 투입되면 안 된다는 것이다. 주인공이 알고, 하고, 해결해야 하는 모든 것들은 이미 앞에서 등장했어야 한다.

파트 4는 문제를 해결하고, 목표를 달성하며, 내면의 장애물을 극복하고, 자신을 때로는 세계를 구원하기 위해, 승리하여 부와 명예를 획득하기 위해, 반대자와 싸워 이기기 위해, 용기를 불러모아 전진하며 성장하는 주인공을 보여준다.

파트 4의 기본적인 규칙은 주인공이 이야기를 해결하는 일차적인 기폭제가 되어야 한다는 것이다. 주인공은 영웅적인 모습을 보여주어야 한다. 주인공은 구출당하는 자가 아니다. 주인공이라면 이야기가 해결되는 과정을 지켜보고만 있어서도 안 되고, 부차적인 인물이 되어서도 안 된다. 그는 앞장서서 이야기를 해결하는 사람이다. 물론 기본적인 규칙들을 무시하는 작품들도 있다. 하지만 퓰리처 상을 받는 예외적인 작품들에 유혹당하지 마라.

파트 4에서 주인공은 휘청거리는 모습을 보이면 안 된다. 나는 결코 출판될 수 없었던 원고들에서 이런 실수를 흔히 관찰할 수 있었다. 주인공은 영웅적인 모습을 보여주어야 한다. 일반적으로도, 이야기 자체의 특정한 구조적 역학 내에서도.

가끔 파트 4에서 죽는 주인공도 있다. 죽은 영웅들은 독자에게 큰 울림을 주기도 한다. 하지만 주인공은 죽기 전에 직면한 문제를 상당 부분 해결해야 한다. 다른 사람들을 구하고 이야기를 해결하려다 죽는 주인공에게 독자들은 큰 감명을 받는다.

이처럼 주인공은 고아였다가, 방랑자였다가, 전사였다가, 이후에는 비유적으로든 문자 그대로든 순교자가 된다. 주인공은 목표를 위해 반드시 해결해야만 하는 것들을 해내기 때문이다.

주인공이 죽지 않더라도 – 그리고 대부분의 주인공들은 죽지 않는다 – 적어도 그는 죽음을 각오한다. 그러면서 순교자적 정신을 보여준다.

〈다빈치 코드〉에서 랭던은 영리한 추론과정을 통해 모든 수수께끼를 푼다. 따라서 그는 영웅이 된다. 그는 위험한 세력에 맞서 수수께끼를 해결하고 진실을 폭로하며 마침내 진실의 대변자의 자리에까지 올라선다.

4개의 파트가 하나로 모일 때

4개의 파트는 각각 대략 비슷한 분량을 갖는다. 파트 1과 파트 4는 몇 페이지 정도 차이를 보일 수 있지만, 이는 파트 2와 파트 3에서 보완될 수 있다. 3막 구조의 영화에서 2막은 파트 2와 파트 3이 하나로 합쳐진 것이다(그러나 파트 2와 파트 3의 컨텍스트는 독립적으로 남아 있다). 할리우드식 어법으로 표현하자면 대립이라 불리는 부분이다.

파트 2(대립을 제시하는 2막의 첫 절반)에서 주인공은 위험을 피해 달아나지만, 파트 3(2막의 나머지 절반)에서는 계획을 세워 강인하게 위험에 맞서는 모습을 보여준다.

영화를 보거나 소설을 읽을 때마다 이처럼 4개의 파트로 이루어진 구조를 직접 찾아보라. 가끔 컨텍스트나 주요 전환점들이 잘 보이지 않는 경우도 있다. 하지만 장담하건대 모든 영화와 소설에서 4개의 파트와 4가지 컨텍스트, 그리고 각각 고유하고 독립적인 목표를 지닌 장면들을 찾아낼 수 있을 것이다.

파트 1	파트 2	파트 3	파트 4
설정 / 고아	반응 / 방랑자	공격 / 전사	해결 / 순교자

기승전결 구조는 위의 표로 쉽게 설명될 수 있다. 이 구조에 주요 전환점들과 중간포인트라는 구조적 요소들을 주입하면 당신은 더 쉽게 이야기를 쓸 수 있다. 이제부터 자세히 알아보자.

26

이야기 전환점의 역할

나는 외과 수술을 배울 때처럼 이야기 구조에 접근한다. 앞에서 우리는 마취나 메스, 도뇨관, 심장 모니터를 배우듯 4개의 파트에 대해 알아보았다. 이제 환자를 수술대에 올려놓고 무엇이 기계를 돌아가게 하는지 잠시 알아볼 시간이다.

이야기 구조의 내부가 중요하기 때문이다.

이야기를 구성하는 4개의 파트 안에는 특정한 요소들, 즉 전환점이 포함되어 있다. 한편 한 파트에서 다른 파트로 넘어갈 때는 주요 전환점 – 1차 플롯포인트, 중간포인트, 2차 플롯포인트 – 이 자리하며, 이어지는 파트의 컨텍스트를 설정한다.

하나의 이야기에는 3개의 주요 전환점과 5개의 전환점이 있다. 따라서 총 8개의 전환점이 있는 셈이다. 이제부터 자세히 알아보자.

4개의 파트와 마찬가지로 전환점 역시 특정한 목표와 기능을 갖는다. 따라서 이야기의 구조적 기준을 만족시키는 이야기를 쓰고 싶다면 이러한 전환점을 소홀하게 취급해서는 안 된다.

축구 경기를 할 때는 한 쿼터가 끝날 때마다 신호음이 울린다. 이야기를 멈추는 것이다. 양 팀은 서로 골대를 바꾼다. 그리고 경기가 다시 시작된다. 앞 쿼터까지 기록했던 점수는 그대로 이어지지만, 새 쿼터가 시작되는 것이다.

이야기에 새로운 정보가 주입되어 이야기의 방향과 긴장감, 위험요소에 변화가 일어나는 지점이 전환점이다. 이야기를 4개의 파트로 구분하는 전환점들 사이에는 대략 동일한 분량이 자리한다. 다시 말해서 모든 전환점은 플롯을 비트는 역할을 한다(두 가지 사소한 예외가 있지만 지금은 다루지 않을 것이다). 하지만 플롯을 비튼다고 해서 전부 전환점이라고 말할 수는 없다. 이야기의 전환점이 생일이라고 생각해 보자. 생일은 매년 돌아오지만 그때마다 인생의 새로운 시기가 시작되지는 않는다(물론 운전면허증을 취득하거나 성년이 되어 가짜 신분증으로 술을 사지 않아도 된다면 새로운 시기가 시작된 것이라고 말할 수도 있긴 하지만).

아무튼 플롯을 비트는 지점을 후추처럼 사용하여 이야기를 돋보이게 할 수 있다. 하지만 이제부터 배우게 될 이야기의 주요 전환점들은 후추 이상의 역할을 해내야 한다. 겉으로는 눈에 잘 띄지 않더라도 말이다.

플롯을 비트는 지점을 아는 작가들은 많다. 하지만 구조적으로 어느 위치에 왜 집어넣어야 하는지를 알고 있는 작가들은 소수에 불과하다.

이야기를 전환시키는 장면들의 성격과 목적에 대해 알아보자

독자들은 전환점을 놓치기 쉽다. 전환점은 배가 빙산에 충돌하는 순간처럼 거대하고 충격적일 수도 있지만, 속삭임이나 우연히 목격한 그림자처럼 겉으로 보기에는 아무것도 아니게 보일 수도 있기 때문이다. 총을 슬쩍 보거나 우연히 커튼 너머를 엿보는 순간처럼 말이다.

전환점이 되는 장면들이 중요한 까닭은 해당 장면이 이야기의 하중을 떠받치는 기둥만이 아니라 이야기의 다른 대부분의 장면들을 위한 린치핀(lynchpin: 핵심이 되는 인물)이기도 하기 때문이다. 따라서 전환점이 없다면 플롯도 없다.

그러므로 전환점이 없다면 이야기는 계속될 수 없다.

주요 전환점이 되는 장면들이 나타나기 위해서는 때로 몇 개의 장면들이 선행되어야 한다. 한편 주요 전환점이 되는 장면들로부터 몇 개의 장면들이 파생하기도 한다. 이는 "무엇을 써야 하고, 어디에 위치시켜야 하지?"라는 질문에 대한 답변을 제공한다. 답변은 전환점에 달려있는 것이다.

하나의 이야기에는 대략 60개의 장면들이 있어야 한다(이야기에 따라 늘어날 수도, 줄어들 수도 있다). 이러한 장면들 중 몇몇은 하나의 흐름 sequence을 형성하기도 한다. 따라서 파트 2와 파트 3에서의 5개의 주요 전환점들 – 1차 플롯포인트, 1차 핀치포인트, 중간포인트, 2차 핀치포인트, 2차 플롯포인트 – 은 전체 이야기에서 적어도 절반에 걸쳐져 있게 된다.

전환점이 될 장면들이 결정되면 전체 이야기의 구조가 파악된 셈이다. 위에서 말한 5개의 주요 전환점들과 맥락을 같이 하는 설정 단계 파트 1과 해결 단계 파트 4를 더하면 80% 이상의 이야기가 만들어진 셈이다.

전환점은 곧 이야기다.

전환점: 핵심적인 장면들

당신은 다음과 같은 전환점을 써야 한다.

- "오프닝" 장면 (하나의 흐름을 형성하는 여러 개의 장면들로 써도 좋다).
- "미끼" 장면. 처음 20페이지 안에서 (시나리오라면 10페이지 안에서) 독자들에게 미끼를 던져라.
- 설정 단계에서의 "사건 유발" (1차 플롯포인트가 사건을 유발하는 역할도 할 수 있다. 따라서 이는 선택하기 나름이다).
- 이야기의 처음 20~25% 지점에서 나타나야 하는 "1차 플롯포인트".
- 이야기가 38% 정도 진행되었을 때, 혹은 파트 2 한가운데서 나타나야 하는 "1차 핀치포인트" (걱정 마라. 이에 대해서는 36장에서 알아볼 것이다).
- 이야기의 정확히 한가운데 나타나 컨텍스트를 변화시키는 "중간포인트".
- 이야기가 58% 정도 진행되었을 때, 혹은 파트 3 한가운데서 나타나야 하는 "2차 핀치포인트".
- 이야기가 75% 정도 진행되었을 때 나타나야 하는 "2차 플롯포인트".
- "마지막" 장면 (하나의 흐름을 형성하는 여러 개의 장면들로 써도 좋다).

이 장면들은 이야기에서 가장 중요한 순간을 드러내는 핵심적인 장면이다.

위와 같은 9개의 전환점을 설정하거나 관련이 있는 장면을 3개 (혹은 그 이상) 부가한다면 9개의 장면은 총 30~40개의 장면으로 늘어나며, 따라서 전체 이야기의 2/3 가량을 차지하게 된다.

이처럼 이야기의 중심축을 구성하는 전환 장면들이 어떤 장면인지, 어떤 식으로 이야기의 흐름을 강화시키고 있는지를 이해한다면, 전환 장면들을 설정하거나 관련이 있는 장면으로 어떤 장면이 필요한지 이해한다면, 당신은 이야기의 절반 이상을 만들어 낸 셈이다.

이것이 이야기의 구조가 지닌 강력한 힘이다.

핵심 장면들은 저절로 생겨나지 않는다

당신은 이야기를 쓰는 과정 어디에 있더라도 항상 전환점을 생각하고 있거나, 설정하고 있거나, 전환점을 통해 이야기를 앞으로 전진시키고 있는 중이다.

다른 모든 장면들은 전환점을 연결하는 역할을 한다. 이런 장면에는 서로 대화를 나누고, 선택지들을 두고 고민하고, 반응하고, 계획하고, 물러나지 않고, 사랑을 나누고, 분석하고, 상처를 보살피고, 지도를 연구하고, 도움을 요청하고, 철학적인 반성에 빠져들고, 답을 찾는 인물들이 등장한다.

전환점을 한 번 만들기만 하면, 이러한 전환점을 연결하는 장면들은 사실상 저절로 쓰여지다시피 한다. 목표가 생겼기 때문이다. 전환점은 컨텍스트를 만들고, 컨텍스트는 장면의 위치를 구체적으로 알려준다. 그러면서 장면은 이야기를 강화시키는 방식으로 이야기의 흐름에 녹아든다.

처음 쓴 원고가 이런 결과를 낳는다면 약간 다듬어서 바로 투고해도 좋다.

처음 쓴 원고에서 이런 결과를 낳으려면 반드시 전환점을 제대로 만들어 내야 한다.

떠오르는 대로 쓰기를 고집하는 사람들은 지금쯤 벽에 이 책을 집어 던지고 있을지도 모른다. 하지만 그들에게도 해줄 말은 있다. "당신도 원고를 쓰면서 빠르든 늦든 결국 이야기의 주요 전환점을 생각하게 될 수밖에 없다. 당신의 경우라면 아마 전환점의 중요성을 뒤늦게야 알게 되겠지만. 전환점을 피해갈 수는 없다."

전환점을 만들어 내지 못한다면 이야기는 결코 완성되지 않는다.

떠오르는 대로 쓰기를 고집하다가는 이런 위험에 빠질 수 있다. 구조적 전환점을 만들어야 한다는 생각조차 하지 못한다면, 당신의 이야기는 작동하지 않을 것이다. 그런데도 당신은 그 이유조차 파악할 수 없다.

이야기 구조의 원칙은 떠오르는 대로 쓰기와 조금도 갈등을 빚지 않으며, 오히려 이야기를 강화시킨다.

전환점을 고려한 이야기 계획

전환 장면을 완성하지 않았다면 초고 과정을 끝냈다고 볼 수 없다. 전환 장면들이 분명히 밝혀지지 않았다면 계획 단계를 끝냈다고 볼 수 없다.

초고를 쓰면서 전환 장면을 찾아 내겠다고 생각한다면 오산이다. 처음부터 다시 써야 할 것이기 때문이다. 전환 장면을 쓰려면 먼저 설정하는 단계가 있어야 하기 때문이다. 또한 미리 전조를 드리워야 하는 전환 장면도 있다. 그러므로 어떤 전환점이 나타날지 모르는 채로 장면을 써 나간다면 당신은 미리 설정할 수도, 전조를 만들어 낼 수도 없다.

중간포인트에서 일어나야 할 사건에 대한 단서가 없는 채로 그저 무언가 저절로 발생하기만을 바라며 글을 쓴다고 생각해 보자. 그러면 중간포인트를 설정하거나 예고하는 장면도 쓸 수 없을 것이다(원고를 처음부터 다시 써야 가능할 것이다). 하지만 미리 계획만 세운다면 이런 일을 피할 수 있거나, 적어도 쉽게 대처할 수 있다.

개요를 작성하는 사람이든 아니든, 스토리텔링에서 가장 중요한 것이 이야기의 전환점을 만드는 것이라는 사실을 무시해서는 안 된다.

나는 본격적으로 원고를 쓰기에 앞서 개요부터 작성하기를 권하는 사람이고, 이야기의 전환점을 잘 아는 사람일수록 본격적으로 글을 쓰기 전에 전환점에 대해 더 많이 숙고하는 법이라고 생각한다. 하지만 모든 사람들이 나처럼 쓰지는 않는다는 것을 안다. 특히 모든 사람들이 이야기를 계획하는 유일한 방법인 개요를 작성하지도 않는다는 것도. 하지만 계획하고 쓰는 사람이든 떠오르는 대로 쓰는 사람이든 주요 전환점을 파악해야 이야기 구조를 파악할 수 있다는 사실은 받아들여야 한다. 당신은 전환점들을 분명히 파악해야 하고, 이러한 전환점들을 통해 서사를 구축해야 한다. 그래야 출판사에 투고할 수 있을 정도로 견고한 이야기를 쓸 수 있다.

떠오르는 대로 쓰기란 결국 계획하고 쓰기의 다른 이름에 불과하다. 다시 말해서 떠오르는 대로 글을 써나가면서 이야기를 계획하는 것이다. 하지만 인물의 변화나 서사의 흐름에 대한 전망 없이 이야기를 쓰는 것은 원고를 시험대상으로 삼는 것과 마찬가지다. 이런 식의 글쓰기를 고집한다면 원고를 처음부터 다시 써야 하거나 상당 부분 고쳐야 할 것이다. 처음 쓴 원고가 이야기를 효과적으로 전달할 수 있으려면 글쓰기를 시작하기 전에 최소한 다섯 개의 주요 전환점을 포함하는 계획을 세워야 한다.

그리고 이러한 전환점을 언제, 그리고 어떻게 분명하게 밝히고 연결시킬지는 전적으로 당신에게 달려 있다.

이어지는 장들을 통해 〈다빈치 코드〉가 주요 전환점을 어떻게 제시하고 있는지를 살펴볼 것이다. 이 소설의 주요 전환점들이 어디에 위치하는지, 댄 브라운은 어떤 방식으로 전환점을 사용하고 있는지 자세히 밝히고자 한다.

27

출판될 수 있는 원고를 쓰는 법: 이야기에서 가장 중요한 것

소설의 어떤 부분이 다른 부분들보다 중요하다는 주장은 항상 논쟁의 대상이 된다는 것을 부정하지는 않겠다. 이처럼 이단으로 여겨지는 말을 하는 블로그에는 못된 댓글이 수없이 달린다는 것도. 내 블로그에도 못된 댓글이 달려 봐서 잘 안다.

각각의 파트들이 하나로 합쳐졌을 때 단순한 총합 이상이 되어야 위대한 소설에 도달할 수 있다. 근사한 식당에서 식사를 한다고 생각해 보자. 처음 입에 넣은 음식이 별로라면, 오래된 포장음식을 데워서 내온 듯한 맛과 냄새가 느껴진다면, 당신은 남은 음식들은 거들떠 보지도 않을 것이다.

현실적으로 생각하자. 처음부터 휘청거리는 이야기라면 책으로 출판되지도 영화로 제작되지도 않을 것이다. 그래서 나는 이야기의 "첫 번째 파트"가 가장 중요하다고 생각한다. 당신도 소설을 읽거나 영화를 보다가 한 시간도 지나지 않아 그만둔 적이 있다면 내 말을 인정할 것이다.

어떤 사람들은 이야기의 첫 파트를 오프닝 액트opening act라고 부른다. 나처럼 파트 1이라 부르는 사람도 있고, 1막, 설정, 도입부, 개시 사격

opening salvo, 첫 1/4이라고 부르는 사람도 있다(미끼라고 부르는 사람도 있는데, 미끼는 한 장면이나 한 시퀀스를 말하므로 파트 전체를 미끼라고 부르는 것은 적절하지 않다). 명칭이야 어떻든 이들은 모두 1페이지부터 이야기가 속도를 내기 시작하는 1차 플롯포인트 이전까지를 가리킨다.

적절한 예로 설명하겠다.

설정 단계에 해당하는 소설의 처음 50~100페이지, 시나리오의 처음 30페이지를 풍선이라고 생각해 보자. 좋은 소설은 긴장감tension을 불러일으켜야 한다. 풍선이 부풀어오른 상태를 유지하려면 장력tension이 필요하다. 풍선에 공기를 주입하면 장력이 높아진다. 더 많은 공기를 주입하면 풍선은 터질 수도 있다.

뜨거운 공기를 알맞게 주입해야 한다.

너무 부풀어서 땅위에서 몇 발짝 올라가지도 못하고 터져 버리는 풍선은 전혀 근사하지 않다.

반대자가 힘을 드러내고 이야기에 일차적인 긴장감이 생겨나는 순간이 1차 플롯포인트다. 1차 플롯포인트는 이미 설정한 위험요소의 맥락에 따라 최초로 완벽하게 모습을 드러내며 주인공에게 의미를 부여한다. 이전까지는 전조나 암시만 드리워졌을 뿐이고, 독자들 역시 위험요소를 어렴풋하게만 인지했을 뿐이다. 하지만 이야기의 처음 50~100페이지가 지나고 드라마가 풍선처럼 터지며 전체 이야기가 변화하기 시작한다(폭발하는 장면이 눈에는 잘 보이지 않는 경우도 있다. 하지만 그럼에도 불구하고 모든 것들이 변화해야 한다는 사실은 달라지지 않는다).

공기 – 인물, 주제, 위험요소, 과거사, 임박한 위험 등 – 가 뜨거울수록 보다 극적이고 효과적인 폭발을 이끌어낼 수 있다. 하지만 너무 일찍부터 이야기에 뜨거운 공기를 주입하지 마라. 풍선이 너무 일찍 터질 수도 있으니까. 풍선은 독자들의 눈높이에서 터져야 한다.

1차 플롯포인트에서 이야기가 분출하기 시작한다. 주인공에게는 갑작스러운 모험과 목표가 생긴다. 이제부터 주인공은 여정 내내 장애물과 맞서야 한다. 반대자에게는 나름대로 계획이 있다. 이제 위험요소가 완전히 모습을 드러냈다. 파트 1이라는 풍선을 제대로 부풀렸다면 독자는 이야기에 빠져들고 주인공에게 관심을 가질 것이다.

바로 "걸려드는" 것이다.

1차 플롯포인트에서 무엇을 터지게 해야 하는지도 모르는 채 이야기를 써서는 안 된다. 시작 부분에서 앞으로 이어질 이야기를 위한 무대를 효과적으로 설정하고, 긴장감을 차츰 고조시켜야 한다. 그러려면 이야기를 공학적으로 설계해야 한다. 계획을 세우고 쓰든, 초고를 여러 번 고쳐 쓰든, 어떤 방식으로든 말이다.

물론 결말도 중요하다. 하지만 시작이 좋아야 이야기가 살아난다. 첫 번째 파트는 필요할 때 이야기 풍선을 펑 터뜨릴 수 있는 컨텍스트와 뜨거운 공기가 만들어 내는 긴장감을 제공한다.

28

이야기를 설정하기 위한 5가지 목표

이 시점에서 우리는 파트 1이 1차 플롯포인트를 견인하는 마차 순간cart-and-horse moment에 직면한다. 구조적으로 파트 1은 (파트 1과 파트 2를 연결하는) 1차 플롯포인트를 준비하는 부분이다. 따라서 파트 1과 1차 플롯포인트는 말과 마차처럼 함께 묶여 있다.

둘을 따로따로 생각할 수는 없다. 그러므로 1차 플롯포인트를 보다 정확히 파악하려면 (이야기의 첫 부분인) 파트 1의 구조와 내용을 자세히 알아볼 필요가 있다. 둘 중 하나라도 허술하다면 둘 다 성공할 수 없기 때문이다.

파트 1에서는 5가지 목표를 달성해야 한다. 모든 목표는 1차 플롯포인트가 등장하기 전에 달성되어야 하며, 1차 플롯포인트를 설정하는 것과 관련이 있다. 1차 플롯포인트 이후에 이러한 목표들을 이야기에 주입한다면 이야기는 완전히 망가지고 말 것이다.

목표 1: 근사한 미끼 만들기

시나리오를 쓰고 있다면 10페이지가 넘어가기 전에 독자들이 이야기에 빠져들게 해야 한다. 물론 당신의 첫 독자는 쓰레기통으로 직행할 원고들이 수북히 쌓인 책상 앞에 앉은 에이전트나 편집자일 것이다.

소설에서도 마찬가지다. 소설을 쓰고 있다면 처음 20~50페이지 이내에서 독자들이 빠져들게 해야 한다. 그래야 독자 – 에이전트나 편집자 – 는 "대체 언제 이야기가 시작되는 거야?"라는 생각을 하지 않고 이야기에 열중할 수 있다.

당신은 미끼를 던져 독자를 낚아야 한다.

미끼는 1차 플롯포인트가 아니다. 미끼는 이야기의 초반부터 독자들을 끌어당겨 이야기에 빠져들게 하는 역할을 한다. 일찍 등장하여 1차 플롯포인트의 기준을 충족시키지 못하는 사건 유발도 미끼가 될 수 있다. 일반적으로 볼 때 미끼는 일찍 나타날수록 좋다.

그러면 미끼란 무엇일까? 미끼는 본능적이고 감각적이며 정서적으로 울림을 주고 강렬한 독서 경험을 약속한다. 미끼는 이야기 자체보다는 이야기의 풍경landscape과 관련이 있을 수도 있다. 미끼를 어떻게 쓰느냐는 선택하기 나름이다. 독자들에게 긁고 싶은 가려움을 만들어 주는 것, 궁금증을 불러일으키는 것이 미끼의 역할이다.

〈다빈치 코드〉의 미끼는 루브르 박물관 바닥에 자신의 피로 수수께끼의 메시지를 남기고 죽은 사내다. 일상적인 사건은 아니다. 언뜻 플롯포인트처럼 보이지만, 이 사건은 너무 일찍 일어나는데다가 주인공의 필요나 이야기의 위험요소도 만들어 내지 않는다. 따라서 이 장면은 미끼다. 그것도 아주 훌륭한.

당신은 처음 세 번째나 네 번째 장면에서 미끼를 던져야 한다. 하지만 미끼와 1차 플롯포인트를 혼동해서는 안 된다. 1차 플롯포인트는 너무 일찍 나타나면 안 된다. 극적인 요소를 지녔을지라도 미끼는 미끼일 뿐이다.

목표 2: 주인공 소개하기

당신의 주인공은 1차 플롯포인트가 등장하기 한참 전부터 이야기에 등장해야 한다. 처음 두 장면이 지나가기 전에, 적어도 세 번째 장면 안에는 나타나야 한다.

1차 플롯포인트가 나타나고 이야기가 본격적으로 시작되기 전에 주인공을 만나야 한다. 그가 하는 일과 추구하는 것, 꿈꾸는 것이 무엇인지를 알아야 한다. 다시 말해서 우리는 1차 플롯포인트에서 그의 세계가 변화하기 전부터 그에게 어떤 위험요소가 있는지 미리 알고 있어야 한다.

〈셔터 아일랜드〉를 예로 들어 보자. 연방보안관인 주인공의 이름은 테디다. 그는 사라진 환자의 행방을 조사하러 어느 섬에 위치한 정신병원을 찾아간다. 우리는 이러한 상황에 대해 많은 것을 알게 되는 한편, 이어지는 300페이지를 통해서도 의미가 명확히 밝혀지지 않는 이상한 과거사와 예고에 압도된다. 여기서 위험요소는 사라진 환자의 안전 여부와 정부와 연결된 듯한 어두운 음모가 밝혀질지 여부이다.

〈다빈치 코드〉는 서두에서 미끼를 던지자마자 챕터 1에서 로버트 랭던을 소개한다. 교수이자 기호학자인 그는 살인 사건 해결을 도와 달라는 요청을 받는다. 그리고는 곧바로 플롯을 비트는 지점이 등장한다(이 소설에서는 1차 플롯포인트가 나타나기 전에 두 개의 사건 유발이 등장한다. 이 지점은 두 번째다). 그리하여 용의자로 지목된 랭던은 목숨을 걸고 도망치기 시작한다. 그리고 그의 안전과 미래, 살인 사건 뒤에 숨겨진 진실을 발견하는 것, 부패한 경찰, 서구를 지배해 온 종교의 근간을 흔들 수도 있는 잠재적인 스캔들이 위험요소를 만들어 낸다.

이 모든 내용들이 처음 1/4에 등장한다.

이야기가 펼쳐지면서 독자는 인물들, 특히 주인공의 인생 한가운데로 뛰어들어야 한다. 인물은 직장에서 위기를 겪거나, 결혼생활에 문제가 있거나, 건강이 좋지 않거나, 계획이 좌절되는 중이다. 독자는 더 좋은 날이 올 것이라 꿈꾸거나, 포기하거나, 다시 시작하는 인물을 본다.

아니면 행복의 절정에 있는 인물을 볼 수도 있다. 아직은 행복해도 된다. 어차피 1차 플롯포인트가 나타나면서 그들의 계획, 그들의 꿈을 포함한 모든 것들이 완전히 변화하게 될 것이기 때문이다.

동시에 독자는 어떤 감정을 느껴야 한다. 독자는 공감해야 한다. 독자가 주인공을 꼭 좋아할 필요는 없다. 주인공이 영웅적인 모습을 보이기 시작하면 독자도 자연스레 주인공에게 호감을 품게 되기 때문이다.

무엇보다도 독자는 주인공의 내면에 깃든 악마를 알아야 한다. 오늘의 주인공을 만들고 그를 속박하는 과거사와 세계관을 알아야 하고, 주인공이 어떤 태도와 편견과 두려움을 갖고 있는지 알아야 하는 것이다. 주인공의 비밀은 무엇인가? 아직 보여주지 않은 힘이 있다면? 주인공은 후에 반대자의 힘에 맞서 싸우고 이야기를 해결하는 기본적인 기폭제가 되어야 하고, 그러려면 내면의 악마를 극복해야 한다.

이 과정이 인물의 변화(14장에서 알아본 바 있다)다. 그리고 인물은 파트 1에서부터 변화하기 시작한다.

목표 3: 위험요소 설정하기

독자는 주인공에게 어떤 위험이 다가오고 있다는 것을 반드시 파트 1을 통해 알아야 한다. 구체적으로 어떤 위험인지는 아직 알 수 없을지도 모르지만, 플롯이 본격적으로 변화하고 문제가 발생하면서 독자는 사전에 위험요소가 존재하고 있었음을 알게 될 것이다.

하지만 작가는 파트 1에서의 위험요소가 진짜 위험은 아니라는 점을 알아야 한다.

1차 플롯포인트는 이야기를 시작하게 한다는 목적을 갖는다. 진짜 이야기는 1차 플롯포인트부터 시작된다. 주인공의 계획이 이전과 달라지는 곳도 이 지점이다. 주인공은 1차 플롯포인트에서 새로운 목표와 필요 – 생존, 구출, 정의, 부, 기타 등등 – 를 갖게 되며, 인생을 위험에 빠뜨리는 반대자의 힘에 맞서 새로운 모험을 시작하게 된다.

그리고 1차 플롯포인트가 제대로 작동되려면 독자가 위험요소를 분명히 이해해야 한다.

〈다빈치 코드〉에서 우리는 랭던의 자유와 안전이 위험해졌다는 것과 더불어 뭔가 더 거대한 위험이 나타나리라는 것을 빠르게 알아차린다. 한편 마크 웹Marc Webb의 영화 〈500일의 서머〉의 1차 플롯포인트는 너무나 미묘해서 나는 거의 놓칠 뻔했다. 연애 이야기인 이 영화는 연구해 볼 만한 완벽한 구조를 갖고 있다. 사랑에 빠져 행복해 하던 주인공은 자신의, 그리고 그들의 미래를 확신하지 못하는 듯한 여자친구의 모호한 말을 듣게 된다.

그러자 주인공을 둘러싼 모든 것이 변화하기 시작한다. 이 순간은 그가 앞으로 필요로 하게 될 것을, 시작하게 될 모험을 규정하며, 그의 내면의 악마를 건드리고, 그의 모험을 가로막을 위험요소를 규정한다. 연인과 계속해서 관계를 이어갈 수 있을 것인가, 그렇지 못할 것인가. 이 순간이 바로 1차 플롯포인트로, 이전까지의 모든 것들은 설정이었고, 이후의 모든 것들은 1차 플롯포인트로부터 촉발된다.

그러므로 당신은 위험요소를 소홀히 취급할 수 없다. 새로운 목표를 쫓는 주인공에게 위험요소가 걸림돌로 작용할 때 이야기의 긴장감도 높아지기 때문이다.

목표 4: 다가올 사건을 예고하기

파트 1에서 우리는 무언가가 곧 변화하리라는 느낌을 받아야 한다. 대개 이러한 변화는 어두운 변화이기도 하지만, 늘 그런 것은 아니다. 하지만 놀라운 기회가 다가오는 것처럼 보이더라도 1차 플롯포인트에서는 무엇이 목표 – 이야기가 변화하면서 주인공에게 새롭게 생겨난 – 를 달성하려는 주인공을 반대하는지 보여준다.

또한 파트 1에서는 1차 플롯포인트뿐만 아니라 이어지는 이야기에서 등장하게 될 주요한 사건들도 암시할 수 있다. 가장 훌륭하게 암시하는 방법은 독자들이 이러한 암시를 알아차리지 못하게 하는 것이다. 〈500

일의 서머〉에서 여자는 남자만큼 깊은 관계를 원하지 않는 것처럼 보인다. 하지만 돌이켜보면 그 순간은 또 다른 것을 암시하고 있었다.

론 쉐르픽Lone Sherfig의 영화 〈언 에듀케이션An Education〉은 주변인물을 통해 앞으로 등장할 사건을 암시한다. 사람들이나 주변환경과 어울리지 않는 그의 행동과 모호한 말은 주인공의 잠재적인 미래를 알려준다. 관객들은 처음에는 그의 말이나 행동에 별로 의미를 두지 않는다. 하지만 후에 또 다른 사건들이 벌어지면서 그가 주인공에게 경고를 주려고 했던 것인지도 모른다는 생각이 들게 된다.

〈다빈치 코드〉의 파트 1은 알비노 암살자가 찾고 있는 것이 박물관 살인사건과 관계가 있는 성유물이라는 것을 알아차릴 수 있게 해주는 몇 개의 장면을 보여준다. 한편 이 소설의 마지막 부분에서 맥거핀으로 작용하게 될 피라미드 구조도 보게 된다.

전조를 드리우는 방법에 대해 29장에서 좀 더 자세히 알아볼 것이다.

목표 5: 이야기의 시작을 준비하기

파트 1의 마지막 목표는 1차 플롯포인트의 맥락을 고려하여 장면들을 전개하는 것이다. 1차 플롯포인트를 노골적으로 노릴 필요는 없다. 다만 (갑자기 혹은 미묘하게) 모든 것들이 변화하기 시작하는 속도를 가속화시키기에 필요할 정도로 암시하는 감각이 필요하다. 가끔은 역학이 설정될 필요도 있다. 현실에서 거대한 변화는 대개 예상치 못한 결과로 이어지는 사소한 변화들로 시작되기 때문이다.

이와 같은 5가지 목표를 염두에 두고 파트 1을 작업한다면, 파트 1의 결말인 1차 플롯포인트를 성공적으로 이끌어낼 수 있을 것이다.

29

다가오는 사건을 암시하는 방법

암시는 작지만 핵심적인 스토리텔링 요소다. 나는 암시를 하나의 기회라고 생각한다. 암시는 보기보다 쉽게 만들 수 있지만, 성공적으로 만들려면 까다롭다. 내 말이 난해하고 모순적으로 들린다면, 환영한다. 당신은 소설 쓰기라는 "갈등조정" 단계에 들어온 것이다. 작은 스토리텔링 기법을 솜씨 좋게 활용한다면 당신의 이야기는 더 높은 단계에 도달할 수 있다.

분명한 의도를 갖고 있을 때, 암시는 쉬워진다. 그냥 보여주면 된다. 하지만 미묘하게 암시하려면 다소 까다롭다. 당신은 다른 것들이 서사의 중심 무대를 점거하고 있는 동안 주변적인 것들을 통해 암시해야 한다.

암시란 무엇일까? 다가오는 상황이나 앞으로 인물이 보이게 될 모습을 슬쩍 엿보게 해주는 것이라면 무엇이든 암시가 될 수 있다. 하지만 독자가 상황이나 인물 전체를 파악하게 해서는 안 된다.

암시는 이웃집에서 풍겨 오는 음식 냄새와도 같다. 냄새만으로도 어떤 음식을 요리하는지 알 수 있을 때도 있지만, 가끔은 냄새를 맡을 수는 있어도 어떤 음식인지는 모를 수도 있다.

암시를 분명히 드러내고 싶다면, 암시가 좋은 냄새를 풍기는지, 아니면 악취만 풀풀 풍기는지 확실히 알아야 한다.

예를 들어 보자. 한 여자가 방에 들어간다. 후에 그녀는 우리의 주인공을 유혹할 것이다. 하지만 그녀는 그저 방 안에 있을 뿐이다. 그녀를 눈에 띄게 하라. 주인공이 그녀를 보게 하고, 독자가 그런 주인공을 보게 하라.

하지만 미묘하게 암시하고 싶다면 주인공이나 독자가 그녀에게 별 주목을 기울이지 않도록 하라.

주인공의 친구가 여성에게 말을 건다. 당신은 분명하게 암시할 생각이 없기 때문에, 이 장면에서 그녀는 그다지 눈에 띄지 않는다. 주인공은 그녀를 바라보지만, 짧은 순간만 바라본다. 그녀를 아는 사람은 그의 친구이지 그가 아니기 때문이다. 그는 그녀를 많이 생각하지 않고, 독자도 그러하다. 하지만 후에 그녀가 모습을 드러낼 때, 독자도 주인공도 그녀가 그 방에 있었다는 사실을 새삼 깨닫게 될 것이다.

어떤 사건도 암시할 수 있다

다른 예를 들어 보자. 아내와 한바탕 싸움을 벌인 주인공이 아침에 집에서 나오다가 쇼핑목록을 두고 나온다. 주인공이 집을 나서는 동안 우리는 테이블에 놓인 쇼핑목록을 보게 된다……. 이것은 암시다. 주인공과 아내의 싸움도 암시다.

우리는 몸이 좋지 않아 집에서 쉬겠다고 말하는 아내를 본다. 한데 그녀는 남편이 차고로 향하는 동안 다섯 병째 잭 다니엘을 딴다……. 역시 암시다. 남편이 두고 간 쇼핑목록 위에 아내가 잭 다니엘 병을 올려놓을 수도 있다……. 쓰기 나름이다.

우리는 어제의 꽃다발 향기를 갈망하듯, 혹은 슬프게 술을 마시는 그녀를 본다. 어쩌면 그녀는 향기를 맡으며 손가락으로 관능적으로 입술을 매만질 수도 있다……. 이 역시 암시다.

오후가 된다. 애인과 밀회를 즐긴 아내는 만취상태로 호텔에서 나온다. 그녀는 손에 꽃 한 송이를 들고 있다. 집으로 오는 길에 그녀는 남편이 목록을 두고 가는 바람에 사오지 않을 찬거리를 사러 슈퍼마켓으로 향한다. 목록은 조수석에 놓여 있다. 그런데 슈퍼마켓 주차장에서 빠져나와 도로로 접어들던 그녀는 사고로 사람을 치어 죽인다(이 순간은 1차 플롯포인트가 될 수 있다). 주인공의 인생은 갑자기 완전히 달라진다. 그리고 그의 변화는 이미 암시되고 있었다.

암시의 역할

여기서 암시 – 남편이 두고간 쇼핑목록, 꽃다발, 입술 매만지기, 술병 등 – 가 이후 벌어질 일을 직접적으로 지시하지 않는 것이 아니라 특정한 플롯포인트를 위한 설정이라는 점에 주목하라.

암시는 힌트를 제공한다. 암시는 지켜질 수도, 지켜지지 않을 수도 있는 약속이다. 특정한 형식이나 형태가 없는 암시는 세부적이고 사소한 긴장감을 불러일으키며 어떤 사건에 대한 힌트를 준다. 어쩌면 의미 없이 늘어지는 행위나 대화처럼 보일 수도 있다.

영화를 보거나 소설을 읽는 동안 작가가 불필요한 세부사항들에 지나치게 집중하게 하는 것처럼 느껴진다면 당신은 아마 암시를 경험하고 있는 것이다.

암시는 단서를 제시하는가?

그럴 수도 있다. 하지만 꼭 그런 것은 아니다. 이는 단서를 정의하는 방식에 따라 달라진다. 단서가 꼭 필요한 퍼즐조각처럼 보일지라도 실제로는 아무것도 암시하지 않을 수도 있다.

살인사건 현장에서 빨간색 7사이즈 하이힐이 사체 옆에서 발견되었다고 생각해 보자. 누구나 단서라고 생각할 것이다.

〈다빈치 코드〉의 파트 1에는 수많은 단서들이 있다. 어떤 단서는 공공연한 암시로 보이고, (피로 쓴 수수께끼 메시지와 같은) 어떤 단서는 말 그대로 단서다. 경찰의 이상한 행동이나 레오나르도 다빈치의 그림과 사체와의 관계는 앞으로 나타날 사건을 암시한다. 아직까지는 이러한 일들이 별 의미가 없다. 그럼에도 불구하고 독자들은 이에 주목할 수밖에 없다.

지금은 이야기와 분명한 관계가 없지만 (남자가 나중에 사체 옆에서 뒹굴게 될 빨간 7사이즈 하이힐을 구입하는 장면처럼) 나중에 당신이 기억해 내고 의미를 부여하게 되는 장면은 단서가 아니라 암시다.

이야기 구조와 마찬가지다. 암시의 기능을 이해하고 암시하는 장면들을 적절하게 활용한다면 이야기는 다채롭고 풍부해질 것이다.

암시를 위한 시간과 장소

파트 1은 정교하게 만들어진 암시로 가득해야 한다. 파트 1(시나리오라면 1막)은 전적으로 설정 단계이며, 따라서 파트 1에서 보여지는 모든 것들은 암시라고 해도 과언이 아니다.

파트 2나 파트 3에서 암시해도 좋다. 하지만 파트 4(시나리오라면 3막)에서는 절대로 안 된다. (이야기의 75%에 등장하는) 2차 플롯포인트는 이후의 사건을 암시할 마지막 기회다.

작가인 당신은 암시라는 도구의 사용법을 알아야 한다. 분명하게 암시하든 미묘하게 암시하든 이는 당신의 선택이다. 암시하는 기법을 습득하는 가장 좋은 방법은 소설이나 영화를 볼 때마다 찾아보는 것이다. 얼마나 많은 암시 장면들을 찾아낼 수 있는지 알아보고, 이러한 장면들이 이어지는 이야기와 어떻게 연결되는지 살펴보라. 플롯에 대한 암시와 인물에 대한 암시를 구분해 보라. 두 가지 모두 이야기가 작동하는 데 도움을 주기 때문이다.

이런 방식으로 암시 장면을 쓰는 법을 터득하게 될 것이다.

30

당신의 이야기에서 가장 중요한 순간, 1차 플롯포인트

무엇이 중요하다고 얘기할 때마다 딴죽을 거는 사람들이 나타난다. 그들이 옳을지도 모른다. 누구나 무엇이 중요하다는 말은 할 수 있으니까. 결국 소설은 예술이고, 사람들은 예술에 대해 저마다 다른 기준을 갖고 있다. 하지만 나는 1차 플롯포인트가 이야기에서 가장 중요한 순간이라는 입장을 확고히 지키고자 한다.

우리는 이미 1차 플롯포인트에 대해 알아본 바 있다. 하지만 예를 통해 다시 한 번 자세히 살펴보기로 하자.

〈콜래트럴〉의 주인공인 택시기사는 손님 한 사람을 태운다. 영화에서 15% 지점에 해당하는 이 순간, 파트 1의 모든 필수적인 요소들이 제대로 작동하는 상태다(우리는 주인공의 목표와 두려움을 이미 보았으며, 이미 그를 응원하고 있다). 주인공이 택시 안에서 기다리는 동안 승객은 누군가를 살해한다. 거대한 사건이다. 사체는 택시 지붕 위로 떨어지기까지 한다.

이 지점에서 이야기가 변화하기 시작하는 것처럼 보인다. 이 지점이 바로 1차 플롯포인트라고 생각할 것이다. 하지만 그렇지 않다. 이 지점은 플롯을 비트는 지점, 즉 사건 유발 지점이다.

무엇보다도 이 장면은 이야기가 서사적으로 설명되는 데 꼭 필요한 거대한 순간이다. 위치가 적절했다면 플롯포인트가 될 수도 있었다. 하지만 이 영화에서는 그렇지 않다. 너무 빨리 등장했기 때문이다. 이 순간은 1차 플롯포인트를 준비하는 장면이다. 이 장면이 없었다면 1차 플롯포인트가 아무런 의미도 갖지 못했을지 모른다.

(1차 플롯포인트가 일찍 나타난 것이라고 말하는 사람들이 있을지도 몰라 설명하자면) 이 순간이 1차 플롯포인트가 아닌 진짜 이유는 1차 플롯포인트의 중요한 목표를 수행하지 않기 때문이다. 이 순간은 주인공의 필요와 임박한 여정을 정의하지 않는다.

1차 플롯포인트는 정확한 위치에서 나타난다. 주인공과 살인자가 대화를 나누며 차를 몰고 이동할 때다(주인공이 다소 언짢은 기분을 느끼고 있다는 점을 알아두도록 하라). 살인자와의 대화는 주인공에게 큰 의미를 지닌다. 살인자는 총으로 주인공을 위협하며 또 다른 살인장소로 데려가 달라고 말한다. 그를 기사로 "고용"하겠다는 것이다. 그는 주인공이 자신을 도와주고 침묵을 지킨다면 살려줄 뿐만 아니라 600달러도 주겠다고 말한다.

이 순간은 사체가 택시 위로 떨어졌다는 단순한 사실보다 많은 것을 알려주는 동시에 극적이기도 하다.

1차 플롯포인트는 파트 1과 파트 2를 연결하는 다리다. 선행하는 모든 것들은 1차 플롯포인트를 위한 준비 단계이며, 이후의 모든 것들은 반응 단계다. 역시 플롯포인트의 기준을 충족시키는 것처럼 보이는 다른 지점들이 존재할 때, 당신은 혼란스러워한다. 하지만 유혹당하지 마라. 1차 플롯포인트는 정확히 나타나야 할 위치에서 나타난다. 1차 플롯포인트의 진정한 목표는 이야기의 컨텍스트를 설정에서 반응으로 전환시키는 것이기 때문이다.

〈콜래트럴〉의 처음 15%에 해당하는 지점에서 일어나는 살인 사건 후에도 이야기는 여전히 설정 단계에 머무른다. 우리는 더 많은 요소들을 필요로 한다. 이후의 이야기에서 활약하게 될 경찰도 아직 등장하지 않았다. 그리고 택시 안에서 살인자와 주인공이 대화하는 순간, 이야기가 변화하기 시작한다……. 이야기는 그렇게 파트 1에서 파트 2로 넘어간다.

플롯포인트는 정확한 위치에서 나타나야 하며, 이야기의 컨텍스트를 변화시켜야 한다. 어떤 영화를 보더라도, 어떤 소설을 읽더라도 플롯포인트가 이러한 두 가지 기준을 충족시킨다는 사실을 발견하게 될 것이다. 초심자라면 플롯포인트를 연구하는 데 영화가 유용하다. 어느 정도 지식을 쌓았다면 소설의 플롯포인트를 찾아보라. 소설의 경우 플롯포인트가 영화에서보다 덜 부각되는 것처럼 보일 때도 있다.

1차 플롯포인트의 힘

갈등이 없다면 이야기도 없다. 그리고 이야기의 1/4이 흘러가기 전까지 핵심적인 갈등이 등장해서는 안 되는 까닭에, 이야기는 파트 1이 1차 플롯포인트로 종결되기 전까지 진정으로 시작되지 않는다고 할 수 있을지도 모른다.

1차 플롯포인트가 나타나고 주인공의 경험이 변화하기 시작하면서 진짜 이야기가 시작된다.

1차 플롯포인트를 깔끔하게 정의하면 다음과 같다. 주인공의 상태와 계획, 믿음에 영향을 미치는 일이 발생하고, 따라서 모든 것들이 변화하기 시작하며, 주인공이 어떤 반응을 보여야만 하는 순간. 따라서 주인공은 이후 다른 맥락의 경험을 하게 되는 순간. 위험요소와 반대자가 분명해지는 순간.

이 순간부터 주인공은 전과는 다른 행동을 보여주어야 한다. 반응하고, 공격하고, 해결하고, 구하고, 의견을 밝히고, 개입하고, 변화하고, 저항하고, 성장하고, 용서하고, 사랑하고, 신뢰하고, 믿고, 혹은 사력을 다해 도망쳐야 하는 것이다. 주인공은 1차 플롯포인트가 나타나면서 이렇게 행동하기 시작한다. 1차 플롯포인트는 이처럼 주인공의 행동을 포함하여 이후 이야기에서의 목표와 여정을 제시한다.

1차 플롯포인트에서 갈등이 도입된다

이제 1차 플롯포인트에 반응하며 새로이 필요한 것, 원하는 것, 해야 할 일을 갖게 된 주인공에게 반대자가 나타난다. 그러면서 이야기의 갈등이 빚어진다.

이미 어떤 변화의 기미가 보였더라도 모든 것들은 1차 플롯포인트에서 완전히 변화하기 시작한다. 한편 사람들이 목숨을 걸거나, 누군가를 죽이거나, 어린애처럼 두려워하며 숨는 이유와 관련된 의미가 동기를 이끌어내고 위험요소를 연결하며 변화를 가속시킨다. 이런 변화가 없다면 플롯포인트가 아니라 그저 플롯을 슬쩍 비트는 순간에 불과하다.

독자는 파트 1이 시작되자마자 주인공을 만나며, 그의 인생 한가운데서 그가 존재하는 세계와 그가 가려는 곳을 지켜본다. 우리는 파트 1

을 통해 그의 계획과 내면의 악마, 꿈, 세계관 등을 알게 되며, 주인공이 어떤 위험에 처해 있다는 것을 알게 된다. 그리고 1차 플롯포인트가 나타나면 이 모든 것들이 갑자기 의미를 지니게 된다.

반대자의 힘이 파트 1에서 이미 제시된 바 있다면, 1차 플롯포인트에서 이 힘은 보다 위협적이고, 급박하고, 끔찍하고, 거대하고, 두려운 모습으로 나타난다. 따라서 주인공은 반대자의 힘에 맞서 어떤 행동을 취할 수밖에 없다. 주인공에게 중요한 무엇이 위험해졌기 때문이다. 그리고 우리는 그 위험이 무엇인지를 알고 있다.

반대로 1차 플롯포인트는 모든 것들을 보다 현실적이고 의미 있는, 따라서 주인공이 추구해야 하는 것으로 만들 수도 있다.

어쨌거나 주인공은 반드시 앞으로 나아가야 한다. 그러나 아직까지는 외부적인 갈등과 더불어 주인공의 내부에 자리한 무언가가 자꾸만 그를 가로막는다(주인공은 변화하기 시작하면서 이를 극복해야 한다).

1차 플롯포인트의 성격

1차 플롯포인트는 빙산에 충돌하는 배나 지구에 추락하는 운석, 혹은 살인사건처럼 거대할 수 있다. 주인공이 해고된다거나, 배우자가 바람피우는 현장을 목격했다거나, 아이가 마약을 거래하는 장면을 본다거나 하는 것처럼 개인적일 수도 있다. 암을 선고받는다거나 유괴처럼 끔찍한 것일 수도 있다. 혹은 룰렛에서 빨강에 모든 것을 걸었는데 공이 검정에 떨어지는 것일 수도 있다. 이처럼 이 순간은 모든 것을 거대한 방식으로 변화시킨다.

아니면 연인의 키스에서 갑자기 냉기를 느끼는 것처럼 미묘한 것일 수 있다. 승진하려고 적을 이용하는 것일 수도 있다. 혹은 결혼 전날밤 다른 사람에게 유혹당하는 것일 수도 있다. 역시 이러한 순간은 모든 것을 변화시킨다. 거대한 방식으로는 아닐지도 모르지만, 주인공은 역시 이제부터 다르게 행동할 것이다.

반드시 어두운 내용일 필요는 없다. 1차 플롯포인트는 복권에 당첨되거나 헤어진 연인을 다시 만나는 순간일 수도, 승진이나 두 번째 기회를 얻는 순간일 수도 있다. 하지만 행복한 상황이라 하더라도, 1차 플롯포인트의 기준은 바뀌지 않는다. 주인공에게는 역시 새로운 모험과 필요가 주어져야 하고, 독자가 공감하고 응원할 수 있는 요소가 있어야 하며, 주인공은 드러난 장애물(반대자의 힘 등)에 맞서 해결책을 찾기 시작해야 한다.

긴장과 위험요소는 파트 1의 초반에 등장할 수 있다(〈콜래트럴〉처럼). 스릴러는 항상 이 방식을 사용한다. 하지만 1차 플롯포인트는 반드시 이야기의 25%에 해당하는 지점에서 발생해야 한다. 여기서부터 모든 것들은 새로운 방식으로 변화하기 시작하고, 이야기는 다른 방향으로 나아간다.

〈콜래트럴〉의 1차 플롯포인트는 살인자가 그날 밤 할 일을 다 끝마치지 못했다며, 살고 싶다면 다음 희생자에게 데려다 달라고 주인공에게 말하는 대목이다. 여기서부터 갈등의 진짜 의미가 드러난다. 이 지점에서 주인공이 필요로 하는 것도 변화한다. 주인공에게는 새로운 위험요소가 던져진다.

1차 플롯포인트의 의미

1차 플롯포인트가 나타날 때 주인공이 진짜로 생각하는 바는 겉으로 드러나지 않을 수도 있다. 주인공이 안전한 상태에 놓여 있지 않기 때문이다. 이는 문제가 분명해질 때까지 모든 것들이 멈춰져야 한다는 뜻이다. 주인공이 문제가 해결될 때까지 꿈을 멈추어야 하거나, 새로운 꿈을 꾸기 시작해야 한다는 의미다.

이는 생존을 의미할 수도, 아닐 수도 있다. 행복을 의미할 수도, 아닐 수도 있다. 정의를 의미할 수도 있고, 아닐 수도 있다. 생존이든, 행복이든, 정의든, 어떤 것이든 이제 위험에 처하게 되었다.

1차 플롯포인트는 주인공이 필요한 것을 찾아 새로운 여행을 떠나게 한다. 주인공은 1차 플롯포인트에 대해 반응하며, 자신의 안전을 추구해야 하고, 무언가를 알아야 하고, 안도를 구해야 하고, 답변해야 하고, 새로운 접근방식이나 패러다임, 규칙체계를 가져야 한다.

1차 플롯포인트가 무엇이며, 무엇이어야 하는지, 이야기에서 어떤 의미를 갖는지를 한번 이해하면 전과는 다른 방식으로 영화와 소설을 접하게 될 것이다. 당신은 1차 플롯포인트를 파악하게 될 것이고, 선행하는 장면들이 어떤 방식으로 1차 플롯포인트를 준비하고 있는지도 알 수 있을 것이다. 그렇게 이야기 구조의 경이로움을 새로운 방식으로 발견하게 될 것이다.

당신은 1차 플롯포인트를 주목하고, 감각하게 된다. 그리고 1차 플롯포인트 이전의 모든 장면들이 이에 대한 설정이었으며, 이후의 모든 장면들은 이에 대한 반응이라는 것, 1차 플롯포인트에서 주인공의 진짜 모험이 시작된다는 것도 알게 된다.

〈다빈치 코드〉의 위험요소는 파트 1에서부터 등장한다. 하지만 1차 플롯포인트가 나타나면서 모든 것들이 변화하기 시작한다. 진실을 찾으려는 로버트 랭던을 누군가가 죽이려고 한다는 것을 우리가 알게 될 때다. 랭던의 필요와 목표가 변화하고, 모든 사건들이 가속화되기 시작하는 이 지점에서 이야기는 진정으로 시작한다.

〈다빈치 코드〉는 105개의 챕터로 이루어져 있다. 그러므로 1차 플롯포인트는 챕터 26에서 나타나야 한다. 그리고 이 소설의 1차 플롯포인트는 정확히 챕터 26에서 나타난다. 랭던과 소피가, "모나리자"의 얼굴에 죽은 큐레이터가 피로 남긴 메시지를 발견하는 장면이다. 그는 소피의 할아버지로 밝혀진다. 이전까지 일어났던 모든 일들은 이 지점부터 의미를 갖게 된다.

플롯포인트는 여러 개의 장면들로 만들어질 수 있다. 댄 브라운도 이런 방식을 사용했다. 챕터 24에서 챕터 26이 이어지는 동안 이야기에 관한 모든 것들이 분명해지고, 변화하기 시작하며, 랭던은 자신을 구하고 거대한 음모에 맞서 진실을 밝혀내기 위한 여정을 시작한다.

챕터 24에서 알비노 암살자는 자신이 찾던 것을 발견한다. 반대자의 힘이 강력하게 드러나는 곳은 이 지점이다. 우리는 그가 누구를 죽이려고 하는지, 그가 모종의 음모를 감추고 있는 조직을 이끌고 있다는 것을 이미 알고 있다.

챕터 25에서 랭던은 소피가 겉보기와 다를지도 모른다고 생각한다. 그는 그의 도주를 도우며 할아버지가 살해된 사건에 대한 진실을 밝히고자 하는 소피의 진짜 이유를 궁금해 한다.

챕터 26에서 랭던은 모나리자의 얼굴에 적혀 있던 메시지를 해독한다. 이 장면은 처음으로 이야기의 중심 전제와 주제, 그리고 랭던의 여정이 지닌 목표를 직접적으로 드러낸다. 바로 성배와 "성녀", 그리고 예수 그리스도와 그를 받드는 종교에 대한 진실의 추구가 그것이다.

대담한 주장이 아닐 수 없다. 그리고 독자들은 이 대담한 이야기에 완전히 빠져들고 말았다.

당신의 1차 플롯포인트는 무엇인가?

당신의 1차 플롯포인트는 기준을 충족시키는가? 적절한 위치에서 나타나는가? 주인공에게 다가오는 필요와 모험을 정의하고 변화시키는가? 위험요소를 분명히 드러내는가? 주인공의 성공이나 실패에 어떤 결과가 나타날지를 암시하고 있는가? 앞에서는 찾아볼 수 없었던 갑작스러운 위험과 반대자를 도입하는가?

당신은 단 한 순간에 이 모든 것들을 담아내야 한다. 그리고 이 순간은 당신의 이야기에서 가장 중요한 순간이다.

1차 플롯포인트를 자세히 알아보자

앞 장에서 우리는 이야기에서 가장 중요한 순간은 주인공을 둘러싼 모든 것들이 변화하기 시작하는 순간이라고 배웠다. 작가라면 반드시 알아야 할 내용이다. 엄청난 히트작을 쓰려면 이 점이 핵심이라는 사실을 받아들이고 이해해야 하기 때문이다. 작가로서의 인생을 이야기에 비유한다면, 당신은 지금 1차 플롯포인트를 맞고 있는지도 모른다. 1차 플롯포인트를 알게 된 바로 지금 말이다.

이제 당신은 본격적으로 작가로서의 인생을 살게 될 것이다.

1차 플롯포인트를 이해하지 못한다면, 이야기를 팔 수 없을 것이다. 하지만 충분히 파악한다면 이야기 건축술을 활용하여 출판 가능한 원고를 쓸 수 있다.

당신에게는 갑자기 변화가 생겨났다. 당신에게는 새로운 길이 열렸다. 이 길을 어떻게 가느냐는 원칙을 받아들이고 배우고자 하는 당신의 의지에 달려 있다.

1차 플롯포인트가 나타나는 지점

떠오르는 대로 쓰기를 고집하는 사람들은 이야기에서 이러한 변화가 언제 일어날지를 잘 모른다. 일반적인 이야기 구조에 따르면 1차 플롯포인트는 전체 이야기에서 처음 20~25% 지점에 위치해야 한다. 설정 단계가 끝난 직후다.

이 위치는 바꿀 수 없다. 바꾸고 싶다면 마음대로 하라. 하지만 이야기 물리학이 망가진다는 점은 염두하고.

1차 플롯포인트가 너무 일찍 도입되면 설정 단계가 완벽하게 마무리되지 않는다. 독자들은 인물들, 특히 주인공에게 많은 감정을 느낀다. 따라서 주인공을 포함한 인물들의 위험요소가 충분히 설정되어야 독자들은 가장 중요한 순간에 더욱 많은 감정을 느끼며 깊이 몰입할 수 있다.

성공적인 이야기를 쓰고 싶다면 독자들이 정서적으로 이야기에 몰입하게 해야 한다.

따라서 설정 단계는 충분해야 한다. 1차 플롯포인트 이전에 일어나는 모든 일들은 1차 플롯포인트를 설정한다는 목표를 지닌다. 효과적인 1차 플롯포인트는 주인공이 앞으로 나아가게 하고, 독자는 주인공의 여정에 어떤 위험요소가 있는지를 알아야 하며, 이러한 위험요소는 사전에 정의되어야 한다.

모르는 사람보다 잘 아는 사람이 시한부 선고를 받았을 때, 더 큰 충격을 받는 것과 마찬가지다.

독자가 커다란 감정을 느끼게 되기까지 60~80페이지를 사용할 수 있다. 플롯포인트처럼 거대하게 보이는 사건이 먼저 등장했더라도, 적절한 위치에서 1차 플롯포인트가 나타나게 해야 한다. 이 순간은 1차 플롯포인트의 기준을 충족시키는 것이어야 한다. 초반부의 사건 유발은 1차 플롯포인트가 아니며, 1차 플롯포인트를 설정하는 데 도움을 주어야 한다.

1차 플롯포인트가 너무 일찍 등장하면 안 된다. 그렇다고 너무 늦게 등장한다면 이는 더 나쁘다. 변화의 순간이 늦어지면 이야기의 호흡이 늘어진다. 그러면 에이전트나 편집자는 당신의 원고를 돌려보낼 것이다.

1차 플롯포인트는 대단히 거대한 사건이 아니어도 된다. 효과적인 1차 플롯포인트를 쓰기 위해 빙산을 들이받거나, 협박편지를 받거나, 시한부 인생을 선고받을 필요는 없다.

가끔 주인공의 세계는 단순한 속삭임 하나로 무너지기도 한다. 예상치 못한 말 몇 마디로, 우연히 엿본 장면으로, 어쩌다 거리에서 만난 사람으로, 오래 전에 사라져버린 사람이 보내온 편지로 인해 주인공의 세계는 급격하게 변화하기 시작한다. 이처럼 때로는 덜한 것이 과한 것보다 낫기도 하다.

모든 것들이 변화하는 순간

젊었을 때 겪었던 이야기를 예로 들어 보겠다. 나는 사랑에 빠졌다고 생각했다. 그녀의 이름은 티나였다. 우리는 한 달쯤 데이트를 했고, 우리의 관계도 진전되는 것처럼 보였다. 나는 그녀의 친구들 전부를, 그녀는 내 친구들 두 명을 만났다. 우리는 서로의 꿈을 공유했다. 같은 것들을 좋아했다. 성적으로도 서로에게 이끌렸다.

사랑의 1막, 파트 1이 솟아오르고 있었다. 그런데 갑자기 모든 것들이 변화하기 시작했다. 미묘하게. 겉으로는 별 의미가 없는 것처럼. 하지만 이 순간은 나의 티나에 대한 여정을 완전히 바꾸어 놓았다. 우리가 공원을 걷고 있던 순간이었다. 나는 그녀의 손을 잡은 채 미래에 대해 말했다. 그런데 그녀의 표정이 살며시 변했다. 그녀는 먼 곳을 응시했다. 그리고 그녀가 말했다. “가봐야 알겠지, 뭐.”

농담이 아니었다. 그 순간부터 모든 것이 변화하기 시작했다. 나의 여정에는 다른 컨텍스트와 새로운 목표가 생겼다. 내게는 내 길을 가로막고 선 내면의 악마라는 장애물을 극복해야 했다.

티나는 한 달 후 나를 떠났다.

인생은 가끔 이야기처럼 보인다. 그럴 때는 인생에도 구조가 있는 것처럼 여겨지기도 한다.

영화 〈500일의 서머〉는 이야기의 구조를 미묘하면서도 분명하게 드러내는 근사한 스토리텔링의 본보기다. 1차 플롯포인트는 내가 젊었던 시절 겪었던 슬픈 이야기와 정확히 같은 방식으로 전개된다. 정확한 위치에서. 똑같은 말들로. 당신도 한 번 확인해 보라.

하지만 나의 연애담은 더없이 행복하게 끝났다. 물론 새로운 여주인공이 나타나기까지 시간이 좀 걸렸지만 말이다.

그녀의 이름은 로라다.

32

회색 그림자: 이야기 구조를 회전시켜 보자

다른 요소들을 본격적으로 알아보기 전에 구조를 한 번 더 짚고 넘어가기로 하자. 이야기 구조의 원칙이 곧 이야기를 쓰는 전략이기 때문이다.

원칙을 지키는 것만으로도 안전하게 착지할 수 있다. 그러면서도 얼마든지 창의력을 발휘할 수 있다. 경험이 많은 작가들은 이야기 구조의 원칙이 지닌 가치를 충분히 알고 창의력을 발휘하며 구조에 따라 이야기를 쓴다. 눈을 감고도 자유투를 날리는 마이클 조던처럼(그는 실제로 이를 증명한 적이 있다).

다시 말해서 흑백명제처럼 보이는 구조에 약간의 회색을 도입하라는 얘기다. 글쓰기는 결국 예술이다. 당신이 싸구려 소설을 쓰더라도 말이다.

이야기 구조를 조금만 비틀어 보자

효과적인 이야기는 연속적인 4개의 파트로 구성된다. 파트 각각은 고유한 컨텍스트적 목표를 충족시켜야 하며, 주요 전환점들이 파트를 구분한다. 이를 의심하거나 거부하는 당신에게 좋은 소식을 전해주겠다. 스토리텔링은 단조로운 흑백세계가 아니다.

학생들에게 무작정 새로운 음악을 가르칠 수는 없다. 하지만 악기를 완벽하게 다룰 수 있게 된 학생은 자신만의 음악을 자유롭게 만들면서도 음악 이론의 기초를 위반하지 않을 수 있다. 원칙을 지키면서도 자기만의 방식대로 할 수 있는 것이다.

소설가는 시나리오 작가와 달리 엄격한 규칙을 반드시 지켜야 할 필요는 없다. 소설가들은 보다 완화된 원칙에 따라 이야기를 쓸 수 있다.

교통법규를 생각해 보자. 당신이 교통법규를 계속해서 무시한다면 운전면허증이 취소될 것이다. 혹은 그 전에 버스에 치일 확률도 크다. 하지만 약간 과속한다거나 정지신호를 슬쩍 무시하는 정도로는 감옥에 가지 않는다. 죽지도 않을 것이고, 다른 사람을 죽이지도 않을 것이고.

가끔 제시간에 목적지에 도착하려면 법을 약간 위반해야 할 때가 있다.

소설을 쓸 때도 마찬가지다. 원칙을 약간 흔들어도 좋을 때가 있는 것이다. 그렇다고 해서 원칙의 가치까지 사라지지는 않는다. 창의력을 발휘하는 데 도움이 될 수 있다면 적당한 때에 원칙에서 약간 비껴서도 좋다. 이는 전적으로 당신의 선택에 달려 있다. 물론 그래서 더 효과적인 이야기를 쓸 수 있다면 말이다.

그러나 원칙을 완전히 무시할 수는 없다. 오히려 존중해야 한다. 당신이 원고를 출판하고 싶다면.

1차 플롯포인트가 다른 위치에 있다?

얼마 전 5시간 동안 비행기를 타면서 이웃 동네에 사는 작가가 발표한 훌륭한 스릴러 소설을 읽었다. 늘 그렇듯 이야기를 분석하며 읽었다(당신도 나처럼 이야기를 읽을 때마다 구조를 분석하는 버릇을 들여야 한다). 나는 그 소설을 쓴 작가를 한 번도 의심한 적이 없었고, 필수적인 플롯포인트들이 거의 정확한 위치에서 나타날 것이며, 4개의 연속적인 파트들 역시 해당 컨텍스트의 목표를 충실히 따를 것이라고 확신하고 있었다.

이야기를 분석하는 버릇을 들이게 되면 모든 소설과 영화를 일종의 임상사례처럼 대하게 될 것이다. 나도 늘 이런 자세로 다른 사람들의 작품을 대한다.

이야기 구조의 대변자인 나는 이러한 분석 과정을 통해 이야기를 구성하는 4개의 파트를 더욱 잘 이해하게 된다고 생각한다. 전환점들이 파트들을 구분하는 방식과 극적 긴장감, 호흡, 인물의 변화 등을 조절하는 방식에 대해서도 마찬가지다.

해서 나는 호놀룰루와 시애틀 사이의 하늘에서 24A 좌석에 앉아 1차 플롯포인트가 나타나기를 기다렸다. 그리고 기다렸다. 또 기다렸다. 예정된 20%가 지났다. 25%가 지났다. 그리고 30%가 지났을 때, 나는 초조해졌다.

〈뉴욕타임즈〉 베스트셀러 목록에도 올랐던 이 소설은 전체 356페이지였고, 1차 플롯포인트는 118페이지에서 나타났다. 간단히 계산해 봐도 틀린 위치였다.

나는 이야기 구조를 다시 생각해 보아야 했다.

당신도 플롯포인트를 다시 생각해 보아야 할지도 모른다. 다시 말해서, 플롯포인트는 반드시 정확한 위치에서 나타나야 하는 것이 아닐 수도 있다는 말이다.

1차 플롯포인트는 이야기에서 변화가 일어나고, 주인공의 모험과 필요도 달라지고, 주인공은 반대자의 힘에 직면하고, 독자는 장애물과 위험요소를 극복해야 하는 주인공에게 연민과 공감을 느끼는 지점이다.

바로 이러한 플롯포인트가 이야기를 풍부하게 해줄 수 있다. 당신도 이러한 플롯포인트를 만들어야 한다.

플롯포인트는 어떤 위치에서 나타나더라도 항상 위와 같은 내용을 담고 있어야 한다.

자세히 살펴보라. 플롯포인트의 정의에서 위치보다는 의미가 중요하다.

그래도 모르겠다면 다시 한 번 읽어 보라. 이해하기 힘들 수도 있겠지만 너무나 중요하다.

남편이 플롯포인트처럼 보이는 사고 때문에 갑자기 사망한다. 그래서 홀로 남겨진 아내의 인생이 변화한다면, 이는 플롯포인트다. 하지만 비열한 남편이 아내가 아닌 애인에게 보험금을 전부 남겼다는 사실을 아내가 알아야 이야기가 진행된다면, 이 지점이 플롯포인트가 된다. 남편의 사고는 플롯포인트가 아니다. 그의 죽음은 1차 플롯포인트를 위한 설정의 일부일 뿐이다.

다른 작가들의 작품을 분석할 때 사건의 크고 작음에 현혹되지 마라. 해당 사건이 서사적으로 중요 순간인지, 이러한 순간 때문에 주인공이 진정으로 여정을 시작하는지 살펴보라. 이야기가 설정 단계에서 반응 단계로 넘어가는 지점을 찾아보라.

상황의 크고 작음과 관계 없이, 1차 플롯포인트는 이야기에서 진정으로 중요한 위험요소를 도입한다.

다른 위치에서 플롯포인트가 나타나게 하고 싶다면

나는 이야기의 처음 20~25%에서 1차 플롯포인트가 나타나야 한다는 점을 꾸준히 말해 왔다. 규칙이라고 생각해도 좋다. 처음 20~25%는 1차 플롯포인트가 나타나기에 최적의 범위이고, 규칙은 우리를 안전하게 지켜주기 때문이다. 하지만 소설가로서 당신은 파트 1의 설정 장면들이 지닌 성격에 따라 재량껏 규칙을 위반할 수 있다.

1차 플롯포인트를 처음 25% 이후에 등장하게 하고 싶다면, 위험요소들을 보다 심각하게 만들거나 플롯을 슬쩍 비트는 지점을 몇 개 더 주입해야 한다. 1차 플롯포인트가 나타나기 전까지 사건을 유지하고 구축하며 독자를 극적으로 몰입하게 할 수 있는 사건 유발 장면이 필요하기 때문이다. 파트 1이 이런 요소들 없이 길어지기만 한다면 독자들은 떠나갈 것이다.

규칙을 깨고 1차 플롯포인트를 일찍 등장시켰다면, 위험요소를 배가시키고 1차 플롯포인트의 기준을 충족시키는 또 다른 전환점을 반드시 만들어야 한다. 이러한 전환점은 이야기의 25% 지점에서 나타나야 하며, 주인공의 여정을 또 다시 변화시키는 것이어야 한다.

무엇보다도 플롯포인트는 이야기의 호흡과 직결된다. 따라서 플롯포인트 지점을 바꾸고 싶다면 이야기의 호흡이 효과적으로 조절되고 있는지 확인하라.

플롯포인트는 연속되는 장면일 수도 있고, 하나의 특정 장면일 수도 있다

한 순간이 아닌 플롯포인트도 있다. 이 경우 여러 개의 연속적인 장면이 모여 플롯포인트를 형성하는데, 각각의 장면들은 플롯포인트가 나타나기 전까지 하나로 통합되어 플롯포인트를 준비하는 역할을 한다.

가끔 소설이나 영화에서 플롯포인트의 정확한 지점을 찾아내기 어려울 때가 있다. 여러 개의 사건들이 플롯포인트를 형성하기 때문이다. 앞의 사례처럼 바람피우다 죽는 남편 이야기가 그러하다.

남편은 바람을 피우고 있었다. 남편이 죽는다. 변호사가 아내에게 보험금 지급 대상자가 다른 사람이라고 말한다. 남편의 애인이 집으로 찾아와 아내의 결혼반지를 포함한 보석들을 요구한다. 죽은 남편이 유언장에 그렇게 썼다는 것이다.

이제 남겨진 아내에게는 새로운 모험과 필요가 생겼다. 그녀는 반응단계에 들어선다. 플롯포인트가 완벽하게 나타난 것이다.

하지만 정확히 어느 지점에서? 이 이야기의 1차 플롯포인트는 어느 순간인가?

플롯포인트는 이야기의 처음 20~28%에 해당하는 연속적인 장면들을 통해 나타날 수 있다. 장면들 각각은 이야기를 완전히 새로운 방향으로 이끌며 아내의 여정을 변화시킨다. 하지만 우리는 이 모든 상황들이 밝혀진 뒤에 각각의 장면들의 의미를 알게 된다.

그래서, 정확히 어떤 장면이 플롯포인트냐고?

그건 중요하지 않다. 적어도 독자에게는. 연속적인 장면들이 하나로 통합되어 플롯포인트의 목표를 달성하고 있기 때문이다. 작가는 "변호사가 아내에게 남편의 애인이 보험금을 받게 된다는 사실을 밝히는" 순간이 플롯포인트라는 것을 알고 있다. 하지만 여기서 플롯포인트의 효과는 하나의 장면이 아니라 연속적인 장면들을 통해 발생한다.

아무튼 당신이 쓰고 싶은 대로 써라.

하지만 사전에 이야기 구조가 어떻게 그리고 어디서 작동하는지를 잘 알고 있어야 한다. 구조는 당신을 안전하게 지켜주며, 이야기를 앞으로 나아가게 한다. 음악가라면 기본적인 선율을 이해해야 솔로를 연주할 수 있고, 배우는 대본을 파악해야 즉흥 대사를 읊을 수 있는 법이다.

어쩌면 플롯포인트가 정확히 어떤 위치에서 발생하는지는 중요하지 않을 수도 있다. 중요한 것은 위험요소와 극적 긴장감을 높여 독자들이 이야기에 몰입하게 만드는 것이다. 플롯포인트가 완전히 동떨어진 위치에서 나타나지만 않는다면 구조가 당신의 이야기를 지켜줄 것이다.

하지만 구조의 원칙을 완전히 무시해서는 안 된다. 한 번 길을 잃으면 영원히 가려던 곳으로 못 갈 수도 있기 때문이다.

적어도 당신의 이야기가 서점에 진열되는 일은 없을 것이다.

33

파트 2(반응 단계)를 자세히 파헤쳐 보자

파트 1이 끝났다. 1차 플롯포인트가 모든 것을 변화시켰다. 이야기는 이제 진정으로 시작되었다. 파트 2에 온 것을 환영한다. 이제 무엇이 나와야 할까?

사실상 아무것도 말하지 않으면서도 모든 것을 말해야 하는 파트 1의 컨텍스트가 복잡한 것과는 달리, 파트 2의 컨텍스트는 상대적으로 간단하다. 파트 2는 오로지 당신이 마련한 새로운 여행에 대해 주인공이 어떻게 반응하는지에만 집중한다. 이러한 반응에는 주인공이 망설이는 모습도 포함되어 있다.

현실적으로 주변의 모든 것들이 변했다면 당신은 어떻게 하겠는가? 누군가가 나타나 당신을 잡으려고 한다면? 당신을 둘러싼 세계가 무너지려고 한다면? 꿈이 눈앞으로 다가온 것처럼 보인다면? 곧장 뛰어들어 기회를 움켜쥐겠는가? 곧바로 영웅적인 모습을 보여줄 수 있겠는가? 처음부터 가장 좋은 결정을 내릴 수 있겠는가? 하룻밤만에 당신의 인생이 바뀌겠는가?

아마 아닐 것이다. 당신 역시도 처음에는 숨을 장소나 답변, 조언을 찾을 것이다. 당신은 도망칠 것이고, 숨을 것이며, 스스로를 방어하며 위험에서 달아나려고만 할 것이다. 아니면 정보를 모으거나. 당신은 선택지들을 가늠하고, 사람들을 모으면서, 현재 상황에서 안전하게 자신을 지킬 장소를 찾을 것이다.

파트 2에서는 이런 일이 일어나야 한다. 위에서 제시한 모든 일들이 한꺼번에 일어날 수도 있고, 더 많은 일들이 일어날 수도 있다.

물론 주인공이 어떤 반응을 보일지는 1차 플롯포인트에서 촉발된 변화와 당신이 설정한 위험요소의 성격에 달려 있다. 주인공이 이 지점에서 내리는 선택은 그럴듯한 것이어야 한다. 1차 플롯포인트 이후 처음으로 나타난 긴장의 순간에서 주인공이 내리는 결정이나 행위를 독자들은 이해하고 수긍해야 한다. 그가 당분간 내면의 악마에 굴복하는 모습을 보이더라도 말이다.

주인공의 애인이 떠나겠다고 말한다. 그는 고통스러워한다. 그는 애인에게 설명을 요구한다. 그는 애인을 되찾으려고 노력한다. 아니면 그녀를 훌훌 털어버리고 마을을 떠날 수도 있다.

주인공의 애인 혹은 누군가가 그를 죽이려고 한다. 그는 방어한다. 숨는다. 애인을 경찰에 신고한다. 그는 상황을 파악하려고 한다. 계획을 세운다. 주인공이 탄 비행기가 엔진 이상을 일으킨다. 그는 비명을 지른다. 혹은 기도한다. 혹은 옆에 탄 사람을 안심시킨다.

하지만 주인공은 조종실로 달려가 조종간을 넘겨받아서는 안 된다. 이런 장면은 나중에 등장해야 한다. 지금의 주인공은 영웅적인 모습을 보여주지 않는다. 파트 2는 주인공의 반응을 보여주는 것을 목표로 하기 때문이다.

파트 2에서 주인공은 다만 반응할 뿐이다

파트 1을 근사하게 써 냈다면 독자는 반대자의 힘에 맞서 새로운 모험을 떠나야 하는 주인공에게 이미 관심과 연민을 갖고 있다. 그리고 1차 플롯포인트에서 위험요소가 등장하면서 독자는 위험을 체감하며 주인공이 무엇을 잃고 얻게 될지를 나름대로 계산한다.

독자를 이야기에 빠져들게 하려면 위험한 상황을 등장시키는 지점을 조절해야 한다. 독자는 주인공의 두려움에 공감하기 전에 그에게 관심부터 가져야 한다.

파트 2는 12~15개의 장면들, 혹은 연속적인 장면들로 구성된다. 이 장면들은 모두 주인공의 반응을 보여주는 것이어야 한다. 주인공이 해결에 나서는 모습을 보여주고 싶더라도 조금 더 기다려라. 아직 이르기 때문이다. 물론 당신은 주인공을 해결사로 내세울 수 있다. 하지만 그러면 이야기는 망가지고 말 것이다.

파트 2의 주인공은 노력할 수 있다. 하지만 그는 실패할 수밖에 없고, 실패에서 교훈을 얻어야 한다. 반대자는 더욱 강력한 모습으로 점차 가까이 다가오는 것처럼 보인다. 주인공은 자신의 약점과 내면의 악마를 직면하고, 실패하고, 그러면서 어떤 해결책을 찾아낸다. 그가 이러한 실패를 통해 자신과 반대자의 힘에 대해 배운 교훈은 파트 3에서 문제를 직접적으로 공격하게 시작할 때 도움이 될 것이다.

〈다빈치 코드〉의 파트 2 : 반응 단계

〈다빈치 코드〉의 파트 2에서 주인공 랭던은 파트 1의 설정에 반응하는 것 외에는 아무런 행동도 보여주지 않는다.

반면 우리는 다른 시점을 통해 랭던을 쫓는 경찰들을 보게 된다. 랭던은 이 사실을 모른다. 경찰이 바짝 그를 쫓아왔다는 것도. 따라서 긴장감이 고조된다.

1차 플롯포인트는 어떤 음모가 있고, 그로 인해 살인사건까지 벌어졌다는 사실을 폭로했다. 그리고 경찰은 랭던을 용의자로 지목했다. 따라서 그는 반응해야 한다. 도망쳐야 하는 것이다.

챕터 27에서 갑자기 현장을 떠난 랭던을 두고 얘기하는 경찰들을 본다.

챕터 28에서 경찰에게 발견된 랭던의 반응을 본다.

챕터 29에서 찾아 헤매던 랭던을 드디어 찾아낸 암살자를 본다. 암살자는 랭던에게 접근할 것이다. 이렇게 해서 긴장감이 고조된다.

챕터 30에서 랭던과 소피는 경비원을 제치고 루브르를 탈출한다.

챕터 32부터 42까지 우리는 교차되는 시점을 통해 랭던은 볼 수 없는 상황과 더불어 도망치는 랭던과 소피를 본다. 한편 이들은 도망치면서 그들이 본 것들의 의미를 추측하는 대화를 나눈다.

챕터 43에서 랭던은 지금까지 찾아낸 단서들 중 하나에 대한 반응으로 안전금고를 찾는다. 하지만 직접적인 해결이 아닌 반응이다. 그는 아직 전체 그림은 모르는 채로 본능적인 선택을 내릴 뿐이다.

챕터 45에서 랭던과 소피는 다시 도망치기 시작한다. 은행직원이 경찰을 불렀기 때문이다. 정말이지 쉴 틈이 없다.

챕터 47에서 그들은 무장트럭을 탈취한다. 그리고 뭘 하냐면…… 도망친다.

그들은 반응이 아닌 행동은 보이지 않는다. 모든 장면에서 랭던과 소피는 도망치고 있으며, 간간이 경찰이 그들을 바짝 추격하는 장면이 끼어든다.

랭던은 누가 왜 자신을 쫓고 있는지를 전혀 모른다. 다만 눈앞에 펼쳐진 이야기에 반응하고 있을 뿐이다.

파트 2의 전형적인 컨텍스트

파트 2와 파트 3을 분리하는 중간포인트는 챕터 51이다. 이 소설은 총 105개의 챕터로 이루어져 있으므로, 거의 정확한 위치에서 중간포인트가 나타난다고 할 수 있다. 페이지로 따지면 총 454페이지인 양장본(원서 기준)을 기준으로 했을 때, 213페이지에서 중간포인트가 나타난다. 이야기의 핵심 전환점인 중간포인트가 나타나기에 가장 좋은 위치다.

하지만 전환점의 위치보다도 중요한 것은 전환점의 목표와 기능이라는 점을 명심하라.

호흡조절과 장면 선택

파트 2에서 절망적으로 도망치거나 실패할 것이 뻔한 시도를 하는 주인공을 설득력 있게 묘사하려면 하나 이상의 장면이 필요하다. 당신은 연속적인 장면들로 구성된 시퀀스sequence가 필요하다. 하나로 연결된 각각의 장면들은 이어지는 극적 시퀀스와 연결될 내용을 논리적으로 구성해야 한다.

파트 2에서 주인공은 세 가지 행동 – 물러서서 전열을 가다듬기, 어떤 행동을 하려는 헛된 시도, 그리고 핀치포인트(이에 대해서는 36장에서 알아볼 것이다)에서 반대자의 힘이 지닌 성격을 상기시키는 것 – 을 보여준다. 파트 2를 구성하는 12~15개의 장면들 중 상당수는 이러한 내용이 담긴 연속적인 장면들(시퀀스)에 해당한다.

당신은 파트 1에서 1차 플롯포인트를 준비했다. 파트 2의 장면들도 하나의 목적지를 향해야 한다. 파트 2의 컨텍스트는 반응이고, 드라마적 목적지는 이야기에 다시 한 번 새로운 내용이 주입되면서 주인공에게나 독자에게나 게임의 성격에도 변화가 일어나는 중간포인트다.

1차 플롯포인트에서 고조된 드라마에 주인공이 즉각 반응하는 장면이 한둘 있었다면, 독자를 위해 주인공이 물러서고 전열을 가다듬고 다른 선택지들을 고민하는 장면도 한둘 있어야 한다. 핀치포인트를 설정하는 장면이 있다면 핀치포인트가 나타나야 하고, 핀치포인트에 반응하는 장면이 한둘 있어야 하며, 중간포인트로 이어지는 몇 개의 장면들이 있어야 한다.

알겠는가? 파트 2를 구성하는 12~15개의 장면 중에서 10개가 해결된 것이다! 이야기 구조는 "다음에 뭘 써야 하지?"라는 질문에 이처럼 즉각 답변을 내놓는다. 당신이 이미 근사한 콘셉트와 1차 플롯포인트를 생각했다면, 파트 2는 저절로 따라나오다시피 한다. 당신이 이야기의 어디에 있는지, 이 지점에 어떤 장면이 필요한지, 전체 이야기에서 어떤 맥락을 차지하는지를 이해하고 있다면, 다음에 뭘 써야 할지 몰라 뜬 눈으로 밤을 지새우지 않아도 된다.

이미 알고 있으니까. 당신은 어쩌면 다른 이유에서, 그러니까 글을 쓰느라고 밤을 새울지도 모른다.

이야기의 빈 공간을 채우는 능력은 구조를 만드는 능력에 달려 있다. 이야기는 저절로 쓰여지지 않지만, 당신이 앞으로 나아감에 따라 이야기에 필요한 장면들은 저절로 분명해질 것이다.

그러므로 이야기 구조를 파악하는 것이 대단히 중요하다.

이야기 구조를 제대로 이해할 때, 다시 말해서 일어나야 하는 사건의 목표와 컨텍스트적 목적, 그리고 해당 사건이 어느 지점에서 일어나야 하는지를 알고 있을 때, 필요한 장면들을 쉽게 찾아낼 수 있다. 플로우 차트flow chart나 비트 분석표, 개요표를 사용해 특정한 장면들을 미리 만들 수 있다. 아니면 머릿속으로 생각해도 좋다. 어떤 방식을 사용하든 당신의 머릿속에 들어앉은 이야기꾼이 앞으로 나타날 장면들에 대한 아이디어를 말해 줄 것이다.

이야기 구조의 원칙을 알고 있는데도 아무런 생각도 나지 않는다면 아마 최초의 아이디어가 전혀 강렬하지 않았던 것일 수도 있다.

필요한 장면들을 너무 빠르지도 늦지도 않게 적합한 지점에서 나타나게 할 수 있어야 한다. 이야기의 호흡과 극적 긴장감이 이러한 능력에 달려 있기 때문이다. 떠오르는 대로 쓰는 사람이든 계획부터 세우는 사람이든, 이야기 구조를 알고 있는 한, 실수하기가 더 어려울 것이다.

34

중간포인트를 파헤쳐 보자

이야기가 끝으로 달려가는 와중에 재미있는 사건이 나타난다. 이야기 한가운데서 모든 것들이 변화한다. 전혀 예상하지 못한, 대단한 사건이다.

아닐 수도 있다. 중간포인트는 연인의 무심한 시선처럼 미묘한 방식으로 컨텍스트를 변화시키는 것일 수도 있다.

중간포인트는 이야기 구조를 떠받치는 3개의 주요 전환점에 속한다. 쉽게 정의할 수 있는 중간포인트는 대단히 유연한 도구다. 하지만 탄탄한 구조를 생각하고 글을 쓰지 않는 풋내기 작가들은 중간포인트에서 실패하는 경우가 많다. 중요하지 않다고 생각하고 그냥 지나쳐 버리는 것이다.

중간포인트는 이야기의 한가운데 새로운 정보가 주입되어 독자나 주인공의, 혹은 둘 다의 컨텍스트적 경험에 변화를 주는 지점을 말한다.

주인공과 독자는 지금까지 몰랐던 것을 갑자기 알게 된다. 이는 전에도 있었지만 숨겨져 있던 정보일 수도 있고, 전적으로 새로운 정보일 수도 있다. 당신이 선택하기 나름이다. 하지만 어느 쪽이더라도 이처럼 새로운 정보는 이야기의 컨텍스트와 독서 경험을 변화시키는 것이어야 한다. 이야기에 새로운 무게와 극적 긴장감이 더해졌기 때문이다.

중간포인트는 몇 가지 측면에서 플롯포인트와 매우 비슷하다. 중간포인트는 플롯을 비트는 지점으로도 생각될 수 있지만, 그보다는 더 큰 무게와 의미를 더하여 이야기를 변화시킨다. 이 지점에서 주인공은 몰랐던 사실을 알게 되면서 파트 2의 방랑자에서 파트 3의 전사로 거듭나게 된다.

중간포인트를 텐트 기둥이라고 생각해 보자

1차 플롯포인트, 중간포인트, 그리고 2차 플롯포인트(37장에서 다루게 될 것이다)를 이야기 건물을 떠받치는 세 개의 기둥으로 생각해 보자. 기둥이 하나라도 부족하면 텐트는 기울어질 것이고, 강한 바람에 쓰러질 것이다. 서사의 무게를 떠받칠 수 없어서다.

텐트를 칠 때도, 스토리텔링을 할 때도 기둥은 이처럼 중요하다.

중간포인트에서 주입되는 새로운 서사적 정보는 이야기 자체를 변화시키지 않을 수도 있다. 하지만 주인공과 독자는 무슨 일이 벌어지고 있었는지에 대한 새로운 이해를 얻는다. 중간포인트 이전까지 진행된 이야기로는 주인공과 독자가 큰 그림을 파악할 수 없었을 것이다.

주인공이 새로운 정보를 이미 알고 있었다고 해도, 중간포인트는 그의 행보를 변화시킨다. 다시 말해서 지금까지 알려진 정보를 비틀어 주인공이 능동적으로 행동하는 데 도움을 주어야 한다는 말이다. 파트 2와 파트 3의 차이를 기억하라. 파트 2에서 반응 단계에 머물러 있던 주인공은 파트 3에서 공격 단계에 진입한다.

바람 피우는 아내에 대한 이야기를 예로 들어 보자. 1차 플롯포인트에서 이러한 사실을 알게 된 주인공은 2차 플롯포인트에서 나름의 방식대로 반응했다. 그런데 그는 중간포인트에서 아내가 바람 피우던 대상이 그를 항상 위로하던 자신의 동생이었다는 사실을 알게 된다.

따라서 주인공은 이제부터 수동적인 모습에서 벗어나 능동적으로 행동하게 된다. 누구를 공격해야 하는지 알게 된 것이다.

이처럼 이야기의 기폭제로 활용될 수 있는 중간포인트는 새로운 정보에 눈을 뜬 주인공이 이전과는 다른 결정과 행동을 보여줄 수 있도록 한다.

예를 통해 중간포인트에 대해 알아보자

로빈 쿡Robin Cook의 소설 〈코마Coma〉를 보자. 병원에서 일하는 주인공은 의료사고를 위장해 환자들을 살해해서 암시장에 장기를 팔아넘기는 범인을 찾아내려고 백방으로 뛰어다닌다.

근사한 이야기다. 파트 2에서 그녀는 윗사람들에게 도움을 요청한다. 결국 그들의 병원이기 때문이다.

그런데 그녀가 진실을 찾아내지 못하도록 살해하려는 사람이 있다. 중간포인트에서 로빈 쿡은 주인공이 아닌 독자들에게 진실을 드러낸다. 환자들이 사망한 사건의 배후에는 윗사람들이 있었다. 그녀가 도움을 구하던 바로 그 사람들이다. 그녀를 제외한 모든 사람들이 연루되어 있었다. 이 사실은 전적으로 새로운 극적 긴장감을 이끌어낸다.

그러는 와중에도 그녀는 상사들이 자기 편이라고 믿고 있다. 뿐만 아니라 그들에게 결국 그녀를 옭아매게 될 정보들을 넘겨주기까지 한다.

그리고 2차 플롯포인트에서 그녀는 사건의 배후에 있던 사람들을 알게 된다(중간포인트에서 이 사실은 독자들에게만 알려진다). 그리고 파트 3에서 그녀는 새롭게 알게 된 정보를 통해 사악한 상사가 그녀의 주의를 돌리게 위해 만들어 낸 상황을 공격한다(하지만 그녀는 더욱 불리해진다).

한 가지 사례를 더 들어 보자. 이번에는 순전히 연애 이야기다. 두 사람이 결혼하기로 한다. 그런데 1차 플롯포인트에서 여자는 남자에게 자기 마음을 모르겠다며 결혼을 미루고 싶다고 말한다. 그리고 모든 것들이 변화한다. 주인공에게는 갑자기 새로운 필요와 모험이 생겼다…….
전형적인 1차 플롯포인트다.

이후 남자는 파트 2에서 반응하는 모습을 보인다. 남자는 대체 무엇이 문제인지를 밝히고자 한다.

그리고 중간포인트에서 새로운 정보가 주입된다. 남자는 여자에게 다른 사람이 있었음을 알게 된다. 따라서 새로운 정보를 알게 된 남자는 파트 3에서 공격 단계에 진입한다.

같은 이야기지만 긴장감은 더욱 높아졌다. 위험요소도 더 커졌고, 주인공과 독자는 새롭고 강력한 컨텍스트에 몰입하게 된다.

독자가 아닌 주인공만을 위해 컨텍스트를 바꾸기란 거의 불가능하지만, 독자를 위한 컨텍스트는 바꿀 수 있다(독자들 모르게 주인공에게만 새로운 정보를 알려줄 수 없는 까닭이다). 이는 긴장감을 극도로 고조시키고자 할 때 사용할 수 있는 좋은 방법이다.

당신이 어느 쪽을 선택하더라도 중간포인트에서 이야기는 속도를 내기 시작한다.

〈다빈치 코드〉의 중간포인트는 두 곳으로 생각될 수 있다

댄 브라운은 구조적 원칙에 변화를 주고자 했고, 따라서 의도적으로 두 개의 중간포인트를 만들었다(당신도 같은 방식을 생각해 볼 수 있다).

앞 장에서 중간포인트가 챕터 51에 위치한다고 했다. 정해진 위치를 약간 벗어난 자리다. 그런데 (이야기의 중간을 약간 지나친) 챕터 55를 또 다른 중간포인트로 생각할 수 있다. 원칙적인 구조와는 약간 다르지만, 댄 브라운은 이 작업을 제대로 해냈다. 독자는 어떤 장면이 전환점인지 모를 수도 있지만, 작가라면 알고 있어야 한다. 당신이 댄 브라운처럼 새로운 정보와 전환점을 집어넣어 이야기에 양념을 친다면 독자는 깜빡 속아 넘어갈 수도 있다.

챕터 51에서 랭던과 소피는 더 이상 무턱대고 도망치지 않기로 한다(파트 2에서 그들은 내내 도망치고 있었다). 그들의 새로운 목적지는 티빙 교수라는 사실이 드러났다. 그들이 계속해서 찾아 헤매던 "스승"이 바로 티빙이었던 것이다. 이는 이야기의 컨텍스트를 무턱대고 도망치기에서 희망으로, 직접적인 공격으로 변화시킨다.

챕터 55에서 주인공과 독자는 새로운 정보를 갖게 된다. 성배에 대해 구체적으로 알게 되면서다. 성배는 집에서 만든 포도주를 보관하는 데 쓰던 컵이 아니라 은유였다. 성배는 마리아 막달레나, 특히 그녀의 자궁을 은유하는 것이었다.

이 지점은 격렬한 변화를 이끌어내며 이야기에 새로운 컨텍스트를 도입한다. 교회가 성배를 다소 무시해 온 이유가 설명되는 것이다. 〈다빈치 코드〉에 따르면 교회는 바로 이러한 이유로 2000년 동안이나 진실을 은폐해 왔고, 진실에 다가가려는 사람이라면 누구든 즉각 암살할 준비가 된 비밀 종파를 비롯해, 이를 이용해 영달을 추구하려는 또 다른 비밀 종파가 존재해 왔다.

이처럼 두 개의 중간포인트는 이야기의 컨텍스트를 변화시키고, 따라서 주인공과 독자는 앞으로 나아가게 된다. 이 지점들은 모든 것들을 가속화시킨다. 위험요소가 구체적으로 밝혀졌으며, 다급해졌고, 주인공은 곧 대결을 펼치게 될 것이기 때문이다.

35

파트 3에서 공격이 시작된다

영웅은 나타나지 않았다. 아직은. 설정 단계였던 파트 1과 반응 단계였던 파트 2까지 주인공은 그다지 영웅적인 모습을 보여주지 않았다. 우리는 지금까지 어떤 행동에 나서려고 하지만 반대자의 힘에 가로막혀 반응하는, 영웅이라 부르기엔 너무나 나약한 주인공만을 보아 왔다.

파트 1에서 주인공의 평범하고 인간적인 모습을 보고, 파트 2에서는 미끼에 대한 그의 반응을 보고 그에게 공감하게 된다. 여기서 작가는 독자가 주인공에게 빠져들게 해야 한다. 독자는 인물에게서 자신의 모습을 보고, 앞으로 나아가려고 하는 인물에게 감정을 느끼며, 따라서 지루하고 따분한 현실을 탈출하여 주인공의 여정을 대리적으로 체험할 수 있기 때문이다. 독자가 이야기를 읽는 이유는 바로 이런 까닭이다.

그리고 파트 3에서 주인공은 더욱 전진해야 한다.

파트 3에서 주인공은 본격적인 행동에 나선다.

파트 2에서 1차 플롯포인트에 반응하는 주인공을 보여주었다면, 파트 3은 당면한 문제를 해결하기 위해 능동적인 공격에 나선 주인공을 보여주어야 한다. 단순하게 보이지만 그렇게 쉽지만은 않은 작업이다.

필요한 정보는 이미 중간포인트에서 나타났어야 한다.

주인공은 파트 2에서부터 다소 능동적인 행동을 보여주었을지도 모른다. 방해하거나 괴롭히는 사람에 맞서 지푸라기라도 던지려는 시도는 합리적인 반응이고, 이는 긴장감을 고조시키는 데도 도움이 될 수 있다.

하지만 파트 2에서의 공격은 성공하지 못한다. 파트 2에서 주인공이 공격하는 이유는 반대자가 얼마나 강하고, 사악하며, 교활하고, 복잡한지를 독자에게 보여주기 위함이다. 따라서 주인공이 앞으로 더 나은 행동을 보여주리라는 것을, 더 많은 용기와 힘을 발휘하리라는 것을, 그래서 그를 가로막는 악당을 무찌르리라는 것을 독자가 알게 되면서 이야기의 긴장감이 고조될 수 있는 것이다.

반대자(악당)의 힘

반대자의 힘이란 주인공의 길을 가로막는 모든 것을 말한다. 반대자의 힘은 악당, 사악한 집단, 날씨, 못된 상사, 지구를 식민행성으로 삼으려는 외계인, 바람피우는 배우자, 숨겨진 비밀, 내면의 악마 등 여러 형태로 등장할 수 있다.

주인공이 반드시 악을 물리쳐야만 하는 것은 아니다. 마침내 사랑을 찾아내거나 인류의 안위를 지키는 사람일 수도 있고, 정의를 수호하는 사람일 수도 있다. 또 주인공이 반드시 내면의 악마로 엄청난 고통을 받아야 하는 것도 아니다.

그러나 모든 이야기에는 주인공에게 새로운 길을 제시하며 이야기를 변화시키는 1차 플롯포인트에서 새로운 욕망과 필요가 생겨난 주인공을 막아서는 반대자가 반드시 존재해야 한다. 이러한 반대자는 대개 인물 – 악당이나 나쁜 여자, 혹은 꼭 악당이라고는 할 수 없지만 주인공을 어떻게든 방해하는 사람 – 이지만 자연이나 사회적 압력 등일 수도 있다.

엄청난 액수가 적힌 세금고지서일 수도 있고. 우리는 이런 반대자에 직면한 주인공에게 공감한다.

파트 3에서 주인공은 능동적으로 행동한다

반대자의 힘이 무엇이든 이제 주인공은 이에 맞서 진정한 영웅으로 거듭나야 한다. 파트 3은 싸움에 응전하며, 계획을 세우고, 도움을 구하고, 용기를 내고, 진취적인 모습을 드러내는 주인공을 보여준다.

파트 3에서 주인공은 반응자에서 공격자로 발전한다. 방랑자에서 전사로 진화하는 것이다. 항상 성공하지는 못한다. 하지만 실패는 교훈을 남긴다. 그리고 주인공은 용기로 충만하다.

여기서 주인공이 내면의 악마와 진정으로 맞서게 된다는 사실에 주목하라.

파트 1에서 당신은 내면의 목소리나 과거사를 통해 주인공의 내면에 깃든 악마를 보여주었다. 파트 2에서 반응하며 행동하는 주인공은 내면의 악마에게 어떤 영향을 받았다. 하지만 자신의 단점을 알고 인정한 주인공은 파트 3에서 내면의 악마를 극복하기 시작한다. 그래야 자신의 목표를 달성할 수 있기 때문이다.

파트 3은 중간포인트에서 시작되어 이야기의 75%에 해당하는 2차 플롯포인트로 이어지는 12~15개의 장면들로 구성된다. 독자는 이러한 장면들을 통해 주인공의 길을 막아서는 반대자를 똑똑히 보아야 하며, 반대자의 힘은 완전하고 극적이어야 한다.

당신은 장면 하나를 통째로 할애하여 반대자의 힘을 보여주어야 한다.

2차 핀치포인트는 파트 3의 한가운데 위치한다

핀치포인트는 주요한 반대자의 힘을 보여준다는 목적을 갖는다. 파트 3의 한가운데 지점에서 등장하는 핀치포인트는 2차 플롯포인트와 더불어 반대자의 힘이 지닌 성격과 규모를 보여주는 장치다. 여기서 반대자는 어느 때보다도 무섭고 두려운 힘을 드러낸다.

주인공과 마찬가지로 반대자도 발전해 왔다. 주인공이 응전하는 방식을 알고 있는 반대자 역시 목표를 달성하기 위해 약점을 극복해 왔다. 따라서 긴장감은 이 지점에서 다시 한 번 높아지고, 이야기의 호흡도 빨라지게 된다.

핀치포인트에 대해서는 36장에서 더욱 자세히 알아볼 것이다.

〈다빈치 코드〉의 파트 3에서……

파트 2에서 랭던과 소피는 알비노 암살자와 경찰로부터 도망치기만 한다. 그러나 파트 3에서 랭던은 각성하기 시작한다. 그는 은신처로 숨어드는 대신 어둠의 장소를 찾아가게 된다.

중간포인트에서 랭던과 소피는 더 이상 경찰에게서 도망치지 않고 문제를 본격적으로 해결하기 위해 원인 – 티빙 교수 – 을 공격하기 시작한다.

이제 그들은 더 이상 수동적인 모습을 보이지 않는다. 그들은 문제를 공격한다. 어떤 해결책도 없이 앉아서 죽음을 기다리기보다는 꼭 해야만 하는 행동에 나선다.

핀치포인트

핀치포인트라는 용어를 두려워하지 마라. 낯설게 들리는 말이겠지만, 핀치포인트는 사실 이야기의 전환점 중 가장 간단하면서도 효율적인 지점이다.

핀치포인트의 기능

이제 이야기에 반대자의 힘 – 악당이나 나쁜 여자 – 이 있어야 한다는 것은 분명히 알게 되었을 것이다. 반대자의 힘은 파트 1을 종결하는 1차 플롯포인트에서 처음으로 완전하게 드러나야 한다는 것도.

반대자의 힘은 이후 주인공의 필요나 모험, 혹은 여행의 성격을 정의하며, 파트 1 이후 이야기의 중심부에서 꾸준히 나타나야 한다. 적어도 컨텍스트적으로라도 말이다.

하지만 컨텍스트만으로는 충분하지 않을 때가 있다. 독자가 가장 완전하고, 가장 위험하며, 가장 두려운 형태로서의 반대자를 목격할 필요가 있는 것이다. 주인공은 반대자의 힘을 위험하거나 두렵다고 생각하지 않을 수도 있다. 하지만 독자가 주인공처럼 생각해서는 안 된다. 독자는 침대 아래 숨어있는 괴물처럼 위험요소가 항상 존재하고 있다는 사실을 알고 있어야 한다.

1차 플롯포인트 이후, 주인공은 가는 길마다 장애물을 만나게 된다. 새로운 모험에 반응하는 주인공에게 반대자의 힘은 언제라도 나타날 것처럼 보인다. 그리고 독자가 (주인공이) 반대자의 눈으로 그가 원하는 것과 욕망하는 것을 보고 이해하는 순간이 핀치포인트다.

핀치포인트의 정의

핀치포인트는 반대자의 힘이 어떤 상황을 통해 주인공의 경험을 거치지 않고 보여지는 순간을 말한다. 여기서 독자는 주인공의 눈을 통해서가 아니라 직접적으로 반대자를 목격하게 된다.

이야기에는 2개의 핀치포인트가 있다. 둘 사이의 차이는 이야기의 흐름 속 위치에 있다.

연애 이야기를 쓴다고 생각해 보자. 1차 플롯포인트에서 주인공의 여자친구가 그를 깡통처럼 차버린다. 자, 이제 그녀와의 관계는 끝났다. 독자는 여자친구가 주인공을 떠난 이유는 모르지만 그녀를 되찾고자 하는 주인공에게 새로운 필요와 모험이 생겼다는 것은 안다. 주인공의 첫 번째 목표는 여자친구가 떠난 이유를 찾아내는 것이다.

여기서 반대자는 여자친구이고, 반대자의 힘은 그녀가 그에게 흥미를 잃었다는 사실이다. 바로 이 점이 그녀를 되찾으려는 주인공의 발목을 잡는다.

파트 2가 진행되는 동안 독자는 주인공의 시점에서 반대자의 힘을 경험한다. 독자는 그의 고통을 느끼고, 당혹스러워하는 그에게 연민을 느끼고, 그에게 희망을 불어넣고 싶어한다. 우리도 모두 그런 나쁜 경험을 한 적이 있으니까.

그리고 1차 핀치포인트에서 독자는 반대자의 힘 자체를 보게 된다. 반대자의 힘에 대한 대화나 언급, 기억을 통해서만이 아니라……, 주인공의 눈을 통해 경험될 필요가 있는 것이다. 적어도 반대자의 힘이 주인공에게 어떤 결과를 미쳤는지를. 반대자의 힘이 독자에게만 드러나는 이야기도 있다. 이 경우 주인공은 반대자의 힘을 전혀 감각하지 못한다. 반면 독자는 반대자의 힘을 명확히 알지 못하는 채로 계속해서 반응하기만 하는 주인공을 계속해서 지켜본다.

휴양지에 놀러간 여자친구를 보여주는 장면으로 핀치포인트를 만들 수도 있겠다. 여기서 여자친구는 다른 연인의 팔에 안겨 리츠칼튼 호텔의 근사한 유리창 너머로 눈이 내리는 풍경을 바라보고 있다.

이런 장면이면 충분하다. 그냥 다른 사람과 함께 있는 여자친구를 보여주면 되는 것이다.

핀치포인트는 위치가 중요하다

핀치포인트는 매우 짧고 간결한 순간일 수 있다. 어떤 인물이 현재 상황에 대해 다른 생각을 퍼뜩 떠올리는 것일 수도 있고, (문자 그대로든 은유적으로든) 다가오는 폭풍을 감지하는 것일 수도 있다. 이처럼 찰나의 순간만으로도 인물은 얼마든지 위험에 빠질 수 있다.

핀치포인트는 단순하고 직접적일수록 효과적이다. 반대자가 위협한다면 그 모습을 보여줘라. 핀치포인트는 이런 순간을 전달하는 것만으로도 충분히 제 역할을 한다.

1차 핀치포인트는 파트 2의 정확히 한가운데 자리한다. 2차 핀치포인트는 파트 3의 정확히 한가운데에 자리한다. 이야기의 38% 지점과 58% 지점이라고 생각하면 쉽다.

핀치포인트는 설정 장면을 필요로 할 수도, 그렇지 않을 수도 있다. 공식이 아니기 때문이다. 선택하기 나름이다.

〈탑 건〉에서 반대자의 힘은 주인공의 과거사다. 불명예 제대한 아버지의 그늘에서 빠져나오려는 그는 매버릭(maverick: 독불장군)이 된다. 매버릭은 그의 별명이다. 규율을 무시하는 그는 가끔 스스로를 위험에 몰아넣기도 한다. 그의 경력은 말할 것도 없다.

1차 핀치포인트를 설정하는 장면을 통해 우리는 비행연습을 망쳐버리는 주인공을 본다. 하지만 진짜 핀치포인트는 직후 이어지는 락커룸 장면에서 라이벌이 그에게 30초쯤 하는 대사를 통해 나타난다. “비행연습이 문제가 아니야. 네 태고가 문제지. 넌 동료들을 좋아하지 않아도 돼. 그들도 마찬가지고……. 하지만 넌 어느 편이지?”

주인공과 동료 비행사는 속삭이는 듯한 목소리로 바로 이 점이 문제라는 대화를 나눈다. 이 대화 역시 핀치포인트다. 우리는 방금 완연하게 드러난 반대자의 힘을 목격했고, 따라서 위험요소가 무엇이며 이로 인해 어떤 일이 발생할 수 있는지를 알게 된다.

클린트 이스트우드Clint Eastwood의 영화 〈밀리언 달러 베이비Million Dollar Baby〉에서 늙은 권투 코치는 한밤중에 자신이 가르치는 여자 선수를 남부 시골로 데려간다. 대화를 나누던 도중 여자 선수는 갑자기 유순해지며 아버지와 오랫동안 길렀던 개, 그리고 개를 놓아주어야 했던 때를 이야기한다.

이러한 핀치포인트가 등장하기 전에 여자 선수가 주유소에서 개와 개의 주인인 소녀에게 의미 있는 시선을 던지는 장면이 있었다. 여자 선수가 추억에 잠긴 듯한 시선을 던졌던 이 장면은 핀치포인트를 설정하는 장면이었다. 그리고 핀치포인트에서 우리는 그녀의 이야기에 담긴 은유적인 의미를 빠르게 알아차린다. 그녀는 "전 당신밖에 없어요"라는 말로 쐐기를 박는다.

그녀는 자신이 기르던 사랑스런 개를 손수 묻어 주었던 경험이 있다. 그것만이 죽음보다 더 끔찍한 고통을 겪고 있던 개를 도울 수 있는 유일한 방법이었기 때문이다. 이러한 그녀의 기억은 우연히 등장하지 않았다. 이 장면은 후에 그녀가 권투 시합에서 사고를 당해 뇌사 상태에 빠지는 장면으로 연결된다. 이 영화에서 어두운 결말을 예고하는 핀치포인트 장면은 짧지만 강력하다. 그러면서도 주인공의 장애물과 이야기의 주제를 분명히 드러낸다. 그녀는 혼자다. 그녀에게는 코치뿐이고, 코치에게는 그녀뿐이다. 그들은 서로를 위해 존재한다.

핀치포인트, 주제, 암시, 그리고 설정……. 이 모든 것들이 단 2개의 장면에 들어 있다.

〈다빈치 코드〉의 1차 핀치포인트는 챕터 37, 양장본 158페이지에 나타난다. 답을 찾던 랭던은 마침내 성배를 찾고 있던 템플러 기사단에게로 향하게 된다. 템플러 기사단과 성배는 이 이야기에서 반대자의 힘으로 작용한다. 교회는 "성배"의 진짜 의미와 위치를 숨겨 왔고, 비밀을 지키기 위해서는 살인도 불사한다. 이 장면이 최적화된 지점인 37.5%와 근접한 35% 지점에 위치한다는 점을 기억하라.

2차 핀치포인트 역시 약간 이르기는 하지만 비교적 최적화된 위치에 등장한다. 챕터 64에서다. 암살자는 랭던을 바짝 쫓아왔고, 랭던은 수수께끼의 단서가 들어 있는 또 다른 상자를 열려고 한다.

이 장면은 핀치포인트의 정의에 정확히 들어맞는다. 반대자의 힘을 대표하는 암살자는 랭던이 막 발견한 바로 그것을 찾고 있었다. 그러면서 주인공과 반대자는 반대자의 힘을 다시 한 번 분명하게 느끼게 된다.

댄 브라운은 플롯포인트나 핀치포인트와 같은 용어를 사용하지 않을지도 모른다. 하지만 그는 이야기 구조를 완벽하게 이해했다. 〈다빈치 코드〉가 좋든 싫든 이 소설의 성공에 이견을 제시할 수 없을 것이다.

음식으로 비유해 보자

살을 찌우려는 목적으로 하루 세 끼를 풍성하게 차려 먹는다고 생각해 보자(당신은 중요한 순간들과 극적 긴장감으로 이야기를 살찌워야 한다). 당신은 세 끼를 꼬박꼬박 챙겨 먹어야 한다. 여기에 간식도 먹으면 좋다. 물론 영양가 있는 간식이어야 할 것이다.

간식을 먹든 안 먹든, 하루 세 번 균형 잡힌 식사를 해야 한다.

1차 플롯포인트, 중간포인트, 2차 플롯포인트가 바로 하루 세 끼의 식사에 해당한다. 이야기에 극적 긴장감을 더하고 호흡을 바로잡고 싶다면 식사를 거르지 마라.

핀치포인트는 매 끼니 사이에 먹는 영양가 있는 간식과도 같다. 오전에 한 번, 오후에 한 번. 간식은 당신에게 에너지와 영양분을 공급한다. 한데 당신은 식사하기 직전이나 직후에 간식을 먹지 않는다. 시간을 두고 간식을 먹어야 하는 것이다.

악당의 또 다른 모습을 보여주는 등, 다른 간식을 먹어도 좋다. 목적은 이야기의 살을 찌우는 것이니까. 그러니 드라마의 칼로리가 높아질수록 독자들은 맛있는 식사를 하게 된다는 점을 생각하며 또 다른 간식거리를 생각해 보도록 하자.

37

2차 플롯포인트

30장에서 이야기에서 가장 중요한 지점이라 할 수 있는 1차 플롯포인트의 정의에 대해 알아보았다. 드라마는 1차 플롯포인트에서부터 환상적인 급물살을 타기 시작한다.

따라서 2차 플롯포인트가 이야기에서 두 번째로 중요한 전환점이라고 생각하는 사람도 있을 수 있다. 물론 2차 플롯포인트가 대단히 중요한 역할을 하는 이야기도 존재하지만, 대부분의 이야기에서는 그렇지 않다. 하지만 그렇다고 하더라도 2차 플롯포인트는 중요한 전환점 중 하나로, 작가로서 이를 소홀하지 않게 다루어야 한다.

2차 플롯포인트가 없는 이야기는 성공할 수 없다.

이야기에 마지막으로 새로운 정보가 주입되는 지점이 2차 플롯포인트다. 그 이후부터는 이야기를 해결하기 위해 일차적인 기폭제로 거듭나는 주인공의 행동과 관련되어 꼭 필요한 마지막 서사적 정보를 제외하고는 더 이상의 설명적인 정보가 주입되어서는 안 된다.

2차 플롯포인트부터 주인공이나 적대자는 새로운 정보에 의거하여 행동하고 선택하며, 이야기는 해결 단계에 들어선다.

이야기의 마지막 레이스가 시작되는 것이다.

2차 플롯포인트의 가치

2차 플롯포인트에서 주입된 정보를 통해 이야기는 주인공의 모험을 가속화시키는 방향으로 변화의 물꼬를 튼다(1차 플롯포인트와 마찬가지로 2차 플롯포인트 역시 이야기를 변화시키는 것이다). 이 지점에서 이야기의 새로운 문이 열리고, 주인공은 보다 즉각적인 보상이 따라오는 새로운 모험에 새로운 전략으로 돌입한다.

2차 플롯포인트에서 당신은 이야기가 끝나가고 있다는 인상을 받는다. 이야기라는 열차가 막 방향을 틀었으며, 이제는 열차를 멈출 수 없다는 느낌을 받는 것이다. 이제 알아야 할 것은 열차가 최대 속력을 내는 구간이다.

독자라면 몰라도 작가인 당신은 이 지점 – 구간 – 을 반드시 알아야 한다.

이야기의 약 75% 지점에서 나타나는 2차 플롯포인트는 파트 3과 파트 4를 구분한다. 여기서 주인공은 공격하는 전사에서 자아를 초월한, 심지어는 순교자적인 모습까지 보이는 승리자, 영웅으로 거듭난다. 물론 내면의 문제를 마침내 극복하는 모습 정도만 보이기도 하지만.

2차 플롯포인트에서 주인공은 누군가가 (혹은 무언가가) 자신에게 가까이 다가와 마지막 일격을 날리려고 한다는 사실을 알아차린다. 이야기가 만족스럽게 끝나려면 주인공은 파트 4에서 이 공격을 물리쳐야 할 것이다. 중간포인트와 마찬가지로, 2차 플롯포인트는 주인공이 모르고 있거나 완전히 파악하지 못한 정보를 전달할 수 있다. 하지만 이런 경우라도 이야기가 해결되기 위한 마지막 압력으로 작용해야 한다. 독자나 주인공은, 혹은 양쪽 모두는 게임이 변화했다는 사실을 알아야 한다. 한편 2차 플롯포인트 이후로 더 이상의 새로운 정보가 들어와서는 안 된다. 지금까지 나온 내용들로 이야기를 앞으로 나아가게 해야 한다.

데니스 루헤인의 〈셔터 아일랜드〉에서 주인공은 동굴에서 자신이 찾아다니던 실종자로 여겨지는 여자를 만난다. 지금까지 많은 일들을 겪어 온 주인공은 이 지점에서 자기만의 이론을 고집하지만, 결국 (주인공의 망상이 만들어 낸 환각이었다는 것이 밝혀지는) 이 여성은 그에게 제대로 된 정보를 주고, 그 결과 그는 우리가 전에도 본 적 있는 음침하고 무시무시한 등대에 갇혀 사악한 의사에게 뇌엽절리술을 받게 된 동료를 구하게 된다.

도화선에 불이 붙은 것이다. 주인공은 이제 모든 사실을 알고 있다. 따라서 상황을 바로잡기 위한 모험을 멈추지 않을 것이다. 고전적인 2차 플롯포인트다.

〈다빈치 코드〉의 2차 플롯포인트는 챕터 75에서 등장한다. 랭던이 영웅적인 기지를 발휘하여 고문서에 숨겨져 있던 암호를 해독하면서 레오나르도 다빈치가 그림 속에 감춰 둔 수수께끼를 풀기 위한 마지막 비밀이 폭로되는 순간이다. 그리고 이 지점부터 모든 것들이 변화하기 시작한다.

하지만 이것이 전부가 아니다. 우리는 랭던이 조력자라 믿었던 사람들이 실은 악당이라는 사실을 알고 있다. 티빙은 항상 그들의 배후에 있었다. 암호의 비밀을 찾아내기 위해 알비노 암살자를 보냈던 사람도 티빙이었다.

이는 이야기에 마지막으로 주입되는 새로운 정보다. 이 지점에서 랭던은 진실을 폭로하고 성배의 위치를 밝히는 데 필요한 모든 것(적어도 그가 알게 될 모든 것)을 갖게 된다.

이처럼 핵심적인 전환점이 2차 플롯포인트다. 견고한 이야기를 구축하고자 한다면, 2차 플롯포인트가 흔들려서는 안 된다. 2차 플롯포인트가 제공해야 할 정보가 있는 것이다.

2차 플롯포인트 이전의 소강 상태

여기서 소설가들도 활용할 수 있는 시나리오 기법을 하나 알려주도록 하겠다. 이제부터는 영화를 볼 때도 이 기법을 찾아보고 연구하도록 하라.

2차 플롯포인트 직전에 모든 희망이 사라진 것처럼 보이는 상태가 등장할 수 있다.

조지 P. 코스마토스George P. Cosmatos의 영화 〈툼스톤Tombstone〉에서 클랜턴 갱단은 보안관 와이어트 어프를 마을 밖으로 내몬다. 어프가 우울한 얼굴로 마을을 떠날 때 비꼬는 듯한 팽팽한 대화가 이어지고, 그 후 악당은 와이어트 어프와 그의 형을 죽이라며 심복을 보낸다.

호흡이 늘어진다. 빛은 희미하고, 장송곡이 흘러나온다. 가엾은 와이어트 어프와 그의 동료들은 모든 것을 잃었다. 2차 플롯포인트 직전의 소강 상태인 이 지점에서 모든 희망은 사라진 것처럼 보인다.

그 후 이어지는 기차역 장면(2차 플롯포인트)에서 우리는 와이어트의 형이 기차에 올라탄 채 승강장에 선 와이어트에게 손을 흔드는 장면을 본다. 한데 와이어트도 마을을 떠나려고 하지 않았나? 그가 어떤 영웅적인 계획을 숨기고 있었던 것일까?

클랜턴 갱단의 부하들이 도착한다. 와이어트는 그들을 처리한다. 그리고는 간신히 살아남은 자에게 마을에 새 보안관이 도착했다는 소식을 알린다. 불쌍한 부하는 돌아가서 보스에게 지옥이 오고 있다고 전한다.

전형적인 2차 플롯포인트라고 할 수 있다.

제임스 캐머런의 영화 〈타이태닉〉의 2차 플롯포인트는 배가 가라앉는 순간이다. 두 연인은 비명을 지르는 생존자들과 부유물들 사이를 떠다닌다. 이 순간 이후에 등장하는 모든 일들은 파트 4에 해당하며, 피할 수 없는 결말의 기폭제가 되어 프롤로그와 수미상관을 이루는 에필로그를 이끌어낸다.

이 순간 이전에는 소강 상태가 많지 않았다. 사실 우리는 영화 역사상 가장 값비싼 특수효과로 연출해 낸 놀라운 장면들을 계속해서 보고 있었던 것이다.

〈다빈치 코드〉에서도 2차 플롯포인트 이전의 소강 상태는 존재하지 않는다. 아마도 댄 브라운은 회계사와 약속을 정하느라 너무 바빴는지도 모른다……. 내가 알 바 아니지만.

다시 말해서 2차 플롯포인트 이전에 소강 상태를 설정하는 것은 선택하기 나름이라는 의미다. 물론 이야기 구조의 다른 요소들은 반드시 존재해야 하고.

2차 플롯포인트를 계획해 보자

떠오르는 대로 글을 쓰는 사람이라면 2차 플롯포인트라는 말에 화부터 낼 것이다. 하지만 이야기 구조를 제대로 파악하지 못한 채 글을 쓴다면, 당신의 이야기는 궤도를 전적으로 이탈하고 말 것이다. 제대로 된 이야기가 나올 수 없기 때문이다. 그리고 에이전트나 편집자는 이야기의 허술함을 즉각 알아볼 것이다.

왜냐고? 2차 플롯포인트라는 전환점이 강력하고 유의미하려면 어떤 새로운 정보를 주입해야 할지 미리 알아야 하기 때문이다.

이 정보는 이야기라는 퍼즐의 마지막 조각이다. 당신은 파트 4에서도 독자를 놀라게 할 수 있다. 하지만 파트 4에서는 새로운 정보를 주입하는 것이 아니라 이미 존재하는 정보들을 사용하여 독자에게 놀라움을 안겨 주어야 한다.

시작의 끝

파트 4는 이야기의 끝에서 시작된다. 파트 4는 10~12개의 장면들로 구성되며, 2차 플롯포인트는 이러한 장면들을 위한 발판으로 사용될 수 있다. 이 순간은 어떤 것이라도 될 수 있으며, 따라서 포괄적으로라도 기술하기 어려울 수 있다.

연애 소설이라면 결혼생활과 맞바꾸었던 직장을 그만두고 오래 전에 헤어진 전처가 새로운 사람을 만나기 전에 그녀를 찾아나서는 순간일 수 있다.

스릴러 소설이라면 인질들이 폭풍우가 몰아치는 와중에 경찰을 부를 수 있는 항구에 도착하는 장면일 수 있다. 그들이 구조될 때까지 생존할 수 있도록 도움을 받는 장면은 파트 4에서 등장할 것이다.

이는 중요하지 않다. 주인공은 악당들이 오기 전에 스스로 그들을 찾아나설 것이기 때문이다.

2차 플롯포인트는 이야기의 무게를 떠받치는 3개의 기둥 중 하나다(나머지 2개는 1차 플롯포인트와 중간포인트다). 다른 모든 것들은 이 기둥들 중 하나에서 흘러나오거나, 하나의 기둥을 향해 올라간다.

그리고 다른 2개의 기둥들과 마찬가지로 2차 플롯포인트라는 기둥을 너무 빨리 세우면 텐트가 기울어진다. 너무 늦게 세우면 파트 4의 긴장감이 느슨해지고, 마지막 순간의 극적 효과도 떨어진다.

그리고 이야기에서 최후의 강렬한 순간은 바로 마지막 장에서 나타난다.

38

마지막 장

나보다 유명하고 더 많은 영향력을 행사하면서도 이야기 구조를 구성하는 4개의 파트와 필수적인 전환점들을 구분하지 않는, 심지어는 정의하려고도 하지 않는 작가들이나 글쓰기 워크숍이 너무나 많다. 구조가 너무 도식적이라는 것이다. 그들은 글에 재미를 더해야 한다고, 창의력을 발휘해야 한다고 말한다. 그러면서 번호를 붙여 가며 글을 쓰는 것은 글쓰기를 난도질하는 행위라고들 한다.

그들은 구조를 언급할 때 "주인공의 여정"이나 "사건 유발", "전환점"이라는 단어를 사용하는 대신, 옥스포드 문학사전에나 실릴 만한 어휘로 포장하는 경향이 있다. 그들은 보다 작가처럼 보이는 표현을 찾으려고 하거나, 우리가 스토리텔링이라 부르는 대단히 우뇌적인 작업을 좌뇌로만 해결하려고 하는 모양이다.

흥미로운 것은 그들이 출판하거나 가르치는 이야기가 구조적 도식을 따르는 경우가 상당히 많다는 점이다. 물론 글쓰기는 정밀한 과학이 아니다. 하지만 그들도 원하든 원하지 않든 우뇌를 사용할 수밖에 없다는 것은 사실이다.

워크숍에서 이야기 구조를 어떻게 말하고 있든, 이는 우리와는 관계가 없다. 그들이 하는 말은 중요하지 않다. 중요한 것은 이야기 구조를 제대로 사용하는 것이다. 물론 그 전에 제대로 이해하는 것이 중요하고.

시나리오 작가들에게 감사하자. 그들은 이야기 구조를 제대로 취급하는 사람들이다. 게다가 그들 중 많은 사람들은 옥스퍼드 문학사전이 따분하기만 하다고 생각한다.

파트 4의 역할

이야기 구조란 2개의 주요 플롯포인트와 중간포인트로 구분되는 4개의 파트로 구성되어야 하며, 각각의 파트에 속한 장면들은 파트 별로 고유한 컨텍스트와 목표를 지녀야 한다고 생각한다. 옥스포드 사전에서 이야기 구조를 어떻게 설명하고 있는지는 중요하지 않다. 사전적 정의와는 상관 없이 주인공의 필요와 모험, 그리고 주인공의 여정을 가로막는 장애물과 핀치포인트들을 흡입력 있고 강렬하게 만들어야 한다. 주인공은 이야기를 통과하며 배우고, 성장하며, 독자가 공감하고 응원할 수 있는 인물로 거듭난다. 그리고 이 과정은 장면들을 통해 제시된다.

그리고 이 모든 것들은 신선하고 강렬한 콘셉트와 분명한 주제, 흥미로운 세계관, 영리하게 구성된 플롯에 따라 시행되어야 한다.

이 정도만 되어도 당신이 창의력을 발휘할 여지는 충분하다.

다시 말해서 스토리텔링 계획을 짤 때도 창의력을 발휘해야 한다는 말이다. 우리는 깔끔하고 날카로운 글쓰기로 이 모든 것들을 솜씨 좋게 요리해서 접시에 담아야 한다. 이때 접시는 성배나 다름 없을 것이다.

처음에는 쉽다고만 생각했을 것이다.

그리고 마침내 파트 4, 이야기의 마지막 장에 도달한다.

알고 있는가? 파트 4를 계획할 필요는 없다. 파트 4의 규칙은 단 하나뿐이다.

파트 4를 효과적으로 쓰기 위한 규칙

이야기가 해결되는 파트 4에서 유일한 규칙은 2차 플롯포인트가 지났으니 지금까지 등장하지 않았던 내용을 설명하는 새로운 정보가 나타나서는 안 된다는 점이다. 이야기의 마지막 장인 파트 4에서 어떤 일이 일어나려면 이미 존재했던 정보와 관련이 있거나 적어도 미리 언급되거나 암시된 바 있어야 한다. 인물도 마찬가지다. 파트 4에 새로운 인물이 들어오면 안 된다.

이러한 규칙을 지키지 않으면 거절 통지서를 받게 된다. 하지만 다른 부분들은 자유롭게 쓸 수 있다. 물론 영리한 작가라면 전문가들이 어떤 결말을 좋아하는지부터 파악할 것이다.

글쓰기는 예술이다. 따라서 당신은 마음대로 실험할 자유가 있다. 하지만 약간의 규칙은 따를 필요가 있다. 그래야만 당신의 원고를 책으로 출간할 수 있기 때문이다.

주인공은 기폭제다

주인공은 이야기를 해결하는 파트 4에서 일차적인 기폭제가 된다. 그는 앞장서서 리더의 역할을 맡아야 한다. 단지 제자리만 지키며 관찰하거나 서술하거나 다른 사람을 지지하거나 역시 다른 사람에 의해 구출되면 안 된다.

미출간 원고들에는 이런 주인공들이 수두룩하다. 하지만 매우 자명하게도 출간된 책이나 극장에 걸린 영화에서는 이런 주인공을 거의 찾아볼 수 없다.

성장하는 주인공

주인공은 과거를 속박하던 내면의 악마를 정복한다. 이러한 극복 과정은 파트 3에서부터 엿보일 수 있지만, 주인공은 파트 4에서부터 본격적으로 승리를 향해 나아가기 시작한다. 파트 3은 대개 마지막으로 주인공의 의식을 장악하려고 기를 쓰는 내면의 악마를 다루고, 이는 앞으로 나아가기 위해서는 반드시 다른 방식으로 접근해야 한다는 사실을 알아차리는 주인공으로 이어지며, 파트 4 대단원에서 주인공은 지금까지 배운 교훈들을 실행에 옮기기 시작한다.

주인공은 내면의 교훈을 적용하여 자신의 길을 가로막고 있던 외부의 갈등을 공격하기 시작한다.

주인공은 더 나은 모습을 새롭게 보여준다

주인공은 용기와 창의력, 새로운 사고, 해결을 위한 속임수를 사용하는 모습 등을 보여주어야 한다. 이러한 주인공은 영웅이라 불릴 자격을 갖추게 된다.

독자는 파트 4에서 영웅적인 주인공의 모습을 느껴야 한다. 이는 파트 1, 2, 3을 통해 독자가 주인공에게 몰입해 온 정도에 달려 있다. 독자가 주인공에게 더 많이 공감할수록 파트 4의 결말도 더욱 효과적일 수 있다. 당신은 독자를 울리고 웃겨야 하며, 환호하고 기억하게, 느끼게 해야 한다. 당신이 진정한 이야기꾼이라면 말이다.

독자에게서 이 모든 감정들을 이끌어낼 수 있다면, 이미 당신의 손에는 출간 계약서가 쥐어진 셈이다.

당신이 시리즈물을 쓰고 있다면

한 권으로 끝나는 이야기를 쓰고 있다면 파트 4에서 결말을 느슨하게 남겨 두면 안 된다. 적어도 주요한 사건들은 해결되어야 한다. 솜씨를 부리기 나름이다.

하지만 시리즈물을 쓰고 있다면 느슨한 결말이 중요하다. 1차 플롯포인트에서 촉발된 해당 이야기에 특정적인 사안들을 반드시 각 권의 결말에서 마무리를 지어야 한다. 시리즈에 특정적인 사안들은 그대로 남아 있을 수 있다. 하지만 각 권마다 존재하는 기본적인 플롯은 마무리되어야 한다.

다음 권으로 이어지는 문제는 대개 인물과 관련이 있다. 예를 들어 〈해리 포터〉 시리즈에서 주인공은 각 권마다 개별적으로 설정된 특정한 문제를 해결해야 하지만, 해리의 부모를 죽인 악당은 밝혀지지 않는다. 따라서 독자는 다음 권을 기다리게 된다.

시리즈를 쓰더라도 각 권마다 할당된 문제는 해당 이야기 내에서 해결되어야 한다(풋내기 작가들은 여기서 종종 실수를 저지른다). 각 권은 독립적으로 존재한다. 게다가 첫 번째 책이 성공해야만 다음 책도 낼 수 있다.

시리즈물을 쓸 때의 규칙은 다음과 같다. 각 권마다 시리즈물 전체에 해당하는 전제와 평행하게 전개되는 고유한 이야기가 있어야 한다. 그리고 다음 책으로 넘어가기 전에 먼저 이 이야기를 끝내야 한다. 한편 시리즈물 전체의 전제는 마지막 권에서 해결되어야 한다.

그리고 놀라운 일이 일어난다……

이야기의 파트 1, 2, 3을 제대로 써 냈다면, 주인공의 모험과 변화를 이끌어내는 주요 전환점들을 강력하게 만들어 냈다면, 파트 4에서는 마법과도 같은 일이 일어난다. 당신이 이야기를 끝내는 데 필요한 것을 직관적으로 알게 되는 것이다. 설령 곧바로 떠오르지 않더라도 녹음기를 들고 산책을 좀 하다 보면 금방 생각해 낼 수 있을 것이다.

물론 파트 1, 2, 3을 쓰고 나서야 결말을 생각해야 한다는 말은 아니다. 그렇게 생각했다면 오해다.

게다가 이야기 구조의 원칙을 적용하여 파트 1, 2, 3이나 전환점들을 만들어 내지 않았다면, 당신은 파트 4에서 길을 잃고 말 것이다. 이야기 구조에 입각하여 썼을 때만이 파트 4에서 다소 떠오르는 대로 쓸 수 있는 자유를 누릴 수 있기 때문이다.

이 말은 파트 4도 미리 계획하는 편이 좋다는 의미다. 물론 이야기를 쓰다가 더 좋은 결말을 생각해 낼 수도 있다. 그렇다면 더욱 좋다. 이야기의 마지막 부분이 더욱 풍성해질 수 있기 때문이다.

당신은 미리 이야기의 모든 주요 전환점들과 플롯을 전략적으로 생각해 두어야 한다(결말이 퍼뜩 생각나지 않더라도 말이다). 당신은 이야기의 처음 3/4을 발전시키는 과정에서 자연스레 마지막 장을 떠올릴 수 있을 것이다.

개요를 잡는 대신 무작정 원고부터 쓰며 이야기를 계획하고 있다면, 당신은 그럴듯한 파트 4가 완성될 때까지 초고를 여러 벌 써야 할 것이다. 생각해 보라. 이야기를 끝내는 데 가장 좋은 방법이 무엇이겠는가? 결국 같은 과정이라면, 어느 쪽이 덜 힘들겠는가?

계획을 세우지 않고 원고부터 쓴다면 훌륭한 이야기는커녕 진부한 이야기만 완성할 위험이 있다. 처음부터 계획을 세우는 편이 낫다. 300페이지나 써 버렸는데 처음부터 다시 쓰기가 얼마나 힘이 들겠는가?

결말이 좋지 못한 이야기들이 너무나 많다

그런데도 이러한 이야기들이 출간되고 다소 성공을 거두는 경우가 종종 있다. 이는 전체적으로 탄탄한 구조나 흡입력 있는 인물 덕분일 것이다. 해서 이야기의 결말이 좋지 못한데도 다소 성공할 수 있는 것이다. 없지는 않은 일이다. 하지만 이는 표지에 유명한 작가의 이름이 적혀 있기 때문인 경우가 많다. 냉소적인 말로 들리겠지만 어느 정도 사실이다.

신인보다 유명한 기성 작가들이 나쁜 결말을 내는 실수를 저지를 때가 더 많다. 물론 결말이 좋지 못한 신인 작가들의 작품은 대번에 거절당하기 때문이다. 만족스럽지도 않고, 진부하고, 비논리적인 결말을 지닌 원고는 편집자의 이름을 잘못 썼을 때보다도 빠르게 거절당한다.

따라서 당신의 이야기는 반드시 탄탄한 결말을 갖추어야 한다. 특히 처음 소설이나 시나리오를 쓰고 있다면, 홈런을 목표로 하라. 편집자들은 흔히 검증된 프로 작가들만이 좋은 결말을 쓸 수 있다고 생각한다. 그들에게 당신도 할 수 있다는 것을 보여주어야 한다.

파트 1, 2, 3의 하부구조를 깊이 있게 만들어 내지 못한다면, 근사한 결말도 만들기 어렵다.

구조를 믿어라

초보 수영자는 급류나 깊은 물 속에서 수영하다 위험에 처할 수 있다. 수영을 잘하는 사람에게 구출되기 전까지, 그는 사력을 다해 물에서 빠져나오려고 한다.

두려움과 저항심은 당신을 죽게 할 수도 있다. 당신은 구출되어야 한다는 것도 모르는 채 빠르게 죽어갈 수도 있다.

구조가 훌륭하면 이야기가 살아나고, 구조가 나쁘면 이야기도 죽는다는 사실을 좀처럼 받아들이지 않는 사람들은 생각보다 많다. 그들은 마치 글쓰기에 대한 자신의 신념이 망가지기라도 한다는 듯 저항하는 태도를 보인다. 그들은 이야기 구조가 도식적이며 따라서 무가치하다고 말한다. 아마 영혼의 목소리를 통해 마술적인 방식으로 글을 쓴다는 유명 작가들의 허황된 말을 들은 모양이다. 유명 작가들도 이런 식으로 글을 쓴다면 엄청난 퇴고 과정을 거쳤을 것이 분명한데도.

아무것도 모르는 바보처럼 굴지 마라. 누구에게나 퇴고 과정은 필요하다.

당신이 접할 수 있는 모든 소설과 영화는 사실 견고한 이야기 건축술이 만들어 낸 것이다. 작가가 어떤 식으로 작업했더라도 시중에 나와 있는 모든 이야기는 구조를 바탕으로 하고 있다. 베르사이유 궁전의 미적 아름다움이 매끈한 석조 외벽으로만 만들어진 것은 아니다. 외벽을 만들려면 구조가 있어야 하고, 설계도가 있어야 한다. 구조가 있어야 건물을 지을 수 있기 때문이다.

소설이나 시나리오는 우연히 쓸 수 없다. 작가는 자기가 어디로 가는지도 모르는 주인공의 뒤를 밟으며 우연히 이야기를 발견하는 사람이 아니다.

책을 출간한 적이 없거나 자비로 출판한 작가들은 대부분 이런 방식으로 글을 쓴다. 하지만 책을 출간한 작가들은 구조가 중요하다는 사실을 알고 있다. 비록 구조 대신 다른 용어를 사용하더라도.

골프시합을 할 때는 정해진 코스를 따라간다. 그냥 되는 대로 그린을 돌아다니며 아무 곳으로나 공을 날리지 않는다는 말이다. 대단히 드문 경우지만 그렇게 해서 홀인원을 할 때도 있다. 그러나 과정을 중요하게 생각하지 않는 작가들은 거의 예외 없이 좋은 결과물을 내지 못한다.

당신이 무계획적인 과정을 신봉하는 사람이라면, 똑똑히 알아둬라. 적어도 100년 안에 당신의 책이 출판되는 일은 없을 것이다.

이야기 구조를 파악하지 않고 글을 쓴다? 이는 의학대학을 다니지 않고 환자를 수술하는 것이나 마찬가지다. 이는 자멸로 향하는 길이다. 환자를 죽일 수밖에 없기 때문이다.

〈그레이 아나토미Grey's Anatomy〉 시리즈를 전부 다 봤다고 맹장수술을 할 수는 없다. 톰 클랜시Tom Clancy[22]의 소설을 다 읽었다고 바로 출간할 만한 스릴러 소설을 쓸 수 없는 것과 마찬가지다.

이야기 구조는 소설 쓰기의 성배다. 톰 클랜시를 비롯한 모든 작가들이 알고 있는 사실이다. 그들이 떠오르는 대로 쓰면서 구조를 발견하는 작가들이라 하더라도 말이다.

작업 방식은 중요하지 않다.

그들의 이야기에도 구조가 반드시 존재한다는 점이 중요하다.

당신은 셰익스피어처럼 문장을 구사할지도 모른다. 팀 버튼처럼 상상력을 발휘할지도 모른다. 하지만 당신의 이야기가 누구나 받아들이는 탄탄한 구조를 따르지 않는다면, 다시 말해서 혼자 만들어 낸 구조를 따른다면, 당신은 수없이 거절통지서만 받게 될 것이다.

반드시 개요를 작성하고 이야기를 쓰라는 말은 아니다. 이야기 구조의 원칙을 사용하여 이야기를 쓰라는 말이다. 개요를 작성하든 하지 않든, 우뇌를 사용하든 좌뇌를 사용하든, 책을 출간하고 싶다면 이 사실을 받아들여라.

---

22 테크노 스릴러(첨단과학이나 전문기술이 작품의 소재가 되는 추리소설)라는 새로운 장르를 개척했다는 평가를 받은 그는 잇달아 발표한 작품에서 전문적인 군사 정보와 탄탄한 이야기 구성, 긴박한 전개 속도, 마치 영화를 보는 듯 생생한 액션 장면 묘사로 많은 독자들의 사랑을 받고 있다. 주요 저서로는 『붉은 폭풍』, 『패트리어트 게임』, 『크레믈린의 추기경』, 『긴급명령』, 『공포의 총합』, 『복수』, 『레인보우 식스』, 『OP 센터』 등이 있다.

이야기 구조에 대한 마지막 잔소리

시나리오 작가들은 도널드 트럼프의 혼전 재산분할 계약서[23]처럼 융통성이라고는 찾아볼 수 없는 구조에 갇혀 있다. 그들은 엄격한 원칙을 따르거나, 차세대 타란티노를 꿈꾸며 원칙을 거부하거나, 둘 중 하나를 선택한다. 하지만 아무나 타란티노가 될 수 있는 것은 아니다. 시나리오를 쓰는 당신이 타란티노처럼 되려고 일부러 괴상한 선택을 내리고 있다면, 현실적으로 판단하라.

시나리오 작가들은 대개 엄격한 구조의 원칙을 받아들인다. 그러면서도 나름대로 창의력을 발휘할 여유공간을 찾아낸다.

하지만 소설가들은 보다 유연한 원칙을 갖는다. 나는 전환점의 위치를 구체적으로 규정하고 있지만, 당신은 이 위치를 "대략적으로" 지키면 된다. 나는 이야기의 분량을 구체적으로 규정하지만, 당신은 이 분량을 "합리적으로" 줄이거나 늘릴 수 있다.

내가 제시한 원칙을 지키는 한, 당신은 안전하고 검증된 길을 따라갈 것이다. 그리고 이 길은 출판으로 통한다.

하지만 원칙을 무시한다면 당신의 이야기는 팔리지 않을 것이다.

이야기 구조를 옹호하는 나로서는 아이에게 세상에 대해 가르치고 있다는 기분이 든다. 나는 당신에게 해야 할 것들과 하지 말아야 할 것들, 황금률과 카르마의 신비한 작용과 끌어당김의 법칙을 가르쳐주고,

---

23 주로 연예인이나 갑부가 결혼 전 쓰는 문서로 혹시 이혼할 경우 돈을 빼앗기지 않으려고 '결혼 전 배우자가 형성한 재산에 대해서 권리를 주장하지 않겠다'는 약속을 받아내는 법적 계약서이다.

착하게 살면 좋은 일이 생긴다는 것을 설명해 주는 셈이다.

물론 원칙을 꼬박꼬박 지켜도 좋지 못한 결과가 나올 수는 있다. 인생이 늘 공정한 것은 아니니까. 그렇다고 해서 원칙을 지키지 말라는 말은 당연히 아니다. 원칙을 지키지 않은 이야기들은 거의 예외 없이 쓰레기통으로 직행하게 된다는 것은 사실이다.

자기만의 방식으로 남들과는 다른 선택을 내리는 작가들이 성공하는 경우도 있다. 하지만 이런 일은 대단히 드물다.

예술과 스토리텔링에서 아무것도 확실한 것은 없다. 이야기 구조를 알고 사용한다고 해서 늘 책을 출판할 수 있는 것은 아니다.

하지만 온갖 선택지들로 가득한 바다에서 당신을 구해 줄 수 있는 것은 구조뿐이다.

그러니 이야기 구조라고 적혀 있는 구명보트를 놓치지 마라.

당신이 꼭 물어보아야 할 것들

이야기 구조를 고민하는 당신에게 한 페이지 안에 꼭 맞게 들어가는 질문들의 목록을 하나 알려주도록 하겠다(writersdigest.com/article/story-engineering-downloads에서 아래 목록을 프린트할 수 있다). 당신에게는 너무나 유용한 질문들이다.

한 페이지를 넘어가지 않는 이 목록을 한 번 연구하는 것만으로도 서점의 서가를 꽉 채운 작법서들을 읽어 본 효과를 낼 수 있다. 그런데도 내가 제시한 목록이 마음에 들지 않는다면 그런 책들을 읽어라. 당신이 선택하기 나름이다.

다음 목록에 담긴 질문에 전부 답변할 수 있다면, 당신은 곧 베스트셀러를 쓸 수 있을 것이다.

성공적으로 이야기를 완성하려는 당신이 이야기에 대해 알아야 하는 모든 것들을 질문의 형식으로 정리했다. 당신이 이야기를 쓰기 전에 이야기에 대한 모든 것들을 알아야 한다고 말한 바 있지만, 이는 처음 쓴 원고를 한두 번 수정해서 송부하고자 하는 작가들에게만 적용된다.

미친 소리처럼 들리겠지만 사실이다. 나는 미리 이야기를 전략적으로 계획해서 한두 번의 수정 과정만 거친 첫 원고를 출판사에 판 적이 있다.

이야기 계획이라는 말에 알레르기 반응을 일으키며 결코 개요를 작성할 생각이 없다고 주장하는 사람이라면 내가 제시하는 목록이 도움이 될 것이다. 각각의 질문들에 더 많은 대답을 찾아낼 수 있다면 당신이 써야 할 원고의 숫자는 줄어들 것이기 때문이다.

그리고 각각의 질문에 쓸 만한 대답을 내놓지 못한다면, 어떤 원고도 최종 원고가 될 수 없을 것이다. 단지 버려질 뿐이다. 그렇다. 이 목록은 대단히 유용하다.

아래 목록을 출력하거나 복사해서 안전한 장소에 보관하라. 액자에 끼워 컴퓨터 옆에 놓아도 좋다. 각각의 질문에 답변하는 과정은 당신을 성공적인 이야기로 인도할 것이다.

이야기의 콘셉트는 무엇인가?

- 당신의 콘셉트는 "이러면 어떨까?"로 표현될 수 있는가?
- 이에 답변할 수 있는가?
- "이러면 어떨까?"라는 첫 질문은 또 다른 "이러면 어떨까?"라는 질문을 이끌어내는가? 이 과정에서 이야기의 플롯포인트와 파트가 구성되는가?

이야기의 주제는 무엇인가?

- 당신은 주제를 노골적으로 드러내고자 하는가? 혹은 은연중에 드러내고자 하는가?

- 당신의 이야기는 여러 개의 주제를 담고 있는가?

당신의 이야기는 어떻게 시작되는가?

- 즉각적인 미끼가 있는가?
- 1차 플롯포인트 이전까지 주인공의 인생은 어떠한가?
- 1차 플롯포인트 이전에 어떤 위험요소가 설정되는가?
- 인물의 과거사는 어떠한가?
- 이야기의 후반부에 활약하게 될 주인공의 내면에 깃든 악마는 무엇인가?
- 1차 플롯포인트 전에 무엇이 암시되고 있는가?

이야기의 1차 플롯포인트는 무엇인가?

- 이야기의 흐름 내에서 적절한 위치에 자리하고 있는가?
- 이후 주인공의 계획을 어떻게 변경시키는가?
- 주인공의 새로운 필요/모험은 무엇인가?
- 이후 어떤 위험요소가 생겨나는가?
- 주인공의 필요를 충족시키는 데 방해가 되는 것은 무엇인가?
- 반대자의 힘은 무엇인가?
- 이 지점에서 독자들이 주인공에게 공감하는 이유는 무엇인가?
- 반대자의 힘에 주인공은 어떻게 반응하는가?

이야기의 중간포인트는 컨텍스트를 어떻게 변화시키는가?

- 중간포인트는 주인공과 독자에게 새로운 정보를 알려주고 있는가?
- 이 정보는 이야기의 컨텍스트를 어떻게 변화시키는가?
- 이 정보는 극적 긴장감과 호흡을 고조시키는가?
- 새로운 필요/모험이 생긴 주인공은 어떻게 공격에 나서는가?
- 반대자의 힘은 주인공의 공격에 어떻게 응답하는가?
- 내면의 악마는 어떤 반응을 보이는가?
- 2차 플롯포인트 이전에 모든 희망이 사라진 소강 상태는 어떻게 그려지고 있는가?

이야기의 2차 플롯포인트는 무엇인가?

- 이 순간은 주인공이 능동적으로 나아가는 데 어떻게 영향을 미치는가?
- 주인공은 이야기의 중심 문제를 성공적으로 해결하기 위한 기폭제가 되는가?
- 기폭제라는 역할은 주인공의 필요와 모험을 충족시키는가?
- 주인공이 내면의 악마를 정복하는 과정은 어떻게 보여지고 있는가?
- 위험요소는 어떻게 해소되는가? 누가 이기는가? 무엇을 얻는가? 또한 누가 무엇을 잃게 되는가?
- 이야기가 결말을 향해가면서 독자는 정서적으로 어떤 경험을 하는가?

영리한 작가라면 제시된 질문들이 이야기 구조의 네 파트에 상응한다는 것을 알아차릴 것이다. 한편 이 목록은 6가지 핵심요소 중 4가지(콘셉트, 주제, 인물, 구조)를 포함하고 있기도 하다. 그리고 남은 2가지(장면, 글쓰는 목소리)는 당신의 놀라운 솜씨에 달려 있다.

스토리텔링에서 가장 중요한 6개의 단어

책을 출간하고 싶다면 스토리텔링에서 가장 중요한 6개의 단어를 제대로 활용할 줄 알아야 한다. 6가지 핵심요소와 직결되는 6가지 단어는 각각의 핵심요소를 강화하며 목표를 부여하는 역할을 한다.

노래를 부를 때와 마찬가지다. 먼저 정확하게 음을 맞추는 법을 배워야 하고, 그 다음에 부르는 법을 배워야 한다.

운동 경기에 비유해 보자

6가지 중요한 단어는 6가지 핵심요소를 가리킨다. 운동선수가 되려면 특정한 기술을 쌓아야 하는 것과 마찬가지다.

어떤 이야기를 쓰더라도 기본적이면서도 핵심적인 6가지 단어에 늘 유념해야 한다. 6가지 단어는 재능에 비유될 수 있다. 똑같은 지식을 갖추고 똑같이 연습했는데도 한 쪽은 성공하고 다른 한 쪽은 실패하는 것과 같다. 아는 것과 실행하는 것이 다르기 때문이다. 농구나 테니스, 야구, 축구, 미식축구, 럭비 선수가 되고 싶다면 먼저 달리는 법을, 다음에는 경기하는 법을 배워야 한다(물론 잘 달릴수록 경기도 잘 할 수 있다).

이러한 6가지 단어 – 재능 – 를 자신의 것으로 만든다면, 따라서 6가지 핵심요소도 자신의 것으로 한다면, 당신은 더욱 좋은 이야기를 쓸 수 있을 것이다.

노력이 필요하다

당신에게 소설 쓰기가 쉽다고 말하는 사람이 없기를 바란다. 동네 축구 감독이 NFL 선수의 경기를 보기만 하고 쉽다고 말할 수는 없는 법이다.

프로 선수들은 보이지 않는 곳에서 꾸준히 기초를 쌓는다. 그들은 경기장면을 분석하고, 개인 코치를 고용하고, 특정한 기술을 연습하고, 마침내 좋은 결과를 보여준다.

6가지 중요한 단어를 연구하는 것을 작가들을 위한 춘계훈련이라고 생각하라. 이 단어들을 바탕으로 핵심적인 스토리텔링 기술을 연마할 수 있다. 어떤 이야기를 쓰더라도 이 단어들은 언제나 유용한 역할을 할 것이다.

스토리텔링에서 가장 중요한 6개의 단어

이 단어들은 영역이나 차원, 본질, 성격과는 관련이 없다. 스타일과 관련된 단어들도 아니다. 글쓰기 스타일은 그저 글쓰기의 운동선수인 당신이 입는 유니폼이나 마찬가지다. 유니폼이 빛을 발하려면 경기에서 승리해야 한다.

글쓰는 목소리만 훌륭해서는 책이 출판되지 않는다. 다른 핵심요소도 제대로 써내야 한다.

이제부터 스토리텔링에서 가장 중요한 6가지 단어들을 자세히 살펴보자.

흡입력(Compelling)

독자가 당신의 이야기에 관심을 가질까? 미끼는 무엇인가? 당신의 이야기는 독자에게 정서적으로, 지적으로 호소하는가? 당신의 이야기는 독자에게 질문을 던지는가? 질문에 대한 답변은 독자가 어떤 사람이더라도 관심을 가질 수 있을 정도로 흡입력이 있는가?

영웅(Hero)

그렇다. 당신에게는 주인공이 필요하다. 그런데 주인공이 영웅적인 모습을 보여주는가? 어떤 식으로? 영웅을 넘어서는 모습을 보여줄 수 있는가? 독자는 그의 행동에 공감하는가? 그에게는 어떤 위험요소가 있는가? 그가 자신의 목표를 성취하기 위해 외부적으로나 내면적으로나 필요한 행동은 무엇인가? 독자가 주인공의 목표에 관심을 갖는 이유는 무엇인가? 주인공이 행동하는 방식에서 영웅적인 요소는 무엇인가? 주인공은 어떤 수단을 사용하여 해결에 나서는가?

갈등(Conflict)

공원이나 산책하다 끝나는 이야기를 읽고 싶은 사람은 아무도 없다. 정말이다. 주인공의 여정을 가로막는 것은 무엇인가? 이러한 갈등의 힘 –

대부분 악당이나 불한당이지만, 늘 그런 것은 아니다 – 이 원하거나 필요로 하는 것은 무엇인가? 반대자가 만들어 내는 위험요소는 무엇인가? 무엇보다도 이러한 갈등은 이야기의 흐름 내에서 어떻게 긴장감을 강화하고 있는가?

컨텍스트(Context)

사람들이 흔히 생각하는 것과는 달리 컨텍스트는 그냥 생겨나지 않는다. 해당 장면의 컨텍스트와 관련된 서브텍스트는 무엇인가? 과거는 현재에 어떤 방식으로 영향을 미치는가? 이야기의 내적 갈등은 해당 장면에서 어떻게 컨텍스트를 강화하는가? 말하고 행동하고 선택하는 인물들에게 무엇이 영향력을 행사하는가? 전체 이야기의 주제가 만들어 내는 컨텍스트는 무엇인가? 이는 각각의 장면에서 어떻게 나타나고 있는가?

컨텍스트를 제대로 다룰 수 있다면 서점에서 당신의 이름이 적힌 책을 발견하는 날이 곧 오게 될 것이다. 이야기의 장면들을 작동시키는 것은 바로 컨텍스트와 극적 긴장감이기 때문이다.

건축술(Architecture)

당신의 이야기는 적절한 설정에 따라 전개되는가? 이러한 설정으로 이어지는 주인공의 새로운 모험과 필요는 적절한 위치에서 적절한 호흡으로 밝혀지는가? 주인공의 새로운 여정의 컨텍스트는 명확하게 성립되었는가? 이는 앞으로 주인공의 행동과 말에 어떤 영향을 미치는가? 서사적인 설명과 극적 긴장감과 관련되어 변화나 놀라움 등의 굴곡이 있는가?

해결(Resolution)

이야기의 결말은 독자들에게 정서적인 보상을 안겨주는가? 그럴듯한 결말인가? 마지막 장을 덮고도 여운이 지속되는가? 결말이 근사하다면 앞의 이야기가 조금 허술해도 용서할 수 있다. 하지만 주인공이 흡입력 있는 인물이고, 콘셉트가 풍부하고 강렬하며, 주제가 울림이 있고 솜씨 좋게 쓰여졌을 때만이 결말은 최상의 효과를 낼 수 있다.

위와 같은 6가지 기본사항을 잘 이해하고 활용할 때, 책을 출판할 가능성도 커진다. 성공할 가능성도 커질 것이고.

6가지 단어들을 분명히 파악하고 사용한다면 이야기꾼의 잠재력을 충분히 발휘할 수 있기 때문이다. 당신의 꿈이 마침내 현실이 될 수 있는 것이다.

마법의 약을 원하던 당신에게 이제 6가지 약이 주어졌다. 하지만 당신은 이 약을 성공적인 글쓰기를 위한 6가지 핵심요소와 더불어 충분히 소화시켜야 한다.

계획하는 사람과 무작정 쓰는 사람

글쓰기에는 두 부류가 있다. 한쪽은 생각나는 대로 쓰는 사람들이고, 다른 한쪽은 신중하게 계획부터 세우는 사람들이다.

양쪽 방식을 모두 사용하는 사람들은 많지 않다. 대부분의 작가들은 한쪽 방식만을 고수한다. 양쪽은 적어도 글쓰기와 관련해서는 서로 대화하려고 하지 않으며, 논쟁은 더욱 커져만 간다.

떠오르는 대로 쓰는 작가들은 개요를 작성하면 자발성과 창의성을 발휘할 수 없다고 말한다. 이야기가 진행되는 과정에서 인물이 저절로 나타나 자연스럽게 움직여야 이야기가 살아난다는 것이다.

개요부터 작성하는 사람들은 이 말이 헛소리라고 생각한다.

이 논쟁은 정치나 성적 취향과 관련된 논쟁보다도 빠르게 집단을 양분한다. 개요를 작성하는 사람들은 결말도 모르면서 어떻게 근사한 결말을 예고하는 이야기를 구축할 수 있느냐고 묻는다.

떠오르는 대로 쓰는 작가들은 미리 작성한 개요에 단어들만 몇 개 집어넣는다고 해서 신선하고 자발적인 이야기를 쓸 수는 없다고 말한다. 더 나은 아이디어가 생기면 어떡하느냐는 것이다.

양쪽의 주장에 대한 답변은 이야기 구조의 원칙이 내놓을 수 있다. 중요한 것은 개요를 작성하느냐 하지 않느냐가 아니라 바로 이야기의 구조다.

개요냐 아니냐…… 이것이 문제가 아니로다

문제는 개요가 아니다. 바로 기본적인 이야기 구조를 얼마나 잘 알고 있는지, 구조를 얼마나 지키고 있는지가 문제다.

이야기 구조를 모른다면 양쪽 모두 실패할 것이다. 평면적이고, 호흡 조절도 엉망인, 그래서 거절당할 수밖에 없는 이야기가 나올 것이기 때문이다. 하지만 구조를 바탕으로 한 이야기는 기름칠된 기계처럼 잘 돌아갈 것이다.

그리고 더욱 중요한 것이 있다. 바로 흡입력이다. 당신의 이야기는 흡입력이 있는가?

이야기 구조의 원칙조차 나쁜 아이디어나 6가지 핵심요소들이 잘못 활용된 이야기는 살릴 수 없다. 개요를 작성하더라도 말이다. 될성부른 나무는 떡잎부터 알아보는 법이다.

이야기의 하부구조

떠오르는 대로 쓰는 작가들 대다수가 인정하기를 꺼려 하지만, 성공적인 이야기는 거의 정확한 위치에서 나타나는 전환점들을 갖춘 구조를 바탕으로 한다. 떠오르는 대로 성공적인 작품들을 쓰는 작가들은 이 사실을 알고 있다. 이들은 계획 없이 글을 쓰지만, 머릿속에 들어 있는 구조적 원칙을 따르고 있는 것이다.

구조적 원칙을 모르고 개요를 작성하는 사람들은 괴로움을 겪는다. 그들은 망가진 구조를 몇 개의 단어들로 겨우 채웠을 뿐이다. 이들이 떠오르는 대로 쓰는 작가들보다 빠르게 "최종" 원고를 완성했을지라도, 출판사는 이런 원고에 관심을 보이지 않을 것이다.

그러므로 이야기 구조를 구성하는 4개의 파트와 주요 전환점들이 제 기능을 다 하고 있는지 확실히 살펴보라.

마지막 한 마디

이야기 구조를 날카롭게 파악하여 글쓰기 과정에서 활용하라. 반드시 그래야 한다.

성공적인 이야기를 쓰려면 구조가 저절로 날아올라 당신을 약속의 땅으로 데려다 줄 것이라고 생각해서는 안 된다. 중요한 것은 개요가 아니다. 당신은 먼저 이야기 구조의 기본적이고 핵심적인 요소를 파악해야 한다. 이러한 이해가 바탕에 있어야만 약속의 땅으로 날아갈 수 있다. 이야기가 올바른 흐름과 호흡에 따라 펼쳐지게 되는 것이다. 개요를 작성하기 전에 모든 파트들과 주요 전환점들이 제자리를 지키는 구조를 만들고 이야기를 구성해 보도록 하라.

어떤 방식을 선택하든, 성공적인 이야기는 이야기 구조에 대한 당신의 이해에 달려 있다.

이야기 구조는 필수적이다. 논쟁은 끝났다.

PART 6

다섯 번째 핵심요소 **– 장면 쓰기**

42

장면이란 무엇인가?

지금까지 스토리텔링에 대한 이론과 기준, 그리고 성공적인 이야기를 쓸 때 필요한 요소들을 알아보았다. 아이디어가 이들 원칙과 만날 때, 이야기는 살아난다. 예를 들어 이야기가 집이나 건물이라고 생각해 보자. 우리는 2차원적 평면도로 집이나 건물을 표현할 수 있다. 사실 건물을 지으려면 반드시 평면도가 필요하다. 제정신인 사람이라면 아무렇게나 지어 올린 집에서 살 생각이 없을 테니까. 평면도에는 배관구조와 전기 시스템, 크기와 면적, 구획 등을 포함해 카탈로그에 실릴 최종적인 모습을 고려한 예술가의 의도까지 나타나 있다. 강한 바람이 불거나 폭풍우가 몰아쳐도 건물이 굳건히 서 있으려면, 정교한 계획과 설계를 바탕으로 공사를 시작해야 한다. 예상치 못한 변수를 단 하나라도 남겨두어서는 안 된다.

건물의 구조는 이처럼 벽에 못 하나 박기도 전에 확실하게 결정된다.

그리고 당신은 공사 현장에 나타난다. 그리고 일꾼들을 고용하고, 구멍을 파고, 콘크리트를 들이붓고, 벽을 세우기 시작한다. 벽이 세워지면 어떤 색으로 칠할지, 타일이나 화강암은 어떤 종류로 할지를 결정한다(이처럼 장식적인 요소는 "글쓰는 목소리"로 생각할 수 있다). 하지만 지금은 기초 공사에 집중해야 할 때다. 당신은 건축가의 구조적·예술적 비전을 현실화할 수 있는 물리학을 적용하여 하나의 건물을 구성하는 모든 요소를 고려해야 한다.

성공적인 이야기를 쓰려면 구조와 과정을 중요하게 여겨야 한다.

작가인 당신은 건축가의 역할을 맡는다. 당신은 머릿속에서 청사진을 그리고, 그 후에는 도면으로 제작하고, 그 후에는 일꾼, 배관공, 전기공, 지붕 올리는 사람, 트럭 운전사, 인테리어 디자이너, 화가, 카페트 담당자, 그리고 중개인 역할까지 차례로 맡는다.

청사진을 실제 건물로 현실화시키려면 기본적인 도구가 필요하다. 바로 장면이라는 도구다. "장면"이 없다면 생각해 낸 아이디어나 문장들은 모두 무용지물이 된다. 장면은 이야기라는 집을 짓는 데 꼭 필요한 망치라고 할 수 있다.

당신은 단어야말로 기본적인 스토리텔링 도구라고 생각할 것이다. 하지만 단어는 오히려 페인트나 석고장식에 가깝다. 건물의 하중을 떠받치는 역할은 단어가 아닌 장면이 맡는다. 장면에 나타난 콘셉트가 약하다면, 인물이 강렬하지 않다면, 주제가 평면적이라면, 혹은 아예 보이지 않는다면, 그리고 이 모든 장면들이 잘못된 순서로 제시된다면, 제 아무리 셰익스피어라고 해도 성공적인 이야기를 쓰기란 불가능하다. 적어도 망가진 하부구조를 고치기 전까지는 말이다.

이런 까닭에 당신은 문장의 마술사가 아니라 이야기의 건축가가 되어야 한다(물론 문장이 전혀 중요하지 않다는 말은 아니다).

장면이 모여 이야기를 구성한다

소설이나 시나리오, 회상록, 때로는 논픽션처럼 긴 형식의 이야기는 서로 독립적이지만 드라마에 의해 연결되는 장면들이 모여 만들어진다. 이러한 장면들은 가끔 그 자체로는 드라마를 제시하지 않는 서사적 접착제 – 모르타르라고 생각해 보자 – 에 의해 연결되기도 한다. 대부분의 시나리오나 소설은 40개에서 70개의 장면들로 구성되며, 장면들 각각은 그 자체로 시작과 중간, 끝을 포함한 단막극처럼 제시된다. 그러나 각각의 장면들이 끝나는 지점은 진짜 단막극과는 달리 긴장감을 고조시키고 다음에 나타날 사건을 예고하며 독자들에게 다음 장면을 읽고 싶다는 생각을 하게 만든다. 손에서 놓을 수 없는 책을 읽어본 적이 있는가? 이런 책들은 근사한 장면을 이끌어내는 근사한 장면들로 가득하다.

하나의 장면은 반드시 무언가 극적인 요소, 위험요소를 보여주어야 한다. 이렇게 볼 때 하나의 장면은 거대한 이야기를 구성하는 작은 이야기microcosm라 할 수 있다.

하나의 장면은 시작과 중간, 끝을 갖는다. 하지만 독자에게 이 모두를 반드시 보여줄 필요는 없다. 그보다는 하나의 장면마다 이야기가 더 높고 더 먼 목표를 향해 전진할 수 있도록 도움을 주는 요소가 포함되어 있어야 한다. 그러면서도 해당 장면만이 보여줄 수 있는 것을 제시해야 하고, 독자들이 대리적인 체험을 할 수 있는 내용을 갖고 있어야 한다.

스토리텔링의 4가지 요소 – 콘셉트, 인물, 주제, 그리고 구조 – 가 아무리 근사해도 장면이 이러한 요소를 드러내지 못한다면 편집자는 당신의 원고를 결코 수락하지 않을 것이다. 당신은 흡입력이 있는 장면을 써내야 한다. 그리고 이는 당신이 반드시 능숙하게 다루어야 할 6가지 핵심요소 중 하나다.

스토리텔링의 게임

스포츠 해설자들은 경기장에 나온 선수가 어떤 방식으로 경기를 치르고 있는지, 그의 기량은 어느 정도인지 등을 정확하게 파악하고 이야기한다. 하지만 그렇다고 하더라도 직접 선수가 되어 경기장에 나서지는 않는다.

장면 쓰기는 스토리텔링이라는 게임을 하는 것과 같다. 다른 요소들은 직접 경기장에 뛰어들어 게임을 한다기보다는 밖에서 게임을 분석하는 것과 유사하다. 기본적인 원칙을 파악한다고 해서 승리가 주어지지는 않는다(메이저 리그 선수가 아니더라도 기본적인 원칙을 능숙하게 활용하는 선수들은 많다). 스토리텔링이라는 게임에서 승리하려면 장면의 흐름을 통해 전문가다운 솜씨로 서사를 구축해야 한다.

가장 빠른 스피드를 가진 선수가 늘 경기에서 승리하는 것은 아니다. 진정한 챔피언이 되는 선수는 쉽게 포기하지 않고 열정적으로 아는 것과 주어진 것을 총동원하여 최선을 다하는 사람이다.

근사한 문장을 쓸 수 없다는 이유로 힘들어하지 말라. 결국 당신의 이야기를 완성하는 것은, 당신을 작가가 되게 해주는 것은 바로 장면이다. 문장은 나중에 다듬어도 된다. 하지만 그 전에 구조와 내용, 장면들이 근사한 이야기로 구성되어야 한다. 이야기만 근사하다면 편집자들이 문장을 다듬어주기도 한다. 하지만 장면들이 효과적이지 않다면 문장력이 얼마나 뛰어나든 이야기는 구원할 수 없을 정도로 망가질 것이다.

무엇이 장면을 구성하는가?

장면은 드라마적인 행위 혹은 설명의 단위다(장면에는 회상, 전체적인 개관, 연결고리 등도 포함된다). 하나의 장면은 독립적인 장소와 시간을 갖는다. 다음 날이 된다거나, 시간이 거꾸로 가는 등 장소나 시간이 바뀌면 새로운 장면이 시작되었다고 할 수 있다. 겉으로는 매끈하게 이어지는 것처럼 보이더라도 말이다.

이야기가 벽이라면 장면은 벽돌이다. 이야기가 계단이라면 장면은 계단 한 칸이다. 이야기가 노래라면 장면은 가사다.

하나의 챕터는 하나의 장면을 전달할 수도, 여러 개의 장면을 전달할 수도 있다. 78개의 챕터로 이루어진 책에는 78개의 장면이 있을 수도, 178개의 장면이 있을 수도 있다(만약 하나의 이야기에 178개의 장면들이 있다면 각각의 장면은 최소한의 서사적 정보 하나만을 전달하는 정도일 것이다). 여기에는 규칙이 존재하지 않는다. 작가가 쓰기 나름인 것이다. 따라서 장면이 어떤 성격을 갖는지, 분량은 어느 정도인지, 어떤 효과를 보여야 할 것인지는 당신의 선택에 달려 있다.

챕터 하나에 여러 개의 장면을 쓰겠다고 선택한다면 시간이나 장소가 바뀔 때마다, 다시 말해서 장면이 바뀔 때마다 행갈이로 구분하는 편이 좋다. 그래야 독자들이 장면이 바뀌었다는 것을 분명히 알 수 있다.

가끔 행갈이 없이 장면이 바뀔 때도 있다. 이런 경우 한 줄 정도로 단순한 문장이 일종의 서사적 접착제로 작용한다. 하나의 장면이 끝나자마자 다음 장면으로 넘어가는 다음 사례를 통해 알아보자.

> …… 그리고 그녀가 요청한 것을 정확히 한 그는 신속하게 구내를 떠나 차에 올랐다.
>
> 10분 동안 운전을 한 뒤 그는 한때 아내와 함께 살았던 집에 도착했다. 그는 그녀가 집에 없기를 바랐다. 작년에 그가 사 준 그녀의 차가 현관 진입로에서 있는 모습을 보았을 때 – 이혼하고 처음이었다 – 그의 마음은 무너져내렸다. 그는 현관에 짐을 내려놓겠다는 생각을 버리고 집을 약간 지나쳤다.

위의 사례에서는 행갈이 없이 바로 다음 장면이 이어지고 있다. 하지만 행갈이가 없어도 시간과 장소에 변화가 일어난다. 따라서 독자들은 두 개의 장면을 보게 된다.

이번에는 행갈이를 사용하여 다음 장면으로 넘어가는 사례를 보자.

> …… 그리고 지시대로 한 그는 신속하게 구내를 떠나 차에 올랐다. 그에게는 이 모든 일들을 되돌리기 위해 한 가지 해야 할 일이 있었다.
>
>
> 오래 살아온 동네의 모퉁이를 돌자마자 한때 그의 현관이었던 곳 앞에 서 있는 아내의 차가 가장 먼저 눈에 들어 왔다. 그는 겨우 1년 전에 아내에게 그 차를 사 주었고, 이혼 뒤 처음으로 아내의 차를 보게 되었다. 그의 마음이 갑자기 무너져내렸다. 그는 현관에 짐을 내려놓겠다는 처음 생각은 잊어버린 채 천천히 집을 지나쳤다.

첫 번째 사례보다 두 번째 사례처럼 한 장면을 끝내고 다음 장면으로 넘어가는 편이 서사적으로 약간 더 많은 것을 보여준다는 점에 주목하라. 독자는 한 장면에서 다음 장면으로 안내되어야 한다.

두 사례 모두 소설의 장면들 또한 영화에서처럼 편집될 수 있다는 사실을 보여주고 있다. 거의 모든 소설들은 대화문이나 서브텍스트, 인물 묘사를 전달하는 단막극처럼 활용될 수 있는 더 길고 풍부한 장면들과 더불어 위에서 제시한 것과 같은 짧은 순간들을 갖고 있다.

어느 쪽이든, 작가에게는 효율적으로 장면을 전달할 수 있는 구체적인 원칙이 있다. 이 원칙은 6가지 핵심요소 모델이 지닌 많은 원칙 중 가장 강력하고 필수적이라 할 수 있다.

이 원칙을 무시하면 당신의 이야기는 위험에 처할 것이다.

장면의 기능

하나의 이야기를 구성하는 모든 장면들은 구체적인 의무를 갖는다. 그리고 장면들은 반드시 의무를 다해야 한다. 각각의 장면들이 지닌 목표를 어떻게 수행할 것인지는 작가가 취향에 따라 선택하기 나름이다. 작가는 이처럼 원칙을 지키면서도 재량을 발휘할 수 있다.

그리고 일류 작가와 그렇지 못한 작가들을 구분하는 것은 작가가 재량을 발휘하는 역량에 달려 있다.

장면이 지닌 의무 – 혹은 목표 – 는 두 가지 층위로 구분된다. 그중 하나는 대학생 때 실질적인 도움이 못 되는 글쓰기 수업에서 배웠을 것이다. 하지만 다른 하나는 스토리텔링과 관련된 조언들 가운데 가장 강력하게 당신을 도와줄 수 있는 것이다. 별로 복잡한 얘기는 아니다. 하지만 그 효과를 깨닫지 못한 작가들에게는 복잡하게 보일지도 모른다. 이제부터 자세히 알아보도록 하자.

목표를 지닌 장면을 써라

방 안에 앉아 있는 인물을 보여주는 장면을 쓴다고 생각해 보자. 당신은 방과 인물이 입은 옷을 묘사한다. 의자에 대해 쓸 수도 있고, 추운 겨울날 방을 따뜻하게 덥히는 벽난로의 온기와 창밖 구름을 고상하게 묘사할 수도 있다. 노먼 록웰Norman Rockwell[24]처럼. 혹은 조이스 캐롤 오츠Joyce Carol Oates[25]처럼 시각적으로 풍부한 묘사를 시도할 수도 있다. 당신은 계속해서 이런 묘사를 늘어놓을 수 있다. 그러다 장소에 대해서 충분히 묘사했다는 생각이 들자 당신은 장면을 끝내기로 한다.

당신은 중대한 실수를 범했는지도 모른다. 하나의 원고에서 이런 장면을 두 번 이상 쓴다면, 편집자는 당신의 원고를 벽에 집어던질 것이다.

왜냐고? 모든 장면들은 이야기를 설명하면서 이야기에 대한 구체적인 정보를 전달해야 하기 때문이다. 하나의 장면은 장소나 인물에 대한 묘사로만 채워져서는 안 된다. 장면 안에서 진짜로 어떤 일이 일어나고 있는지를 알려주어야 하는 것이다. 어떤 결정도, 정보도, 행위도, 변화도, 전진의 기색도 없는 장면은 스토리텔링에서 무용지물이라 할 수 있다.

모든 장면은 목표를 가져야 한다. 장면을 통해 설정과 장소에 대한

---

24 1912년부터 사망하기 1년 전인 1977년까지 잠시도 쉬지 않고 주옥 같은 일러스트들을 쏟아낸 미국의 대표적인 일러스트레이터이다. 그의 경력에서 가장 큰 부분을 차지하는 것은 새터데이 이브닝 포스트의 표지이다. 포스트 지는 대량으로 발행되는 현대적인 잡지의 모델과 같았으며 그 당시로는 어마어마한 숫자인 3백만이라는 독자를 자랑하는 주간지였다. 1916년부터 1963년까지, 47년이라는 세월에 걸쳐 노먼 록웰은 이 잡지를 위해 321점이라는 어마어마한 숫자의 표지를 그렸다.

25 1964년 스물여섯 살 때 『아찔한 추락과 함께』를 발표한 이후로 50편이 넘는 장편과 1000편이 넘는 단편을 비롯해 시, 산문, 비평, 희곡 등 거의 모든 문학 분야에서 쉼 없이 왕성하게 활동해 왔다. 국내에 번역된 책으로는 『여자라는 종족』 외에 『사토장이의 딸』, 『소녀 수집하는 노인』, 『멀베이니 가족』, 『빅마우스 앤드 어글리걸』, 『블론드』, 『블랙워터』 등이 있다.

사랑스럽고 묘사적인 문장을 보여주지 말라는 말이 아니라, 이와 더불어 이야기를 앞으로 나아가게 하는 장면을 써야 한다는 것이다. 장면은 예쁘장한 스냅사진이 아니다.

여기서 작은 비밀을 하나 알려주겠다. 각각의 장면은 이야기를 설명하는 조각을 하나만 담고 있어야 한다. 그래야 최적의 장면이라고 할 수 있다. 장면은 저마다 각각 유일하고 핵심적이며 중요한, 한 조각의 정보를 독자에게 전달해야 한다.

적게 쓰는 편이 더 낫다는 말이다. 하나의 장면에서 너무 많은 정보를 전달해서는 안 된다. 때로는 작은 쥐덫 하나가 딸깍 닫히는 것만으로도 너무 과할 때가 있다. 물론 이야기의 디테일은 항상 당신이 결정하기 나름이다. 하지만 내가 알려준 비밀스러운 원칙에 따라 신중하게 하도록 하라.

스릴러의 대가 제임스 패터슨James Patterson[26]은 목표를 지닌 장면 쓰기와 자신만의 챕터 전략으로 유명하다. 그는 장면 각각에 서사를 설명하는 유일하고 강력한 목표를 주입하면서, 각각의 장면을 독립적인 챕터로 구성한다. 그의 소설은 대개 100개 이상의 챕터로 구성된다. 챕터 하나하나는 각기 목표를 지닌 장면으로, 가끔은 한 페이지 정도로 짧은 경우도 있다. 이 방식을 사용하면 이야기가 보다 쉽게 독자들에게 전달될 수 있기 때문에, 그의 전략은 상업소설계에서 유행이 되기도 했다.

---

26 현재 미국에서 최다 베스트셀러 기록을 가지고 있는 최고의 인기 작가이자, 전자책을 100만 권 이상 판매한 세계 최초의 저자이다. 대표작으로는 『토머스 베리맨 넘버』, 『내 인생 최악의 날들』, '알렉스 크로스 시리즈', '맥시멈 라이드 시리즈', '우먼스 머더 클럽 시리즈' 등이 있다.

어떤 방식을 사용할 것인지는 당신의 선택과 취향에 달려 있다.

장면을 다소 길게 써서 독자들이 새로운 정보가 드러나는 순간의 모든 세세한 부분을 경험하게 할 수도 있고, 아니면 짧고 강렬하게 정보를 드러낼 수도 있다.

장면의 완급 조절하기

장면을 쓰기 위한 다른 기준을 알아보기 전에 장면의 목표에 대해 좀 더 자세히 알아보자. 장면의 목표인 서사적인 정보를 어떻게 설정하고 전달해야 할 것인지를 알아야 하기 때문이다.

장면의 목표를 분명히 하지 않는다면, 해당 장면은 작동하지 않을 것이다. 무턱대고 장면부터 쓰면서 의미나 목표를 찾으면 안 된다. 당신은 미리 알고 있어야 한다. 그래야만 장면을 읽는 독자들을 울리고 웃길 수 있다.

〈내일을 향해 쏴라Butch Cassidy and the Sundance Kid〉와 〈모두가 대통령의 사람들All the President's Men〉의 시나리오를 쓴 오스카 수상자 윌리엄 골드만은 작가들이 가능한 최후의 순간에 장면에 들어가야 한다고 말한다. "장면을 깊숙히 베어내기"라 불리는 이 전략은 호흡조절에 유용한 기법이다. 하지만 이 기법을 제대로 활용하기 위해서는 장면에 필요한 목표가 무엇인지를 먼저 완벽하게 파악해야 한다.

왜냐고? 어떤 장면들은 주어진 순간에 직접적으로 장면을 "베어" 낸다기보다는 장면 자체가 지닌 긴장감을 극도로 고조시키는 것을 목표로 할 수도 있기 때문이다. 그리고 독자들이 대리적인 체험을 하는 것이 목표의 일부일 때, 장면은 이러한 목표에 따라 펼쳐져야 한다.

장면이 항상 전속력으로 달릴 필요는 없다. 우리는 주인공이 초인종을 누르고, 약혼녀가 대답하고, 그들이 술잔을 사이에 두고 어색하게 대화하는 모습을 본다……. 그리고 그가 그녀를 차버린다. 이처럼 상세하게 이어지는 인물들의 모습은 대단히 극적이지도, 대단한 흥미를 불러일으키지도 않는다. 하지만 우리는 일련의 행동들을 지켜보다 문득 눈물을 흘리고 만다.

쿠엔틴 타란티노Quentin Tarantino는 〈바스터즈: 거친 녀석들Inglourious Basterds〉에서 관객들이 오랫동안 경험할 수밖에 없는 긴 장면을 솜씨 좋게 보여주었다(창자를 뒤틀리게 만드는 9분 동안 이어지는 장면은 2010년 크리스토프 월츠에게 오스카 남우조연상을 안겨주었다). 〈트루 로맨스True Romance〉의 가장 유명한 장면 중 하나인 크리스토퍼 워큰이 데니스 호퍼를 마주하는 장면 역시 예리한 대사를 통해 긴장감을 극도로 고조시키며 다소 길게 이어진다.

두 장면은 하나의 서사적 정보를 제공한다. 두 장면 모두 30초 정도로 짧게 처리될 수도 있었다. 하지만 이러한 장면 구성방식의 대가인 타란티노는 더 좋은 결과를 위해 다른 선택을 했다. 그는 우리가 극도로 몰입할 수 있도록 긴장감을 최대한 끌어내고자 했다. 그래서 그는 목표를 전달하는 장면의 첫 번째 층위에, 순간을 극단적으로 늘리기라는 두 번째 층위를 더했다. 이러한 두 번째 층위로 장면의 목표는 보다 근사한 방식으로 수행될 수 있었다.

하지만 하나의 이야기에 위와 같은 무게를 지닌 장면들을 과도하게 넣어서는 안 된다. 주로 이야기에서 중요한 전환점 – 특히 중간포인트 –

에서 이러한 장면을 사용하는 것이 좋다. 나머지 장면들은 담백하게 쓰여져야 하고, 작가는 가능한 최후의 순간에 장면에 들어가야 한다.

영리한 작가라면 각각의 장면이 달성해야 하는 목표를 정확히 파악해야 한다. 장면이 지닌 목표에는 독자들이 이야기에 빠져들도록 하는 것도 포함된다. 한 장면이 필요 이상으로 너무 많은 것들을 설명하면 호흡이 늘어진다. 독자들에게 전달해야 할 정보가 더 있다면 필요한 숫자만큼 독립적인 장면을 만들어라.

시간과 장소가 바뀌면 장면도 바뀌어야 한다. 하지만 설정이 하나뿐일 때 두 개의 장면을 만들어서는 안 된다. 그리고 중요한 정보를 두 가지 전달해야 한다면 장면도 두 개여야 한다.

이처럼 장면에 분명한 목표를 설정한 당신은 이제 해당 장면의 효과를 최대로 끌어내려면 장면을 어떻게 최적화해야 하는지를 알아보아야 한다. 어떻게 하면 독자들에게 가장 좋은 경험을 제공할 것인가? 어떻게 하면 전체 이야기에 도움을 줄 수 있는가? 이는 긴장감이나 기대, 두려움, 초조함, 그리고 공감을 통해서만이 아니라 이야기의 흐름 속에서 장면이 위치하는 자리에 적합한 정도로 시간이나 장소의 분위기를 전달하는 것을 통해서도 가능하다.

이제 장면이 지닌 두 번째 층위를 알아볼 차례다.

서사적인 풍경을 드러내는 장면

설정 자체는 서사가 아니다. 행위와 설명이 서사다. 하지만 시대나 도시, 지리, 특정한 문화와 관련된 설정이나 장소는 독자들의 몰입을 이끌어내는 스토리텔링에 꼭 필요한 요소다. 당신의 서사가 홍콩의 무더운 길거리에서 펼쳐진다면, 단순히 생선이 등장하는 장면을 쓰는 대신, 독자들이 가까운 골목에서 풍겨오는 생선 냄새를 맡도록 하라.

독자들의 몰입을 낳는 황금거위를 전달하는 것과 더불어, 당신은 각각의 장면들이 다른 기본적인 요소들을 전부 포함하고 있는지를 확인해야 하고, 이러한 성질들이 이야기가 전개되면서 진화한다는 것을 이해해야 한다. 다시 말해서 이야기의 마지막 파트를 구성하는 장면들은 파트 1의 장면들과는 다른 모습을 보여야 한다는 의미다.

각각의 장면은 어떤 장소에서 펼쳐진다. 이 장소는 거대할 수도, 작을 수도 있다. 이러한 장소가 이야기와 밀접한 관련이 있다면, 전체 이야기를 더 잘 이해하게 해준다면, 당신은 독자들에게 적절한 방식으로 장소를 설명해야 한다. 하지만 유명한 작가들조차 쓸데없는 묘사를 늘어놓는 경우가 너무나 많다. 구름이 잔뜩 낀 하늘이나 우편배달부의 말쑥한 작업복을 시적으로 묘사할 필요는 없다. 대개 시각적인 묘사는 덜 쓰는 편이 낫다.

우리는 긴 하루가 끝나고 유리진열장 뒤에 선 정육점 주인의 모습을 잘 알고 있으며, 전날 하얗고 깨끗하던 앞치마에 튀어있는 핏방울을 박물관 도슨트처럼 자세히 관찰할 필요가 없다. 독자를 우습게 보지 마라. 굳이 설명하지 않아도 될 것을 애써 쓰지 말라는 말이다. 인물 설명이나 의미 전달, 뉘앙스, 혹은 이야기의 더 큰 컨텍스트나 순간들이 펼쳐지면서 드러나게 될 내용을 위해 필요한 디테일만 쓰도록 하라.

그런데 당신의 주인공이 정육점 주인이고, 첫 장면에서 그의 직업과 관련된 서브텍스트와 앞으로의 여정이 보여져야 한다면 – 예를 들어 그는 칼을 다루는 사람이다 – 당신은 앞치마를 포함해 그가 작업하는 공간을 독자들에게 보여주는 것이 좋다. 하지만 이야기의 후반부에 이르러 정육점이 7번째로 등장할 때쯤이면 독자들은 더 이상 자세한 디테일을 필요로 하지 않는다.

그리고 작가인 당신은 어느 정도로 상세하게 설명할 것인지를 결정해야 한다.

장면을 통해 인물 보여주기

장면은 설정과 장소만이 아니라 인물을 조명하는 의무도 갖는다. 이러한 조명이 당신이 앞서 만들어 낸 컨텍스트를 유지하는 데만 도움이 될 때도 말이다. 장면은 서사적 설명과 행위, 그리고 인물을 전달하는 수단이다.

특히 이야기 초반의 장면들은 주로 인물만을 다룬다. 이런 장면의 목표는 인물의 어떤 측면을 보여주는 것이다. 인물을 조명하는 장면 역시 하나의 정보를 전달한다는 설명적인 목적을 지녀야 한다. 하지만 서사적인 흐름과는 관계 없이 인물만을 설명한다면, 어떤 의도도 없이 실수로 이런 장면을 쓴다면, 편집자는 당신에게 해당 장면을 삭제하라고 권할 것이다.

이야기는 항상 앞으로 나아가야 한다. 회상하는 장면조차도 이야기를 앞으로 나아가게 해야 한다. 독자가 회상 장면을 통해 이야기에 대한 새로운 이해를 얻을 수 있게 하는 것이다.

이야기는 설정이나 인물 묘사가 아니라 서사적 설명을 통해 앞으로 나아간다.

당신은 모든 장면들을 인물을 상세하고 미묘하게 묘사하는 기회로 활용할 수 있다. 이야기의 초반부에는 인물의 과거와 내면에 대한 암시를 포함하여 상세한 묘사를 많이 하는 편이 좋을 수도 있다. 하지만 후반부에서 이처럼 상세한 묘사를 줄줄 늘어놓다가는 이야기에 과부하가 걸릴지도 모른다. 독자들의 몰입을 방해할 수도 있는 것이다.

넬슨 드밀은 〈더 라이언The Lion〉의 초반부에서 이러한 장면을 "미끼"로 사용했다. 넬슨 드밀의 소설들은 강력한 플롯과 주제를 제시하면서도 인물과 글쓰는 목소리에 의존적인 모습을 보여준다(그는 심각한 이야기를 재미있게 할 줄 아는 작가다. 그의 주인공들은 테스토스테론이 넘쳐나는 건방진 작자들일 때가 많다). 특히 〈더 라이언〉의 오프닝 장면에서 이러한 특색을 엿볼 수 있다.

우리는 미국의 보안전문가인 존 코리를 만난다. 그는 뉴욕에 위치한 어느 위장회사에서 그날의 일과를 수행하고 있다. 그는 운전기사로 위장한 FBI 요원과 대화하며 기지 넘치는 입담을 보여준다. 그들은 테러리스트를 쫓는다(이것이 미끼다. 독자는 첫 페이지부터 주인공의 모험에 몰입한다). 그리고 대략 23페이지에 이르는 처음 두 장면에서 넬슨 드밀은 두 개의 분명한 목표를 독자들에게 제시한다.

첫 챕터이기도 한 첫 장면. 독자는 마지막 문단에 이르러서야 장면의 목표를 알게 된다. 바로 코리는 "더 라이언"이라 알려진 킬링머신을 머릿속에서 몰아낼 수 없다는 사실이다. 별로 중요하지 않은 악당을 쫓을 때에도 코리는 킬링머신과 같은 성향을 드러낸다. 이 장면에서 부차적인 목표는 코리라는 인물을 묘사하는 것이다. 하지만 하나의 장면은 항상 이러한 부차적인 목표를 갖는 법이다. 그리고 오프닝 장면은 대개 설명 이상의 무언가를 드러낸다. 〈더 라이언〉도 마찬가지다.

두 번째 장면. 코리는 조무래기 테러리스트를 추적하며 애틀랜틱 카지노로 간다. 그리고 카지노 화장실에서 그가 뒤쫓던 인물을 병원에 보낼 정도로 이유 없는 맹렬한 공격본능을 드러낸다. 이 장면의 목표는 독자에게 주인공의 정체를 보여주는 것이다. 테러리스트 혐오자, 공격자, 규칙이나 권위를 아랑곳하지 않는 반항아, 그리고 원한이 있는 사내. 그의 행위를 통해 그가 어떤 사람인지를 보여주는 것이 이 장면의 목표였다.

두 장면 모두 분명한 목표를 갖고 있다. 목표 없이 방황하는 순간은 전혀 보이지 않는다. 그냥 떠오르는 대로 쓴 장면이 아니라는 말이다. 첫 장면은 이란 국적의 테러리스트를 쫓는 것을 제외하면 어떤 행위도 보여주지 않는다. 이 장면은 주인공의 반대자를 소개하며, 이는 앞으로 펼쳐질 이야기에 대한 정보가 된다. 두 번째 장면의 목표는 카지노 화장실에서 이란 국적의 테러리스트를 공격하는 주인공을 보여주어 독자들이 어떤 의미를 찾을 수 있도록 하는 것이었다. 넬슨 드밀은 치밀한 계획에 따라 이러한 장면들을 써 냈다.

이어지는 챕터들은 이야기를 설명하는 데 주력한다. 이러한 장면들 역시 분명한 목표를 갖고 있음은 물론이다. 이야기를 쓰려는 당신은 다른 작품들이 첫 장면을 어떻게 쓰고 있는지를 살펴보아야 한다.

치고 빠지기 전술

누구나 독자를 쓰러뜨릴 만한 소설을 쓰고 싶어 한다. 아니면 관객들을 의자에서 일어나지 못하게 하는 시나리오를. 이런 이야기를 쓰려면 지금까지 논의해 온 모든 내용들을 활용해야 한다. 그리고 또 하나 필요한 내용이 있다. 앞에서 알아본 내용들이 일종의 큰 그림과 관련되어 있다면, 지금부터 설명할 내용은 보다 작고 구체적이다. 바로 치고 빠지기 전술이다. 독자들이 어떤 기대를 품고 다급하게 다음 페이지로 넘어가게 하는 장면을 쓰는 것이다. 다시 말해서 당신은 한 장면이 끝날 때 어떤 답변을 약속하는 질문 – 진짜로 질문하라는 말은 아니다 – 을 제시해야 한다.

"치고 빠지기 전술"이라는 말을 어느 편집자에게서 처음 들었다. 이러한 전술은 장면이나 챕터의 마지막 문단, 혹은 마지막 문장에서 드러난다. 뭔가 새로운 것, 흡입력 있는 것, 예상 밖의 것이 나타나 독자를 놀라게 하는 것이다. 이는 해당 장면의 결론과는 관계가 없을 수도 있다. 하지만 독자가 다음에 일어날 일을 기대하며 계속해서 페이지를 넘기게 해준다.

훌륭한 스릴러 소설이나 미스터리 소설의 모든 장면은 어느 정도로든 치고 빠지기 전술을 보여준다. 나의 소설 〈일곱 번째 천둥의 속삭임 Whisper of the Seventh Thunder〉에서 나는 많은 장면들을 이렇게 썼다. 그 중 당신에게 도움이 될 만한 문장을 다음과 같이 목록으로 제시하도록 하겠다. 주목할 점은 장면의 마지막 순간이 어떻게 독자에게 다음 장을 넘기게 하는지를 알기 위해 해당 장면을 전부 읽을 필요가 없다는 것이다.

다음의 문장들은 장면의 마지막 부분이거나 마지막 문장이라는 점을 기억하라.

- 그는 로렌을 위해, 그녀의 기억을 기리기 위해, 그녀의 모욕을 씻어내기 위해 그 말을 할 것이었다.
- 로렌은 돌로 만들어진 통로를 지나 그를 동굴 밖으로 인도했다. 그녀는 그들 두 사람을 위해 만들어진 대체현실의 증거를 보여줄 것이었다.
- 목소리가 속삭였다. 어쩌면 로렌이 옳았던 것은 아니었을까?
- 그녀의 마지막 말은 다음과 같았다. "난 널 위대한 스타로 만들 거야, 가브리엘 스톤. 넌 다른 인생을 살게 될 거야."
- 희미한 미소가 사라지고 냉정한 열정이 나타났다.
- 그의 이론은 오늘 밤 시험될 것이었다.
- 그녀는 다른 사람들은 모르는 무언가를 알고 있다는 듯 미소를 짓고 있었다.
- 그가 테이블로 돌아왔을 때, NSA요원 새라 마이어스는 가버리고 없었다. 하지만 빈 술잔 밑에 카드 한 장이 끼워져 있었다.
- 그는 핸드폰으로 통화하는 척하며 몸을 숙였다. 그의 앞에 있던 유리창에 리무진 한 대가 비치고 있었다.
- 컬럼비아 센터 프로젝트가 계획대로 진행될 것이라는 의미였다.
- 전화는 먹통이었다.
- 라슨은 그 이름을 알고 있었다. 그는 이미 가브리엘 스톤을 찾아냈다. 하지만 일에는 순서가 있었다. 가브리엘 스톤은 내일 이 시각 죽을 운명이었다.
- 텅 빈 공간에서 뒤척이던 그는 그가 자기 식대로 어떻게 해낼 수 있었는지 그들로서는 전혀 알지 못한다고 말하는 누군가의 목소리를 들었다.

- 그는 가브리엘 스톤을 직접 죽일 생각이었다.
- 가끔 이야기를 마무리짓기 위해서는 머리통에 총알을 박아넣어야 한다.
- 어둠이 내릴 무렵 가브리엘은 주머니에서 겨우 찾아낸 번호로 기도하듯 전화를 걸었다.
- "우린 여기서 나가야 돼." 그녀가 말했다. "지금."
- 그녀는 몸을 돌리더니 젖은 눈으로 그를 바라보았다. "알겠지만 나도 너한테 물어보고 싶은 것이 있어."
- 그는 마치 악마가 목덜미를 핥은 듯 온 몸을 타고 흐르는 한기를 느꼈다.
- 가브리엘은 먼저 얼굴을, 그 다음에는 옷을 알아보았다. 서재에서 검은머리 여자가 나오면서 말했다. "안녕, 가브리엘." 그녀는 미소를 지으며 권총을 눈높이로 들어올렸다.
- 이 방에 있는 사람들을 제외하면 누구도 살아서 진실을 말하지 못할 것이었다.
- 그러나 새라는 사라졌다. 노트북과 DVD도 사라지고 없었다.
- 그 후, 그는 구원의 목소리를 들었다.
- 그 후, 사이먼 윙거는 눈을 감으며 총을 관자놀이로 들어올려 방아쇠를 당겼다.
- 샬롯 브레너는 의자에서 일어나 손끝을 모으며 미소를 지었다.
- 그러나 샬롯 브레너는 사라졌다.
- 그는 총을 들어올려 다니엘 라슨의 심장을 향해 쏘았다.

이러한 전술을 사용할 때 중요한 점은 해당 장면의 목표와 다음 장면의 목표를 명확하게 알고 있어야 한다는 것이다. 장면의 목표를 모른다면 이런 전술도 아무런 소용이 없다.

상업소설의 장면과 "문학"의 장면

"문학"이라는 단어는 장전된 총과 같다. 어느 단계에 도달한 모든 글쓰기는 일종의 "문학"이다. 바다와 강, 호수가 모두 물인 것과 마찬가지다. 하지만 사람들은 상업적이라 여겨지는 소설에는 문학이라는 단어를 잘 사용하지 않는다. 마치 상업소설보다는 문학이 더 우월하고 가치 있다는 것처럼 말이다.

〈모비 딕Moby Dick〉을 읽어 본 적이 있다면, 이러한 생각이 틀렸다는 사실을 알고 있을 것이다. 우리는 이 소설에서 신비한 고래를 경험할 수는 있지만, 소설의 언어는 지나치게 지루하다. 어떤 소설이 더 낫고 낫지 않고는 항상 누군가의 의견에 불과하다. 주로 돈을 받고 우리가 독서에서 무엇에 가치를 두어야 하는지를 말해 주는 사람들이 이런 의견을 제시한다.

결국 "문학"을 쓸 것인가, 상업소설을 쓸 것인가는 작가가 선택하기 나름이다. 〈미스틱 리버〉와 〈셔터 아일랜드〉로 비평가들의 찬사를 받은 동시에 상업적으로도 성공을 거두었던 데니스 루헤인은 〈운명의 날The Given Day〉에서 문학적인 한 수를 노렸다. 그래서 그의 다른 작품들보다 이 책이 덜 팔렸다는 말을 하려는 것은 아니다. 중요한 점은 "문학"과 상업소설은 다른 구성을 갖는다는 사실이다. 그리고 이는 장면 쓰기에 달려 있다.

문학이든 상업소설이든 모두 플롯을 갖는다(순수문학이나 예술영화에서는 플롯을 찾기 힘든 경우도 있다). 플롯은 갈등이고, 갈등은 인물을 드러낸다. 여기까지는 동일하다. 차이는 무엇을 강조하느냐에 있다.

교수들이나 어떤 비평가들이 "순수문학"이라고 부르는 소설의 경우, 장면이 이야기를 거의 설명하지 않으면서 인물에만 집중하더라도 상관없다. 순수문학을 쓰고 싶다면 주인공에게 필요한 것이나 그가 원하는 것, 그의 길을 가로막는 것을 제시하지 않으면서 인물 중심적인 순간들만 묘사해도 좋다. 이 경우 장면의 목표는 인물을 조명하는 것이다. 이야기를 앞으로 나아가게 하는 행위 등은 거의 드러나지 않는다. 그러나 상업적인 소설은 정확히 반대를 겨냥해야 한다.

순수문학이라 하더라도 (플롯을 통한) 이야기는 결국 나타나야 한다. 하지만 순수문학을 정말로 좋아하는 사람들만이 끝까지 주인공과 함께할 것이다. 난 순수문학을 비판할 생각이 없다. 다만 상업소설과 순수문학을 둘러싼 수수께끼를 해결하려는 것뿐이다. 데니스 루헤인처럼 둘 다 노릴 수 있는 작가라면 이를 마케팅 전략으로 사용할 수도 있다. 하지만 "문학"만 해서는 상업적으로 성공하기 힘들다.

장면을 어떻게 쓸 것인지를 포함하여 우리는 항상 글쓰기에 관한 모든 것들을 선택할 자유가 있다.

장면을 쓰기 위한 체크리스트

떠오르는 대로 글을 쓸 때 생겨나는 가장 커다란 위험 중 하나는 장면과 관련이 있다. 다음에 어떤 내용이 이어질지 모르거나, 전체적인 이야기의 흐름에서 해당 장면이 어떻게 어우러질지 모르는 채로 장면을 쓰는 것은 평면도에서 계단이 위치하는 자리도 확인하지 않고 계단을 만드는 것이나 마찬가지다. 심지어는 2층짜리 집을 3층으로 만드는 것이기도 하고. 장면을 이런 식으로 쓰면 이야기의 구조 전체가 흔들린다. 목표 없이 떠오르는 대로 쓴 장면은 이야기에 아무런 도움도 되지 못한다.

불필요한 과정을 배제하고 곧장 장면을 쓰기 시작하려면, 해당 장면의 스위트 스폿(sweet spot: 배트로 공을 치기에 가장 효율적인 곳)을 알아야 한다. 장면이 지닌 극적인 잠재력을 최대한 끌어내려면 목표만이 아니라 장면 자체의 미시적 구조 – 여기에는 장면의 결말도 포함된다 – 도 알아야 하는 것이다. 이어지는 장면에 대해서도 마찬가지다. 그렇지 못하면 치고 빠지기 전술을 효과적으로 구사할 수 없다.

작가는 독자보다 장면을 제대로 파악해야 한다. 다음의 체크리스트를 장면을 파악하는 기준으로 활용할 수 있다. 장면을 쓰기 전에 일종의 테스트로 사용할 수도 있고, 이미 장면을 쓰기 시작했지만 생각대로 써지지 않는다면 다음의 질문들에 답변하며 원하는 장면을 얻을 수도 있다.

장면의 목표는 무엇인가?

- 독자는 이 장면에서 이야기에 대한 어떤 정보를 얻게 되는가?
- 이러한 정보가 이야기를 앞으로 나아가게 하는가? 그렇다면 어떻게?
- 이러한 정보를 이전 장면에서 예고할 필요는 없는가?
- 장면의 정보는 정확히 어떤 순간 드러나는가? (행위를 통해서인가? 혹은 대화를 통해서인가? 혹은 다른 서사적 컨텍스트를 통해서인가?)
- 당신이 정보 자체나 극적 경험의 잠재력을 저해하지 않고 장면에 들어갈 수 있는 가능한 최후의 순간은 언제인가?
- 짧은 이야기처럼 쓰여진 장면은 고유한 긴장감과 위험요소, 흐름을 지니고 있는가?
- 장면이 전개되면서 독자는 무엇을 느끼고, 무엇을 이해하게 되는가?
- 장면이 전개되면서 이야기에 대한 설명이 드러날 때 독자는 어떤 기대를 품게 되는가? 독자를 놀라게 하고 싶은가? 독자를 놀라게 하려면 어떤 예비장치가 필요한가?
- 장면에서 인물은 어떻게 드러나는가? 독자는 해당 장면을 통해 인물과 관련된 무언가를 보게 되는가? 혹은 인물이 서사적인 정보를 보여주는가?

(예를 들면 어떤 소식을 접한 인물이 반응하고 대처하는 모습을 보여주면서).

- 장면은 효율적인가? 장면은 우아하고 유연한 방식으로 목표를 향해가는가? 불필요하게 시간만 잡아먹고 있지는 않은가?
- 장면의 목표는 전체적인 이야기의 선형적 구조와 어우러지는가? 편집자가 "이 장면은 이야기에서 무슨 소용이 있죠?"라고 질문할 만한 장면을 쓰지는 않았나? (당신이 해당 장면을 재미있다고 생각할 수도 있다. 하지만 당신의 생각은 중요하지 않다. 모든 장면은 전체 이야기에 적절해야 한다.)
- 당신의 장면은 치고 빠지기 전술을 구사하고 있는가? 이러한 전술은 이어지는 장면의 목표와 내용에 적합한가?
- 한 챕터 안에서 하나 이상의 장면을 썼다면, 각각의 장면을 줄표나 행갈이로 구분하고 있는가? 그렇지 않다면, 장면은 다음 장면으로 유연하고 부드럽게 넘어가고 있는가?
- 당신의 장면은 영리하거나 슬프거나 놀랍거나 재미있는 내용을 포함하고 있는가? 설정이나 장소, 인물의 외모, 혹은 분위기와 관련된 내용들을 불필요하게 많이 집어넣지는 않았나?

장면을 쓰기 전에 위의 질문들에 답변해 보라. 당신은 보다 효율적이고 효과적인 장면을 쓸 수 있을 것이다. 또한 전체 이야기의 호흡을 조절하는 데도 도움이 된다. 벽을 이루는 벽돌들처럼 각각의 장면은 고유한 기능과 위치를 지닌다. 따라서 어떤 장면을 부각시키고 싶다면, 독자들에게 어떤 효과를 미칠 것인지를 미리 생각해야 한다. 하지만 전체 이야기의 흐름을 고려하지 않고 창의력만 마구 발휘하여 아무렇게나 장면을 써버린다면 당신의 원고는 완전히 엉망이 될 것이다.

미리 장면을 파악하라. 과도한 장식으로 장면을 망치지 마라. 당신의 장면을 사랑하라. 그러면 장면 역시 당신을 사랑할 것이다.

PART 7

여섯 번째 핵심요소 – 글쓰는 목소리

45

당신의 목소리를 찾아라

풋내기 작가들이 저지르는 가장 흔한 실수 중 하나는 바로 문체를 과도하게 자랑하는 것이다. 이런 원고라면 이야기가 아무리 훌륭하더라도 편집자들이 바로 돌려보내고 만다. 지나치게 꾸밈이 많은, 너무 공들인 티가 나는 문체는 독자들이 이야기에 집중하는 것을 오히려 방해한다. 이야기를 시적인 문체로 포장하려는 작가들이 종종 이런 실수를 저지른다. 이런 문체로는 이야기가 제대로 드러나지 않는다.

나쁜 문체로 쓰여진 이야기는 오스카 시상식장에 광대 옷을 입고 참석한 것이나 마찬가지다. 그런 복장으로는 로비조차 지날 수 없다.

물론 누군가는 광대 같다고 생각하는 옷이 다른 사람에게는 턱시도일 수 있다. 당신은 자신의 문체가 아름답고 빼어나다고 생각할지도 모르고, 문장이 충분히 근육질로 보이지 않아 지방을 좀 더 제거해야겠다고 생각할지도 모른다. 문체를 두고 이러쿵저러쿵하는 것은 늘 개인의 의견일 뿐이다. 그러나 독자들의 의견은 언제나 중요하다.

거대 출판사들은 언제나 수없이 많은 원고를 받는다. 작가들은 문장을 쓰는 솜씨를 드러내려고 노력한다. 그러면서 억지로 쥐어짜낸 문체를 과시한다. 그들은 내면의 시인에게 솜씨를 발휘하라고 채근한다. 고상한 문체를 구사하던 유명한 작가를 모방하기도 한다(J. D. 샐린저는 많은 작가들에게 이런 식의 영감을 주었다). 이런 원고들은 이야기 자체를 부각시킨다기보다는 단어를 멋지게 늘어놓은 것에 불과하다.

문체를 과도하게 자랑하는 글은 이야기의 말미에서 우스꽝스러운 "데우스 엑스 마키나"적 결말을 제시하는 원고보다 빠른 속도로 거절당할 것이다.

작가로서의 태도와 개성이 엿보이는 유려한 문체가 나쁘다는 말이 아니다. 나도 이런 문체를 추구한다. 하지만 나는 수십 년간 글을 써오면서 전문적인 경험(늘 좋은 경험만 했던 것은 아니다)을 쌓았고, 따라서 어느 정도로 문체에 공을 들여야 하는지를 잘 안다. 내가 하고 싶은 말은 지나치게 개성 넘치는 문체로 이야기를 쓰는 것은 언제나 위험하다는 것이다.

위험을 줄이는 방법을 알려주겠다. 언제나 "덜한 것이 더 낫다"는 말을 항상 생각하라. 전화번호부에서나 볼 수 있는 형편 없는 문체를 구사하라는 말이 아니다. 자살 타령이나 늘어놓는 시인이 술에 잔뜩 취해서 쓴 연애 편지와 무미건조한 전자제품 설명서 사이에서 당신은 당신에게 적합한 문체를 찾을 수 있다. 당신의 이야기에는 어떤 문체가 어울리는지를 생각해 보라.

작가로서, 이야기꾼으로서 당신은 알맞은 문체를 반드시 찾아내야만 한다.

문체는 글쓰는 목소리다

글쓰는 목소리는 6가지 핵심요소 중 하나다. 프로 작가로 거듭나려면 글쓰는 목소리를 소홀히 대접해서는 안 된다는 의미다. 여기서 "프로"라는 단어가 중요하다. 단순한 문체를 구사하든, 아니면 존 업다이크처럼 고상한 문체를 구사하든, "프로" 작가가 되려면 반드시 자신만의 문체를 지녀야 하기 때문이다.

어떤 문체를 구사할 것인지는 선택하기 나름이다. 하지만 당신이 단순함과 꾸밈 한가운데 위치하는 안전한 중립지대에서 멀리 벗어날수록, 당신의 작품은 "프로페셔널"한 작품과는 거리가 멀게 여겨지기 쉽다는 점을 항상 기억하라.

나의 소박한 의견에 의하면, 글쓰기 컨퍼런스에서 문체에 대해 목소리를 높이는 사람들은 거의 대개 스토리텔링과 관련된 조언을 받아야 할 사람들이었다. 학교, 특히 고등학교에서 문체의 중요성을 설파하고는 한다. 하지만 책을 출판하는 데 꼭 필요한 6가지 핵심요소 중 가장 덜 까다로운 것이 있다면 바로 글쓰는 목소리다.

당신은 J. D. 샐린저나 존 업다이크처럼 문장을 구사할 필요가 없다. 책을 출판하고 싶다면 말이다. 서점에 가서 아무 책이나 펼쳐 보라. 내 말이 사실이라는 것을 알게 될 것이다. 이러한 작가들도 각기 다양한 문체를 구사한다. 다만 이들 사이에 공통점이 있다면, 모두 "프로페셔널"한 수준에 도달했다는 것이다. 오늘날의 출판시장이 요구하는 문체는 지나치게 노력을 기울이지 않은 깔끔하고 예리하며 효율적인 문체다.

글쓰는 목소리를 가수의 목소리로 비교해 보자. 음반을 내는 가수들이 전부 조쉬 그로번Josh Groban이나 마리아 칼라스Maria Callas 같은 목소리를 갖고 있지는 않다. 어떤 가수들의 목소리는 맹장 수술을 받고 마취가 덜 풀린 상태에서 노래하는 것처럼 들리기도 한다. 그리고 어떤 가수라도 지나치게 노래를 꾸미려고 하면 곡 자체를 망치는 법이다. 애덤 램버트Adam Lambert가 쥐어짜내는 듯한 목소리로 미국 국가를 부른다고 생각해 보라. 목소리는 근사할지 모르겠지만, 리글리 필드Wrigley Field에 모인 군중들은 그런 노래를 용납하지 않을 것이다.

목소리에 향기를 불어넣는 방법

글쓰는 목소리는 공기, 혹은 냄새와 같다. 누군가가 요리하는 냄새가 풍겨온다. 음식 냄새를 맡아도 식욕을 느끼지 못하는 사람들도 있다. 오히려 역겹다고 생각하는 사람도 있을 수 있다. 매우 굶주린 사람이라면 치와와를 굽는 냄새에도 군침이 돌겠지만, 그렇지 않은 사람이라면 비위가 상할 것이다. 그러나 아무런 냄새도 나지 않는 깨끗하고 신선한 실바람을 싫어할 사람은 아무도 없다.

덜한 것이 더 낫다. 개성이니 유머니 우아함이니 하는 것들을 잔뜩 집어넣는 것보다는 장식을 줄이는 편이 더 낫다는 말이다.

사람들의 이목을 집중시키는 유려한 문체로 이야기를 쓰는 것은 언제나 위험하다. 이야기를 읽는 사람들이 이야기 자체에는 주목하지 않고 문체에만 현혹될 수도 있기 때문이다. 댄 브라운이나 존 그리샴, 스티프니 메이어나 제임스 패터슨과 같은 베스트셀러 작가들은 "그렇게 뛰어난 작가들은 아니"라는 부당한 취급을 받는 경우가 많다. 그들이 문체를 중요하게 생각하지 않는 것처럼 보이기 때문이다. 그들의 소설은 말끔하고 단정한 문체로 쓰여졌다. 단순하게 쓰여졌다는 말이다. 하지만 이들의 문체는 아무런 냄새도 나지 않는 신선한 공기와도 같고, 독자들을 즐겁게 해준다. 단순하게 서사의 흐름을 보여주는 방식으로.

이들은 "프로페셔널"한 목소리를 들려준다.

글쓰는 목소리는 억지로 쥐어짜낸 것이 아닌 자연스러운 방식으로 개성을 드러내야 한다. 당신만의 자연스러운 목소리를 찾기까지는 오랜 시간이 걸린다. 지나치게 장식적인 문체를 마침내 버릴 수 있게 되기까지는. 형용사를 남발하지 않고, 강요하지 않고 자연스럽게 쓸 수 있을 때야 비로소 당신의 원고는 편집자들의 구미를 당기기에 꼭 필요한 만큼 기능적이고 섬세한 향기를 풍길 수 있기 때문이다(〈엘모어 레너드가 말하는 글쓰기의 10가지 규칙Elmore Leonard's 10 Rules of Writing〉에서 엘모어 레너드는 작가들에게 형용사를 빼 버리라고 조언한다).

소설가 콜린 해리슨Colin Harrison을 생각해 보자. 그는 미국 스릴러 작가들 사이에서 "계관 시인"으로 불린다. 하지만 불필요하게 장식적인 문체를 구사해서는 아니다. 당신은 그가 셰익스피어를 떠올리게 하는 고상한 문장을 쓴다고 생각할지도 모른다. 하지만 스토리텔러로서 당신이 지닌 목표가 고상한 문장을 쓰는 것이어서는 안 된다. 당신은 이야기 자체의 본질을 살릴 수 있는 문체를 구사해야 한다. 그리고 콜린 해리슨은 이 점에서 탁월하다.

그의 소설 〈맨해튼 녹턴Manhattan Nocturne〉의 첫 문단을 보자.

나는 혼란과 스캔들, 살인, 그리고 파멸을 판다. 오, 정말이지 그렇다. 나는 비극과 복수, 혼돈, 그리고 운명을 판다. 나는 가난한 자들의 고통과 부유한 자들의 허영을 판다. 창문에서 추락하는 아이들, 불길에 타오르는 전철, 어둠 속으로 사라지는 강간자들. 나는 분노와 구원을 판다. 나는 소방관들의 억센 영웅주의와 폭력배 두목들의 탐욕을 판다. 악취를 풍기는 쓰레기, 휘황한 금. 나는 백인에게 흑인을 팔고, 흑인에게 백인을 판다. 민주당원들과 공화당원들과 자유주의자들과 무슬림들과 복장도착자들과 로워이스트사이드의 불법거주자들에게. 나는 존 고티와 O. J. 심슨과 월드트레이드센터의 폭파범들을 팔았고, 그 다음에 나타나는 자들을 누구든 팔 것이다. 나는 거짓과 진실로 통하는 것과 그 사이에 위치한 모든 것들을 판다. 나는 갓 태어난 아이와 죽은 자를 판다. 나는 가련하고 아름다운 뉴욕 시를 시민들에게 판다. 나는 신문을 판다.

이 문단에는 단 4개의 형용사만 있다(영문 기준). 두 개의 문장에 두 개의 형용사, 이게 전부다. 하지만 이 문단은 작가의 개성을 한껏 드러내고 있다. 이처럼 솟구치는 듯하면서도 선율을 놓치지 않는 문체는 마치 언어학의 대가가 쓴 것처럼 보이면서도 암울한 도시를 배경으로 하는 탐정 스릴러 소설의 분위기를 놓치지 않는다. 안전하지만 평범한 문체에서 벗어날 방법을 찾고 있다면, 콜린 해리슨의 문장을 참고하도록 하라. 따라하라는 말이 아니다. 누구도 따라해서는 안 된다. 편집자들은 대번에 알아차릴 것이다.

덜한 것이 더 낫다. 뭔가 다른 것을 찾고 있을 때라도 말이다. 그저 당신만의 문체를 시도해 보고, 이야기에 적합한지 판단해 보고, 다른 사람들의 평가에 귀를 기울여라. 당신의 문체를 발전시켜라. 당신의 이야기가 필요로 하는 최상의 기준을 만족시킬 수 있도록 하라.

우리 대다수는 말솜씨가 좋다는 말을 여러 번 듣다가 작가가 되기도 한다. 하지만 이 말은 정작 글쓰기 자체에 대해서는 저주인 경우가 많다. 당신의 말솜씨가 당신과 당신의 경력을 망치도록 놔두지 마라.

소설, 특히 시나리오가 문체 때문에 팔리는 경우는 없다시피하다. 하지만 문체 때문에 거절당하는 경우는 엄청나게 많다. 잘 쓰여진 훌륭한 이야기가 팔리는 이야기다. 여기서 "잘 쓰여진"이라는 말은 글쓰는 목소리를 포함한 6가지 핵심요소가 골고루 활용되었다는 뜻이다. 바로 이런 이야기가 당신에게 성공을 안겨줄 수 있다.

대화문을 쓰는 방법

소설을 쓴다면 대화문도 쓰게 된다. 대화문 역시 글쓰는 목소리에 포함될 수밖에 없다는 의미다. 에이전트나 편집자는 당신의 이야기를 사람들 앞에 내놓기 전에 당신이 쓴 대화문에 대해서도 어떤 평가를 내린다.

몇몇 작가들, 그리고 문체에 대해서는 조금도 신경 쓰지 않는 작가들은 종종 삼류 시나리오에서나 볼 법한 대화문을 쓴다.

근사한 대화문을 쓰는 법은 배울 수 없다. 유려한 서술적 문장을 쓰는 법을 배울 수 없는 것과 마찬가지다. 하지만 감각은 기를 수 있다. 그러려면 보는 눈을 지녀야 한다.

보는 눈이 생기고 감각도 기른다면 당신은 근사한 대화문을 작성할 수 있을 것이다.

현실적인 대화문

풋내기 작가들은 전혀 실제 대화처럼 읽히지 않는 대화문을 쓰는 엄청난 실수를 저지를 때가 많다. 진짜처럼 들리는 대화문이란 단지 사람들이 현실에서 하는 말을 그대로 옮긴다고 쓸 수 있는 것이 아니다.

당신은 그럴싸한 문장에 대한 모든 문법적 지식을 창밖으로 던져버려야 한다. 사람들은 문법을 꼬박꼬박 지켜가며 말하지 않는다. 절대로.

어떤 사람들은 줄임말을 자주 쓰는데, 그러면서도 완벽하게 의사를 전달한다. 간접화법을 사용하는 사람들도 있다. 하지만 상대방은 말해지지 않은 서브텍스트를 읽어 낼 수 있다. 결국 의사소통에는 무리가 없는 셈이다.

사람들은 나이, 문화, 지리, 관계, 그리고 화제에 따라 다양한 화법으로 대화한다. 고상한 동네에서 성장한 백인 작가 마이크 리치Mike Rich는 〈파인딩 포레스터Finding Forrester〉를 썼다. 영화에 등장하는 험악한 대사들을 그가 직접 쓰지 않았다는 의혹을 받았다. 하지만 마이크 리치는 작가라면 응당 그래야 하듯 인물의 머릿속으로 곧장 뛰어들어 살면서 코카인 파이프는 한번도 못 본 백인들의 말이 아닌 생생한 말을 하게 했다. 그는 인물의 머릿속으로 뛰어들어 그들이 실제로 했을 법한 말들을 하게 했다. 이는 먹혔다. 마이크 리치는 제대로 해냈다. 그가 쓴 대사들은 영화에 진실함을 불어넣었다. 이 점에 대해서는 감독과 배우들보다도 시나리오 작가인 마이크 리치의 공이 컸다.

같은 장면을 쓴 두 가지 대화문을 통해 더 자세히 알아보자. 하나는 풋내기 작가가 썼을 법한 대화문이고, 다른 하나는 실제로 있을 법한 대화문이다. 대화문 역시 작가의 관점과 의식을 반영하므로, 실제와 같은 대화문을 쓸 때 가끔 어려움이 생기기도 한다. 중요한 것은 인물이 당신의 말투로 말하게 해서는 안 된다는 점이다. 인물이 진짜처럼 말하게 해야 한다.

졸업 이후로 오랫동안 만난 적이 없던 두 사람이 NBA 경기장에서 우연히 만난다.

"이런, 세상에! 잘 지냈어?"
"잘 지냈지. 넌?"
"그럼. 넌…… 성공한 것 같다?"
"그럭저럭. 넌 어때?"
"좋아. 마지막으로 본 게 언제지……. 한 일 년 됐나?"
"3년 됐어. 결혼했어?"
"약혼했어. 넌?"
"이혼했어. 뭐, 사는 게 그런 거지."

그렇다. 나도 정말 웃긴 대화문이라고 생각한다. 하지만 편집자들은 이런 대화문이 쓰인 원고를 수없이 받는다. 이런 대화문이 나오는 이유는 작가가 글을 못 써서가 아니라 "보는 눈"이 없어 인물에게 실제적인 분위기를 부여하지 못했기 때문이다.

다음과 같이 고쳐보자.

"세상에, 오랜만이야!"

"정말 오랜만이다. 넌 진짜 하는 일마다 잘 되나봐?"

"바랄 게 없지. 나 요새 정말 잘 나간다니까."

"누가 보면 도널트 트럼프 아들쯤 되는 줄 알겠다."

"내가 훨씬 낫지."

"다행이네. 우리 마지막으로 본 게 언제더라? 1년쯤 됐나?"

"아냐, 한 3년 됐어. 르브롱이 3점슛도 제대로 못 넣을 때였지. 넌 결혼은 했냐?"

"아니. 뭐 언젠가는 하겠지."

"그렇군."

"넌 했냐? 반지가 안 보이는데."

"이혼했다, 임마. 혼인합의서를 써 놨기에 망정이지, 망할 년."

"안됐구만."

"괜찮아. 도널드 트럼프 딸 뺨치는 여자친구가 새로 생겼거든. 잘 됐지, 뭐."

애들이나 사용하는 말투를 그대로 사용하라는 말이 아니다. 중요한 것은 독자들이 해당 순간에 몰입할 수 있는 대화문을 써야 한다는 것이다. 독자들은 당신이 부여한 뉘앙스와 서브텍스트를 통해 대화를 나누는 인물의 인생과 화제에 빠져들 수 있어야 한다.

보는 눈을 기르는 가장 좋은 방법은 다른 사람들의 대화를 듣는 것이다. 당신 옆에서 실제로 들려 오는 대화를 들으라는 말이 아니다. 책이나 영화를 통해 산뜻하면서도 풍부한 대화문을 살펴보도록 하라.

사람들이 하는 말을 "있는 그대로" 써야 한다고 생각하지 말라. 아이오와에 처음 놀러간 수다쟁이 이모가 하는 말을 그대로 받아 써서는 안 된다. 그래봤자 인물의 개성도 색채도 살아나지 않는다(물론 수다쟁이 이모처럼 말하는 인물이 이야기에서 꼭 필요한 경우도 있다). 대화문은 인물을 묘사할 수 있는 굉장한 기회다. 그러니 다른 모든 선택을 내릴 때와 마찬가지로 대화문 역시 진부하고 평범하게 처리하지 마라.

근사한 이야기를 쓰려고 상대적으로 평범하지만 안전한 문체를 선택하더라도 대화문만큼은 평범하게 써서는 안 된다.

운동선수와 작가

스포츠 분야에서 종종 "스피드는 가르칠 수 없다"는 말을 한다. 스피드가 빠른 선수는 백만 달러의 계약을 따내지만, 그렇지 못한 선수는 선발되지도 못하는 경우가 많다.

코치는 선수의 수준을 높이기 위해 경기에는 방해가 되는 나쁜 버릇을 없앨 수 있도록 돕는다. 선수는 코치의 도움을 받아 타고난 스피드를 최대한 발휘하게 된다. 책을 출판한다는 것은 메이저 리그에 입성하는 것이나 마찬가지다. 당신이 전문적인 수준의 능력을 보여주지 못한다면 입단 테스트도 볼 수 없을 것이다.

운동선수가 되기 위해서는 유전자를 타고나야 한다. 타고난 유전자를 바꿀 수는 없다. 재능을 다소 부족하게 타고난 사람은 더 노력해야 한다. 그래야 다른 프로 선수들에 맞서 경쟁력을 발휘할 수 있다.

팀에 들어가기 위해, 혹은 선수로서의 길을 걷기 위해 가장 빠른 선수가 될 필요는 없다. 하지만 프로 선수의 기량을 확보해야 하며, 자기만의 특기를 보여줄 수 있어야 한다.

그렇다면 글쓰기에는 재능이 필요한가? 우리는 항상 재능이 있다고 여겨지는 작가들에 대해 듣는다. 하지만 글쓰기에 적합한 유전자라는 것은 존재하지 않는다. 물론 태어날 때부터 지능은 어느 정도 결정된다. 높은 지능을 갖고 태어난 사람은 남들보다 빠르게 글쓰기를 배울 수 있을지도 모른다. 하지만 글쓰기는 운동선수들의 세계와는 다르다.

노라 로버츠가 당신보다 똑똑하다고 말하는 사람은 없다. 작가들의 세계에서는 지능지수가 중요하지 않다. 중요한 것은 판매지수다.

지금쯤 당신은 내가 첫 문단에서 "스피드는 가르칠 수 없다"는 말을 한 이유가 궁금할 것이다. 그 이유는 간단하다. "목소리도 가르칠 수 없기" 때문이다. 목소리는 가르친다고 해서 만들어지지 않는다. 10초 안에 100m를 달리는 방법을 가르쳐 줄 수 없는 것처럼 말이다. 물론 나쁜 버릇이나 단점을 고치게 할 수는 있다. 하지만 그렇다고 해서 좋은 문장을 쓰는 방법을 가르쳐 줄 수 있는 것은 아니다. 가르칠 수 있는 것이란 주어진 길을 닦고 순간을 최적화하는 방법뿐이다.

운동선수들과 마찬가지로 당신은 자신의 글쓰기 스타일이 지닌 기술적인 결함들을 제거할 수 있다. 지나치게 장식적인 부분이나 부사와 형용사를 제거하면서 말이다. 분명한 것은, 당신이 다른 사람들의 작품을 더 많이 읽고 연구할수록 잠재력을 최대한 발휘할 수 있는 길로 향하게 된다는 점이다. 이 책은 그런 당신에게 도움을 줄 수 있다. 당신은 이 책이 제시하는 원칙을 통해 나쁜 아이디어들을 배제하고, 전문가답지 못한 버릇을 제거하고, 불완전한 개념과 철 지난 기법을 버릴 수 있다. 그러다보면 당신이 지닌 최상의 이야기가 떠오를 것이다. 또한 다른 작품들을 통해 좋은 문장을 쓰는 법을 배울 수 있기도 하다.

아무도 당신에게 영리해지는 법을 가르쳐 주지 못한다. 재미있어지는 법도, 비꼬는 법도, 활기를 북돋우는 동시에 인간 경험에 대한 신선한 시각을 제공하여 독자들을 명상에 잠기게 하는 문장을 쓰는 법도, 재능을 갖추는 법도, 글을 쓰는 우리는 이런 방법들을 열망한다. 하지만 결국 스스로 방법을 찾아내야 한다.

그러나 한 가지 분명한 것이 있다. 성장하지 않으려고 한다면, 작가로서 발전하려고 하지 않는다면, 더 이상 배우려고 하지 않는다면, 당신은 결코 진정한 작가가 될 수 없을 것이다.

글쓰기를 인생에 비유해 보자

우리 모두는 어렸을 때와는 다르다. 앞으로 세월이 흐르면 오늘과는 또 다를 것이다. 이러한 변화는 여러 방식으로 드러난다. 겉으로는 외모와 건강상태가 다를 것이고, 속으로는 우리가 모든 일들에 적용하는 세계관과 가치체계가 다를 것이다.

많은 사람들이 나이를 먹어가면서 풍부해진다는 사실은 우연이 아니다. 사람들은 그저 여러 경험을 겪으면서 인생의 더 높은 단계로 올라선다. 사람들은 달라진다. 더 나아진다. 풍부해진다는 것은 더 많은 것들을 포용하게 되는 능력, 쉽게 휘둘리지 않을 수 있는 능력을 갖추는 것이다.

이것이 인생이다. 글쓰기도 똑같다. 글쓰기는 취미활동이기도 하고, 열정을 바치는 대상이기도 하며, 직업이기도 하다. 작가인 당신이 어떻게 변화했는가, 어떻게 성장했는가 – 우아하게든 쓰라리게든 지루하게든 – 그리고 당신이 무엇을 돌려주기로 선택했는가는 전적으로 당신에게 달려 있다. 당신이 사전에 충분히 준비한다면, 글쓰기 여행은 당신에게 더 많은 것들을 돌려줄 것이다.

글쓰는 목소리를 발전시키고 싶다면, 글쓰기라는 세계에 자신을 내맡기도록 하라. 당신의 글쓰기에도, 다른 사람들의 글쓰기에도. 독자로서가 아니라 작가로서 동료 작가들이 어떤 글을 쓰고 있는지를 살펴보라. 당신이 읽는 모든 책을 통해, 보는 모든 영화를 통해 공부하라. 당신은 서점이나 영화관을 당신의 작업실로 사용할 수 있다.

그리고 가장 중요한 것은 당신의 내부에서 솟아오르는 진정한 목소리에 귀를 기울여야 한다는 점이다. 근육과 마찬가지로 글쓰는 목소리 역시 훈련을 거쳐야 한다. 글쓰는 목소리 역시 근육처럼 성장할 수 있다. 근육이 성장하는 것을 눈으로 볼 수는 없지만, 언제고 돌이켜보면 예전보다 강해졌다는 것을 깨닫게 된다.

글쓰는 목소리도 마찬가지다.

처음에는 속삭임처럼 들려오던 목소리는 곧 완강하고 자신감 넘치는 외침으로 들려오게 될 것이다. 그렇게 목소리가 나타나 당신이 어떤 작가인지를 말해 준다면, 거기서부터 목소리를 더 크게 하라.

그리고 나머지 5개의 핵심요소도 성장해야 한다는 점을 잊어서는 안 된다. 당신의 글쓰는 목소리가 발전하는 만큼 다른 요소들도 발전하지 않는다면, 이도저도 아닌 글을 쓰게 될 테니까.

어중간하게 써서는 전문적인 작가가 될 수 없다.

글쓰는 목소리를 길들이는 방법

글쓰는 목소리에 대해 가장 중요한 것을 알려주겠다. 뺄 수 있다면 무조건 빼라. 풋내기 작가들처럼 고집부릴 생각은 하지 말고.

우리는 직접 부를 노래를 작곡해야 하며, 직접 공연할 안무를 짜야 하고, 직접 지을 건물을 설계해야 한다.

이런 면에서 우리는 독특한 위치를 점하는 예술가라고 할 수 있다. 작곡가들은 직접 노래를 부르지 않고, 안무가들은 직접 춤추지 않으며, 시나리오 작가들과 감독들은 배우가 되거나 세트를 만들 필요가 없다. 건축가들 역시 현장에 가볼 필요가 없을 때가 많다.

하지만 작가인 우리는 모든 사항들을 직접 챙겨야 한다. 우리는 단어 하나하나, 문장 하나하나를 직접 결정해야 한다. 이야기를 잘 만들어야 하지만 문체도 소홀히 해서는 안 된다. 둘 다 평가의 대상이기 때문이다. 그리고 이야기 전체는 각각의 핵심요소를 단순히 합친 것 이상을 보여주어야 한다.

글쓰는 목소리는 6가지 핵심요소 중 하나다. 글쓰는 목소리에만 집중하느라 다른 요소들을 소홀히 취급하지 말라. 그래서는 성공적인 이야기를 쓸 수 없다.

그러나 목소리와 관련해서 다소 역설적인 상황이 생긴다. 다른 핵심 요소들을 모두 적절히 활용했는데도 글쓰는 목소리 때문에 원고를 출판하지 못하는 경우가 생기기도 하는 것이다.

자세히 알아보자

당신의 이야기가 지닌 장점을 파악하려면 에이전트나 편집자는 수십 페이지를 읽어야 한다. 그러나 당신의 문체가 지닌 리듬과 선율은 처음 몇 페이지가 지나기도 전에 나타날 수 있다. 이처럼 첫 페이지부터 프로다운 문체를 선보인다면 출판될 가능성도 커진다. …… 혹은 아니거나. 물론 문체가 훌륭하다면, 그러면서도 과도하게 장식적이지 않다면, 다음 단계로 넘어가기 쉽다.

글쓰는 목소리는 이 정도가 충분하다. 도를 넘어선 문체는 거절통지서만 날아오게 할 뿐이다. 이야기를 팔고 싶다면 시인처럼 쓸 필요가 없다. 다른 작가들의 원고 사이에서 눈에 띌 정도면 된다. 그 후에는 이야기가 당신의 운명을 결정한다. 그리고 당신이 프로들과 어깨를 나란히 하게 될 때, 그때는 문장을 위한 문장을 써도 좋을 것이다.

너무나 많은 작가들이 문장에만 공을 들인다

물론 글쓰는 목소리가 성숙하지 못하거나 독창적이지 않다면 문장에 다소 공을 들일 필요가 있다. 풋내기 작가의 어색함이나 소심함이 느껴질 때도, 지나치게 장식적일 때도. 아무튼 앞에서 살펴본 대로 글쓰는 목소리는 사실상 가르치기가 불가능하다. 문법 강의나 문장 쓰는 법과 관련된 강의를 아무리 들어도 글쓰는 목소리를 배울 수 없을 것이다.

글쓰는 목소리란 사실상 얻어지는earned 것으로, 발견되는 것, 성장하는 것이다. 글쓰는 목소리는 당신 특유의 억양과 어조를 전달할 수 있도록 발전해야 한다. 당신은 지신만의 목소리로 이야기에 미묘한 차이와 깊이, 그리고 개성을 불어넣어야 한다.

과도하지 않게. 단순하게. 말끔하게. 꾸밈 없이.

전적으로 당신의 목소리여야 한다.

글쓰는 목소리를 얻는 방법

글쓰는 목소리는 타고나는 것이 아니다.

당신은 글을 써야 한다. 연습해야 한다. 꾸준하게. 열정적으로. 겸손하면서도 공격적으로. 필요하다면 오랜 세월 그렇게 해야 한다. 서두른다고 얻을 수 있는 것이 아니다. 글쓰는 목소리는 언제고 성장할 것이고, 편한 신발처럼 당신에게 꼭 맞을 것이다. 그때 당신은 자신만의 목소리를 찾았다는 것을 알게 된다.

목소리를 찾아내고 나면, 그 다음부터는 이야기 자체에 매진하라.

엄청난 재능이나 천재적인 기지, 혹은 산전수전을 다 겪은 베테랑의 냉소주의로 글을 쓸 필요가 없다. 그저 잘 쓰면 된다.

하지만 6가지 핵심요소가 완벽하게 활용된 당신의 이야기는 단순히 좋은 것 이상이어야 한다.

좋은 이야기는 많다. 좋은 이야기는 세상에 널렸다. 출판사마다, 영화사마다 이런 이야기들이 천장까지 쌓여 있다.

무엇이 좋은 이야기이고, 무엇이 더 나은 이야기인지는 언제나 당신의 판단에 달려 있다. 따라서 당신은 다시 한 번 역설적인 상황에 놓이게 된다. 좋은 글을 쓰려고 열심히 노력할수록 더 많은 부족함을 느낄 때가 많기 때문이다.

좋은 글쓰기란 자연스러운 글쓰기다

정확하고, 깔끔하고, 전문가적인 단계에 도달한 목소리를 추구하도록 하라. 누군가가 당신의 이야기에 관심을 가지려면 당신은 이러한 목소리로 글을 써야 한다. 에이전트나 편집자는 처음 1/3 정도를 읽고 난 후에야 실제로 이야기를 파악하게 되기 때문이다.

사실상, 에이전트나 편집자가 당신의 글쓰는 목소리에 집중하지 않는 순간 이야기가 진정으로 힘을 발휘하기 시작한다고 말할 수도 있다. 거기서부터 그들은 당신의 이야기에 빠져드는 것이다.

그러므로 이야기 자체의 힘이 중요하지 않을 수 없다.

PART 8

이야기 발전과정

48

이제 이야기를 쓰기 시작하자

계획부터 세우는 사람이든 무작정 쓰기부터 하는 사람이든, 우리 모두는 다음과 같은 힘겨운 질문과 마주하게 된다. "이 다음에는 뭘 써야 하지? 어떻게 알 수 있지?"

당신은 이미 답을 알고 있다. 이야기의 구조와 콘셉트, 인물, 주제에 관한 원칙을 알고 있으며, 첫 페이지에서부터 이러한 원칙을 어떻게 적용할지를 알고 있다. 원칙은 당신에게 문장을 술술 불러주지는 않지만, 이야기의 흐름에 따라 장면이 나타나면서 각각의 장면에 어떤 목표와 컨텍스트, 그리고 기준을 마련해 주어야 하는지를 알려준다. 원칙을 지키는 한, 필요한 위치에 필수적인 요소를 집어넣을 수 있다. 누가 뭐라고 해도 든든히 받쳐주는 것은 바로 원칙이다.

"무엇을 쓸지 어떻게 알 수 있는가"라는 너무나 복잡한 질문은 또 다른 질문을 야기한다. 이야기 발전과정에서 마주칠 수밖에 없는 질문들이다. 이는 다음과 같다.

- 당신은 이야기의 어디에 있는가?
- 이 지점에서 극적 긴장감을 최대로 끌어내려면 무엇이 필요한가?
- 이야기를 설명하는 동시에 인물에 대해서도 말해 주고 있는가?
- 당신은 가장 창의적인 선택을 하고 있는가? 다른 선택지가 있다면?

위의 질문들에 답하려면 해당 지점에서 당신에게 어떤 선택지들이 있는지 알고 있어야 하며, 알고 있다고 하더라도 전체 이야기가 어디로 향하고 있는지를 파악하기 전까지는 어떤 효율적인 선택도 내릴 수 없다. 적어도 원칙은 각각의 파트들이 서로 맺고 있는 컨텍스트적 관계를 통해 우리가 어떤 선택을 내릴 수 있는지를 알려준다. 당신은 언제나 무언가를 설정하거나, 설정에 응답하거나, 문제를 공격하거나, 문제를 해결하는 과정에 있다. 이야기를 구성하는 4개의 파트에 드라마와 의미를 불어넣으면서 콘셉트와 인물, 그리고 주제를 풍성하게 만들 수 있다.

너무나 간단한 일이다. 말도 안 된다고 생각할지도 모르지만 아무튼 이렇게 간단하다. 이야기를 쓰고 있고, 이야기 속 장면들이 구조적 원칙을 따르고 있다면 당신에게는 사실상 다른 선택지가 없는 셈이기 때문이다. 한데 당신이 이야기를 쓰는 다른 방법이 있다고 생각한다면, 새로운 방식으로 장면을 쓸 수 있다고 생각한다면, 해당 장면에 맞지 않는 컨텍스트를 주입하고 있다면, 당신은 길을 잃은 것이다. 어쩌면 길을 잃었다는 사실조차 모르고 있을 수도 있다.

그리고 에이전트나 편집자가 당신의 원고가 길을 잃었다는 사실을 알려줄 것이다.

가장 효율적인 이야기 도구

나는 "최상의" 도구라는 표현은 사용하지 않는다. 물론 실제로 최상의 도구일 수도 있겠지만. 작가들은 스스로 최상의 도구를 발견해야 한다. 하지만 나는 대단히 효율적이고, 따라서 인내심과 넓은 시야를 갖고 창의력을 발휘하여 적합하게 사용한다면, 초고를 쓰기 전에 단 한 장면도 먼저 써 보지 않고 이야기의 전체적인 흐름을 만들어 낼 수 있는 도구를 알려주고자 한다. 바로 이야기를 발견하고 이에 살을 붙이는 기법이다.

이 도구는 "비트 분석표beat sheet"라 불린다.

비트 분석표는 이야기의 뼈대를 만든다. 비트 분석표를 통해 이야기를 구성하는 모든 장면들 각각을 넓은 시야에서 바라볼 수 있다. 그러면서 이야기의 전체적인 흐름을 꿰뚫을 수 있다. 때로는 단어 하나로, 때로는 문장으로 각각의 장면을 말해 보자. 장면을 쓰기 전에 말이다. 비트 분석표 – "비트"는 이야기에서 중요한 순간을 의미한다 – 를 통해 이야기를 다듬을 수 있다. 어떤 장면이 부족하고 과한지를 비트 분석표가 알려주기 때문이다. 당신은 이런 식으로 보충하며 마침내 이야기 구조의 원칙에 각각의 장면이 꼭 맞게 될 때까지 장면을 발전시킬 수 있다. 이렇게 만들어진 장면들은 이야기의 흐름에 따라 최적화된 드라마를 펼쳐 보여준다.

이야기 계획이란 이런 것이다.

이 방식이 왜 효율적이냐고? 당신은 이야기를 찾아내야 하고, 반드시 그래야만 하기 때문이다. 무엇보다도 근사한 이야기를 찾아내야 하고.

이야기를 발전시키는 또 다른 방법은 그저 책상 앞에 앉아 무작정 글을 쓰기 시작하는 것이다. 떠오르는 대로 원고를 쓰는 것이다. 원고를 써 나가면서 이야기 구조에 대한 지식과 본능적인 감각에 의존하여 제대로 된 이야기가 나타나기만을 기다리는 것, 우리는 이러한 방식에 대해서도 앞서 논의했다. 이 방식은 효율적이지 않다. 떠오르는 대로 글을 쓰는 작가들은 제대로 된 이야기를 찾을 때까지 초고를 여러 번 쓰는 고통스러운 과정을 거쳐야 한다. 이들에게 근사한 이야기가 나타나려면 대개 수많은 초고가 필요하다.

비트 분석표를 사용하면 첫 번째 초고에서도 제대로 된 이야기를 찾아낼 수 있다. 이렇게 찾아낸 이야기를 다듬어 자신 있게 투고하면 된다. 어떤 작가들은 내 말을 듣지 않을 것이다. 하지만 이야기 구조의 원칙과 핵심요소의 중요성을 잘 이해하고 받아들인다면, 당신은 비트 분석표가 얼마나 쓸모있는 도구인지를 단박에 알 수 있을 것이다.

이야기의 비트를 찾아서

비트 분석표를 사용하면 무작정 원고부터 쓰기 시작할 때의 위험을 피할 수 있다.

비트 분석표를 활용하는 방법을 자세히 알아보자. 비트 분석표란 이야기에 필요한 장면 각각을 짧게 설명하는 단어, 혹은 문장으로 구성한 표를 말한다. 장면 자체를 완전히 기술할 필요는 없다. 어떤 아이디어나 순간을 묘사하는 것으로 충분하다. 당신의 이야기에 60개의 장면이 필요하다면, 장면 각각이 지닌 목표와 내용을 간략히 설명하는 60개의 항목으로 구성된 비트 분석표를 작성하라. 각각의 항목은 이야기의 흐름에 따라 각각의 장면이 어떤 역할을 하는지를 보여준다. 즉, 장면들이 그 자리에 있어야 하는 이유를 말해 주는 것이다.

워드프로세서로 작성한 차트나 공책에 번호를 매겨서 비트 분석표를 만들 수 있다. 아니면 벽에 붙임쪽지를 붙여도 되고, 바닥에 인덱스 카드를 늘어놓아도 된다. 어떤 방법을 사용해도 좋다. 이야기를 쓰기 전에 전체적인 흐름을 볼 수 있을 정도면 충분하다.

그렇게 이야기의 흐름이 보이기 시작하면, 이야기를 고칠 차례다. 이야기를 최적화하는 것이다. 당신은 열정과 자심감을 갖고 구조적인 계획에서 창의적인 계획으로 나아갈 수 있다.

나는 블루앤젤스Blue Angels라는 곡예비행단 다큐멘터리를 본 적이 있는데, 뛰어난 조종사들이 에어쇼를 준비하는 과정을 보고 깊은 감명을 받았다. 에어쇼의 성공은 그들이 조종하는 F/A-18 호넷 여섯 대가 얼마나 긴밀한 관계를 맺고 있는지에 달려 있었다. 위험한 상황이 발생할 때도 마찬가지였다. 에어쇼에 나서기 전 조종사들은 테이블에 둘러앉아 쇼의 구성안을 두고 자세히 논의했다. …… 말로만. 그들은 어떤 첨단장비도 동원하지 않았다. 그들은 눈을 감고 리더 역할을 맡은 조종사가 그들이 협업하여 만들어 낼 움직임을 설명하는 말에 귀를 기울였다. 리더는 침착하지만 날카로운 말투로 무엇이 오고 있는지, 어떤 움직임을 보여야 할 것인지, 그 다음에는 어떻게 움직여야 할 것인지를 설명했다. 그는 무엇을 할 것인지만이 아니라 어떻게 할 것인지도 알려주었다. 어떻게 리듬을 타야 할 것인지를. 그 미묘함을. 조종사들은 그들의 이야기가 어떻게 펼쳐져야 하는지를 처음부터 끝까지 이해할 수 있었다. 그 결과 관객들은 곡예비행을 구성하는 과정에서 나타나는 복잡함이나 어려움을 넘어서는 힘과 아름다움을 경험할 수 있었다.

당신도 이런 방식으로 이야기를 발전시킬 수 있다. 머릿속에서 각각의 장면을 그려보는 것이다. 이런 방식으로는 창의적인 능력을 발휘할 수 없고 따라서 융통성 없는 이야기가 나온다고 주장하는 사람들은 우리가 붙였다 뗄 수 있는 붙임쪽지를 사용한다는 사실을 잊은 모양이다. 게다가 붙임쪽지를 사용하는 편이 400페이지짜리 원고를 통째로 고치는 것보다는 훨씬 수월하다.

무작정 원고부터 쓰는 사람이라면 내 말에 귀를 기울이기를 바란다. 붙임쪽지 몇 장을 바꾸는 편이 이야기의 전체적인 흐름을 완전히 뜯어 고치는 것보다는 훨씬 안전하니까.

초고를 쓰기 전에 비트 분석표를 작성하라

어떤 방식으로 이야기를 발전시키든, 가끔 생각했던 대로 원고가 잘 써지지 않는다는 생각을 하게 된다. 머릿속에서는 괜찮다고 생각했던 것들이 막상 페이지에서는 잘 드러나지 않는 것이다. 이런 일이 일어날 경우, 원고를 처음부터 뜯어 고치기보다는 이야기를 비트 분석표로 만들어 어디를 어떻게 고치면 좋을지를 알아보는 편이 보다 효율적이고 효과적이다. 비트 분석표는 문제가 되는 부분을 더 잘 쓸 수 있는 방법을 보여줄 것이다.

이 방법은 떠오르는 대로 쓰는 작가들도 사용할 수 있다. 이야기가 제대로 작동하지 않는다는 느낌이 들면 비트 분석표를 통해 어느 부분을 고쳐야 하는지를 쉽게 알아볼 수 있기 때문이다.

한 번 비트 분석표를 작성해 보면 계속해서 의지할 수밖에 없을 것이다. 이야기의 전체적인 흐름을 보여주는 비트 분석표의 효율성을 한 번이라도 경험한다면 다시는 떠오르는 대로 쓰는 방식을 고집하지 않을지도 모른다. 계획부터 세우는 사람이 된 것을 환영한다. 떠오르는 대로 글을 써 왔더라도 사실 다른 식으로 계획을 세우고 있었던 것이다.

비트 분석표는 개요로 활용할 수 있다

개요를 쓴다는 생각 자체를 싫어한다고 해도, 개요를 작성하면 큰 도움을 받을 수 있다는 사실을 인정해야 한다. 개요를 작성한다고 해서 불리한 점은 없다. 상상력을 저해하지도 않는다. 개요는 비트 분석표를 확장하고 발전시킨 것에 불과하다. 당신이 경험 많고 자신감 있는 작가라면 개요 단계를 건너뛰고 비트 분석표에만 의지하여 원고를 써도 좋다.

비트 분석표에 기술된 각각의 항목을 설명적인 문장으로 확장시키고, 그 다음에는 해당 장면을 요약하는 한 문단으로 발전시켜라. 당신이 창의력을 발휘하여 ("이러쿵저러쿵 해야 한다"를 넘어서는) 구체적인 스토리 비트로 표현했다면, 각각의 항목을 한 문장이나 문단으로 발전시키는 데 어려움을 겪지 않을 것이다. 당신은 어쩌면 다음에 나올 스토리 비트가 아니라 장면 자체를 짧게 쓸 수 있을지도 모른다. 이 과정은 너무나 효과적이다……. 하나의 비트는 다음 비트로 이어지고, 이를 알아차리기도 전에 당신의 마음 속에서는 이미 이야기가 영화처럼 상영되고 있을 것이다.

두 가지 유형의 비트 분석표를 알려주도록 하겠다. 둘 다 결국 같은 이야기가 나오는 비트 분석표다. 하나는 원고를 쓰기 전에 각각의 장면이 지닌 목표를 포괄적으로 제시하는 유형이다. 예를 들면 "여기서 주인공을 소개한다" 등이다. 다른 하나는 원고를 쓰기 전후에 사용할 수 있는 방식으로 같은 장면의 구체적인 내용을 밝힌다. 따라서 "여기서 주인공을 소개한다"는 "우리는 일하고 있는 잭을 만난다"로 대체된다.

1차 플롯포인트가 나타나기 전까지 파트 1은 12개의 장면을 필요로 한다. 우리는 각각의 장면을 비트 분석표로 미리 구성해볼 수 있다. 비트 분석표가 발전하면서 장면의 숫자는 늘어날 수 있고, 나중에라도 더 좋은 생각이 떠오른다면 추가할 수도 있다.

비트 분석표는 이야기의 구체적인 지점에서 일어나는 사건을 밝혀주고, 이 사건들이 어떤 순서대로 일어나야 하는지를 보여준다. 떠오르는 대로 쓰는 작가들이라면 이 말에 진저리를 치겠지만, 비트 분석표가 제시하는 것은 이야기의 흐름이라는 점을 명심하라. 당신은 반드시 이야기의 흐름을 고려해야 하며, 이러한 흐름 속에서도 얼마든지 여러 선택지들을 고민하며 이야기에 살을 붙여나갈 수 있다.

비트 분석표는 글을 쓰는 데 직접적인 도움을 주는 동시에 이야기를 탐색하는 훌륭한 도구이기도 하다. 비트 분석표나 개요를 작성하지 않고 원고부터 쓰기 시작하더라도 이야기를 탐색할 수는 있지만, 그러면 시간과 노력이 두 배로 든다. 함선보다는 쾌속선이 방향을 전환하기에 빠른 법이다.

이 점을 제대로 이해하고자 하는 당신은 이야기 자체로 향하는 직통선, 혹은 엘리베이터에 오를 수 있는 방법을 알아야 한다. 비트 분석표나 개요를 작성하기 전에 미리 알아두어야 할 점이 있는 것이다.

포괄적인 비트 분석표가 무엇인지 사례를 통해 알아보자.

아내가 바람을 피우고 있다는 사실을 알게 된 남자가 있다면 어떨까? 그가 증거를 잡으려던 와중에 아내가 살해당한다면 어떨까? 그것도 남자를 살인범으로 지목하는 단서들을 남겨놓고. 그는 경찰과 진범을 피해 자신의 결백과 진실을 주장할 수 있는 방법을 찾아야 한다.

이 이야기의 파트 1(설정)을 비트 분석표로 작성해 보자. 각각의 항목들은 이야기의 가능성을 대략적으로 제시하고 있다.

1. 프롤로그. 다가오는 문제를 예고한다.
2. 문제가 닥치기 전의 인물과 그의 인생을 조명한다.
3. 1차 플롯포인트가 등장하고 그가 위험에 빠지기 전까지에 해당하는 그의 현재 모습을 보여준다.
4. 다가오는 반대자를 예고한다.
5. 주인공(Hero)의 내면에 깃든 악마를 처음으로 암시한다.
6. 주인공이 내면의 어둠에 소심하게 반응하는 모습을 보여준다. 이는 주인공의 아킬레스건이다.
7. 주인공은 무슨 뜻인지도 모르는 채로 떨어져 있으라는 경고를 받는다.
8. 주인공은 위험이 다가오고 있다는 것도 모르고 있다가 위험에 빠진다.
9. 주인공은 거짓으로 자신감을 되찾는다.
10. 주인공은 믿지 않는다. 스스로 정찰에 나선다.
11. 거대한 위험요소가 나타난다. 모든 것이 변화한다.

12. 주인공은 자신이 부당한 혐의를 받고 있다는 것을 발견한다(이 지점이 1차 플롯포인트다).

이처럼 대략적인 비트 분석표만으로도 수많은 이야기를 만들어 낼 수 있는데도 꺼려하는 사람들이 많다는 사실은 흥미롭다.

비트 분석표를 연습해 볼 수도 있다. 당신은 이미 작동하는 다른 이야기를 해체하여 대략적인 비트 분석표를 만들어 당신의 이야기에서 필요한 부분과 흐름을 찾아낼 수 있다. 이렇게 하면 바로 다음에 어떤 장면이 이어져야 할지에 대해 영감을 받을 수 있다.

영감을 받는다는 것은 다른 사람의 아이디어를 훔치는 행위가 아니다. 다른 이야기에도 작동하는 것이라면, 당신의 이야기에서도 똑같이 극적 전제를 이끌어내는 수단으로 사용될 수 있을 것이다. 특히 무엇을 어떤 순서로 써야 할지를 몰라 애를 먹고 있다면 말이다.

포괄적인 비트 분석표를 작성했다면, 이야기에 약간의 정보를 더하여 구체적으로 만들어 보라.

비트 분석표는 구체적인 이야기를 말해 준다

같은 전제가 있다. 이번에는 포괄적인 내용에서 벗어나 보다 구체적인 장면을 지시한다. 같은 흐름을 지닌 비트 분석표지만 이제 개요에 가까워졌다.

1. 남자와 여자가 호텔 방에 있다. 격렬하게 사랑을 나눈다. 우리는 남자의 지갑 옆에 놓인 여자의 결혼반지를 본다. 이 장면은 프롤로그다. 우리는 누가

누군지를 아직 알 수 없다.

2. 우리는 아내 소유의 소매점을 경영하는 주인공을 만난다. 소매점은 번창하고 있다. 아내는 가게의 얼굴이다. 남자는 열심히 일한다.
3. 영광과 수익은 모두 아내의 차지다. 남자는 마땅한 평가를 받지 못한다. 하지만 직원들은 모두 남자가 일한 결과로 사업이 잘 된다는 것을 알고 있다. 그런데 문제가 하나 생겼다.
4. 아내는 시내에서 모임이 있다고 말하고, 남자에게 입을 맞춘 뒤, 밖으로 나간다. 하지만 그녀는 연인이 기다리고 있는 호텔로 향한다.
5. 직원 한 사람이 주인공에게 무슨 일이 일어나고 있는지를 말해 주려고 한다. 하지만 사장인 아내를 직접적으로 배신할 수는 없다. 직원은 주인공에게 호감이 있다(이는 암시로 작용한다).
6. 주인공은 며칠 후 아내를 뒤쫓는다. 하지만 아무것도 발견하지 못한다.
7. 주인공은 아내에게 의혹을 제기하지만, 아내는 부인한다. 그들은 말다툼을 벌인다.
8. 주인공은 호텔로 찾아가 벨맨에게 아내의 사진을 보여준다. 벨맨은 아내를 알아본다.
9. 아내에게 따지자 그녀는 그 호텔에서 모임이 있었다고 말한다. 더욱 화가 난다.
10. 직원은 주인공에게 아내가 거짓말을 하고 있다고 말한다. 그녀는 연인과 함께 있는 아내를 본 적이 있다. 그들 사이에 어떤 감정이 싹트기 시작한다. 특히 그녀 쪽에서(이는 암시로 작용한다).
11. 며칠 뒤, 주인공은 직원의 말에 따라 다른 호텔로 향하는 아내를 쫓아간다. 그리고 방으로 뛰어든다……. 그런데 아내가 죽어있다. 그는 방 안의 물건

들을 부주의하게 뒤진다. 그는 누명을 쓸 처지에 놓인다. 그는 경찰을 부르고, 그 다음에는…….

12. 직원이 로비에서 기다리고 있던 그를 찾아와 그를 데려간다……. 경찰이 그를 찾고 있다고, 그가 살인범이라고 생각한다고, 아내의 연인이었던 남자가 그를 범인으로 지목했다고 말한다. 그녀는 그가 결백을 증명할 수 있을 때까지 그를 도와줄 것이다. 그녀는 이 모든 사실을 어떻게 알게 되었는지 후에 설명할 것이다.

이러한 12개의 비트들은 원고의 처음 60~75페이지를 담당한다.

그리고 후에 정신병자 직원이 아내를 죽였으며, 아내 대신 자기가 주인공을 차지하고, 아내의 연인이었던 남자에게 죄를 덮어씌우려고 했다는 사실이 밝혀질 것이다.

강력한 아이디어나 콘셉트를 생각한 당신은 이에 맞추어 비트 분석표를 발전시켜야 한다.

비트 분석표의 진화

비트 분석표라는 유연한 도구를 활용하여 위험요소에 깊이를 부여하고, 호흡을 고조시키고, 독자들의 집중과 공감을 만들어 내는 인물의 변화를 야기하는 최종적인 대결을 설정하는 데 필요한 여러 아이디어들을 더할 수도, 버릴 수도 있다.

떠오르는 대로 글을 써 왔다면, 그런데 이 방식에는 문제가 있다는 것을 깨달았다면, 당신은 나중에라도 비트 분석표를 작성하여 이야기의 흐름 속 구체적인 지점에서 최상의 선택을 내렸는지 알아볼 수 있다. 떠오르는 대로 쓰는 방식만 고집해서는 할 수 없는 일이다. 이야기가 어디로 향하고 있는지를 모른다면 이어지는 사건을 암시할 수 없다. 그리고 암시와 예고는 긴장감을 높이고 호흡을 가속화시키는 데 필수적이다.

비트 분석표는 창의적인 결정을 내려야 하는 당신을 든든히 받쳐준다.

비트 분석표를 브레인스토밍, 다른 작품을 해체해 보기, 몇 챕터를 미리 써 보기 등과 더불어 활용한다면, 전체 원고를 써 보지 않아도 이야기의 전체적인 구조를 파악하게 될 것이다. 또한 비트 분석표는 다양한 방식으로 작성될 수 있다. 당신이 자유롭게 선택하면 된다.

과정 자체는 당신이 원하는 대로 유연하고 자유로울 수 있다. 비트 분석표를 활용하면 원하는 방식을 유지하면서도 효과적이고 출판 가능한 이야기를 쓸 수 있을 것이다.

무작정 쓰는 사람들을 위한 이야기 계획법

계획부터 세울 것이냐, 무작정 (떠오르는 대로) 원고부터 쓰기 시작할 것인가를 두고 벌어진 논쟁이 이어지는 동안, 결국 나는 이야기를 계획하든 무작정 쓰든 모두가 같은 배에 타고 있다는 것을 깨닫게 되었다.

무작정 쓰는 사람은 내 말을 듣고 싶지 않을 것이다. 이들은 몇 가지 이유에서 본격적으로 원고를 쓰기 전에 주요한 이야기 지점들을 미리 계획한다는 것을 불쾌하고 쓸모없는 일로 여긴다. 마치 자기가 비행기를 타지 않았다고 비행기가 날 수 없다고 말하는 사람들 같다. 그리고 그들은 비행기 대신 기차를 타고 먼 거리를 이동한다.

그들은 닷새 동안이나 기차를 타야 한다. 너무나 비효율적이다. 물론 그들에게는 선택의 자유가 있다. 하지만 비행기가 더 효율적이라는 사실은 변하지 않는다.

좋은 비유다. 비행기를 타면 기차를 탈 때보다 열 배는 빨리 목적지에 도착할 수 있다. 이야기를 계획하면 이야기의 방향에 대한 아무런 단서도 없는 상태에서 원고를 쓰는 것보다 훨씬 효율적이다. 당신이 어떤 방식을 선택하더라도 결국 목적지는 같다. 다만 느리고 비효율적인 방식을 선택하는 것보다는 빠르고 효율적인 방식을 선택하는 것이 낫다는 것은 분명하다.

이야기를 쓰는 모든 사람들은 어떤 형식으로든 이야기를 계획하고 있는 것이다.

빠져나갈 길은 없다. 계획을 다른 이름으로 부른다고 하더라도.

떠오르는 대로 글을 써나가면서 이야기를 발전시킨다고 해도, 이어지는 사건에 대해 어떤 단서도 없는 채로 무작정 글을 쓰고 있다고 해도, 그저 본능적인 감각에 의지해서 마지막 단락을 쓴다고 해도, 다음 챕터도, 그 다음 챕터도 이런 식으로 쓴다고 해도……, 이 역시 이야기를 계획하고 있는 것이다. 당신이 계획이라는 단어를 좋아하지 않더라도 말이다.

이처럼 떠오르는 대로 무작정 쓰는 방식이 당신이 선택한 방법론이다. 그리고 우리는 스스로 내린 선택의 결과에 따라 살아간다. 글쓰기도 인생과 마찬가지다.

무작정 쓸 때도 성공적인 이야기가 나올 수는 있다

예비 수술과 목적이 분명한 수술을 생각해 보자. 예비 수술을 하는 의사는 환자의 몸 안에서 무엇을 발견하게 될지 모른다. 따라서 의사는 실시간으로 정확한 판단을 내려야 할 필요가 있다. 하지만 수술 목적이 분명할 때 의사는 기존의 MRI 자료와 혈액검사 자료, 그리고 구체적인 확신을 갖고 수술방에 들어가 혈액손실과 외상을 최소한도로 줄이며 마취가 풀리기 전에 수술을 마친다.

좋은 비유다. 목적이 분명하지 않다면 이야기가 위험에 빠질 수 있기 때문이다. 선한 의도에도 불구하고 환자를 죽일 수도 있다.

결과 – 발견된 종양이 제거된다 – 가 같더라도 예비 수술보다는 계획적인 수술이 시간과 위험 면에서 효율적이다.

한데 예비 수술이든 목적이 분명한 수술이든 절차는 같다. 하지만 이야기를 쓰는 경우 항상 이런 것은 아니다. 가끔 작가는 자신이 하는 일을 정확히 알지 못하는 경우도 있다. 무엇이 이야기를 작동하게 하는지, 이야기가 어디로 향해야 하는지, 그 이유는 무엇인지 잘 알고 있다면 당신은 실제로 이야기를 쓰기 시작하기 전에 최소한의 계획이라도 세워야 할 것이다.

이야기 구조조차 모른다면 계획도 세울 수 없을지도 모른다. 무엇을 계획해야 하는지도 모르는 경우가 있기 때문이다.

이야기를 계획하는 사람이든 무작정 쓰는 사람이든, 이야기의 주요 전환점과 극적인 변화를 제대로 설정하지 못한다면, 이야기는 실패한다. 당신에게는 이야기를 적절하게 전개하는 방식이 필요하다. 그리고 이런 생각 없이 무계획적으로 이야기를 쓰는 사람은 반드시 실패하게 되어 있다.

떠오르는 대로 쓰는 작가들은 가끔 계획 없이 썼는데도 성공한 작가들을 들먹인다. 하지만 유명한 작가들은 계획하지 않고도 이야기 구조의 원칙을 완벽하게 활용할 줄 아는 사람들이다. 그들은 비행 계획이 필요 없는 조종사들과 같다. 그들은 어떤 상황이 발생하더라도 해결할 수 있다. 그리고 조종사들은 글로 써 두지 않아도 목적지를 분명히 알고 있다.

무작정 쓰기의 치명적 단점

시작도 못 했는데 끝낼 수는 없다. 이야기의 끝을 모른다면 작동할 수 있는 이야기를 시작할 수 없다. 물론 초고를 여러 번 쓰면서 끝을 찾아낼 수는 있다. 하지만 성공적인 이야기의 기준을 만족시키는 좋은 이야기를 완성하려면 여러 번의 전격적인 퇴고 과정을 거쳐야 할 것이다.

다시 한 번 말하지만 어떤 결말을 염두에 두지 않고 떠오르는 대로 이야기를 쓴다면, 아마 60%나 써 버린 뒤에야 이야기가 어떻게 끝날 것인지를 마침내 깨닫게 될 것이고, 그때서야 목표를 갖고 서사의 흐름을 만들기 "시작"할 것이다…….

이런 이야기는 작동하지 않는다. 작동할 수가 없다.

그리고 이제야 결말을 알게 된 당신은 초고를 고칠 수밖에 없다. 이야기가 전개되는 데 필수적인 파트들과 컨텍스트적 요소들, 그리고 이어지는 사건을 암시하는 장면들이 적절한 자리에 위치하도록 고쳐야 하는 것이다. 하지만 이런 식으로 새로운 요소를 나중에 집어넣은 원고는 제 기능을 하지 못하는 경우가 많다. 설령 나아진다 하더라도 처음부터 완벽하게 다시 쓴 원고보다는 근사하지 않다. 결말을 모르고 쓰기 시작한 원고에서 중요한 전환점들이 처음부터 제자리에 놓이기란 불가능하다.

하지만 계획적인 작가들은 이를 피할 수 있다.

두 가지 방식 모두 가능하다

이야기를 떠오르는 대로 쓰더라도 9가지 구체적인 사항을 사전에 이해하고 계획하고 실행한다면 성공적인 결과를 볼 수 있다. 그러니 내 말을 기억하라. 어떤 방식으로 글을 쓰더라도 당신은 내가 제시하는 9가지 항목을 반드시 활용해야 하며, 무시한다면 이야기는 실패하고 말 것이다.

이야기를 구성하는 60~90개의 장면을 하나같이 완벽하게 미리 계획해야 이야기가 성공한다고 말할 생각은 없다. 물론 나를 비롯한 몇몇 작가들은 이런 방식을 사용한다. 하지만 떠오르는 대로 글을 쓰는 작가들도 9가지 사항을 기억한다면 초고를 여러 번 고치거나 다시 쓰는 고통스러운 시간을 줄이고 성공적인 이야기로 한 걸음 더 나아갈 수 있다.

글을 쓰기 전에 반드시 알아두어야 할 9가지 사항

오래된 농담 하나가 생각난다. 백만장자가 세금을 피하는 방법이 뭔지 알아? 일단 백만 달러부터 벌어야지…….

9가지 사항은 두 개의 범주로 나뉠 수 있다. 하나의 범주에는 이야기를 구성하는 파트들이 포함되고, 다른 범주는 파트를 구분하는 다섯 가지 주요 전환점이 포함된다.

이야기가 작동하려면 피할 수 없는 사항들이다. 계획 단계에서든 어차피 퇴고하게 될 초고를 쓰면서든 9가지 사항을 고려하지 않을 수 없다.

나는 당신이 9가지 사항을 미리 생각하기를 바란다. 만약 주요 전환점으로 활약하는 5개의 장면만 미리 계획한다면 60개에서 90개에 달하는 모든 장면을 전부 계획할 필요가 없다. 5개의 주요 장면을 머릿속에 담고 나머지 장면들은 떠오르는 대로 쓸 수도 있는 것이다. 이러한 방식으로 당신은 기차에서 비행기로 갈아탈 수 있다.

물론 계획적인 작가들이 탄 음속 비행기는 따라갈 수 없을지도 모르지만. 그래도 기차보다는 나을 것이다.

이야기를 구성하는 4개의 파트

여기서 나는 앞에서 했던 말을 다소 반복할 것이다. 하지만 무작정 쓰기를 예찬하는 사람에게는 새로운 내용일 수도 있다. 앞에서는 무심하게 넘겨버렸을지도 모르니까. 아무튼 5개의 주요 전환점을 파악하지 않고 4개의 파트를 깊이 있게 써낼 수는 없다.

4개의 파트에 대해 마지막으로 자세히 알아보자. 이야기를 구성하는 4개의 파트는 각각 12~18개의 장면으로 나뉠 수 있으며, 전체 이야기의 1/4 정도를 차지한다.

- **파트 1(설정):** 1차 플롯포인트에서 거대한 사건이 발생하여 주인공의 여정, 필요, 모험, 실제 이야기가 규정되기 전까지의 주인공과 위험요소를 소개한다.
- **파트 2(반응):** 주인공은 지금까지와는 다른 인생을 살게 된다. 1차 플롯포인트에서 새로운 요청 혹은 필요가 발생했기 때문에 주인공은 새로운 여정에 놓이게 된다.
- **파트 3(공격):** 도망치고, 숨고, 반응하고, 물러서던 주인공은 이야기의 중

간포인트에서 공격에 나선다. 그러면서 문제를 해결할 방법을 적극적으로 찾기 시작한다.

- **파트 4(해결):** 주인공은 내면의 악마를 극복하고 갈등을 해결하며 목표를 달성하는 기폭제로 거듭난다.

각각의 파트에 해당하는 장면들은 속한 파트가 지닌 컨텍스트를 따른다. 예를 들어 주인공이 파트 2(응답/반응)에서 완벽하게 영웅적인 모습을 보여준다면 이 파트는 작동하지 않을 것이다. 컨텍스트에서 벗어났기 때문이다. 이는 전체적인 서사의 흐름에서도 단점으로 작용한다. 경험이 많지 않은 작가일수록 계획 없이 이야기를 쓰기가 어려운 이유가 여기에 있다.

5가지 주요 전환점

이야기를 구성하는 4개의 파트를 파악했다면 각각의 파트가 어떻게 연결되는지를 알아야 한다. 파트 1은 1차 플롯포인트를 끌어내고, 파트 2는 1차 플롯포인트에 대한 반응을 보여준다. 그렇다면 1차 플롯포인트가 무엇이고, 어디로 향하며, 무엇을 하고, 왜 작동하는지를 정확히 알아야 한다.

다른 4가지 전환점도 마찬가지다. 주요 전환점들이 적재적소에서 제 기능을 다하지 못한다면, 이야기는 작동하지 않을 것이다.

이야기에 필수적인 5가지 전환점들은 다음과 같다.

- 오프닝 미끼
- 1차 플롯포인트
- 중간포인트 (컨텍스트가 변화하는 지점)
- 2차 플롯포인트
- 결말

어떤 전환점들, 특히 결말은 긴밀하게 연결되는 장면으로 전개되기도 한다. 한편 상대적으로 사소한 변화나 순간을 이끌어내는 장면도 있다. 5가지 주요 전환점을 고려하여 이러한 장면들을 본능적으로 써 낼 수 있다.

인물은 어떻게 보여줄까?

각각의 파트가 제공하는 컨텍스트에 따라 인물이 변화하는 모습을 보여줄 수 있다. 인물이 컨텍스트를 벗어나 행동한다면 이야기는 작동하지 않을 것이다.

가끔 사람들은 새롭다는 이유로 진실을 거부한다. 새로운 진실이 불편한 것이다. 예를 들면 운동이나 다이어트, 인간관계, 자금관리처럼 어떤 원칙을 필요로 하는 삶의 도전 과제 앞에서 사람들은 언제까지나 진실을 외면하려고 한다. 원한다면 당신만의 방식대로 살아도 좋다. 하지만 원칙을 따르지 않는다면 이런 목표들 중 그 무엇도 완수할 수 없을 것이다.

이야기에 대해서도 마찬가지다. 원한다면 무작정 써도 좋다. 하지만 최소한 당신이 무엇을 하고 있는지 알고 싶다면 9가지 사항을 반드시 고려해야 한다. 그렇지 않다면 실패할 뿐이다. 당신은 이야기를 말해 주는 9가지 사항을 얼마든지 미리 발전시킬 수 있다. 브레인스토밍을 해도 좋고, 붙임쪽지로 이야기의 흐름을 구상해도 좋다. 술을 마시며 친구와 대화를 나눠도 좋고……. 여러 방법들을 동원하여 이야기를 최상의 상태로 만들어 줄 드라마를 찾아내야 한다.

우리는 어떻게 쓰는가? 그리고 왜 쓰는가?

성공적인 글쓰기를 위한 6가지 핵심요소 모델의 대변자로서 나는 사람들에게 스토리텔링에 관한 한 이 모델을 벗어나는 것은 없다고 말한다.

이제 당신은 더 이상 콘셉트, 인물, 주제, 구조, 장면 쓰기, 그리고 글 쓰는 목소리로 이루어진 6가지 핵심요소 모델을 낯설다고 생각하지 않을 것이다. 각각의 요소는 똑같이 중요하다. 어떤 요소로도 이야기를 시작할 수 있지만, 결국 모든 요소를 전부 고민해야 할 것이다. 출판사의 구미를 당길 만한 원고를 쓰고 싶다면 6가지 요소를 모두 제대로 활용해야 한다. 하나라도 소홀히 취급한다면 편집자의 거절 통지서만 받게 될 것이다.

그런데 이러한 핵심요소를 완벽하게 다룰 줄 아는데도 여전히 힘겨운 노력을 계속하는 사람들이 있다. 독자들을 사로잡지 못한 사람들이다. 6가지 핵심요소는 당신이 활용할 수 있는 도구이며, 올바른 글쓰기 과정으로 당신을 이끈다. 하지만 결국 당신의 글쓰기를 "예술"로 만들 수 있는 사람은 바로 당신이다. 6가지 핵심요소는 "기법"이다.

최종적인 미지의 요인은 누가 가르쳐 주지 않는다. 6가지 핵심요소라는 기법에 따라 인내하며 글을 쓸 때, 그제서야 미지의 요인은 비로소 당신의 눈앞에 나타날 것이다. 결국 이는 6가지 핵심요소를 얼마나 제대로 활용하느냐에 달려 있다.

마지막 비유

나는 피닉스 지역에 콘도를 하나 갖고 있다. 전직 마이너리그 투수였던 나는 시간이 허락하는 한 춘계훈련장을 기웃거리는 열정적이고 분석적인 야구 팬이 되었다. 해마다 메이저리그 선수를 꿈꾸며 운동장을 뛰는 수백 명의 젊은이들을 본다. 운동장에 나온 모든 선수들은 저마다 핵심요소 한 가지 정도는 제대로 갖추고 있다. 그들 대부분은 큰 경기에 나설 정도의 기량을 갖고 있다. 하지만 훈련이 끝나고 계약서에 서명하는 선수는 25명에 불과하다. 이미 조금이라도 이름이 알려진 선수들은 좀 더 재능이 있을지도 모를 다른 선수들의 자리를 차지하기도 한다. 어떤 선수들은 누군가가 다치는 바람에 기회를 얻기도 한다. 또 어떤 선수들은 탁월한 기량을 선보여 선발되기도 한다. 그리고 어떤 선수들은 우수한 성적에도 불구하고 마이너리그의 무명 선수로 남기도 한다.

이렇게 볼 때, 야구는 인생과 같다. 글쓰기도 마찬가지다. 적어도 나는 야구와 글쓰기, 그리고 인생이 맺는 평행적인 관계가 놀랍기만 하다.

야구에서와 마찬가지로 당신은 경쟁상대를 제치고 이야기를 팔아야 한다. 춘계훈련에 참가하려면 글을 쓸 때 필요한 기본적인 기량을 갖추고 있어야 한다. 그리고 훈련에 임해서는 비슷한 기량을 지녔을 다른 사람들보다 나은 모습을 보여야 한다. 당신은 눈에 띌 필요가 있다. 그냥 좋기만 한 글이 아니라 예외적인 글을 써야 하는 것이다.

꾸준히 베스트셀러 목록에 이름을 올리는 작가들, 이야기를 팔아 성공하는 작가들은 우리보다 한 가지 면에서 나을 뿐이다. 당신도 그들의 이름을 알고 있다. 아마도 그들은 운이 좋았을지도 모른다. 아닐 수도 있고. 하지만 그들은 언제나 스토리텔링 본능을 발전시키려고 노력해 왔을 것이다. 중요한 순간에 눈에 띄기 위해서 말이다.

그리고 이 본능은 그들을 다른 작가들과 구분짓는 동시에 더 높은 자리에 서게 한다. 그들의 문장과 콘셉트가 따분하고 진부하더라도, 성공적인 작가들은 기존의 정의나 묘사를 흔들 수 있는 직관적인 통찰력이나 가치를 예술적인 솜씨로 이야기에 주입하는 법을 안다. 그들은 이런 솜씨로 6가지 핵심요소의 총합을 넘어서는 독창적인 서사적 감각으로 이야기를 쓴다.

이러한 작가들은 다른 작가들보다 "순간을 움켜쥐기"에 능하고, 따라서 경쟁에서 앞서나간다. 그들이 노력한 결과다. 오랜 세월이 걸리더라도 이들처럼 꾸준히 노력해야 한다. 6가지 핵심요소를 도구로 활용하여 스토리텔링 감각을 발전시키겠다는 목표를 세워라.

아무도 당신에게 감각을 기르는 방법을 알려줄 수 없다. 하지만 6가지 핵심요소 모델은 당신을 도와줄 수 있다. 이 모델은 어떤 것에 대해 눈을 뜨게 해 주고, 도구가 되어 주고, 기준을 제시하며, 통찰력을 제공한다.

6가지 핵심요소 모델을 능숙하게 활용하기 위해 노력하는 당신은 다음을 유념해야 한다. 춘계훈련에 참가하는 것은 단지 입장권을 얻은 것에 불과하다는 것을. 여기서부터는 어떤 작법서도 어떤 워크숍도 당신을 앞으로 나아가게 하지 못한다. 오직 6가지 핵심요소 모델만이 할 수 있을 뿐이다. 당신은 6가지 핵심요소 모델을 발견해야 하고, 연습해야 하며, 자신의 것으로 만들어야 한다.

그렇게 우리는 역설에 처한다

당신에게 감각이 없다면, 6가지 핵심요소 모델도 당신을 출판으로 이끌어 주지는 못한다. 그리고 6가지 핵심요소 모델이 없는 이야기에서 감각은 드러나지 않는다. 이는 우리가 역경을 딛고 살아가게 하는 근사하고 희망적인 역설이다. 왜냐하면 살 길이 있기 때문이다.

감각이란 예술과 고된 노력이 결합될 때 나타나는 마법과도 같다. 6가지 핵심요소 모델을 완벽하게 활용하지 못한다면 감각은 절대로 생기지 않는다. 깊은 곳에서 당신을 기다리다 잠든 감각을 깨워야 할 사람은 바로 당신이다. 감각을 찾아내는 한 가지 방법이 있다. 당신에게는 이미 도구가 있고, 수없이 많은 연구 대상이 있다. 세계가 당신의 작업실이 될 수 있다. 사실상 모든 것들을 통해 스토리텔링 감각을 기를 수 있다.

당신은 꾸준히 노력해야 한다. 독자로서 혹은 관객으로서 이야기를 접할 때마다 핵심요소들을 관찰해 보라. 하지만 마침내 당신의 내부에서 이야기 감각이 깨어난다면, 그때부터는 당신의 방식대로 이야기를 써야 한다. 하지만 그 후에도 수천 페이지쯤 써 본 뒤에야 자신만의 이야기를 쓸 수 있을지도 모른다는 사실을 기억하라.

물론 6가지 핵심요소 모델을 사용하면 처음부터 근사한 이야기를 쓸 수도 있다.

우리는 왜 쓰는가

우리는 매우 운이 좋은 사람들이다. 우리는 작가니까.

가끔 우리가 작가라는 사실이 축복이 아닌 저주로 여겨진다. 어떤 사람들은 우리가 하는 일이 잔디 깎는 일보다도 대단하지 않다고 생각하기도 한다. 모르는 사람에게는 우리가 그저 취미생활을 하고 있거나, 허황된 꿈을 쫓고 있는 것처럼 보일 것이다.

하지만 그들이 당신을 이런 식으로 보고 있다면, 그들은 당신에게 별로 관심을 갖지 않는 것이다. 당신이 작가라면 – 글을 쓰는 사람은 모두 작가다 –, 당신은 이미 꿈 속에서 살아가고 있다. 이는 글쓰기가 가져다주는 일차적인 보상이다. 꼭 책을 출판하지 않아도, 시나리오를 팔지 않아도 된다. 우리의 꿈은 고귀하다. 하지만 내 말을 믿어라. 책을 출판한 작가들조차도 똑같은 방식으로 작품을 두고 고뇌에 빠지고, 위대한 이야기를 쓰기 위해서 똑같은 장애물을 넘어야 한다. 그들은 당신과 똑같은 전투를 치르고, 다양하고 혼란스러운 감정을 겪는다. 심지어는 자신이 어떻게 그 자리에 도달했는지도 모르는 채로 어떤 요정이 무의식을 찾아와 문장들을 줄줄 불러준다고 생각하는 사람들도 있다.

아무튼. 인지하든 못하든 모든 작가들은 어떤 과정을 거쳐야 한다.

당신은 이미 작가다

당신은 작가다. 그리고 이제 똑똑한 작가로 거듭났다. 잠시 쉬어가며 이 사실을 축하해도 좋다. 하지만 바로 책상으로 돌아가라. 결국 글은 당신의 손이 쓰는 것이다.

인생은 당신에게 또 다른 내면의 보상을 가져다준다. 작가는 인생의 경험을 쓴다. 인생에 대해 쓰려면 반드시 인생을 보고 느껴야 한다. 포착하기 어려운 인생을. 우리는 뛰어난 작가는 아닐지도 모른다(위대한 작가들의 전기를 읽다 보면 분명히 알 수 있다). 하지만 우리는 다른 사람들은 할 수 없는 방식으로 인생을 살아간다. 우리는 인생에서 "의미"를 찾는다. 서브텍스트를. 우리는 다른 사람들이 주목하지 못하는 것에 주목한다. 살아가는 목적이 훌륭한 통찰력을 지닌 사람으로 성장하는 것이라면, 영적인 진실에 도달하는 것이라면, 작가로서 우리는 보다 생생한 모습들을 관찰하며 이러한 목적을 추구할 수 있다. 우리는 인생을 "실천한다." 인생에서 관찰한 바를 글로 쓰면서 다른 사람들이 어떤 가치를 찾을 수 있도록 한다.

설령 가치가 아니라 즐거움이 목적이더라도, 어떤 이야기를 쓰더라도 우리는 손을 내밀어 우리가 혼자가 아니며 서로 공유하는 것과 말할 것이 있다고 선언한다. 읽는 사람이 없더라도 글쓰기는 우리를 살아있게 한다. 글쓰기를 통해 무언가를 얻을 수 있고, 진실을 반성할 수 있기 때문이다. 그렇게 우리는 중요한 사람이 된다.

그러니 이제 열정과 통찰력으로 글을 써라. 하지만 글쓰기가 지식과 즐거움, 충족감을 준다는 사실도 잊지 마라. 그리고 당신의 꿈이 무엇이든, 6가지 핵심요소를 항상 유념하라.

6가지 핵심요소는 당신이 다른 사람들처럼 고통스러운 시간을 보내지 않게 해 준다. 이제 당신에게 한계는 없다. 영원히.

꿈을 잃지 마라. 이야기를 써라. 꿈이 다가오고 있다.

1. 설정

파트 1: (주인공이 뭔가 잃게 될지도 모를) 위험요소를 발생시켜 플롯을 설정한다. 주인공의 배경 이야기. (주인공의 내면을 괴롭히는 요소도 도입한다.) 다가오는 갈등의 전조를 드리우며 인물에 대한 공감도를 높게 한다.
파트 1은 주인공이 인생에서 어떤 결정이나 행동, 혹은 보이지 않는 사건들을 통해 무언가 새로운 것을 인지하게 되면서 끝난다. 1차 플롯포인트는 파트 1의 마지막에 등장하며, 이야기의 일차적인 적대자가 지닌 힘을 처음으로 완벽하게 제시한다.
설정의 목표는 다음과 같다. 1) 근사한 미끼 2) 주인공 소개 3) 위험요소 도입 4) 다가오는 사건들의 예고 5) 1차 플롯포인트 준비

1차 플롯포인트의 정의: 주인공의 상태나 계획, 믿음에 영향을 끼치거나 이를 바꾸는 요소가 이야기에 들어오는 순간.
이 순간은 주인공이 반응하며 어떤 행동을 취하게 하고, 따라서 이 시점부터 주인공이 하게 될 경험의 성격을 규정한다. 위험요소와 반대자 역시 이 시점부터 뚜렷하게 부각된다.
1차 플롯포인트의 목표: 갈등을 정의할 것. 1차 플롯포인트, 중간포인트, 2차 플롯포인트는 이야기를 떠받치는 3개의 주요 지점이다. 다른 모든 사건들은 이러한 세 지점 사이에서 잦아들거나 부상한다.

사건 유발

거대하고, 극적이며, 이야기에 전기(轉機)를 마련하는 요소. 1차 플롯포인트와는 구분된다(1차 플롯포인트는 주인공이나 독자, 혹은 둘 다에게 어떤 '의미'를 안겨준다). 사건 유발은 단순히 주인공에게 미래로 향하는 일방향로를 마련해준다.

미끼

처음 몇 페이지에서 제시된 긴장감이나 갈등은 독자를 '낚기' 위한 미끼다. 독자는 아직 이러한 미끼의 의미를 알 수 없다.

긴장

이야기 길이

인물 발전 과정

고아: 주인공은 다음에 어떤 일이 일어날지를 모른다. 우리는 그에게 공감하고 관심을 갖는다. 이야기 – 당신이 주인공에게 부여한 모험 – 는 그를 '입양'하여 앞으로 나아가게 한다.

2. 반응

파트 2: 1차 플롯포인트에서 새로이 도입된 상황(갈등)에 대한 주인공의 반응. 파트 2는 반대자의 힘에 대한 주인공의 행위, 결정, 혹은 망설이는 과정을 통한 반응을 보여주며, 새로이 정의된 필요를 충족시키기 위한 새로운 모험을 발생시킨다. 독자들이 주인공의 반응에 어째서 공감해야 할지를 결정하라.

중간포인트의 정의: 독자나 주인공, 혹은 둘 다의 이야기에 대한 이해와 컨텍스트적 경험을 변화시키는, 이야기의 한가운데서 소개되는 새로운 정보.

중간
포인트

주인공이 겪어보지 못한 반대자의 힘의 본성과 의미를 보여주거나 상기시켜 주는 지점. 독자는 여기서 주인공의 눈이 아닌 자신의 눈으로 반대자를 지켜보게 된다.

1차 핀치포인트

방랑자: 방랑하는 주인공은 선택과 위험으로 가득한 숲 속을 달려간다. 그는 어디로 가야 할지, 무엇을 해야 할지를 모른다. 그는 더 이상 고아가 아니다.

3. 공격

파트 3: 주인공이 상황을 해결하기 시작한다. 그는 점점 더 진화하는 목표를 성취하기 위한 모험에서 용기를 내고, 독창성을 발휘하며, 사전대책을 강구하기 시작한다. 그는 더 강해지고, 갑작스럽게 영웅이 되어야 하는 자신에게도 적응한다. 주인공은 앞에 놓인 대상과 내면의 악마를 공격한다. 그는 성공하려면 무엇이 바뀌어야 할지를 안다. 중간포인트는 그에게 새로운 정보를 주고, (혹은) 그의 공격에 불을 붙이는 기폭제로 작용하는 새로운 깨달음을 갖게 해준다.

소강상태

이야기에 마지막으로 새로운 정보가 소개되는 지점. 이후에는 주인공의 행위를 제외하고는 더 이상 설명적인 정보가 들어오지 않게 된다. 2차 플롯포인트에서 도입되는 마지막 서사적 정보는 주인공에게 꼭 필요했던 것이며, 이러한 정보는 이야기가 종결되는 데 일차적인 기폭제로 작동한다(2차 플롯포인트는 당신이 집어넣을 수 있는 마지막 퍼즐 조각이다).

2차 플롯포인트

당신이 선택하기 나름이다. "모든 희망을 잃었다"는 소강기를 2차 플롯포인트 이전에 주입하라.

2차 플롯포인트 이전의 소강기

2차 핀치포인트에서 반대자의 힘은 독자들이 직접 느끼기보다는 주인공이 감지하는 것을 통해 경험될 수 있다(독자는 주인공의 고통을 느끼며 주인공이 일어서기를 희망한다).

2차 핀치포인트

인물 발전 과정

전사: 주인공은 반응하기를 멈추고 추격에 나선다. 그는 도망치는 대신 용기와 기지를 끌어모아 반대자의 힘에 응전한다.

Graphic by Bryan Wiggins, wigginscreative.com

4. 해결

클라이맥스

파트 4: (10~12개의 장면들로 이루어진) 파트 4는 주인공이 문제를 해결하고 목표를 달성하기 위해 어떻게 용기를 내고 성장하여 내면의 장애물을 극복하고 마침내 반대자를 이겨내 자신의 목표를 성취하는지를 보여준다.

규칙: 2차 플롯포인트 이후에는 새로운 정보가 이야기에 주입될 수 없다.

지침: 주인공은 이야기를 해결하는 데 일차적인 기폭제가 되어야 한다. 우리는 주인공이 그간 어떻게 성장해 왔는지를 볼 수 있어야 한다. 이야기를 끝낼 때 작가의 목표는 독자를 울리거나, 환호하게 하거나, 박수치게 하는 것이어야 한다.

비트 분석표로 이야기 계획하기

1. 장면 하나당 *표시를 붙여 해당 장면의 목표(어째서 장면이 이 지점에 있어야 하는지, 이어지는 이야기를 설명하는 데 어떤 도움을 줄 것인지 등)와 내용을 짧게 써라.
2. 1에서 쓴 내용을 하나의 서술적인 문장으로 고쳐써라.
3. 2에서 쓴 문장을 하나의 요약적인 단락으로 확장하라.
4. 3에서 쓴 단락에 기초하여 소설을 써라.

대단원

이야기 길이: 40~70개의 장면

순교자: 주인공은 죽지 않아도 된다(죽을 수도 있지만). 하지만 그는 필요한 것을 하기 위해서라면, 목표를 달성하기 위해서라면 죽음을 감수한다. 이 점이 그를 순교자로 만들어 준다.

찾아보기

스토리를 만드는 공학

인　　쇄 | 2015년 7월 7일
발　　행 | 2015년 7월 14일

지 은 이 | 래리 브룩스
옮 긴 이 | 한유주

발 행 인 | 채희만
출판기획 | 안성일
영　　업 | 김우연
관　　리 | 최은정
발 행 처 | INFINITYBOOKS

주　　소 | 경기도 고양시 일산동구 하늘마을로 158 대방트리플라온 C동 209호
대표전화 | 02-302-8441 **팩스** | 02-6085-0777
Homepage | www.infinitybooks.co.kr
E - mail | helloworld@infinitybooks.co.kr

I S B N | 979-11-85578-09-5
등록번호 | 제25100-2013-152호

* 이 책의 국립중앙도서관 출판예정도서목록(CIP)은 서지정보유통지원시스템 홈페이지(http://www.nl.go.kr/kolisnet)에서 이용하실 수 있습니다. (CIP제어번호: CIP2015017829)